NOTE DE L'ÉDITEUR

Hervé Jaouen s'est donné pour ambition d'écrire l'histoire d'une vaste famille bretonne au XXe siècle.

Plutôt que de remonter de génération en génération, l'auteur a préféré s'accorder la liberté d'aller et venir dans le siècle – de sauter de branche en branche de l'arbre généalogique, pourrait-on dire –, pour focaliser son attention sur des destins singuliers. Il s'agit en quelque sorte d'une mosaïque dont chaque élément serait un tableau achevé au sein d'une fresque dépeignant une région, la Bretagne, du point de vue spécifique de certains membres d'une famille d'origine rurale.

En conséquence, les ouvrages sont indépendants les uns des autres et peu importe l'ordre dans lequel le lecteur les découvre.

Deux romans ont ouvert ce cycle romanesque, *Les Filles de Roz-Kelenn* et *Ceux de Ker-Askol*, dont le point de départ est le même. À la fin du XIXe siècle, une jeune femme, Mamm Gwenan, meurt dans l'indigence du côté de Briec-de-l'Odet et laisse derrière elle deux orphelines, Jabel et Maï-Yann, qui survivront en mendiant de ferme en ferme avant d'être séparées, en Argoat, la Bretagne de la terre.

Les Sœurs Gwenan est l'histoire d'une branche de la famille qui a fait souche en Armor, la Bretagne de la mer.

Toute ressemblance avec des personnes existant ou ayant existé serait pure coïncidence. De même, toute homonymie avec des noms propres et des noms de lieux privés serait fortuite.

PROLOGUE

Jabel et Maï-Yann savaient qu'elles s'appelaient Skouarnek, le nom de leur père, et elles apprendraient en grandissant qu'il était parti faire chemineau peu après leur naissance et qu'il était mort noyé du côté des marais de Redon, où il avait été enterré. Elles connaissaient leur mère uniquement sous le nom de Mamm. Elles ignoraient son nom de jeune fille, Gwenan, et de qui elle était née.

Quand on lutte pour survivre, le passé n'a aucune importance. Des pauvresses comme Jabel et Maï-Yann ne pouvaient considérer devant elles, avec un regard de myope, que leur futur très immédiat : le matin, s'inquiéter du bout de pain qu'elles mangeraient à midi ; à midi, s'inquiéter du bout de pain qu'elles mangeraient le soir ; et le soir, s'inquiéter du bout de pain à garder pour le lendemain matin. Seuls les riches – « les riches » : ceux qui ne meurent pas de faim, et non pas ceux qui disposent de magots cachés à l'intérieur de belles maisons impossibles à imaginer – pouvaient se payer le luxe de s'intéresser à leur généalogie, soit pour se flatter d'y trouver des célébrités, soit pour se vanter d'avoir donné une si belle branche, la leur, celle de la réussite, à partir d'un tronc pourri. Les gueux n'ont aucune raison d'aller chercher des raisons de se morfondre dans le fait d'avoir été engendrés par plus misérables qu'eux.

Les origines des pauvres de ce temps-là, qui ne savaient ni lire ni écrire et ne parlaient que breton, se perdaient dans les obscurs récits de veillée marmonnés par des vieux, qu'on écoutait sans les croire. Sans doute Mamm Gwenan avait-elle entendu son père raconter que son grand-père avait été soldat de Napoléon Ier et qu'il avait participé à la victoire d'Austerlitz. Mais qu'est-ce que ça peut vous faire, quand vous ne savez pas qui était Napoléon Ier ni où peut bien se trouver Austerlitz, quand personne ne vous a enseigné l'histoire et la géographie ? On hochait la tête par politesse, on disait « Ma[1] ! » pour faire plaisir à l'ancien, et on oubliait cela, ou bien on le gardait dans un coin de sa tête comme les histoires du curé, la multiplication des pains, Jésus qui marche sur l'eau, ressuscite d'entre les morts, monte au ciel, et tout ce qui s'ensuit, si joli à écouter mais qu'on n'est pas obligé de gober en entier.

Mamm Gwenan savait-elle qu'elle avait deux demi-frères de presque vingt ans plus jeunes qu'elle, issus d'un deuxième lit de son père ? Si oui, et si elle n'était pas morte à la fleur de l'âge, en aurait-elle parlé à ses deux filles quand elles auraient grandi ? Sûrement. Mais il est plus probable qu'elle l'ignorait. Le veuvage, puis le remariage, sur le tard, de son père – qu'elle n'avait plus jamais vu depuis ses dix ans, âge auquel elle avait été placée dans une ferme de Briec-de-l'Odet – s'étaient accompagnés pour lui d'un exil

1. Exclamation polysémique. Eh bien !, Ça alors !, Ah bon ?, etc.

dans les monts d'Arrée, en ce temps-là aussi éloignés de Briec que le mythique Austerlitz. Comment aurait-elle appris le décès de son père alors que les deux petits étaient encore tout jeunots ? Comment aurait-elle su que sa marâtre n'était qu'une moins que rien, au point que ses enfants lui furent enlevés par l'Assistance publique ?

Toujours est-il que ces deux petits mâles Gwenan, issus du cœur de la Cornouaille et qui auraient dû, avec les autres miséreux de leur acabit, grandir comme paotr-saout[1], s'en allèrent vers des destins fabuleux en des endroits inouïs. Qu'on en juge : Donatien, le cadet, né en 1893, fut confié à des fermiers du pays niortais, dans les Deux-Sèvres, autant dire dans la Lune ; Joseph, né en 1890, demeura en Bretagne, mais en Armor, la Bretagne maritime, et laquelle ! Celle des seizh avel[2] et des tempêtes gigantesques, aussi étrangère que l'Amérique aux gens de l'Argoat. Confié à un couple sans enfants du Cap-Sizun, élevé à une encablure de la côte, Joseph Gwenan allait devenir marin, le seul et unique marin de la Royale de toute la lignée des Gwenan, un destin exceptionnel pour un descendant de travailleurs de la terre qui pour la plupart mouraient sans avoir jamais vu la mer.

1. Garçon vacher.
2. Les sept vents/tous les vents.

PREMIÈRE PARTIE

Le père

1

Tad et Mamm Bonizec, les parents nourriciers de Joseph Gwenan, avaient la gentillesse des personnes sans soucis, qui ont plus à donner qu'à demander aux autres. Ils s'étaient bâti une bonne vie, peut-être à force de volonté, peut-être par hasard, ou un mélange des deux, comme c'est souvent le cas pour les gens heureux. Leur bonheur aurait été total s'ils avaient eu des enfants, juste deux ou trois, pas plus en tout cas, pour ne pas avoir de mal à les élever. La nature ne l'avait pas voulu ainsi.

Alors, juste avant la cinquantaine, ce qui était déjà un âge de vieux à cette époque, ils décidèrent d'accueillir un gamin de l'Assistance, malgré les moues dubitatives qu'on leur servit au bourg de Beuzec-Cap-Sizun, accompagnées de sombres prédictions, à savoir que les chiens ne font pas des chats, qu'un gosse abandonné ne peut pas valoir plus que les ordures qui l'ont laissé choir, que ces gosses-là c'est de la mauvaise graine, ça tourne fainéants et compagnie, voyous et voleurs, et pour finir assassins de leurs protecteurs, des futurs clients pour le fort de Belle-Île et le bagne de Cayenne, autrement dit. Tad Bonizec en avait ri dans sa barbe.

Au cours de ses campagnes de marin de la Royale, en Afrique, au Moyen-Orient et en Asie, il en avait vu, de la misère humaine, des petits enfants bouffés par les vers et les moustiques, au ventre gonflé comme une mamelle de vache à traire et pourtant crevant de faim, et encore plus d'amour. Dans leurs yeux chassieux, on lisait qu'ils deviendraient des hommes et des femmes de grande bonté, pour peu qu'on leur donnât de l'affection.

À bord des navires de guerre, il en avait côtoyé, des malfaisants, et nombreux étaient ceux qui n'avaient pas un mauvais fond, à condition de savoir les prendre par le bon bout. Bien qu'il n'eût pas beaucoup de religion et qu'il laissât sa femme fréquenter l'église à sa place, Tad Bonizec avait une âme de curé. Il était persuadé que si on mettait quelqu'un sur la bonne route, eh bien il la suivrait, jusqu'à la fin de ses jours, quels que soient ses défauts d'origine.

Mamm Bonizec l'approuvait sur le sujet, ainsi que sur tous les autres, d'ailleurs. Ces deux-là étaient toujours d'accord sur tout, comme des siamois qui auraient eu le même cœur et le même cerveau, et par conséquent les mêmes goûts et les mêmes sentiments, et les mêmes avis sur toutes les décisions à prendre, de la plus exceptionnelle, comme casser leur tirelire pour acheter une armoire neuve, à la plus triviale mais néanmoins capitale, comme convenir entre eux, mi-mars, qu'il n'y aurait plus de gelées, et décider qu'ils pouvaient donc semer tout de suite les patates dans le liorzh[1] afin de récolter des pommes de terre nouvelles dès le mois de juin.

1. Jardin attenant à la maison, courtil.

Tad et Mamm Bonizec étaient les représentants d'une espèce de classe intermédiaire entre le poch gwiniz[1] – le riche paysan qui possédait des prairies généreuses en foin et jusqu'à dix hectares de bonne terre où récolter du froment que le meunier de la sombre vallée du Millet transformait en farine – et le troc'her lann[2], dont l'unique vache et les quelques moutons erraient en liberté au bord de la falaise et sur les terres communes, à la recherche de jeunes pousses de ronce, d'ajonc, et d'herbes folles. Les troc'her lann, on les appelait les « marins-paysans » : la femme tenait la ferme, l'homme s'embarquait sur les langoustiers ou les thoniers au printemps pour ramener des sous à la maison ; hors la saison de la langouste et du thon, au pays il s'arrangeait pour sortir en mer de temps en temps, histoire de « tenir son rôle », c'est-à-dire de cotiser aux assurances sociales afin de ne pas perdre ce statut qui lui vaudrait la retraite à cinquante ans. Les retraités de la Royale n'étaient pas légion sur la côte nord du Cap, alors qu'ils étaient assez nombreux du côté d'Audierne et de Plouhinec, allez savoir pourquoi.

Situé à l'écart du hameau de Trezaraden, sur le chemin de la mer, le pennti des Bonizec tournait le dos au nord visible et invisible. Visibles de l'autre côté de la baie de Douarnenez, c'étaient le cap de la Chèvre et la presqu'île de Crozon ; invisible au-delà, c'était Brest, avec son port militaire et son arsenal, une ville fantasmée par ceux qui n'y étaient jamais allés en mégalopole ouvrière et guerrière, résonnant du fracas des forges et des marteaux-pilons et des rires obscènes

1. Sac de froment.
2. Coupeur de lande.

des filles de Recouvrance, bras dessus bras dessous avec des marins étrangers.

Mamm Bonizec comparait la maison à une poule qui a fait son trou dans la terre du poulailler pour ébouriffer ses plumes et se baigner de poussière : tapie dans un creux, à l'abri des sept vents, une question de bon sens, car sinon l'air salin serait entré partout et vous aurait séché comme un jambon, tout comme dehors il nanifiait les rares feuillus, si bien que pour se chauffer, à part le bois mort des résineux, qui encrassait les cheminées, et le bois flotté, très disputé, on n'avait pas grand-chose à brûler.

La bâtisse n'était pas différente des penntiez du pays d'Arrée, dont petit Jos n'avait qu'un très vague souvenir : en bas, deux pièces séparées par une cloison en planches, un grenier au-dessus, un appentis au pignon nord-ouest, une crèche au pignon opposé, d'où l'on tirait le fumier de la vache pie-noire pour l'épandre sur le liorzh, exposé au sud-est. Le grand potager se prolongeait par une prairie où un ruisseau, le Dour Gwenn, prenait sa source. Au-delà, en direction du bourg de Beuzec-Cap-Sizun, s'étendaient les pâtures et les parcelles travaillées du bocage, entrecoupées de landiers et de touffes de spern-du[1] impénétrables, avec ici et là quelques pins maritimes épargnés par les tempêtes et figurant les tours penchées, les fous échevelés, les rois et les reines d'un jeu d'échecs pétrifié a-dreuz[2] par le fluide d'un sorcier lanceur de bourrasques.

Aux yeux de petit Jos, ce qui faisait une vraie différence par rapport au pays d'Arrée, c'était la lumi-

1. Épine noire, prunellier.
2. De travers.

nosité de l'horizon qui semblait éclairé du dessous par des torches sous-marines ; c'était la terre mélangée de sable, claire et légère, de couleur cendrée quand elle séchait au soleil ; c'étaient les bruits variés de l'océan, jamais silencieux : paisible rumeur qui vous berçait le soir, claquements et crissements du ressac, grondements et coups de canon des lames qui s'engouffraient dans les failles de la falaise quand le gwalarn[1] se déchaînait.

« Les sapeurs sont au boulot ! » rigolait Tad Bonizec, et le gamin se cachait sous ses couvertures, imaginant la mer en train de miner le sol à l'aplomb de son lit.

Mais comme elle était délicieuse, cette angoisse que la maison s'effondre sous votre lit et glisse dans l'océan pour rejoindre la ville d'Ys, engloutie là, quelque part devant, en baie de Douarnenez !

Tombé amoureux de la mer, petit Jos oublia la terre noire du pays d'Arrée et devint un garçon de la côte. La mer, il n'avait de cesse d'aller la voir pour jouer avec elle. À Tad Bonizec, qui lui parlait en français, il annonçait, comme un défi :

« Je vais à la mer !

— Oh, oh, oh ! gloussait Tad. On dirait que t'as peur qu'elle se retire par-dessus la presqu'île de Crozon ! T'inquiète pas, ça risque pas ! »

Mamm Bonizec, qui ne lui parlait qu'en breton, ne disait pas « aller à la mer » mais aller au « traezh », ou au « krec'h », selon l'endroit de la côte qu'elle voulait désigner. Le traezh, c'était la demi-lune de sable ocre de la crique de Porzh-Brennig ; le krec'h, le bord de la falaise et plus particulièrement un champ où l'on

1. Vent de nord-ouest.

envoyait paître la pie-noire, attachée à un piquet pour qu'elle ne fasse pas la culbute sur les rochers. Mamm Bonizec prononçait les deux mots en roulant les « r » et en mettant plusieurs accents aigus sur le « e », ce qui donnait « trrréz » et « crrréc'h ». L'oreille de petit Jos eut un peu de mal à s'habituer à son breton, d'autant qu'elle utilisait des mots qu'il n'avait jamais entendus et qu'elle accommodait parfois en français. Par exemple, elle pouvait aussi bien dire à Tad Bonizec qu'elle avait « frégé[1] » une assiette, autrement dit qu'elle l'avait cassée, et « frégé tout' » si c'était en mille morceaux.

Tad Bonizec parlait un très bon français, appris à bord des navires de guerre. À la fin de son service militaire dans la Royale, il avait rempilé et fait ses quinze ans, en partie à terre, en partie embarqué sur des bâtiments qui avaient Brest pour port d'attache, si bien qu'il était souvent à la maison et que ces années-là avaient filé très vite. Nanti d'une retraite proportionnelle, il était revenu pour de bon à Trezaraden exercer le double métier de paysan et de pêcheur.

« Le second me repose du premier, malgré qu'aucun des deux ne soit très fatigant », avait-il l'habitude de plaisanter.

Pour aller à la mer, il suffisait de suivre le Dour Gwenn, qu'un sentier bordé d'iris surplombait. À mi-chemin, autour d'une hernie que les enfants appelaient « l'étang », il y avait une belle cressonnière, à partir de laquelle le ruisseau cascadait, rapide et vif, tandis que le sentier devenait un peu casse-cou. Au fur et à mesure qu'on descendait, la végétation se densifiait en se rabougrissant, couvrant le sol d'un crépu de lande et d'épines noires chétives. On dégringolait

1. Du verbe fregañ, déchirer.

quelques marches grossières taillées dans la terre jaune et soudain on rejoignait le ruisseau, là où il s'étalait sur la grève et disparaissait dans le sable : à Porzh-Brennig, que Tad Bonizec appelait « la petite baie », par opposition à la grande, la baie de Douarnenez proprement dite, grande ouverte sur l'Atlantique, elle, tandis que la crique de Porzh-Brennig était protégée des vents d'ouest, d'est et de sud par l'arc de cercle de la falaise. Avec sa plage en pente douce, Porzh-Brennig était un échouage facile, libre d'obstacles, sans rochers qui affleurent à marée basse. C'est là que Tad Bonizec avait son canot, à bord duquel petit Jos apprit à aller *sur* la mer et non plus *à* la mer.

C'était un solide canot breton, haut sur l'eau, fier de proue, équipé d'un mât qui permettait de hisser un bout de voile, au cas où on perdrait un aviron, ou pour le plaisir, par petite brise et beau temps bien installé, en laissant deux lignes à bar traîner. On avait alors l'impression de faire la pige aux régatiers d'en face, les rupins de Morgat et de Camaret.

D'avril à fin septembre, Tad Bonizec pratiquait une petite pêche variée, non seulement en obéissant au calendrier naturel des arrivages dans la baie de Douarnenez de poissons chasseurs à la poursuite du poisson fourrage – lançons, sprats, sardines –, mais aussi à son gré, selon son humeur. Pour tromper la routine, il pouvait aussi bien poser une palangre à daurades en avance sur la saison, et une bonne surprise frétillait parfois au bout d'un hameçon. Il possédait deux casiers, qui donnaient plus qu'il n'en fallait de tourteaux, d'araignées et de homards. Sa palangre, eschée de kouilhoù kezeg[1], aurait pu être plus longue, mais

1. Couilles de cheval. Myes, mollusques bivalves.

bon, quand la daurade est là, elle est là, à quoi bon en prendre à faire fumier ? Et quand le bar était décidé, il venait aussi sur la palangre. Le pêcher à la traîne, en hissant le bout de voile, tenait plus de la distraction que de la pêche de subsistance : un extra que Tad Bonizec s'offrait pour clore des jours d'abondance en lieus jaunes et lieus de roche aux flancs rosés.

Le petit Jos le suppliait depuis longtemps de l'emmener. Malin, Tad Bonizec le fit lanterner, et la première fois qu'il l'embarqua, un mois d'avril, par mer calme sous un ciel voilé, il savait parfaitement qu'il allait harponner le gamin, incruster en lui la passion de la pêche et de la navigation.

Les maquereaux étaient entrés dans la baie. Tad Bonizec éloigna le canot d'une centaine de mètres, mouilla l'ancre, sortit du coffre deux lignes, l'une de cinq plumes, l'autre de dix, et commença par donner au gamin une leçon de sécurité : se méfier des hameçons en les mettant à l'eau, et s'en méfier encore plus en remontant la ligne avec au bout un tas de poissons en train de gigoter.

— Si tu plantes ça dans le gras de ta main, pas moyen de le sortir. Pas moyen de faire autrement que de couper au couteau. Dans un doigt, c'est plus facile. On pousse jusqu'à faire sortir l'ardillon de l'autre côté et y a plus qu'à tirer avec une pince. Mais vaut mieux éviter ça. Une fois j'ai vu un gars se planter l'hameçon dans l'ongle du pouce… Eh ben, crois-moi, il a viré de l'œil. Remarque, valait autant. Comme ça, il était dans les choux quand je lui ai arraché l'ardillon de l'ongle… Compris ? Bon, à toi… Tu laisses couler le plomb jusqu'à ce que tu sentes qu'il a touché le fond, et après tu remontes par à-coups pour faire travailler les plumes.

— C'est tout ?

— Ça suffit.

— Mais le poisson va pas mordre sur des plumes !

— Essaye, pour voir…

Petit Jos mit sa ligne à l'eau, en tenant le fil entre ces hameçons qui pouvaient se planter dans un ongle, aïe aïe aïe ! Le plomb n'avait pas atteint le fond qu'un choc lui secoua le poignet.

— Hé ! cria-t-il. Je suis accroché !

— Ça m'étonnerait, y a que du sable par ici. Relève, pour voir…

— Hé !… Hé !… HÉ !

Sa ligne s'anima toute seule, comme si, à l'autre bout, un monstre marin lui secouait la main.

— Oh oh oh, rigola Tad Bonizec, ils sont là, ils sont là ! Combien que tu crois que t'en as ?

— JE SAIS PAS ! JE SAIS PAS ! PLEIN !

— Ramène, maintenant. Tout droit ! Les laisse pas passer sous le canot ! Essaye de lover le fil sur ta gauche à tes pieds, pour qu'il s'embrouille pas.

Pour tirer, ça tirait ! Enfin, cinq maquereaux apparurent. Fasciné, petit Jos cessa de ramener et regarda s'agiter dans tous les sens les éclairs bleu et blanc.

— Soulève ! Soulève !

Petit Jos leva le bras le plus haut qu'il put. Quatre maquereaux tombèrent dans le canot, le cinquième cogna contre le plat-bord, se décrocha et fila vers le fond comme une fusée. Le gamin crut qu'il allait se faire gronder. Mais Tad Bonizec rigola de plus belle.

— T'en fais pas, y en aura d'autres ! À toi de décrocher ceux-là, faut que t'apprennes. Je te montre…

Gare aux hameçons ! T'attrapes ton poisson comme ça, près de la tête, et hop ! dans la caisse !

Blême d'émotion, petit Jos se laissa tomber à genoux et saisit un maquereau, qui lui glissa de la main. Il coinça le poisson contre le fond du canot, sous son sabot. Un jet de sang et de jus de boyaux lui inonda la main. Le deuxième maquereau lui donna plus de mal : il était pris par l'œil et le fer était enfoncé dans le cartilage du crâne. Le troisième poisson perdit une mandibule dans l'opération. Le quatrième était pris par le ventre. La chair n'opposa aucune résistance.

— Ouais ! cria petit Jos en considérant avec fierté les quatre poissons qui éclaboussaient le fond de la caisse d'un sang presque noir.

Il ressentait un sentiment de puissance.

— C'est pas tout de rêver, dit Tad Bonizec, faut remettre le couvert, les autres attendent, là-dessous.

La ligne de petit Jos était un peu emmêlée. Le temps qu'il la démêle, Tad Bonizec avait laissé filer la sienne et remontait déjà une grappe de huit maquereaux, tournant dans tous les sens, comme une pieuvre devenue folle qui aurait agité ses tentacules. Et hop ! dans la caisse.

Petit Jos remonta cinq poissons, les décrocha en vitesse et remit sa ligne à l'eau, et ainsi de suite. C'était magique. On aurait dit qu'il y avait plus de poissons que d'eau dans la mer. Au bout d'un moment, quand la deuxième caisse fut presque pleine, le poisson cessa de mordre.

— Le banc s'est éloigné, dit Tad Bonizec, changeons de place. Allons voir au cul de la roche, là-bas.

L'ancre fut remontée, Tad Bonizec donna quelques coups d'avirons, on remouilla l'ancre, on laissa filer les lignes. Et toc, et toc, et toc-toc-toc ! Petit Jos aurait bien continué jusqu'à ce que le canot menace de couler, mais Tad Bonizec estima que ça suffisait.

— Un dernier coup et on arrête.

— Oh non ! Déjà ?

— T'as vu, on a rempli deux caisses. Mamm Bonizec va râler, si elle a trop de rillettes à fabriquer.

— On reviendra demain ?

— Demain, on ira au lieu jaune. Ou voir s'il y a des tacauds. On ira d'abord chercher des vers de sable et de la gravette. On retournera au maquereau dans trois ou quatre jours. Enfin, si ça te dit ! Peut-être que ça t'intéresse pas, finalement…

— Oh si ! Moi je pêcherais bien le maquereau tous les jours.

— Les gens se lassent vite du maquereau. Et nous aussi.

À la belle saison, à Trezaraden on se nourrissait de poisson. Ce qui n'était pas mangé était soit vendu au bourg – Mamm Bonizec s'y rendait le matin de bonne heure –, soit troqué dans les fermes alentour.

Bonne cuisinière, Mamm Bonizec variait les préparations. Ce jour-là, où le gamin prit ses premiers poissons, elle interrogea son mari d'un air à jouer un tour en douce.

— C'est lesquels que Jos a attrapés ?

— Oh, ceux-là, et celui-ci, et, tiens, encore celui-là ! répondit-il.

Petit Jos se demanda bien comment il pouvait les reconnaître, mais il le crut.

— Mat tre[1] ! dit Mamm Bonizec. Parce que le poisson qu'on a pêché soi-même est bien meilleur que celui des autres…

1. Très bien, parfait.

Les plus gros maquereaux avaient à l'intérieur du ventre deux espèces de longs boyaux orangés que Mamm Bonizec préleva de la pointe d'un couteau. Elle les mit à frire dans du beurre et les servit à petit Jos avec des pommes de terre à l'eau.

— Menu spécial, dit-elle. Pour mon petit prince !

— Le caviar du pauvre ! rigola Tad Bonizec. Goûte, tu vas voir…

Le goût ne ressemblait à rien de connu. C'était comme si on avait mélangé des palourdes et du homard – que le gamin avait déjà pu apprécier.

— Alors, c'est bon ? demanda Mamm Bonizec.

— Oh oui, meilleur que tout ! répondit petit Jos en opinant plusieurs fois tout en liquidant son assiettée.

— Mat tre ! dit Tad Bonizec. M'est avis qu'on fera quelque chose de toi.

Cet été-là, petit Jos apprit à pêcher la daurade au posé, le bar au lançon, et par conséquent à pêcher le lançon à la dandinette, en balançant et ramenant dans le banc, parfois aussi épais qu'une soupe au pain, une ligne équipée d'hameçons triples qui se plantaient dans les petits poissons sans les abîmer. On les jetait dans un seau d'eau, puis dans un vivier mouillé à Porzh-Brennig, où ils continuaient à frétiller.

Le gamin ne lâchait plus son mentor d'une semelle. C'est à reculons qu'il allait au lit le soir. Il s'arc-boutait contre le sommeil, dans l'angoisse que Tad Bonizec le laisse faire la grasse matinée ; mais il n'était pas de taille à lutter contre le marchand de sable du traezh, alors il s'endormait, pour se réveiller en pleine nuit noire, puis repartir dans un rêve de requin pèlerin qui mordait à la ligne à bar et tractait le canot dans les abysses – une histoire que Tad lui avait racontée –, où Neptune lui plantait son trident dans la poitrine, mais ce n'était que la main de Tad qui lui secouait doucement l'épaule.

« Le café est prêt, chuchotait-il. Debout, fiston ! Les étoiles vont bientôt s'éteindre. »

Les jours où la mer était lisse comme le lait de la vache dans le seau et trop chaude pour que n'importe quel poisson travaille, petit Jos descendait se baigner au traezh avec les gosses du hameau. Les garçons, torse nu et en pantalon court, patouillaient dans le bouillon. Les filles retroussaient leurs jupes et marchaient de long en large dans l'eau jusqu'aux genoux. Très vite, petit Jos nagea comme un phoque.

« Tu es mieux que moi, le félicitait Tad Bonizec. Moi, je sais à peine tenir ma tête au-dessus de la ligne de flottaison. »

Fin septembre, le canot fut tiré au sec et retourné pour l'hiver. Petit Jos faisait la tête de celui pour qui sonne le glas.

« Hopala ! se moquait Tad Bonizec. Crois pas qu'on va s'ennuyer, en hiver ! »

Il y avait un tas de choses à ranger, et de la lande à couper et à débiter en billettes à la taille du foyer du fourneau. Bien sec, c'était un bois dur comme du fer, qui brûlait haut et clair et chauffait brutalement, sans presque laisser de cendres.

Après la Noël, les jours où le ciel restait noir d'encre sous les nuées, Tad Bonizec et petit Jos révisaient les lignes, en fabriquaient de nouvelles, confectionnaient des mouches à maquereaux avec les plumes des coqs que Mamm Bonizec avait passés à la casserole. Au chaud près du feu, la tête bousculée par les ululements du vent, petit Jos sentait la fièvre monter en lui : il appelait le printemps de toutes ses forces, n'espérait rien tant que voir arriver enfin le jour où l'on remettrait le canot à flot, et alors les lignes plongeraient dans l'onde émeraude comme la première fois, et les maquereaux blanc-bleu-vert se disputeraient les plumes, et petit Jos se gaverait à nouveau de caviar du pauvre frit dans le beurre de la pie-noire, et tout l'été il garderait incrustées dans son pull-over, comme des talismans, des écailles de daurade brillantes comme des grains de mica.

Il alla à l'école du bourg, qui imposait son rythme, mais pour lui les années n'avaient que deux saisons, l'été et l'hiver. Elles défilaient, il ne les comptait pas. À quoi bon, puisqu'elles revenaient, avec les mêmes plaisirs. C'était sans doute cela l'éternité dont parlait le curé, au catéchisme.

Aussi, l'année de ses treize ans, après qu'il eut été reçu au certificat d'études, fut-il sidéré d'entendre Tad Bonizec lui annoncer que l'éternité avait une fin :

— Maintenant, il va falloir songer à partir de Trezaraden. Le temps est venu que je te parle de quelque chose…

Ils étaient en mer, petit Jos redescendit brutalement sur terre. Alors que le temps était beau et que les sapeurs de falaise ne travaillaient pas, il crut voir le cap tout entier s'ébouler d'un coup et disparaître dans les flots, et lui avec, chassé du paradis bien qu'il n'eût pas offensé le bon Dieu.

2

Ils avaient relevé les casiers, bourrés d'araignées qu'ils avaient triées pour remettre à l'eau les femelles grainées. Ils venaient de boëtter et de mouiller la palangre à daurades, qui allait travailler toute seule pendant qu'ils casseraient la croûte. Après, peut-être pêcheraient-ils quelques maquereaux ou quelques lieus. Rien n'était encore décidé. Il leur arrivait aussi de se laisser vivre, réunis par leur silence et le partage de la beauté de l'instant, sans regarder les aiguilles de l'oignon que Tad Bonizec gardait dans la poche de son pantalon au bout d'une chaîne accrochée à sa ceinture, sans rien faire d'autre que méditer et contempler le paysage et laisser le soleil leur tanner le cuir un peu plus – sous la visière de sa casquette, à contre-jour, Tad Bonizec avait l'air aussi noir qu'un moricaud.

Le canot se balançait doucement en dérivant vers la côte, caressé par la molle traîne d'une tempête qui avait soufflé en mer d'Iroise trois jours auparavant. De la côte, cette longue houle était imperceptible, mais elle se révélait sur la grève de Porzh-Brennig, quand tout à coup, à cinq pas du bord, une vague ourlait la surface de la crique et s'étalait, exsangue, dans un bref soupir d'écume.

Tétanisé, la bouche sèche, Jos attendait la sanction qu'annonçaient les mots terribles de Tad Bonizec. Partir de Trezaraden...

— Qu'est-ce que j'ai fait de mal ? demanda-t-il d'une voix larmoyante.

— Oh rien, mon pauvre garçon ! Ce que j'ai à te dire, c'est que tout ce plaisir qu'on a ici, on peut se le permettre parce que dans ma jeunesse je me suis arrangé pour... La première chose à faire, avant de bâtir sa maison, c'est de creuser de bonnes fondations. Toi aussi tu vas avoir ta vie à bâtir. Il faut la construire sur le dur. Tu aimes la mer, tu nages comme un phoque, tu es agile et costaud, tu es loin d'être bête puisque tu as eu ton certificat d'études haut la main, ils te prendront tout de suite à l'École des mousses...

— L'École des mousses ? C'est où ?

— Là-bas, à Brest, de l'autre côté de la presqu'île. Tout près.

— Mais j'habiterai plus ici, alors ?

— Si bien sûr, tu reviendras pendant les vacances.

— C'est pas pareil !

— Ça dure qu'un temps.

— Oh ben...

Petit Jos baissa la tête et regarda entre ses pieds s'ouvrir le panneau de cale de l'avenir, un vide épouvantable dans lequel il allait s'enfoncer et devoir lutter, s'il ne voulait pas disparaître, contre des pieuvres géantes, des congres de dix mètres de long, des raies à la piqûre mortelle, des requins mangeurs d'hommes, un tas de monstres ligués contre lui dans sa tête sous un même nom d'espèce : l'inconnu.

— Je suis obligé ? murmura-t-il.

— Non, bien sûr, personne peut t'obliger. Mais dans la vie il faut faire des petits sacrifices. Quand tu bâtis ta maison, tu sues à transporter et à tailler les pierres. Une fois qu'elle est finie, tu es bien content de profiter de ton toit et du feu dans la cheminée.

— Je pourrais faire la langouste et le thon, comme ça je resterais ici, dit le gamin d'une voix têtue.

— D'abord, tu resterais pas plus que ça ici. Les campagnes sont longues. La vie à bord est une vie de forçat. Et le résultat n'est pas garanti. Des fois ils gagnent gros comme eux, mais des fois ils ramènent pas grand-chose comme sous à la maison. Il y a des années où ils sont obligés d'aller chercher le thon au sud de Groix, quand c'est pas dans le golfe de Gascogne. Et la langouste, elle se reproduit pas comme les lapins. À l'allure où on les tire de l'eau, un de ces jours y en aura plus. Qu'est-ce que tu feras, avec des enfants à nourrir ?

— Des enfants ? Je suis jeune, dit petit Jos en souriant.

— Oh les années te tombent dessus plus vite que tu crois !

— Quand même…

— À l'École des mousses, on t'apprendra à être un vrai marin. Tu apprendras à gréer un grand voilier, à tenir un cap sans terre en vue à l'horizon. Tu seras sûr de faire ton service militaire dans la marine, comme quartier-maître, tout de suite. C'est un gros avantage. Parce que tu sais, marin-pêcheur, c'est pas une garantie. On en a vu, des marins d'ici, être appelés sous les drapeaux et se retrouver dans la biffe, et même dans les tirailleurs sénégalais. Expédiés en Afrique, à transpirer sous le cagnard, à choper un tas de maladies, dans le désert ou la forêt vierge, sans jamais voir la mer. Tu pourrais vivre, toi, sans voir la mer pendant deux ou trois ans ?

— Oh non !

— Avec l'École des mousses, tu es sûr de ton coup. Direct dans la Royale pour ton service, et après tu rempiles avec les sardines de quartier-maître-chef pour commencer ta carrière. Beau gars comme tu es, tu te marieras avec une gentille femme comme Mamm Bonizec, elle s'occupera de la maison et des enfants pendant que tu feras ton temps – tu verras, ça passe vite –, et tu reviendras profiter de ta pension jusqu'à la fin de tes jours, sans te casser la tête sur le comment gagner ta croûte. Comme j'ai fait. T'es pas d'accord ? C'est pas la belle vie ?

— Si.

— Avec ton instruction, t'as toutes tes chances de finir premier maître ou maître principal. Tu te rends compte, tu seras plus gradé que moi, je serai forcé de te saluer !

Tad Bonizec se mit au garde-à-vous debout dans le canot et salua, main à la casquette.

— Oh ben non, protesta petit Jos.

— Les galons, c'est les galons ! Dis-moi « Repos » !

— Repos !

Tad Bonizec se rassit.

— Tu vois, le métier de sous-off n'est pas bien difficile. Bon, comme on disait, personne ne t'obligera à faire quoi que ce soit. Tu as encore un peu de temps devant toi pour te décider. Réfléchis, mais pas trop. Quand on réfléchit trop, des fois, on perd la boussole et on prend la mauvaise direction. Je dis pas qu'il faut se lancer à la baille sans savoir nager, mais bon, moi je sais ce que je ferais si j'étais à ta place : l'École des mousses, et ta route est toute tracée.

Tourmenté par la perspective de quitter son paradis, petit Jos bouda pendant plusieurs jours.

— Tu es malheureux, mon mignon ? lui demanda Mamm Bonizec sur un ton un peu moqueur.

Il haussa les épaules.

— Ah mon pauvre petit, grandir est une sacrée corvée, pire que nettoyer sous la vache. Mais après l'École des mousses, devant toi la place sera nette, comme l'étable vidée de son fumier.

Il haussa les épaules, moins haut.

— Regarde les hirondelles, comme elles travaillent dur pour faire leur nid ! Elles ont leurs petits et à la fin de l'été tout le monde s'en va ! Mais elles reviennent l'année d'après. Toi aussi tu reviendras faire ton nid, sauf que tu ne repartiras plus.

Il haussa les épaules, à peine.

— Je sais, finit-il par dire.

Il savait que Tad et Mamm Bonizec avaient raison, que c'était la meilleure solution, partir pour mieux revenir.

— Bon, j'irai à l'École des mousses, dit-il enfin.

— Mat tre ! dit Mamm Bonizec.

— T'es un bon petit gars, dit Tad Bonizec.

Tous les deux le serrèrent sur leur cœur et il pleura comme un bébé.

— Ma faotig bihan[1] ! dit Mamm Bonizec, la larme à l'œil. C'est bien de pleurer. Un garçon de ton âge qui est capable de pleurer sera gentil pendant toute sa vie.

Joseph Gwenan en verserait, des océans de larmes, après l'extinction des feux, dans le dortoir de l'École des mousses. La tête enfouie sous la couverture grise

1. Mon tout petit garçon.

et le drap rêche qui sentait le savon noir, plus d'une fois il regretterait d'avoir cédé aux arguments de Tad et Mamm Bonizec. Il en restait effaré, se répétait : Mais pourquoi ? Pourquoi ? Pourquoi ?, jusqu'à en gémir de dépit. Oui, pourquoi ? Par fanfaronnade ? Pour prouver qu'il était déjà un homme ? Pour leur faire plaisir ? Il enrageait, les vouait au diable, marmonnait entre ses dents : « C'est de leur faute si je suis ici ! Ils voulaient se débarrasser de moi, ils ont réussi ! »

Le lendemain matin, sa rancune était balayée.

Dans la journée, les chefs ne vous laissaient pas le temps de ruminer des idées noires. Un mousse, comme un soldat à l'instruction, est un roseau qui ne pense pas. Il plie sous les engueulades et les menaces de punitions et ne se redresse qu'aux ordres, et encore le garde-à-vous n'est-il qu'une autre façon de ployer. La réflexion est proscrite, l'esprit doit rester entièrement disponible à l'acquisition d'automatismes qui l'empliront à ras bord. On appelle cela la discipline. Elle s'exerçait à tous les instants, du saut du lit à l'extinction des feux. Il ne s'agissait pas de laver les cerveaux, puisque tous étaient volontaires, mais de les occuper sans répit. Toute la journée les pendules dictaient leur loi, seul le sommeil permettait de s'évader dans ses rêves.

Jos se laissa modeler et il y trouva son compte. Comme l'avait dit Tad Bonizec, on lui enseignait un tas de choses que les garçons restés dans le Cap n'apprendraient jamais. Aux heures inclémentes succédaient infailliblement les plaisirs. On se levait avant le jour, on se lavait à l'eau froide, on subissait le salut au drapeau par tous les temps, on se tapait les leçons de mathématiques et de dessin industriel, les corvées de latrines et les revues de détail, oui, on s'appuyait tout cela en songeant aux récompenses : les régates de yoles, les sorties dans la rade de Brest sur les grands voiliers, les exercices dans les gréements qui avaient un tas de noms compliqués, mais c'était bizarre comme ce vocabulaire-là se logeait facilement dans votre mémoire, et c'était fantastique comme grimper en haut d'un mât vous guérissait à jamais du vertige. On se sentait devenir savant, on se sentait devenir puissant, encore plus savant, encore plus puissant, à mesure qu'on prenait une année de plus et que du poil vous poussait au menton.

À chacune de ses permissions, Tad et Mamm Bonizec s'émerveillaient de le voir forcir. Mamm s'extasiait qu'il se porte volontaire pour les corvées ménagères et les travaux des champs – menus travaux, estimait-il à présent. À la pêche, Tad lui laissait l'initiative.

Après une courte période où ils le traitèrent de fayot, les farouches gamins de Trezaraden, impressionnés par son savoir, se prosternaient devant lui avec respect. Mieux encore : les filles du hameau et des fermes alentour, qui venaient aux beaux jours batifoler au traezh, rougissaient à sa vue et lui faisaient les yeux doux.

Il se félicitait d'avoir choisi la bonne direction. Tad Bonizec avait bien eu raison de lui dire que l'École des mousses était le début d'une ligne droite le long de laquelle il suffisait de se laisser glisser jusqu'au service militaire dans la Royale, et du service militaire à l'engagement définitif.

Avant cela, il y aurait la première virée rue de Siam, la première cuite à Recouvrance, la première tapineuse tristement tringlée par convention virile, la première permission au Cap-Sizun en tenue de quartier-maître, les filles espiègles qui demandent à toucher le pompon rouge porte-bonheur en échange d'un baiser, et cette Guillemette Le Goffic, de la ferme de Kerbiquet, une des mignonnes du traezh qui lui faisaient les yeux doux depuis l'adolescence.

Ils s'éprirent l'un de l'autre à l'occasion d'un mariage où on les avait appariés comme cavalier et cavalière, douce obligation de se tenir par le bras, par la main, de découvrir les petits secrets féminins – jupe relevée jusqu'au genou, un bas filé qu'on arrête d'un point de vernis à ongles ; des escarpins neufs qu'on ôte sous la table, et de jolis pieds qu'on frotte pour faire circuler le sang –, et c'est comme ça que l'intimité se crée, et qu'on échange de menues confidences, dans la crainte rétrospective, déjà, qu'on aurait pu ne pas former un couple à ce mariage, et qu'on se serait ratés.

À la noce, Guillemette ne regarda pas les autres gars et Jos ne regarda pas les autres filles ; ce fut bon signe, un grand pas vers la promesse des accordailles. Pendant le bal, Guillemette dit à Jos :

— Oh tu étais bien fier, au traezh, quand tu partais à la pêche avec le père Bonizec…

— J'étais timide.

— Timide, toi, un marin ? Oh tu as déjà dû en avoir, des aventures !

— Quoi ? Quelles aventures ? On a pas le temps !

— Tu ne me regardais pas.

— Je t'avais remarquée.

— C'est vrai ?

— Pourquoi je mentirais ?

— Pour m'embobiner.

— Oh ! Oh ! Oh ! Je crois plutôt que c'est les filles qui embobinent les gars !

Ils se quittèrent sur un baiser qui les fit trembler tous les deux et se promirent de se fréquenter sérieusement. Hélas, les permissions s'espacèrent, au gré des embarquements et des exercices en haute mer. À bord, le fretin n'était pas tenu au courant des contrordres de l'amirauté. On vous disait au départ : « La campagne va durer tant et tant de jours », et finalement au milieu du golfe de Gascogne le bâtiment faisait route vers Gibraltar et Toulon… Malheur ! Pourquoi avoir choisi ce métier ? Si j'avais su, regrettait Jos à chaque permission reportée, au point qu'il envisagea de demander sa mutation dans l'intendance, à terre, lui le quartier-maître canonnier !

Heureusement, il y avait le courrier. Tout ce que Jos et Guillemette n'osaient pas se dire, ils se l'écrivaient. Il ne fallut pas beaucoup de lettres avant que Guillemette n'en termine une par « Ta Guillemette qui t'aime ». Le cœur de Jos bondit dans sa poitrine et il répondit : « Ton Jos qui t'aime, pour la vie ».

Et puis un matin votre nom apparaissait sur le rôle des permissionnaires et vous preniez le train, des heures et des heures de train quand on avait débarqué à Toulon, et vous aviez l'impression que le trajet durait des jours et des jours, à ne plus savoir comment vous arranger avec votre corps moulu, bien nulle part, ni allongé dans le couloir, ni assis, ni debout accoudé à la fenêtre, la langue pâteuse et la gorge rêche d'avoir trop fumé pour tuer le temps.

Enfin, Jos retrouvait sa Guillemette à la gare de Douarnenez. Il ne s'était pas rasé depuis quarante-huit heures, elle picotait de mille baisers sa barbe qui piquait. En coiffe et en habits du dimanche, elle était plus jolie à chaque fois que sur la photo que Jos gardait dans son portefeuille. Et tellement plus belle en vrai, quand il la serrait dans ses bras, l'embrassait, s'enivrait du parfum de ses cheveux fous échappés du chignon sur sa nuque, qui sentaient, lui disait-il, le duvet de tourterelle.

Elle aurait pu être la fille de Mamm Bonizec, à qui elle ressemblait. Comme elle, c'était un petit bout de femme, aux chevilles et aux poignets fins et au cou gracile. Elle avait un visage de lutin, des lèvres charnues, des yeux en amande, couleur bleu-vert des hauts-fonds sableux sous l'orage, des pommettes bien dessinées et cette peau mate et lisse des filles du Cap qui n'ont pas besoin d'enrichir les marchands de poudre de riz, un teint qu'elles ont à la naissance comme si dans leurs gènes étaient inscrits le soleil, le vent et l'iode qui les préparent à affronter debout l'absence de leur marin, sur les nues étendues des falaises.

Ces falaises au bord desquelles ils allaient se promener, découvrant qu'ils aimaient de la même façon demeurer stupéfaits devant l'océan, et s'éblouir ensemble, les yeux au ciel, à lire des augures dans les manigances des alouettes qui cherchaient à les éloigner de leurs nids dans les ajoncs nains.

— Regarde celle-là, comme elle descend vite, dit Guillemette. Si elle se pose, on sera mariés l'année prochaine.

Et l'alouette se posa.

— Alors bon, j'ai plus qu'à obéir !

— Si c'est juste pour obéir…

— Mais non, j'en ai envie autant que toi. Avant la fin de ma permission on va essayer de trouver une date.

Ils s'embrassèrent. Puis Jos s'assombrit.

— Tu veux te marier avec quelqu'un qui sait même pas d'où il vient ?

— Peuh ! Je sais bien que Tad et Mamm Bonizec t'ont pris à l'Assistance. Qu'est-ce que ça peut faire ? Ce qui compte, c'est ce que tu es devenu. Un gentil marin, et bel homme par-dessus le marché.

— Puisque tu le dis…

— Et moi, tu ne me dis pas comment je suis ? Méchante et laide, peut-être ?

Il la bascula doucement dans l'herbe rase de la falaise.

— Hum ! Faut voir, et j'ai pas tout vu, dit-il en glissant une main sous ses jupes.

— Hopala ! C'est pas parce que tu es en permission qu'il faut se croire tout permis !

— L'alouette s'est posée…

— Pour dire qu'on allait se marier.

— Et si on en regardait une autre qui dirait que…

— Sois sage… Et si on faisait un petit et que tu partes après pour six mois sans pouvoir revenir m'épouser avant que ça se voie ?

— Je déserterais !

— C'est ça, et ils t'enverraient au bagne !

— Je m'évaderais et je serais bouffé par les requins.

— Oh pourquoi tu dis des choses comme ça ? Déjà que je ne suis pas tranquille. Si ton bateau coulait…

— Couler ? Je vois pas comment. Et puis je sais nager !

Tad et Mamm Bonizec étaient enchantés que leur Jos fréquentât Guillemette, une fille de gens courageux, installés à Kerbiquet depuis des générations, des gens du Cap au destin clair et net : le père Le Goffic faisait la langouste et le thon et n'était plus très loin d'une retraite bien méritée ; la mère tenait la ferme ; les frères de Guillemette avaient bien tourné, tous pêcheurs, comme leur père.

Persuadés que Jos ne trouverait jamais de meilleur parti, Tad et Mamm Bonizec aimaient se faire peur : et si une plac'h an daouliarded[1], à Brest ou à Toulon, grappinait leur Jos par le savoir-faire que ces filles-là ont entre les jambes ? Ils avaient hâte que les jeunes gens se marient et poussaient gentiment à la roue.

Pendant les permissions de Jos, Guillemette mangeait plus souvent à Trezaraden qu'à Kerbiquet, et elle ne se contentait pas de mettre les pieds sous la table. Elle aidait Mamm Bonizec à préparer les repas, à servir, à desservir, faisait la vaisselle, balayait, allait même au lavoir, et tout ça sans réclamer des mercis, par gentillesse, par plaisir, par amour pour son Jos.

Quand il était parti, et puisqu'elle recevait plus de lettres de lui que Tad et Mamm Bonizec, ce qui était plus que normal, elle venait leur donner de ses nouvelles et restait dîner, le plus souvent. Il ne lui manquait plus que le titre officiel de belle-fille.

Jos et Guillemette se marièrent en juillet 1913. Il avait vingt-trois ans, elle en avait vingt-deux. Il se maria en uniforme, elle en costume du pays. Le repas eut lieu à Pont-Croix, en petit comité, puisque aussi bien Jos n'avait aucune famille à inviter. Il n'allait pas courir après une mère qui l'avait mis à l'Assistance, sans doute morte et enterrée, d'ailleurs. Quant à son frère Donatien, il se fichait comme d'une guigne de savoir ce qu'il était devenu.

Les mariés passèrent leur nuit de noces à l'hôtel. Le lendemain, leur mine rayonnante indiquait que rien

1. Fille à deux liards, fille de mauvaise vie.

n'avait cloché du côté de l'union des corps après celle des cœurs. Tad et Mamm Bonizec avaient organisé le retour de noce à Trezaraden, autour du four à pain du hameau, où les femmes avaient mis à cuire des rôtis de porc, des pommes de terre nouvelles, des fars et des gâteaux de riz. Le beau temps fut de la partie, le cidre coula à flots, plus d'un homme abusa du lambig, on dansa jusqu'à minuit passé, et en définitive cette journée, dans la simplicité, fut plus gaie que le jour du mariage proprement dit.

Les nouveaux mariés étrennèrent le grand lit que Jos et Tad avaient monté au grenier – la chambre conjugale, désormais – et Guillemette vint habiter à Trezaraden. Tad et Mamm Bonizec avaient gagné leur pari : non seulement le gamin qu'ils avaient recueilli était de la bonne graine de marin, mais il leur amenait à la maison, en plus, une bru idéale, une fille du pays qu'ils connaissaient depuis toute petite, presque leur fille en somme, qui leur donnerait des petits-enfants et veillerait sur leurs vieux jours.

Guillemette fut très digne au moment des adieux. Certes, elle pleura mais ne se plaignit pas. Femme de marin, femme de chagrin ? Sûrement que le dicton avait raison, mais ce qu'il ne disait pas, c'était toute la fierté de l'éprouver, ce chagrin, qu'on soit femme de pêcheur ou de marin de la Royale.

Le pêcheur avait le prestige des chasseurs de trésors fabuleux, la langouste et le thon. Pour les tirer de l'eau, il endurait les pires souffrances, le froid et la canicule, les morsures du sel, l'insomnie, les maigres repas, les maladies qu'on ne peut pas soigner à bord, les fractures qu'on ne pourra réduire qu'à terre, et souvent trop tard, si bien que les os mal ressoudés le laisseront impotent. Il affrontait une fois de trop les tempêtes et les ouragans, avait la gloire de faire son trou dans l'eau, pour être éternellement partout, dans le cœur de sa veuve comme dans l'orgue des tamaris sabrés par le vent, dans le cri des mouettes comme dans le crissement du ressac.

En temps de paix, le marin d'État ne courait guère de dangers, mais n'en était pas moins un quêteur de trésors, oniriques ceux-là, qu'il rapportait sur ses lèvres. Des mots, de simples mots, mais lesquels ! Port-Gentil, Pointe-Noire, les îles Mascareignes, Mogadiscio, Djibouti, Salalah, Bombay, Madras, Colombo, Sumatra, Bornéo, la mer de Célèbes, Mindanao, Shanghai, Vanuatu, Samoa, Valparaiso, San Francisco, Panamá, les Antilles…

Glanés sur des côtes lointaines dont n'avaient même pas idée ses vieux parents, ni ses enfants, ni parfois son épouse, incapable de situer la Bretagne sur une carte du monde, ils émaillaient les récits de ses campagnes, ces mots qui évoquaient l'or et l'encens, des fêtes païennes, des idoles tarabiscotées, des éléphants caparaçonnés de moire et de soie, des lézards géants, des poignards à lame courbe, les eaux cuivrées de larges estuaires que sillonnent de longues pirogues d'ébène, ou bien, sur des fleuves jaunes, d'étranges maisons flottantes à voiles en trapèze fourmillant de petits hommes nattés.

Le long de ces côtes inouïes, le marin arborait la tenue blanche et le casque colonial. Il représentait la France, et la Bretagne ! puisque la plupart des marins étaient bretons. Pour l'épouse à qui il racontait ses aventures dans les forêts tropicales, où résonnaient le vacarme assourdissant des cris des macaques et l'angoissant concert des tam-tams, il avait rang d'explorateur, de missionnaire, d'amiral triomphant à coups de canon des flèches empoisonnées des hommes-singes.

Le marin d'État était l'incarnation du héros odysséen, et le fier chagrin le doux état d'âme de sa femme entre deux lunes de miel : loin des yeux, près du cœur… La séparation attisait les flammes des retrouvailles, le lit conjugal produisait des fruits qui seraient élevés dans l'adoration du demi-dieu.

En septembre 1913, Jos embarqua à Brest sur le cuirassé *Gaulois* comme serveur d'une des quatre pièces de 305, curriculum vitæ bouclé à l'avance : il ferait son temps, toucherait sa retraite proportionnelle et reviendrait vivre au pays avec Guillemette et les enfants. Sauf imprévu.

Mais de l'imprévu, il y en aurait. La fameuse ligne droite de Tad Bonizec allait se mettre à zigzaguer pendant cinq ans, comme le sillage des bâtiments de guerre pour tâcher d'esquiver les torpilles allemandes…

Depuis plusieurs années, des cuirassés sortaient par fournées des chantiers navals français, anglais et allemands. On pouvait imaginer qu'ils serviraient un jour à autre chose qu'à gonfler les biceps d'acier de nations conquérantes. Tad Bonizec questionna Jos à propos de la puissance de ces navires, bien plus redoutables que ceux de son époque, sous le Second Empire.

— Tous ces canons !…

— Quatre de 305 ! répondit Jos. Deux pour la chasse, deux pour la retraite… Plus dix de 138, huit de 100, deux tubes lance-torpilles, et un tas de bricoles de petit calibre…

— Ma ! De quoi faire de sacrés dégâts !

— Je te dis pas !

Deux cheminées, vingt chaudières, trois machines, trois hélices : le *Gaulois* était du type *Charlemagne*, un bâtiment au ventre large, plat sur le flot comme un gros crocodile.

— C'est de l'acier épais, au moins ? demandaient les femmes.

— Ah pour la percer, cette cuirasse, faudrait y aller !

Les femmes se rassuraient : le *Gaulois* était invulnérable. Il rallia la Méditerranée en janvier 1914.

— Quand même, c'est pas de chance, dit Guillemette. Il y a d'autres bateaux de guerre qui restent à Brest…

— C'est comme ça, dit Tad Bonizec. Le navire suit l'idée de l'amirauté et le marin suit son bâtiment. Quand on a signé, on a signé…

Au mois de mai, Jos bénéficia d'une permission exceptionnelle, pour la naissance du petit qu'ils avaient fabriqué tout de suite après les noces. Le petit fut une petite, au prénom tout trouvé : Joséphine, auquel on ajouta Marie et Anne, pour la placer sous la protection de la Vierge et de sa sainte mère, la patronne des Bretons. Elle fut baptisée à l'église de Beuzec-Cap-Sizun, avec Tad Bonizec comme parrain et la mère Le Goffic comme marraine. Les voisins de Trezaraden et de Kerbiquet furent invités à un grand goûter de baptême qui se termina tard le soir. Plus d'un homme eut du mal à retrouver le chemin de son pennti. Des mois plus tard, on rigolerait encore d'Untel et d'Untel que leurs femmes avaient obligés à dormir dans la crèche, de peur qu'ils ne fassent des chas bihan[1] dans leur lit.

Ces jours heureux furent assombris par la visite des gendarmes de Pont-Croix, un brigadier-chef et un brigadier. Ils voulaient parler à Jos. Guillemette alla le chercher au traezh, où il était occupé à réparer les casiers en compagnie de Tad.

— Les gendarmes demandent après toi, dit-elle.

— Les gendarmes ?

Il revint en courant. Inquiet, il plaisanta néanmoins :

— Quoi ? Je me suis trompé de date ? Ma permission est terminée ? Je suis compté comme déserteur ?

— Mais non, mais non, dit benoîtement le chef, on sait bien que ta permission est régulière. On vient au sujet de ton frère.

— Mon frère ? Quel frère ? dit Jos sans réfléchir.

— T'en as plusieurs ?

— Ben non, un seul.

— Un nommé Donatien ?

— Ben oui. Mais y a une paie qu'on s'est pas vus. Depuis qu'on était gosses... Et il avait trois ans de moins que moi.

Et tout jeunot c'était déjà un drôle de zèbre, pensa Jos, avec réticence, en butant sur une scène du passé qu'il n'avait réussi à occulter qu'à partir du moment où il s'était mis à fréquenter Guillemette. Auparavant, le souvenir de cette scène revenait le hanter chaque fois qu'il y avait d'autres garçons autour de lui, qui lui rappelaient son frère. Au traezh, quand il se baignait avec les gamins. À l'École des mousses, pendant la toilette. Ce n'étaient que des pensées fugaces, qu'il rejetait aussitôt, parce qu'elles étaient associées à la honte d'un forfait dont il

1. Petits chiens. « Faire des petits chiens » : vomir.

avait été complice. Mais, à force de vouloir effacer cette scène de sa mémoire, Jos avait gardé de son frère moins de souvenirs qu'il n'en conservait de gars simplement croisés à l'École des mousses ou sur un bâtiment. De ces gars-là, il reste au moins des miettes : une repartie récurrente – « Fais pas chier le matelot ! » –, un éclat de rire, un tic, un bouton sur la figure, une attitude générale qui mène à un jugement lapidaire – triste ou rigolo, gentil ou méchant. De son frère, Jos aurait dit sans hésiter qu'il était vicieux et sournois. Et on ne fréquente pas un gars comme ça, même dans sa mémoire.

Face aux gendarmes, Jos accepta de revivre la scène. Un souvenir inconfortable, qui l'englua de tristesse et de remords.

C'était peu de temps avant qu'ils ne soient placés par l'Assistance. Jos avait neuf ans, Donatien six. Ils vivaient comme des petits sauvages, quelque part dans les monts d'Arrée, abandonnés à eux-mêmes par un père invalide et une mère souillon. Autour du pennti il y avait de belles fermes qui presque toutes s'appelaient Roz[1] quelque chose – Rozmeur, Roz-Bihan, Roz-Fao, Roz-Moal... –, et les fermiers par là-bas avaient la passion des chevaux.

Pendant plusieurs jours, Donatien prépara son mauvais coup en allant seul chasser des couleuvres autour des poulloù-pri[2] et dans les lagennoù[3]. Un après-midi, il dit à Jos :

— Viens, on va rigoler.

1. Buttes, tertres.
2. Trous de boue.
3. Marécages.

Il portait un sac en jute et Jos ne se douta pas un instant de ce qu'il y avait dedans. Il suivit son petit frère jusqu'au champ où il savait trouver la jument du voisin, une belle jument de trait, tranquille et affectueuse.

— Appelle-la ! Appelle-la ! dit Donatien.

Jos siffla et la jument vint allonger le cou par-dessus la clôture, et Donatien, ce salaud, vida son sac de serpents entre ses pattes, et la jument partit au grand galop, voulut sauter par-dessus le talus et se cassa les deux jambes de devant. Il fallut l'abattre. Le paysan interrogea les gamins :

— Qu'est-ce qui s'est passé ? Qu'est-ce que vous lui avez fait ?

— Rien, répondit Donatien. Elle s'est affolée, comme ça, d'un coup.

On lui aurait donné le bon Dieu sans confession.

— Et toi, Jos, qu'est-ce que t'en dis ?

Jos se souvenait comme si c'était hier du regard par en dessous de Donatien. Ce salaud-là le mettait au défi de vendre la mèche, mais son air narquois, dans le dos du paysan, prouvait bien qu'il était sûr que son grand frère ne le dénoncerait pas.

— J'ai juste cru voir un nœud de vipères, dans l'herbe…

— Ah nom de Dieu ! On a perdu plus d'un cheval à cause de ces saletés de vipères ! Quand vous en voyez une, j'espère que vous ne la laissez pas filer ?

— Oh non, dit Donatien, on la zigouille.

— Faudrait toutes les zigouiller, marmonna le paysan. Si c'est pas malheureux, une si bonne jument…

En se taisant, Jos s'était rendu complice du crime de Donatien. Il s'en voulait depuis et n'avait pas été fâché que l'Assistance les sépare, quelques mois plus tard.

— Bon alors, mon frère, il est mort ? demanda-t-il aux gendarmes.

— Il a fait des conneries.

— Des conneries ? Quelles conneries ?

— On est pas censés te le raconter. Tout ce qu'on peut te dire, c'est qu'il a devancé l'appel dans l'infanterie coloniale, pour éviter la taule.

— Qu'est-ce que j'ai à voir là-dedans ?

— Rien. Sauf que l'armée a demandé une enquête sur toi, pour se rendre compte, tu comprends, voir si c'est de famille ou bien si la connerie de ton frère est juste un faux pas.

— On veut que je me porte garant pour lui ?

— Mais non…

— Depuis le temps, c'est comme si on était étrangers.

— On va juste répondre que t'es un gars bien et ça arrangera ses affaires.

Jos haussa les épaules.

— À moins que tu ne préfères qu'on dise que t'es un voyou ? galéja le brigadier-chef.

— C'est pas moi qui vais vous dicter votre rapport…

— Allez, monte pas sur tes grands chevaux ! On aurait aussi bien pu rester à Pont-Croix. C'était pas la peine de venir jusqu'ici, on sait bien qui tu es. On voulait juste te prévenir, pour pas faire les choses dans ton dos. Toi et nous, on est de la même corporation, y a que l'uniforme qui change. Et puis ça nous faisait une balade…

Les gendarmes entrèrent boire un coup. Guillemette interrogea Jos du regard.

— C'est rien, dit-il. Des nouvelles de mon frère qui a devancé l'appel, paraît-il.

— Pas « paraît-il », sûr et certain, dit le brigadier-chef.

Les gendarmes levèrent leur verre.

— Yehed mat !

— Yehed mat ! répondit Jos sans enthousiasme.

Il aurait aimé ne plus jamais entendre parler de Donatien.

— J'espère que j'aurai pas d'emmerdements à cause de lui.

— Te fais pas de bile, dit le brigadier-chef. T'es pas responsable de lui, et d'abord c'est pas un assassinat qu'il a commis. Ensuite, dans la Coloniale, ils vont lui apprendre à marcher droit.

— N'empêche, ça fait un drôle d'effet d'entendre parler d'un frère qu'on a pas vu depuis plus de quinze ans…

— Bah ! Comme on dit, on choisit ses copains, on subit sa famille. Qu'on soit marin ou gendarme ou n'importe quoi, c'est pour tout le monde pareil. Quelle direction tu prends, après ta perme ?

— Il est question de la mer Noire.

— Hum, on dit que ça pourrait barder avec l'Allemagne…

— Jos est sur le *Gaulois*, dit Guillemette. Un cuirassé !

— Vaut mieux être sur un cuirassé que cuirassier, rigola le brigadier.

— Peut-être que tu croiseras ton frère, dit le chef. La Coloniale, on sait jamais…

— J'espère que non !

— Enfin, bonne chance pour le casse-pipe !

3

Il faut croire que l'acier du *Gaulois* était de qualité et le marin né sous une bonne étoile : après cinq ans d'absence, Jos débarqua à Toulon en juillet 1919, sain et sauf, sans une blessure. Bénéficiaire d'un congé de trois mois pour compenser le rabiot effectué en mer Noire, il mit aussitôt le cap sur Trezaraden.

Sa Guillemette trembla d'émotion pendant huit jours, cassa des assiettes et des verres.

« C'est du verre blanc, ça porte bonheur ! » lui pardonnait Mamm Bonizec.

Jos trouva du neuf au foyer : une fille de cinq ans qu'il n'avait pas vue pousser et une maison agrandie.

Joséphine fut très intimidée par cet inconnu qu'il fallait appeler papa et qui allait prendre sa place dans le lit de sa maman. Mamm Bonizec conseilla aux époux de partager leur lit avec la petite, pour qu'elle s'habitue à la présence du père et ne le considère pas comme un intrus ou un rival. La période probatoire s'acheva en même temps que les bris de vaisselle, et peut-être les deux choses avaient-elles à voir ensemble : la mère qui recouvre ses esprits et la fille qui accepte son père en tant que tel.

Il faut dire que le bonhomme à moustaches était gentil. Avec lui, il avait apporté un bonheur neuf dans la maison. Il riait tout le temps et faisait rire sa maman et son tad-kozh et sa mamm-gozh[1] aussi. Et puis il lui avait acheté une poupée à Paris (à Paris ! Rendez-vous compte !), un baigneur et ses habits, gros comme un vrai bébé. Et puis il avait rapporté de la guerre une malle au trésor, remplie de ces tubes en cuivre gravés et sculptés – des étuis d'obus de tous calibres – qui la fascinèrent et sur lesquels elle veillerait toute sa vie avec un soin jaloux, en considérant qu'ils lui appartenaient en propre, et qu'aucune de ses sœurs ne lui disputerait jamais. Et puis et puis et puis : Joséphine en attrapait le hoquet, de ces « et puis », quand elle racontait les exploits de son père aux copines du hameau. Et puis il avait navigué sur toutes les mers du globe sur des cuirassés qui avaient été coulés, il avait échappé à la noyade plusieurs fois, il avait été aux Dardanelles, il avait vaincu les Allemands et les Turcs…

Le deuxième dimanche qui suivit le retour du marin, Joséphine, après le repas de midi, lui secoua la main et lui dit :

— Papa ! Papa ! Je veux aller voir la mer au traezh avec toi ! Tu viens ? Viens ! Mais viens, je te dis, mon papa !

« Mon papa » ! Jos rougit jusqu'aux oreilles, Guillemette pouffa dans son corsage, Mamm Bonizec s'exclama :

— Ma ! Celle-ci cherche après son père, elle est tombée amoureuse de lui, je crois !

1. Grand-père et grand-mère.

C'était vrai. La petite fille se promit d'épouser son papa et la jeune fille, devant l'impossible union, se mettrait en quête de son sosie.

La maison avait été agrandie. En 1915, voyant que la guerre était partie pour durer, Tad Bonizec avait décidé de construire une aile à la maison, pour « les jeunes », quand Jos reviendrait.

« Et s'il ne… ? avait chuchoté Mamm Bonizec.

— Tais-toi ! Disons que c'est pour conjurer le mauvais sort. Ça vaut largement les cierges que tu mets à l'église. »

Mamm Bonizec avait à peine osé tourner sa phrase autrement :

« Oui mais si… si Guillemette reste seule avec la petite ?

— Tu y tiens ! Si comme tu dis, ce sera un grand malheur. Et tu auras donné tes sous au curé pour rien. Tandis que les murs que j'aurai bâtis, ils resteront, pour Guillemette et sa fille. »

Tad Bonizec s'était fait livrer un tombereau de moellons, du sable et du ciment. Un compère du bourg lui avait enseigné les rudiments du métier de maçon – tailler les pierres, manier le fil à plomb, lier les gâchées avec les bonnes proportions de sable et de ciment –, un autre compère le b.a.-ba du métier de menuisier-charpentier, et le moment venu il avait payé un couvreur, pour une tâche très spécialisée, qu'on n'apprenait pas comme ça. Guillemette et Mamm Bonizec avaient donné la main. Il avait pris son temps, le partageant entre la pêche, plus que nécessaire en ces temps de restrictions, et le chantier, qui dura deux ans. Pendant ces deux années, personne n'avait pipé mot sur la destination espérée de l'extension, de peur d'attirer la poisse. On garde pour soi les vœux qu'on fait les nuits d'étoiles filantes, sinon ils ne se réalisent pas.

Depuis 1917, le ciment et les pierres avaient eu le temps de sécher. La pièce était saine, bien éclairée par une fenêtre plus large que celles du pennti proprement dit, et en hiver il n'y ferait pas froid : Tad Bonizec, tant qu'il y était, avait monté des boisseaux où il ne restait qu'à emmancher le tuyau d'un poêle ou d'une salamandre. Jos apprécia son travail à sa juste valeur.

On pendit la crémaillère fin août. Jusque-là, Joséphine avait dormi à côté de ses parents dans son petit lit, dans la chambre du grenier. Guillemette dit à sa fille qu'ils allaient déménager en bas, dans la « maison neuve ». Que préférait-elle ? Descendre aussi ou bien avoir le grenier pour elle toute seule ? Elle choisit de descendre, mais quelques jours plus tard, le grenier lui manquant, elle remonta dans ce qui serait sa chambre de jeune fille pendant de longues années. Seuls dans leur nouvelle chambre, les époux furent libres de batifoler à leur guise, et avant que Jos ne reparte, Guillemette était prise. Une petite Germaine naquit en juillet 1920, à quelques jours près à la date anniversaire du retour de Jos de la mer Noire.

En raison de ses états de service pendant la guerre 14-18 (« 14-19 ! » rectifiait-il), on proposa à Jos une formation de fourrier à terre, qu'il accepta d'autant plus volontiers que l'échéance de la retraite proportionnelle approchait. Il fut affecté à Brest où, entre les coups de bourre de la distribution des paquetages aux conscrits, le boulot ne risquait pas de le tuer. Cette vie de fonctionnaire, il pouvait se la permettre sans ternir son aura d'aventurier : avec les Dardanelles – les DARDANELLES ! car le mot, à Trezaraden, ne serait jamais prononcé ni même lu dans un livre autrement qu'en majuscules, avec en arrière-plan sonore l'emphase que mettait Jos dans un récit que Joséphine ne se lassait pas d'écouter –, bref, avec les DARDANELLES et sa campagne d'Orient de 14 à 19, le canonnier avait ce qu'il fallait de côté, question héroïsme. Un sacré matelas de gloire, sur lequel on l'allongerait, au cimetière, son jour venu.

Les permes de soixante-douze heures tombaient aussi régulièrement que le traitement. Jos n'avait que la rade à traverser, un camion de la marine l'amenait à Tal Ar Groaz, où il prenait le car pour Douarnenez et de là le Youtar, le petit train qui longeait l'estuaire du Goyen, jusqu'à Audierne, où il se débrouillait pour trouver une voiture allant à Beuzec-Cap-Sizun. Il couchait dans son lit au minimum deux fois par mois. Résultat : début octobre 1921, Guillemette accoucha d'une troisième fille. On demanda à Joséphine, alors âgée de sept ans, de choisir son prénom. Ce fut Yvonne.

En 1923, Jos prit sa retraite proportionnelle.

— Ma retraite de la Royale et des galipettes au lit, plaisanta-t-il avec Tad Bonizec. J'ai assez avec trois filles.

— Oh il y a des choses qui se commandent pas quand un homme et une femme dorment dans le même lit, dit Tad Bonizec. Et vous êtes pas trop tard pour fabriquer un gars.

— Je suis bon qu'à fabriquer des filles, je crois bien. J'ai bien peur qu'on ait jamais de successeur, nous deux, pour tenir la barre du canot.

— On verra, on verra… N'importe comment, on a tout pour être heureux, maintenant. Il y a trois bouches de plus à nourrir, mais on est deux hommes à la maison, et à deux on avance quatre fois plus vite. On manquera pas de pain sur la planche. Ah, on risque pas de s'ennuyer, je te le dis !

Deux hommes en permanence à la maison, ça changeait tout. On pouvait regarder loin devant soi, bien que Tad Bonizec commençât à souffrir de ses vieux os. Ils construisirent ensemble une deuxième aile, divisée en deux parties : une chambre pour les petites et une remise supplémentaire, toujours utile. La crèche fut aussi agrandie, pour loger une seconde pie-noire, et plus tard son veau quand on déciderait de l'envoyer au taureau.

À la fin des travaux, Trezaraden ne méritait plus le nom de pennti. C'était désormais une maison confortable comprenant les deux extensions, la crèche et l'appentis agrégés au bâtiment d'origine dont la pièce principale, faisant office de cuisine et de salle à manger, voire de semblant de salon dans la mesure où trônaient dans un angle les deux sièges à accoudoirs réservés aux hommes, constituait une sorte d'atrium clos et couvert, centre de gravité de l'ensemble, où les sourires magnétiques de Mamm Bonizec attiraient devant ses fourneaux toute la maisonnée, les petites et leur mère pour chiner un bout du far aux pommes encore bouillant, tandis que Tad et Jos étaient enclins à soulever le couvercle des casseroles, au risque de se faire taper sur les doigts.

On ne s'interroge pas sur le bonheur, on le prend. La joie de vivre ensemble, sans soucis, qui la détaillerait point par point ? Pour les trois filles Gwenan, elle formait un tout indivisible, englobé dans la certitude de lendemains sereins, sous la protection de deux hommes croulant sous les projets, qui s'endormaient le soir avec la hâte de se réveiller au petit matin pour, à la belle saison, partager leur temps entre la pêche et la culture, en hiver, défricher un bout de lande, faire le bois et, les jours de très mauvais temps, s'occuper à l'intérieur de la maison, huiler les serrures et les gonds, réparer un pied d'armoire, blanchir les murs, et comme les femmes réclamaient toujours une étagère de plus, ici et là, aux oreilles des filles il n'y avait rien de plus rassurant, quand le vent rugissait et secouait les volets, que d'entendre grincer les scies égoïnes et résonner les coups de marteau dans l'appentis.

Élevée, éduquée et veillée par une maman et des grands-parents de conte de fées, Joséphine eut une petite enfance idyllique, parachevée par un cadeau du ciel, le retour de guerre d'un père idéal. Les premières années de Germaine et d'Yvonne ne le furent pas moins. En quelque sorte, elles eurent trois mamans : une grand-mère, une mère et une grande sœur, leur Joséphine, qu'elles appelèrent et continueraient d'appeler pendant longtemps leur « petite maman », pour l'attendrir ou l'asticoter, selon les circonstances.

Germaine et Yvonne se ressemblaient comme deux gouttes d'eau et, malgré les quinze mois de différence d'âge, elles semblèrent grandir au même rythme, à croire que Germaine attendit Yvonne, ou qu'Yvonne poussa plus vite pour rattraper Germaine. Toujours est-il qu'à l'âge de sept ans pour l'une et de six ans pour l'autre n'importe quel étranger les aurait prises pour des jumelles. Elles s'accordaient sur les mêmes jeux, s'enrhumaient en même temps, pleuraient toutes les deux si l'une, par extraordinaire, était grondée, et elles dormiraient dans le même lit jusqu'à la fin de l'adolescence.

Au printemps 1927, malgré les précautions, Guillemette tomba enceinte. Au mois d'août, Mamm Bonizec rendit son verdict :

— Oh, tu portes bas, exactement comme les autres fois. Ce sera encore une fille…

— Bah, il manquait une quatrième pour faire deux paires, dit Jos.

— Si elle est aussi facile à élever que les trois premières, on aura pas à se plaindre, dit Tad Bonizec.

— Heureusement que j'ai gardé leurs affaires de bébés, dit Guillemette, pragmatique.

— Y avait intérêt ! dit Tad Bonizec. J'avais prévenu ton Jos. Quand un homme et une femme s'arrangent comme vous, faut pas s'étonner que le grain germe. C'est le contraire qui aurait été étonnant.

Se posa la question du prénom. Joséphine, âgée de treize ans, imposa son point de vue :

— On habite au bord de la mer, Tad et papa sont des marins, il faudra lui donner un vrai nom de fille du Cap. Un nom breton, un nom pas ordinaire.

— Quoi ? Tu trouves que vos noms sont ordinaires ? dit Mamm Bonizec.

— C'est toi qui as choisi Germaine et Yvonne, rappela Guillemette.

— Je sais, mais bon… Je propose Morgane.

Elle venait de lire dans un livre que Morgane voulait dire « née de la mer », en breton.

— Ma foi, c'est joli, dirent les hommes.

— Moi j'aurais préféré Marie, dit Guillemette.

— Mais on est toutes les trois des Marie, en deuxième prénom.

— Marie tout court, dit Mamm Bonizec.

— Morgane-Marie, suggéra Jos.

— Ça sonne pas bien, dit Tad Bonizec.

— Marie-Morgane, alors, dit Guillemette.

— Ah oui, ça sonne vraiment joli, dit Mamm Bonizec.

Joséphine fit un peu la moue, par principe, mais elle se rangea à l'avis de la majorité, surtout après que Tad Bonizec eut dit que Marie-Morgane, ça lui rappelait une magnifique goélette de la Royale à bord de laquelle il avait franchi le cap Horn, en tant que moussaillon. Jos eut l'impression qu'il venait d'inventer l'anecdote sur-le-champ.

Le plus drôle aurait été que naquît un garçon. Mais non. Marie-Morgane vit le jour le 15 novembre 1927.

— Quatre jours plus tôt et on l'aurait appelée Armistice ! lança Jos.

Le plus navrant eût été qu'avec un prénom pareil le bébé soit laid, pour donner à suivre une enfant disgracieuse. C'est bien triste, une fille moche comme un pou, affublée d'un nom cheuc'h[1]. La pauvre, on se moquera d'elle toute sa vie, à moins que ses qualités ne comblent le fossé entre son prénom chichiteux et sa laideur.

Marie-Morgane était un bébé adorable, un petit ange, avec des cheveux noirs et des yeux si grands ouverts qu'on aurait dit qu'elle observait déjà le monde, en sortant du ventre de sa mère.

Au fil des semaines ses yeux bleu foncé de bébé, légèrement en amande, virèrent au gris-vert, la couleur de la baie de Douarnenez en colère, dans un beau visage d'un ovale parfait. Ses cheveux s'éclaircirent, couleur de blé mûr, que ses trois sœurs, ses trois petites mamans, ne se lasseraient pas de peigner.

1. Chic, distingué.

Comblés, Tad et Mamm Bonizec « arrangèrent leurs affaires », selon l'expression en usage chez les ruraux soucieux de prévoir la venue du grand âge, et la mort.

— On va mettre la maison à votre nom, dit Tad Bonizec à Jos.

— Pour quoi faire ? feignit de s'étonner Jos.

Il avait forcément pensé à la succession, mais il n'aurait jamais abordé la question, même pour un boulet de canon de 305.

— Vis-à-vis de l'état civil, t'es rien pour nous. Si on arrange pas nos affaires, c'est des vagues neveux qui hériteront de nous, et vous serez foutus dehors, ça c'est sûr.

— Ça nous ferait mal, à nous et aux filles.

— Eh ben, vous risquez pas d'avoir mal ! rigola Tad Bonizec. J'ai déjà vu le notaire et tout est prêt. Y a plus qu'à signer.

La veille de la Saint-Jean, chez le notaire de Pont-Croix, Tad et Mamm Bonizec firent donation de Trezaraden à Jos et Guillemette. Biens meubles et immeubles, les terres et la maison, les meubles et tout ce qu'il y avait dedans.

— Maintenant, on serait bien embêtés si vous nous foutiez à la porte, galéja Tad Bonizec devant le notaire.

— Pas de danger, dit ce dernier, vous avez gardé l'usufruit.

Jos haussa les sourcils.

— L'usufruit, c'est le droit pour monsieur et madame Bonizec de rester dans la maison jusqu'à la fin de leurs jours.

— Encore heureux ! dit Jos. Et j'espère qu'ils vont y rester longtemps !

— Et moi aussi, dit Guillemette.

— Longtemps ou pas, on verra bien, dit Tad Bonizec. En tout cas, maintenant que c'est signé, on peut vieillir en paix.

— Et regarder tranquillement les filles grandir, dit Mamm Bonizec.

— Sûr assez qu'elles adorent leur grand-mère, dit Guillemette.

— Oh, pour maintenant elles savent bien que je ne suis pas leur vraie grand-mère !

— Mais c'est tout comme, dit Jos. Elles vous adorent, tous les deux.

— Oh, elles ne sont méchantes avec personne, dit Mamm Bonizec en baissant les yeux de confusion.

On se répéta tous ces compliments au restaurant, où l'on dégusta un friko[1] digne des circonstances. Les filles étaient restées à Trezaraden. Joséphine, à quatorze ans, était assez grande pour s'occuper de Marie-Morgane, qui faisait ses premiers pas, tout en surveillant Germaine et Yvonne.

Au retour des ripailleurs, en fin d'après-midi, les trois aînées trépignaient d'impatience.

— On avait peur que vous soyez en retard pour le feu de la Saint-Jean ! dit Joséphine.

— Oh oh oh ! Le soleil est loin d'être couché ! répondit Tad Bonizec.

— On y va ! On y va ! Tad ! Mamm ! On y va ! Papa, maman ! Allez, venez ! supplièrent Germaine et Yvonne.

— Il est l'heure du dîner, dit Mamm Bonizec. Il faut manger un petit quelque chose. On ne va pas à la fête avec le ventre creux.

Les adultes n'avaient pas grand-faim, et les filles bien plus d'appétit de réjouissances que d'omelette au

1. Grand repas, repas de fête.

lard. On se contenta d'une soupe au lait et d'un bout de far, et malgré les protestations des filles on fit la vaisselle avant de courir vers la côte.

Le bûcher de lande, de genêt et de bois mort glané sous les pins maritimes avait été dressé face à la mer, au krec'h, sur une parcelle où il y avait plus de roche que de végétation. Le cône, plus haut qu'un cheval cabré, s'élevait au milieu du kelc'h an tan, le cercle de feu, constitué de neuf grosses pierres, selon la tradition. Des gens érudits, tels les maîtres d'école, évoquaient la perpétuation dans le Cap du culte rendu par les Celtes au Soleil, mais peu importait aux gens que ce fût vrai ou faux. On tenait de son père qui le tenait de son père et ainsi de suite que cela devait se faire comme ça, un point c'est tout, si bien que de mémoire d'homme le feu de la Saint-Jean, à Trezaraden, obéissait à un rituel invariable. Le curé fermait les yeux sur ce rite païen. Si ses ouailles sacrifiaient au culte du Soleil, ils le faisaient le soir de la Saint-Jean, l'un des apôtres évangélistes. Cette cohabitation du profane et du sacré ne nuisait pas à l'Église, ni n'appauvrissait l'argent de la quête.

En chemin, la petite Marie-Morgane passa tour à tour des bras de sa mère dans ceux de Mamm Bonizec. Les trois aînées couraient devant, dépassant des familles venant du hameau et des fermes alentour. Tad Bonizec et Jos suivaient derrière, tranquillement, Tad fumant sa pipe, Jos tétant sa cigarette roulée.

Le temps était beau et le vent favorable, plus est que suet. Les gens s'assirent face à l'occident pour regarder le soleil rougir et s'enfoncer dans l'océan. Des cris et des applaudissements retentirent, tout le monde se releva, des groupes se formèrent, des fermiers de Trezaraden et des métayers de terres plus éloignées en profitèrent pour échanger sur les espérances de belles moissons, tandis que les enfants couraient à droite et à gauche et que neuf jeunes filles, vêtues de leurs plus belles robes et cheveux libres sur les épaules comme le voulait la coutume, attendaient, tout excitées par l'importance de leur mission, l'heure d'officier. Ce soir, pour la première fois, Joséphine avait l'honneur d'être l'une de ces plac'hed an tan, l'une des neuf filles du feu.

La teinte vermeille de l'océan s'effaça peu à peu, il devint gris et mat et lisse comme l'envers d'un miroir, la ligne d'horizon s'évanouit quelque part entre ciel et mer, et les anciens, yeux plissés, se tournèrent vers le bourg : les silhouettes des talus et des pins maritimes étaient bien noires, qui se découpaient sur le ciel bleu nuit. Le doyen alluma son briquet, auquel les neuf filles du feu vinrent allumer leurs torches, puis, la tête bien droite, d'un pas un rien affété, elles allèrent se poster chacune, par rang d'âge, devant l'une des neuf pierres du cercle.

Le doyen leva le bras, puis l'abaissa. La fille qui se trouvait à l'est glissa vivement sa torche sous le bûcher, puis sa voisine de gauche fit de même, et ainsi de suite, dans le sens des aiguilles d'une montre. Joséphine, la plus jeune, fut la dernière à jeter sa torche dans un feu déjà bien pris. Les flammes trouvèrent le chemin de la cheminée que les bâtisseurs du bûcher avaient laissée au milieu. Les fagots de lande s'enflammèrent comme des allumettes, les branches de pin crépitèrent et grondèrent en bavant leur résine, ce fut comme une seule flamme géante qui s'éleva jusqu'au ciel, où la lune montante, effrayée, se cacha derrière un nuage. Les gens reculèrent, les mères tirèrent leurs petits enfants contre elles.

Lorsque la chaleur fut moins intense, les neuf filles du feu et leurs neuf cavaliers prirent un tison dans le bûcher et commencèrent de processionner par couples autour du kelc'h an tan, neuf tours à faire trois fois. Au dernier tour, le bûcher n'était plus qu'un petit monticule de braises rougeoyantes, animé de soupirs et de grésillements. Alors les vieux et les vieilles s'approchèrent des neuf pierres brûlantes et déposèrent sur le Tan Tad, le Feu Père à l'agonie, qui une brindille, qui une poignée de foin, qui un morceau de bois flotté, afin de le ranimer. Pendant que les flammèches dévoraient ces brandons symboliques, les garçons soulevaient tour à tour les neuf filles par les hanches et les poussaient à sauter par-dessus le tas de braise, et tout le monde criait « Nav[1] ! Nav ! Nav ! », le chiffre sacré, le nombre de mois que l'enfant passe dans le ventre de sa mère, le nombre de mois que le grain d'orge et de blé d'hiver met à germer, croître et prospérer. Aux « Nav ! Nav ! Nav ! » se mêlaient les cris de frayeur des filles et les rires fripons des garçons, quand s'ouvrait puis se refermait le compas des jambes blanches dévoilées par l'envolée des jupes.

Les jeunes gens allumèrent d'autres torches et se déployèrent dans la lande où ils décrivirent des cercles de feu de plus en plus lointains. Les anciens et les familles levèrent le camp. Les jeunes gens allaient revenir, en principe pour veiller le feu, en réalité pour conter fleurette. C'était leur droit : des couples déjà fiancés allaient parler mariage, des couples qui se fréquentaient allaient parler fiançailles, et de nouvelles idylles allaient naître.

1. Neuf. Se prononce « nao ».

Joséphine était trop jeune pour rester veiller la mort du Tan Tad. Mais cela n'entamait en rien son bonheur d'avoir été l'une des neuf filles du feu. À partir du moment où on avait allumé le feu de la Saint-Jean, tourné neuf fois autour à trois reprises et sauté par-dessus les braises, le monde changeait. Dès lors qu'on avait été une fille du feu, on ne tardait pas à tomber amoureuse, disait la légende.

— Alors, quel effet ça te fait, merc'h an tan ? lui demanda Mamm Bonizec.

Germaine et Yvonne rirent bêtement.

Les joues brûlantes, Joséphine ne pouvait pas rougir plus. Furieuse de cette question indiscrète, elle choisit de la traiter par le dédain :

— Peuh ! fit-elle. Je n'ai remarqué aucun garçon à me plaire !

Dans la cour de Trezaraden, elle s'aspergea d'eau froide, tellement elle se sentait bouillir.

Dans son lit, elle frissonna.

À la fin de l'automne, quand elle tousserait sans arrêt, on dirait :

« C'est au Tan Tad qu'elle a attrapé du mal ! »

Il faudrait l'envoyer au sana, ce qui retarderait d'un an son entrée en apprentissage, dans un atelier de couture de Quimper.

Mais elle était encore à la maison, à la Noël, quand le facteur apporta une lettre inattendue.

— Merde alors, dit Jos en lisant le nom et l'adresse au dos de l'enveloppe, c'est mon frère qui m'écrit.

4

C'est d'Ancenis, au mois de décembre 1928, que Donatien expédia sa première lettre de bonne année à son frère Joseph, perdu de vue depuis presque trente ans.

— Ça alors ! dit Jos en relisant le nom et l'adresse, ça alors, qui l'aurait cru ?

Toute la famille considérait le pli posé sur la table, bouche bée, sauf la petite Marie-Morgane, treize mois à présent, occupée à téter le sein de sa mère. Jos s'assit, prit son couteau et découpa l'enveloppe avec des précautions de démineur d'obus. Une certaine inquiétude se lisait sur les visages de Tad et Mamm Bonizec. Depuis que Jos était arrivé chez eux petit garçon, tout s'était merveilleusement passé. Cette lettre n'allait-elle pas remettre en question le bonheur établi ? Un intrus surgissait du néant, et qui plus est un frère à cause de qui Jos avait reçu la visite des gendarmes, avant-guerre.

La carte était une carte de vœux ordinaire, représentant un paysage de montagne et des sapins enneigés, un traîneau et des rennes menés par un joyeux père Noël, avec des notes de musique en forme de grelots sinuant dans le ciel. Sous les mots imprimés,

BONNE ANNÉE, il y avait juste écrit : *De la part de ton frère*. Les deux cadettes se disputèrent la carte, Joséphine la leur chipa.

— Elle sera à personne, dit Jos. Mets-la sur le buffet pour que tout le monde la voie…

Il déplia les quatre feuillets qui accompagnaient la carte. C'était une très longue lettre rédigée à l'encre violette, apparemment d'un jet, sans une seule rature, ce qui eut le don d'énerver Jos. Son frère aurait-il donc plus d'instruction que lui ? Il parcourut la lettre dans un silence recueilli, puis la tendit à Joséphine.

— Tiens, ma grande, lis-la-nous à haute voix, pour que tout le monde en profite.

— Oh ben !… protesta Joséphine, l'émotion lui donnant une quinte de toux.

— Attends que ça passe, lui dit Guillemette.

Joséphine retrouva sa respiration et debout, le menton droit et les pieds joints comme à l'école, se mit à lire d'une voix chantante :

— « Mon bien cher frère… »

— « Mon bien cher frère », tu parles ! grommela Jos.

— Laisse donc ta fille lire la lettre, le tança Guillemette.

— Bon, bon ! Je dirai plus rien puisque j'ai le droit de rien dire…

— Je recommence ? demanda Joséphine.

— Oui, ma mignonne, dit Tad Bonizec.

— Bon, alors… « Mon bien cher frère… »

La lettre était si dense, si pleine d'informations, que Joséphine dut en relire des passages, entre deux quintes de toux. Elle commençait par des mots de politesse – « J'espère que tu vas aussi bien que moi… » –, et puis Donatien racontait sa vie. Il disait carrément qu'il n'avait pas été bien traité dans la ferme du bocage niortais où on l'avait placé, au point qu'il avait devancé l'appel (Jos hocha la tête, de l'air de celui à qui on ne la fait pas), et puis comme tous les gars valides il avait été mobilisé, et à partir de là il étalait les détails de sa réussite. Comment il avait fini la guerre avec le grade de sergent, son embauche à la Compagnie Lebon, son grade de chef d'équipe, sa nomination récente comme chef d'agence à Ancenis, avec logement et voiture de fonction (Merde alors, il a donc son permis de conduire, se dit Jos), et un gros salaire dont il donnait même le montant. Il terminait en disant comment il avait trouvé l'adresse de Jos. Sachant depuis l'enfance, par les gens du Niortais, que Jos avait été placé dans le Cap-Sizun, il avait interrogé ses collègues de la Compagnie Lebon à Quimper, qui eux-mêmes s'étaient renseignés auprès de leurs collègues d'Audierne, de Pont-Croix et de Douarnenez, et voilà, « c'était pas plus compliqué que ça ». La lettre se terminait comme elle commençait : sur l'espérance, sincère ou de simple politesse, allez savoir, que les deux frères puissent un jour se donner l'accolade, depuis tout ce temps, soit dans le Cap-Sizun, soit à Ancenis.

Jos décrocha l'almanach des Postes et examina la carte de France.

— C'est pas si loin que ça d'ici, dit-il.

Les filles se penchèrent sur l'almanach.

— Où ça ?

— Là, à côté de Nantes, au bord de la Loire…

— La Loire prend sa source au mont Gerbier-de-Jonc ! claironna Joséphine, ce qui lui provoqua un violent accès de toux.

— Tu vois, tu tousses, à faire ton intéressante, dit Guillemette gentiment.

Tad et Mamm Bonizec souriaient, rassérénés.

— Bon, ton frère est comme toi, dit Tad Bonizec, lui aussi il a fait son chemin…

— Hum ! fit Jos. Il parle pas de certains détours…

— Quoi ? Quels détours ? dit Guillemette.

Jos haussa les épaules et répondit à voix basse :

— Tu sais bien, ce que m'a raconté le gendarme au café du bourg…

Donatien Gwenan n'avait pas eu la chance de son frère Joseph, ce statut de fils unique chez des gens adorables dans un nouveau monde maritime. Pour autant, il ne fut pas dépaysé dans le bocage niortais. Là aussi ça sentait la bouse de vache et le crottin de cheval, et, à l'automne et au printemps, l'odeur de feuilles pourries de la terre fraîchement retournée, quoique moins forte qu'en Bretagne, au cœur de ce bocage plus voué à l'embouche qu'aux labours.

Il fut placé chez des paysans, les Bressonneau, qui n'avaient que deux filles et n'espéraient plus avoir un garçon, la mère ayant subi une opération radicale du côté de la matrice. Loin d'être des Thénardier, ils n'avaient cependant pas pris un gosse de l'Assistance par charité chrétienne. Dans un premier temps, avant que le petit puisse participer aux corvées, il s'agissait pour eux de mettre du beurre dans les épinards avec ce qu'ils toucheraient de l'administration, une espèce de titre de pension qu'il fallait valider en fournissant le gîte et le couvert à un gamin qui n'accéderait jamais au statut de fils ni de beau-fils, ni de demi ni de quart de frère, ni même de petit-neveu ou de cousin éloigné, une sorte de chien errant qui s'est installé chez vous, rend service de temps en temps en aboyant après les voleurs de poules et sert de jouet aux gosses, et auquel on ne tient pas plus que ça – s'il part en vadrouille et ne revient pas, eh bien tant pis ou tant mieux, on en prendra un autre.

Désorienté par l'alternance arbitraire de caresses hypocrites et de coups de pied au cul, en grandissant Donatien affûta envers ses maîtres et leur progéniture la méfiance d'un renardeau qui, seul survivant d'un terrier gazé, aurait été nourri au biberon et faussement apprivoisé. Trop souvent le gamin avait le regard rentré et le mutisme sournois, aussi la défiance devint-elle réciproque. Le père et la mère Bressonneau philosophaient : l'animal avait le moral d'un rejeton de l'Assistance, ce à quoi il fallait s'attendre, finalement. Quant à son physique, il ne fallait pas s'en plaindre, une vraie stature de paysan dur au mal et au travail, à tel point que le père Bressonneau n'oserait bientôt plus s'y frotter.

Contrairement à Jos, qui était un petit Breton trapu, Donatien s'épanouit en un grand type bien découplé, qui à quinze ans vous toisait de toute sa hauteur musclée. Il développa de larges épaules, un cou massif, un poitrail et des cuisses de cheval de trait. Il mit sa force au service de sa vanité innée : s'il levait plus haut que les commis de ferme de plus grosses fourchées de foin, s'il dégageait au croc des masses de fumier que certains adultes peinaient à tirer, ce n'était pas par gratitude à l'égard des Bressonneau, mais bien pour faire la démonstration de sa supériorité. Prouver qu'il était le meilleur, le plus costaud, et de cela ses parents nourriciers n'avaient qu'à se louer. Seulement voilà, il apparut vite que Donatien était un garçon

« malhonnête », épithète et euphémisme que les deux filles Bressonneau utilisaient entre elles pour qualifier les entreprises de Donatien à leur encontre.

À huit ans, il leur montrait volontiers son robinet. À dix, il n'avait de cesse qu'il les surprît accroupies. À douze, il secouait sous leurs yeux ses premières érections. À quatorze, il se masturba pour de bon devant elles. La tête de côté mais l'œil en coin, elles considérèrent ce spectacle fascinant. La leçon de choses n'était pas pour leur déplaire, et elles la turent, devinant d'instinct que dans une telle occurrence la sanction frapperait avec la même rigueur l'acteur et ses spectatrices, qu'on suspecterait d'avoir encouragé l'exhibitionniste.

Un beau matin, la mère Bressonneau surprit le Donatien dans la buanderie, en train de renifler avidement le fond d'une de ses culottes sales. Outrée, le souffle coupé, elle se saisit du vieux manche à balai qui lui servait à touiller le linge dans la lessiveuse et le brisa sur le dos du salopiaud. Bien qu'il la dépassât largement en taille et en poids, il prit la fuite. Elle le poursuivit dans la cour, en frappant dans le vide et en hurlant : « Cochon ! Sale cochon ! »

À midi, le père Bressonneau fut informé.

— Je m'en doutais, qu'il avait quelque chose de pas clair dans le ventre, ce zigomar.

Le soir, les parents tinrent conseil, craignant que des « choses » ne soient arrivées à leurs filles. Interrogées, elles jurèrent de leur sainteté, mais passèrent aux aveux, à mots couverts, concernant les cochoncetés que faisait le Donatien depuis qu'il était tout petit. Le lendemain, il fut déménagé dans l'appentis, les filles furent mises sous surveillance, avec interdiction de s'isoler en compagnie du cochon et ordre de s'enfermer à clé dans leur chambre le soir venu. Donatien ne se révolta pas, et pour cause. Libre de se coucher à son heure, il commença de jouer les oiseaux de nuit autour des fermes, en quête de fenêtres aux volets restés ouverts sur des femmes en train de se déshabiller.

La nature exacte de la « connerie » qu'il avait faite, Jos l'apprit d'un des gendarmes qui étaient venus réaliser leur enquête de moralité, au moment où le Donatien avait devancé l'appel. À la retraite, et avec un coup dans le nez, le gendarme s'était épanché, dans l'arrière-salle d'un bistrot de Beuzec-Cap-Sizun.

« N'importe comment, y a prescription… Je peux bien te le dire, maintenant. Enfin, te dire ce que je sais. Et je sais pas tout… »

Donatien s'était introduit de nuit dans la chambre d'une bonne et l'avait plus que bousculée. Forcée ? Il ressortit de la première déclaration de la victime qu'elle avait été bel et bien violée. Mais, songeant sans doute que cela la marquerait au fer rouge aux yeux de futurs prétendants, elle revint sur sa déclaration. Donatien avait essayé, mais n'était pas arrivé à ses fins. Le patron de la ferme et un journalier, accourus à la rescousse aux cris de la bonne, témoignèrent en ce sens. Quand ils avaient surgi dans la chambre, le satyre, alerté par la cavalcade dans l'escalier, était déjà debout, outil remballé, et la bonne avait rabattu sa chemise de nuit sur son petit paradis. Alors… Alors… Alors le procureur de Niort, qui en avait vu de bien pires, ne voulut pas gaspiller l'argent de la République. L'agression fut requalifiée en attentat à la pudeur et correctionnalisée, et le jugement rendu en moins de deux. Personne ne saurait jamais avec certitude si on lui avait accordé le sursis ou s'il avait vraiment fait de la taule. En tout cas, Jos aimait à le croire. Dans l'enfance il s'était forgé une image de son frère et il y tenait mordicus.

Quand il avait rapporté à Guillemette les confidences du gendarme, il en avait rajouté dans le croustillant et le sordide :

« Ooooh-Ooooh-Ooooh ! gloussait-il en se régalant à l'avance de ce qu'il allait dire, faut pas croire, avant de violer il avait sûrement fait ses classes de vicieux… » Là, il baissait la voix : « M'étonnerait pas qu'il donnait sa queue à sucer aux petits veaux… Oh oh oh ! Un p'tit veau, ça tète, ça tète tout ce qu'on lui donne à téter !… Oh oh oh !

— C'est toi, le cochon !

— Il a eu de la chance… Paraît que la fille, il avait commencé à l'étrangler… À un poil près, elle crevait, et là il aurait été bon pour la guillotine. Tchack ! La tête dans le panier… Ah ouais, on peut dire qu'il a été verni. Pour viol, normalement, il aurait dû passer aux assises… Il est passé en correctionnelle et n'a fait que six mois de taule…

— Mais non, rappelle-toi, les gendarmes te l'ont dit, en mai 1914. Il s'est engagé dans la Coloniale pour ne pas faire de prison.

— Hum ! M'est avis que s'il a devancé l'appel, c'est pour sortir de taule.

— Admettons !

— Ce fumier a toujours eu le vice dans la peau.

— Tu l'as à peine connu !

— Et les couleuvres dans les pattes de la jument, c'était pas du vice, ça ?

— C'est quand même ton frère.

— Ouais, et je m'en passerais bien ! »

Et maintenant il y avait cette lettre sur laquelle Guillemette et les filles, et même Tad et Mamm Bonizec, bavaient d'admiration, alors que lui, Jos, interprétait à travers le prisme de la détestation une autre partie de la biographie du Donatien. Non content d'étaler sa réussite à la Compagnie Lebon, son frère tartinait aussi sur ses souvenirs de guerre, qu'on aurait crus piochés dans *L'Illustration* ou *L'Écho des tranchées*.

— Quatre ans sans une égratignure ! dit Jos devant tout le monde. Sûrement qu'il envoyait ses tirailleurs sénégalais devant lui au casse-pipe ! Il a fait toute la guerre derrière un bouclier humain ! Un planqué ! Et il a fini comme sergent ! Un gars qui sortait de taule pour…

— Tais-toi donc ! chuchota Guillemette.

— Le frère de papa a été en prison ? demanda Joséphine.

— Mais non, mais non… Il a été dans l'infanterie coloniale…

Ne pouvant pas se débonder devant ses filles, Jos remit le bouchon sur son bidon de fiel.

— Enfin, chacun pensera ce qu'il voudra, mais moi je vous le dis, y a pas de justice !

Démobilisé à Nantes et grillé dans le bocage niortais, Donatien décida de rester en Loire-Inférieure. Partout on manquait de bras, dans le bâtiment, dans les usines, sur le port, aux constructions navales. La première porte à laquelle il frappa fut la bonne. Il fut embauché aussi sec comme manœuvre à la Compagnie Lebon, gaz et électricité. C'est qu'il avait tout pour plaire à une grande entreprise privée : un physique de terrassier et des galons de sergent gagnés au front, ce qui, pour un gars sorti du rang, non seulement présentait un gage de respect de l'ordre et de la hiérarchie mais dénotait des qualités de meneur d'hommes. Et forcément, en principe, ironisa le contremaître recruteur, puisqu'il avait passé quatre ans dedans, il devait s'y connaître en tranchées...

Il ne moisit pas longtemps dans l'humidité de celles que la Compagnie creusait le long des rues. Il savait obéir, il savait se faire obéir des bras cassés qui ralentissaient le chantier et coûtaient des primes à leurs petits camarades, il ne fricotait pas avec les syndicalistes encartés à la SFIO, il était assidu aux cours du soir que lui payait son employeur et où il apprenait la physique et la chimie, l'algèbre et la géométrie : au bout d'un an il fut nommé chef d'équipe et quitta les rangs de la chiourme fouisseuse.

Désormais juché sur les tas de gravats que les esclaves pelletaient à ses bottes, il assenait sur les têtes courbées et les épaules en sueur les coups de fouet de ses engueulades sifflantes. « Oh toi, là-bas, l'arlequin, une pelle c'est fait pour creuser, pas pour s'appuyer dessus !... » Quelques années plus tard, ayant confirmé ses talents de dresseur de hardes prolétariennes, il fut nommé chef de l'agence d'Ancenis, une promotion impossible à refuser, bien qu'elle l'éloignât de Nantes et de ses habitudes de célibataire, et notamment des bordels du quai de la Fosse, ce légendaire pôle de luxure autour duquel tournaient tous les récits d'apprentissage des bidasses du Grand Ouest, et où il croisa peut-être, sans le savoir, un petit-neveu par alliance, Martial Yvinou[1], dont il ignorait

1. Voir *Ceux de Ker-Askol*, Presses de la Cité, 2009.

l'existence, aussi bien que celle, du reste, de sa parentèle d'Argoat.

Quai de la Fosse, Donatien y allait deux fois par semaine « se vider les couilles », selon son propre vocabulaire, et, ce faisant, purger son agressivité de mâle dominant, au bénéfice passager, le lendemain de ses parties de jambes en l'air, de ses souffre-douleur de manœuvres. Muté à Ancenis, il dut espacer ses visites. À tout prendre, ce n'était pas plus mal. Il prenait le train le samedi en fin d'après-midi, se rendait au Perroquet Muet, une bonne maison où l'on arnaquait le gogo de passage mais régalait le fidèle client de gâteries en rapport avec ses goûts, lesquels s'enrichissaient quand une nouvelle pensionnaire mettait en pratique des pages inédites de son Kama-Sutra personnel, au profit du bon Donatien. Homme d'habitudes, il ne détestait cependant pas le changement, à condition qu'il ne soit pas trop fréquent et que la nouvelle hétaïre s'agrège pour un bout de temps à l'équipe. En retrouvant des noms, des visages et des culs connus, Donatien se sentait pacha au milieu de son harem.

Or donc, muté à Ancenis et obligé de se déplacer, il prenait une chambre au Perroquet Muet et gardait la fille pour la nuit. Ça lui coûtait plus cher, mais il pouvait tirer autant de coups qu'il voulait, entre le samedi soir et le dimanche midi, heure à laquelle il libérait la chambre. Ensuite, il se baladait un peu, revenait en fin de soirée à Ancenis, dînait au restaurant et se mettait au lit, repu de sexe et de bonne chère, et rayonnant, à l'égard de ses creuseurs de tranchées, d'une indulgence dont les effets s'amenuiseraient au fil de la semaine. À la différence de la plupart des ouvriers, aux muscles et articulations refroidis le dimanche et peinant à se remettre au turbin le lundi matin, les travailleurs du gaz d'Ancenis bénissaient le premier jour de la semaine, où leur chef, couilles vidées et l'œil bonasse, les laissait en paix.

L'intuition de Jos n'était donc pas sans fondement : son frère était toujours un sacré numéro, malgré les fleurs dont il se couvrait dans sa lettre.

— Il écrit drôlement bien, dit Joséphine.

L'écriture était élégante, décidée, aisée, en rondes classiques, avec des majuscules, conformes à la règle, mais géantes.

— Pour sûr, ça prend de la place, dit Jos.

— Les verbes sont bien accordés et les lettres sont presque aussi bien formées que celles du maître d'école…

— Oh oh oh ! ricana Jos. Certaines lettres, c'est comme un lit au carré. Quand on soulève les couvertures pour aller voir le drap de dessous, des fois on a des mauvaises surprises…

— Quoi ? Qu'est-ce que tu as encore à lui reprocher ? répliqua Guillemette. Sa lettre est gentille.

— Eh ben quand même, il a trente-cinq ans et il parle pas de femme, ni d'enfants…

— Il ne sera pas le premier ni le dernier à rester célibataire.

— Hum, pour un gars qui déjà à dix-sept ans vio…

Tad Bonizec toussota. Jos comprit le message. Pas devant les filles…

— Bref, reprit-il, pour un gars dans la force de l'âge, c'est pas normal.

— C'est ta seule famille, tu ne devrais pas le débiner autant.

— Sûrement pas ma seule famille ! Sûrement que j'en ai d'autre, du côté des monts d'Arrée. D'ailleurs, un jour il faudra que je me renseigne… Tiens, quand on ira voir Joséphine au sana d'Huelgoat, ce sera l'occasion.

— Je n'ai pas tellement envie d'y aller, dit Joséphine.

— Il le faut, dit Guillemette. Tu reviendras guérie.

Un ange passa. Le mal que Joséphine avait attrapé au Tan Tad était la seule ombre au tableau, à Trezaraden.

— Ce sera juste une convalescence, dit Mamm Bonizec. Le docteur a dit que tu avais été détectée à temps.

— Bon, en tout cas, il faut que tu répondes à ton frère, dit Guillemette à Jos.

— Bof ! Je lui ai rien demandé.

— On ne reçoit pas une carte de bonne année sans remercier. On ira acheter une belle carte au bourg…

— Attends un peu ! On va pas se contenter d'une carte. Tant qu'à lui répondre, on va lui répondre ! Moi aussi, je vais lui en foutre plein la vue !

— Tu vas lui écrire toi-même ?

— Joséphine a une plus belle écriture que la mienne. Je dicterai, elle écrira, et je signerai.

— Oh ben, protesta Joséphine pour la forme. Au crayon à encre ou à la plume ?

— À la plume !

Le lendemain, on sortit le papier à lettres du tiroir du buffet. Il était un peu jauni et les fines lignes bleues qui servaient à écrire droit étaient presque effacées, mais Joséphine fit attention à ne pas aller de travers, plusieurs soirs de rang. Ce ne fut pas une lettre mais au moins vingt rédactions que son père lui dicta, tandis que Guillemette et Tad et Mamm Bonizec gratifiaient l'orateur de hochements de tête admiratifs.

« Tout est vrai, approuvait Tad Bonizec, et tu n'as pas tort de le lui dire.

— Sûrement que j'ai pas tort ! Il faut qu'il sache ! »

Que Donatien sache dans quelle bonne famille Jos était tombé, comment il avait été élevé dans un paradis, comment il avait appris à nager, à pêcher, combien il avait bien fait d'aller à l'École des mousses et de suivre l'exemple de Tad Bonizec en s'engageant ; que Donatien sache quelle guerre glorieuse il avait faite, lui, en tant que canonnier sur des cuirassés. Si l'un des deux avait quelque chose à envier à l'autre, c'était lui, le benjamin. Il n'avait pas de retraite proportionnelle, lui ; il ne gagnait pas de l'or en pêchant le homard à sa porte, lui ; il n'avait pas une gentille femme et quatre filles adorables, lui ; il n'avait pas de parents nourriciers généreux, lui ; il n'avait pas une maison et des terres au bord de la mer à son nom, lui.

— Tu ne racontes pas les Dardanelles ? s'étonna Joséphine.

— Raconte-lui, toi, si tu veux. Tu connais l'histoire par cœur, à force de me demander de la raconter.

— Oh ben, c'est pas pareil.

— Oh oui, raconte, papa ! s'exclamèrent Germaine et Yvonne.

— Bon, mais juste une partie.

Jos commençait toujours son récit de la même manière, par les mêmes tics : il soulevait sa casquette de marin pêcheur, caressait son front comme pour éponger les sueurs froides à venir, remettait sa casquette et calait sa bouffarde dans le coin de sa bouche…

« Le *Gaulois* passa plusieurs mois à escorter les convois de biffins et de matériel en route vers les ports grecs, le canal de Suez et le golfe Persique. Ça commençait bien, mais c'était trop beau pour durer. En réalité, le *Gaulois* avait la poisse. Et cette poisse, elle s'appelait la mer Noire. Il fallait y entrer pour soulager les Russes. Mal en point, ils réclamaient l'ouverture d'un deuxième front oriental. Plus du matériel de notre part. Ils étaient pratiquement à court d'obus. Or, tout le monde pouvait comprendre ça, tant qu'ils tiendraient le coup, ça ferait toujours ça de moins de Boches et d'Autrichiens sur le front ouest. Débarquer à Odessa présentait aussi d'autres avantages : embarquer le blé ukrainien, et décider la Roumanie, la Bulgarie et la Grèce à rallier l'Entente, pour foutre la pilule aux Turcs, leurs ennemis de toujours. Oui mais voilà, il fallait d'abord franchir les Dardanelles, traverser la mer de Marmara et forcer le détroit d'Istanbul. Une mission suicide, chacun pouvait s'en rendre compte, en jetant un simple coup d'œil sur les cartes de géographie, regardez donc... »

La mise en scène était bien réglée. Joséphine apportait l'atlas, ouvert à la bonne page. Jos posait l'index dessus et prononçait alors les deux mots tant attendus :

« LES DARDANELLES ! »

Il le disait en haussant les sourcils, restait bouche bée sur la dernière syllabe, ôtait sa pipe et la pointait sur la collection d'obus, puis tour à tour sur chaque membre de son auditoire, qui se sentait visé par une terrible menace. Quand elles étaient toutes petites, ses filles frissonnaient d'effroi comme si le grand méchant loup, les babines dégoulinantes de bave, devait sortir du buffet pour les manger toutes crues.

« LES DARDANELLES ! LES DARDANELLES, FÉVRIER 1915 ! criaient-elles.

— Ouais, un couloir de soixante-dix kilomètres de long… À l'entrée, des torpilleurs turcs et des sous-marins allemands… Des champs de mines un peu partout et de chaque côté des forts armés d'énormes obusiers qui n'avaient plus qu'à choisir leur cible, comme à l'exercice ! À toi, Joséphine, récite-les, les noms des forts…

— Ertoghoul, Orhanié, Seddul Barh, Koumkaleh, Dardanus… À la sortie, Tchanak et Nagara.

— Bravo ! Le matin du 19 février, les cuirassés anglais et français bombardent les forts de l'entrée à grande distance. Vers quatorze heures, on se rapproche, on bombarde à courte distance, on pense avoir réduit au silence Ertoghoul et Orhanié. Mais le mauvais temps remet ça, on s'éloigne, on attend cinq jours que le temps redevienne favorable. Le 25 février, on reprend le feu, les batteries turques répondent, mais sans causer de grands dommages. Dans l'après-midi on se rapproche de nouveau, les cuirassés anglais concentrent leur tir à courte distance puis débarquent des troupes pour achever le travail. Dans la soirée, Ertoghoul et Seddul Barh flambent et des munitions explosent. Mais il en reste, des forts ! Le temps se détériore de nouveau, empêchant la poursuite d'une opération de grande envergure. On occupe son temps en ramassant les mines repérées par les hydravions… Enfin, le 18 mars, toute la flotte appareille pour tenter, cette fois, de forcer le passage de Tchanak, au bout du goulet, en passant par l'étroit chenal déminé par une flottille de chalutiers anglais, des bateaux en bois, transformés en dragueurs de mines. Arrivés devant le goulet sans encombre, on aperçoit un remorqueur turc s'enfuyant à toute vapeur. On saura trop tard ce qu'il vient de faire, le salopard : poser des mines dérivantes, interdites par les lois de la guerre !

— Oooooh ! se scandalisaient les filles.

— L'amiral Guépratte réclame aux Anglais l'honneur de mener l'escadre à l'attaque, et il l'obtient ! Les quatre cuirassés français ouvrent la marche funèbre vers les champs de mines de Kephez, puis celui de Sari-Siglar et enfin, dans la partie la plus étroite du goulet, le rideau à mailles d'acier de Tchanak. Si on passe, la route de la Corne d'Or et de Constantinople nous sera ouverte. Restera plus qu'à se taper la flotte germano-turque devant Constantinople et à nous la mer Noire, que tenaient les Russes, avec l'aide de sous-marins anglais qui avaient réussi à franchir les Dardanelles en rasant le fond… »

Les filles retenaient leur respiration.

« Le *Suffren* et le *Bouvet* longent la côte d'Asie et nous on progresse côté Europe, le long de la presqu'île de Gallipoli, de conserve avec le *Charlemagne*. Le *Gaulois* se laisse dériver dans le courant pour se mettre de travers, comme ça toutes les pièces, de tous calibres, peuvent tirer. Le temps est superbe, nos pointeurs font merveille. Pour un peu, les Anglais nous applaudiraient. Mais des deux autres bords les autres savent pointer, aussi… Ah nom de Dieu, tous les obus qui leur étaient tombés dessus leur avaient pas cloué le bec. On crache le feu de toutes nos pièces, ils nous balancent leur purée, un vrai déluge de part et d'autre, un orage de fin du monde, on dirait que le ciel est en flammes et nous on a les yeux, la gorge et les poumons en feu à force de respirer de la poudre et la fumée de nos chalumeaux géants. Bon Dieu, les Turcs, côté Anatolie, ont des batteries partout, et pour finir, devant le champ de mines de Sari-Siglar, des tubes lance-torpilles… Avec nos 305 et nos 140, on pilonne Dardanus…

— Et les batteries lance-torpilles ! précisait Joséphine si Jos les oubliait.

— Ouais, aussi. Et pendant dix minutes, les Turcs ferment leur gueule. Opération réussie ? On dirait qu'on va tous les quatre passer au travers… Mais non ! Les forts de Dardanus et de Tchanak recommencent à tirer, on essaye de se faufiler entre les mines flottantes… Un obus turc nous touche en plein sur la plage arrière. Pas trop de dégâts… Le *Suffren* est touché sur l'avant… Voie d'eau… Il cesse de tirer, évite les mines… Le *Bouvet* remonte le courant pour le remplacer, aperçoit une mine à bâbord, une autre à tribord, il veut passer entre les deux et voit pas une troisième qui dérivait entre les deux autres… La mine le touche à l'avant, juste sous ses soutes à munitions. Deux minutes plus tard, plus de *Bouvet*, rien qu'un champignon de fumée et de vapeur qui restera une bonne heure à flotter au-dessus de son trou creusé dans l'eau. Coulé, avec ses quelque mille bonshommes… Bon Dieu, quand on a vu ça, on en a presque fait dans notre froc. On y croyait, à l'invincibilité de nos cuirassés, et nous autres les canonniers, sur le pont, on se disait qu'on avait toutes nos chances de s'en tirer, en sautant à l'eau, pas comme les pauvres gars là-dessous, aux machines… Mais là, avec l'explosion du *Bouvet*, on a bien vu que personne n'avait sa chance…

— Sauf toi, papa ! disait Joséphine.

— Ouais. Et voilà que tout à coup les Turcs nous font notre fête. Une torpille lancée de la côte nous touche en dessous de la ligne de flottaison… Ça gueule, ça prie, ça pleure... On se voit déjà finir en moins de deux, comme le *Bouvet*... On vire de bord... Des Anglais n'hésitent pas à se porter à notre secours. Les chaloupes sont mises à l'eau. La moitié de l'équipage est évacuée. La voie d'eau est maîtrisée. Le *Gaulois* flottera ! Le commandant nous dirige vers la sortie du goulet et décide d'échouer le bâtiment en mer libre, à l'abri des obus, sur une bande de sable, l'île aux Lapins...

« Pendant ce temps, le *Charlemagne* continue de tirer. Il y a de la casse chez les Anglais. L'*Irresistible* et l'*Ocean* sont touchés par des mines dérivantes. Ils couleront, mais lentement, et leurs équipages seront sauvés presque au complet, malgré les Turcs qui tiraient sur les chaloupes, les vaches. L'*Inflexible* et l'*Albion* sont gravement endommagés... À la fin de l'après-midi, ordre est donné à la flotte de se retirer et de rejoindre Ténédos. Échec sur toute la ligne... Pas demain la veille qu'on franchira les Dardanelles ! Qu'elles restent aux Turcs et grand bien leur fasse ! N'importe comment, ils étaient mal lotis. Le blocus était total. S'ils nous bloquaient l'entrée, nous on leur bloquait la sortie en mer Égée, et à l'autre bout de la mer de Marmara, s'ils tenaient Constantinople, ça leur servait pas à grand-chose. Pas question pour eux de s'aventurer en mer Noire, la flotte russe les aurait alignés...

« Sur notre île aux Lapins, les scaphandriers anglais bossent pendant deux jours et deux nuits et finissent par colmater la brèche. On rembarque ceux qui avaient été évacués et on met le cap sur Toulon pour réparer... »

— « Et c'est comme ça que j'ai échappé à la mort la première fois », conclut Joséphine.

Tout le monde rit de bon cœur.

— Tu connais vraiment bien ta leçon, dit Guillemette.

— On racontera le reste à mon frère une prochaine fois, dit Jos. Si on en a l'occasion.

Il signa la lettre-feuilleton, Guillemette mit sous enveloppe vingt-deux feuilles plus la carte de bonne année, et Jos se rendit en personne à la poste du bourg faire peser et affranchir le pli.

Mentalement, il ponctua d'un « Et toc ! » le coup de cachet de la postière sur les timbres.

Donatien lui répliquerait un an plus tard. Dans une deuxième lettre accompagnant une deuxième carte de bonne année, il se targuerait d'une bonne fortune que Jos ne pourrait jamais égaler.

5

Joséphine ne séjourna que six mois au sanatorium d'Huelgoat. Elle en revint, guérie, au mois de juin 1929. La famille n'était pas allée la voir, à cause des difficultés du déplacement et puis aussi, il fallait bien se l'avouer, à cause de la peur rentrée de côtoyer tous ces malades réunis en un même lieu. Déjà qu'on avait eu de la chance que personne d'autre ne soit contaminé à Trezaraden, mieux valait ne pas tenter le diable.

Joséphine parla peu de son séjour, sinon par bribes, quand des circonstances le lui rappelaient. Guillemette lui commandait-elle de se reposer qu'elle répondait : « Oh je me suis assez reposée comme ça pendant six mois ! », et elle racontait alors, sans s'étendre dessus – il suffisait qu'elle les ait vécues ! –, les nuits de quatorze heures, les siestes interminables, les courtes, trop courtes promenades au bord du lac, mais aussi, comme pour se réconforter a posteriori, les dimanches de fête où un termaji[1] venait avec son cinématographe leur passer des films amusants. Évoquait-on l'agonie d'un jeune homme du Cap qui avait été pris pendant

1. Saltimbanque. Contraction de « lanterne magique ».

son service militaire en Algérie que Joséphine rassurait tout le monde sur le degré de son affection : « Oh moi, ce n'était rien, à côté des filles à qui on avait fait des pneumothorax ! » « Pneumothorax », le mot horrible qu'il lui fallait bien expliquer : percer le poumon avec un gros tube et insuffler de l'air dedans, pour cicatriser les cavernes. « Les *cavernes* ! s'égosillaient Germaine et Yvonne. Oh, arrête ! » Joséphine ne demandait pas mieux que d'arrêter de raconter et, aussi vite que sa tache au poumon droit s'était envolée, on oublia cet épisode un peu honteux, quoi qu'on dise, dans la vie d'une famille.

L'après-midi de son retour, après les embrassades et les félicitations pour sa bonne mine, Joséphine s'entendit dire tout de suite par son père :

— Ah ah ! Tu es en pleine forme, tu vas pouvoir répondre à ton oncle !

— Il a écrit ?

— Ouais, tu parles, pour m'en foutre encore plein la vue !

Donatien s'était marié. Et pas avec n'importe qui. Avec une mademoiselle DE quelque chose. L'oiselle lui était tombée dans le bec, toute rôtie et bardée de rentes futures, dans la salle à manger de l'hôtel des Vignerons.

Les samedis soir où il n'allait pas à Nantes se payer une pute du quai de la Fosse, Donatien se tapait la cloche dans cet établissement très bien fréquenté par la bourgeoisie locale, autrement dit ses pairs. Enfin presque, se raisonnait-il, car il n'était pas idiot. Il n'atteindrait jamais le rang d'un notaire, d'un médecin ou d'un quincaillier en gros, mais tout comme le directeur du Crédit industriel de l'Ouest, le percepteur ou le receveur des Postes, salariés eux aussi, en tant que directeur de l'agence de la Compagnie Lebon, il appartenait à cette sous-classe de notables que le gratin côtoie par nécessité et admet par intérêt dans les antichambres de ses clubs et sur les strapontins de ses dîners en ville.

À l'hôtel des Vignerons, Donatien dînait seul, mais au milieu de l'illustre société des habitués du samedi soir, qu'il saluait gravement d'un coup de menton confraternel. Ce lieu réputé le valorisait, lui le parti de rien : porcelaine et cristal, couverts en argent, mobilier Louis XIII campagnard, épaisses tentures et papiers peints chargés dont les sombres natures mortes, tableaux de chasse et bouquets de fleurs vénéneuses, renvoyaient aux huis clos des hôtels particuliers où il ambitionnait de se faire inviter. Il endossait ce décor comme une toge de suffisance. Son ego en appréciait le poids de gloriole sociale aussi bien que son estomac digérait sans renvois le grand menu à quatre plats.

Au tout début, la valetaille déguisée l'impressionna, mais très vite ce meneur d'hommes sut déboutonner sa vanité d'impétrant, avec la morgue grossière d'un nouveau riche qui s'astreint à critiquer le muscadet, trop frais ou pas assez, et à renvoyer au cellier un bourgogne prétendument bouchonné. Cet autodidacte des raffinements petits-bourgeois en clappait de la langue et, faute d'encenseurs, se félicitait lui-même. Bravo, Donatien ! À l'hôtel des Vignerons, t'es comme chez toi ! Non mais alors !

Parmi les habitués du samedi soir, deux personnes se remarquaient à peine parce qu'elles n'étaient pas dignes d'être remarquées par Donatien : un laideron aux traits chevalins d'une bonne trentaine d'années, et sa maman, une vieille douairière ratatinée sous sa pommade. À leur table attitrée, une table de quatre, dans le coin opposé à celle de Donatien, elles se confondaient avec le décor tout comme les natures mortes se fondaient dans l'obscurité du papier peint. À l'heure où Donatien arrivait, toujours elles en étaient au plat de résistance, une grillade quelconque, d'après ce qu'il pouvait en voir. Elles le regardaient, la mère cillait, la fille esquissait, croyait-il, un semblant de sourire, auquel il répondait vaguement, d'un hochement de tête plus général que distinctif.

Un soir d'octobre, Donatien eut la mauvaise surprise de voir sa table, pourtant réservée de quinzaine en quinzaine, déménagée au milieu de la salle, bout à bout avec d'autres pour former la cène d'un banquet républicain, à en croire les cocardes bleu-blanc-rouge posées sur les serviettes. Le maître d'hôtel se répandit en excuses insincères – ce professionnel du protocole provincial, sous l'arrogance de Donatien, avait décelé l'imposteur, le camarade prolétaire qui veut péter plus haut que son cul. « Un samedi sur deux, je me suis trompé, vous comprenez monsieur… » Vexé, Donatien annonça qu'il irait dîner ailleurs, où la soupe serait peut-être meilleure. Ah, il n'en était pas question, on allait lui dresser une table au salon. Au salon, songea Donatien, seul comme un con ?

— Non, ça me dit rien. Tant pis. Je sais pas si je dois vous dire « à la prochaine »…

C'est alors que l'attention du maître d'hôtel fut détournée. La fille de la douairière lui faisait signe d'approcher.

— Un instant, je vous prie, monsieur…

Rivé sur place par l'injonction, Donatien n'osait plus tourner les talons. Là-bas, à la table des deux bonnes femmes, le maître d'hôtel hochait la tête comme l'ange de la crèche de Noël quand on lui donne des sous. Il revint.

— Ces dames vous prient à leur table.
— Hein ?
— À moins que vous ne préfériez le salon, en définitive ?
« Ces dames » l'observaient. La fille lui adressa un long signe de tête d'acquiescement, comme une jument qui tire sur les rênes, ou chasse les mouches, songea Donatien. Comment refuser ?
— Non, c'est d'accord.
— Parfait. Le grand menu, comme d'habitude ?
— Euh oui. Euh non, plutôt la carte, se reprit Donatien en pensant qu'il n'allait pas pouvoir gueuletonner sous le regard de ces deux bonnes femmes en train de chipoter leur dessert et de siroter leur tisane.
Le maître d'hôtel le mena jusqu'à la table et d'un haussement de sourcils interrogea les bonnes femmes.
— Monsieur va s'asseoir à côté de mère, dit la fille.
Le maître d'hôtel tira la chaise, Donatien s'assit. Pour se redresser aussitôt du bout des fesses et se présenter, en tendant gauchement sa grosse paluche d'excreuseur de tranchées. La fille la serra franchement.
— Adélaïde de Malo-Penhoët. Ma mère, madame de Malo-Penhoët…
Il serra la menotte osseuse de la douairière et les remercia de leur invitation. Elles gardèrent le silence pendant qu'il jetait un coup d'œil sur la carte, chagriné de faire ceinture sur les quatre plats du grand menu. À regret, il ne commanda qu'un plat de résistance et un dessert.
— La fricassée de rognons aux truffes et la tarte du jour. Et une bouteille de chinon. Frais, mais pas trop.
— Naturellement, monsieur, approuva le maître d'hôtel avec un soupçon d'insolence.

La fille se tenait bien droite, sans toucher le dossier de sa chaise, coudes au corps, et son visage se trouvait à la même hauteur que celui de Donatien. Il estima qu'elle devait être presque aussi grande que lui, d'où le qualificatif « grande bringue » qui lui vint à l'esprit. Il n'eut pas le temps de se demander ce qu'il allait bien pouvoir lui raconter, elle lança la conversation – la maman semblait éteinte, ou sourde, en tout cas hors course, et, de fait, jusqu'à la fin du repas elle se contenterait de varier les moues d'un dentier déchaussé, sourires indéchiffrables d'approbation dubitative ou de désapprobation compréhensive.

— Avec un nom comme le vôtre, vous êtes sûrement breton ?

— Je peux pas le cacher.

— De quelle région ?

— Finistère.

— Notre famille est originaire d'Ille-et-Vilaine. Des, euh, circonstances historiques et économiques nous ont conduits jusqu'ici, en exil…

Elle sourit, poursuivit :

— … aux marches, ou en marge, de la Bretagne.

Donatien traduisit de façon brutale : « on est dans la dèche ». Il supputa aux de Malo-Penhoët un destin classique de noblaillons bretons, dans la seconde moitié du XIXe siècle : vieille famille d'aristos propriétaires terriens, un ancêtre naïf ou joueur ou flambeur, la vente des métairies les unes après les autres pour investir en Bourse dans des coups foireux – les emprunts russes, les chemins de fer d'Afrique-Occidentale, Panamá, les mines illusoires… –, le château familial y passe, on s'exile, pas trop loin du berceau familial, dans un pays plus doux, dans une demeure moins ostentatoire, et avec le peu de rente sauvée du désastre, on survit, dressé sur les échasses bancales d'un rang de comédie qu'on se joue.

— Mais la région est agréable, n'est-ce pas ? continua Adélaïde de Malo-Penhoët.

— Faut pas se plaindre.

— Vous connaissez le breton ?

— J'ai parlé que ça jusqu'à mes sept ans. Le français, je l'ai appris à l'école. Et après sur le tas, au boulot. Mais y a un sacré bout de temps que j'ai pas parlé breton.

— C'est une très belle langue. J'aurais aimé l'apprendre.

— Bof, ça vous aurait servi à quoi ? À rien.

— Vous avez raison, à rien, concéda Adélaïde de Malo-Penhoët, bien qu'elle pensât exactement le contraire.

Elle possédait du savoir-vivre pour deux. Et des trésors d'indulgence : en regard de l'éducation qu'elle avait reçue, Donatien bâfrait littéralement ses rognons aux truffes.

— Comment est le chinon ?

— Hein ?

— Votre vin, comment est-il ?

— Ah, vous en voulez ?

— Volontiers. Juste un doigt. Mère n'en prendra pas. L'alcool ne convient pas du tout à sa santé. Vous comprenez...

Elle leva les yeux au ciel et tire-bouchonna discrètement du col. Donatien comprit que la vieille n'avait plus toute sa cervelle. Adélaïde goûta le vin et se garda d'user d'un vocabulaire œnologique qu'elle maîtrisait parfaitement.

— Il aurait gagné à être un peu plus frais...

— C'est ce que j'ai dit à l'autre pingouin.

— Maurice n'est pas toujours de bonne composition.

— Maurice ?

— Le maître d'hôtel. Savez-vous que nous avons de la vigne ?

— Ah ?

— Oh pas des hectares ! Nous faisons un peu de muscadet et quelques fûts d'un petit cabernet léger et rafraîchissant. Très agréable à boire en été. Mais vous préférez sans doute le cidre ?

— Ah non ! Je préfère le vin. De loin.

Adélaïde aurait pu se gausser : « Je vois ! », car Donatien acheva la bouteille de chinon en dévorant sa tarte avec ses doigts, mais la prudence commandait de ne pas manier l'ironie avec quelqu'un qui risquait de ne point la priser.

— Moi aussi, je préfère le vin au cidre.

Il regarda bêtement la bouteille vide.

— Vous voulez que j'en commande une autre ?

— Oh non ! Déjà que je n'ai guère l'habitude de boire…

— Un café, alors ?

— Un thé, et mère prendra un tilleul.

Donatien crut faire preuve d'une largesse inouïe en annonçant :

— Sur mon compte !

— Je ne voudrais pas…

— J'insiste !

— Dans ce cas…

En servant lui-même les boissons chaudes, Maurice proposa un digestif.

— De la part de la direction, pour le dérangement, dit-il avec un regard en direction de la table de banquet.

Les convives commençaient à arriver, dans un brouhaha de réunion électorale.

— Quel dérangement, Maurice ? Ce fut un plaisir, dit Adélaïde.

— Eh ben, c'est pas de refus, dit Donatien. Un armagnac, alors.

— Et pour ces dames ? Une chartreuse ?

— Rien pour nous, merci, Maurice.

Donatien versa une partie de l'armagnac dans son café, qu'il avala d'un trait, puis il goûta l'alcool pur et s'en rinça l'arrière-bouche. Adélaïde le regardait faire, avec aux lèvres un joli sourire d'encouragement ravi.

Donatien se sentit désiré. C'était un sentiment déconcertant, pour quelqu'un qui avait toujours imposé sa loi aux filles. Sa force physique, à la bonniche dans les Deux-Sèvres ; la loi du pognon, aux putes du quai de la Fosse. Jamais il ne s'était abaissé à faire la cour à une bonne femme, et jamais non plus une bonne femme ne lui avait fait du rentre-dedans. Et celle-ci n'était pas n'importe qui. Qui aurait cru qu'un jour une mademoiselle « de » s'intéresserait à lui ?

Du coup, il révisa son opinion. Elle n'était pas si moche que ça. Elle avait même un certain charme, malgré son visage chevalin. De beaux yeux noisette, des lèvres pulpeuses, alors que la plupart du temps les greluches de ce genre-là n'ont qu'un trait de crayon dur à la place de la bouche. De la poitrine, ni trop ni trop peu. Et puis, finalement, elle était bien bâtie. C'était à cause de sa grande taille qu'elle paraissait maigrichonne. Or, on devinait sous le corsage et la jupe un corps de costaude, sans une once de graisse. Sûrement de belles épaules, des cuisses longues et musclées. Fermes. Il se voyait déjà les ouvrir d'un coup de genou. « Allez, écarte donc, montre-la-moi, ta chatte de baronne. » Oui, au lit, elle devait avoir du répondant. Surtout qu'elle devait être vierge, qu'il faudrait tout lui apprendre. Voilà qui le changerait des putes à moitié naines, fainéantes et adipeuses, gavées de loukoums par leur mère maquerelle.

Les pensées d'Adélaïde de Malo-Penhoët volaient à plus haute altitude. L'homme lui plaisait. Elle pressentait qu'il était celui qu'elle attendait depuis tant d'années. Pourtant, on lui avait présenté de nombreux partis, dans son milieu – des héritiers souffreteux, des rejetons de bourgeois intéressés par sa particule, clercs de notaire, saint-cyriens... Elle avait flirté avec quelques-uns, parfois jusqu'à ce qu'on évoque des fiançailles, mais au dernier moment elle s'était toujours dérobée. Par esprit de contradiction, sinon de révolte contre les idées reçues ? Oui et non. En grande partie, c'était le refus d'une vie d'épouse modèle, partageant son temps entre les enfants, les bonnes œuvres et la composition de bouquets. Elle s'était affranchie de son milieu en faisant des études supérieures, pour avoir un métier. À la faculté de médecine de Rennes, elle avait eu une aventure de plusieurs mois avec un chirurgien, forcément marié et père de famille. Il l'avait laissée choir, c'était dans l'ordre des choses. À peine chagrinée, elle n'en avait pas été étonnée. Il lui avait bien fallu convenir avec elle-même qu'aux bellâtres elle préférait les hommes mûrs, d'où qu'ils viennent, enfin, pas du ruisseau ou du bagne, tout de même. Tout ce qu'elle voulait c'était se marier avec un homme et un vrai, et peu lui importait qu'il fût à dégrossir. Elle avait attendu. Un peu trop. À cause de sa mère. Mais à présent qu'elle n'avait plus toute sa tête…

Dans son adolescence, avant l'exode en Loire-Inférieure, elle avait pratiqué l'équitation champêtre et toujours aux pur-sang elle avait préféré les chevaux des métayers. Des chevaux rustiques, solides, placides, qui vivaient très vieux, et en plus intelligents, qu'on menait à la voix : à gauche, à droite, en avant, en arrière, stop. Justement, celui-ci, ce Donatien, ce postier breton, elle le menait déjà par la voix. Par des questions qui le faisaient froncer délicieusement les sourcils…

— Vous n'êtes jamais souffrant, n'est-ce pas ? lui demanda-t-elle.

— Hein ? Malade, vous voulez dire ? Euh, non, pourquoi ?

— Sinon je vous aurais vu à l'officine.

— À l'officine ? Vous êtes notaire ?

— Pharmacienne, sourit-elle.

— Ah ça alors !

Une pharmacienne, voilà qui améliorait encore la donne. Une femme qui bosse et gagne des gros sous.

— La Pharmacie centrale, rue de l'Abbé-Caillaux.

— Eh ben…

— Et vous, vous êtes le directeur de la Compagnie Lebon. Je le dis puisque vous avez eu la modestie de ne pas le dire…

Incroyable ! Elle savait depuis le début qui il était. Flatté, il s'en trouva conforté dans son rang de notable putatif.

— Eh ben si je suis malade, j'irai prendre mes médicaments chez vous…

— Mon Dieu, je ne l'espère pas !

— Ah bon ?

— Que vous serez malade.

— Ah oui ! Ah ! Ah ! Ah !

Une voiture pétaradait devant l'hôtel.

— Votre chauffeur vous attend ?

— Un des taxis de la gare, tout simplement, répondit Adélaïde en aidant sa mère à se lever.

— Vous habitez loin ?

— Kermalo, c'est le nom que nous avons donné au domaine, se trouve près du village de La Boixière.

— C'est pas la porte à côté…

— Non, pas tout à fait. Eh bien… au plaisir de vous revoir.

Donatien décolla ses fesses de sa chaise. À la Compagnie Lebon, il avait appris l'obséquiosité de circonstance.

— Moi de même.

— Alors à bientôt !

— Euh, oui, à bientôt.

La mère, appuyée sur une canne, marchant d'un pas lent et mal assuré, Donatien eut tout le loisir d'examiner la fille de dos. Eh ben ma foi elle était telle qu'il l'avait estimée assise, cette Adélaïde de Malo-Penhoët : grande, bien balancée, de longues jambes, de longues cuisses, mince sans être maigre, avec un beau cul, un vrai, pas comme la plupart de ces grandes gigues qui ont la fesse plate. Elle se retourna. Pris en faute, il rougit et leva son verre vide. Elle lui adressa un petit signe d'au revoir. Il se sentit comblé. Par quoi ? Par ce sentiment qui l'avait traversé, au début du repas : d'être désiré, et estimé.

Il commanda un deuxième armagnac et alla le déguster au salon, à petites gorgées, en savourant sa songerie. Une mademoiselle « de » d'à peu près son âge, célibataire, pharmacienne… Une officine, un *domaine*, une vieille maman qui n'en avait plus pour très longtemps.

— Faut voir, dit-il à voix haute.

Le samedi suivant, il se rendit quai de la Fosse et le samedi d'après retourna dîner à l'hôtel des Vignerons, plus tôt que d'habitude, en imaginant – en espérant ? – que sa table aurait été déménagée et qu'il serait encore convié à celle de « ces dames ». Ce fut mieux que cela. Maurice annonça d'emblée que ces dames souhaitaient sa présence et que son couvert était déjà mis à leur table. Sauf si monsieur y voyait un inconvénient...

— Aucun !

En se dirigeant vers le sourire d'invite d'Adélaïde, il chercha ce qu'il allait bien pouvoir dire d'intelligent ou d'aimable.

— Bon alors, on prend les mêmes et on recommence ? lança-t-il gaiement en serrant la main d'Adélaïde.

— Puisque nous avons lié connaissance, et plutôt que de dîner chacun de son côté...

— Votre mère vous tient pas grande compagnie.

— Certes, mais elle ne nous dérange pas non plus.

— Ah ça non, on peut pas dire. Et elle mange pas grand-chose.

— N'hésitez pas à prendre le grand menu. Je vous accompagnerai.

— Vraiment ?

— Je partagerai avec maman. Ce sera plus simple. Ainsi, nous serons au diapason.

Au cours du dîner, ils parlèrent de la pluie et du beau temps, de l'automne qui s'installait, de l'hiver à venir avec son cortège de maladies, de la grippe espagnole qui avait emporté monsieur de Malo-Penhoët.

Donatien fronça les sourcils et loucha sur la main gauche d'Adélaïde.

— Mon père... C'est son alliance que je porte. Vous remarquerez que ce n'est ni le bon doigt, ni la bonne main, badina-t-elle. Je suis célibataire, mais vous le savez certainement, Maurice a dû vous le dire.

— Ben non, mais il vous appelle « ces dames ».

— Savez-vous qu'autrefois les comédiennes se faisaient appeler « madame », même si elles n'étaient pas mariées ? Pour faire la nique à l'Église, qui leur refusait le sacrement du mariage.

Cette réplique laissa Donatien sans voix.

Une fois le café et les infusions servis, il dénoua sa cravate.

— Je crois que j'aurais dû en laisser dans mon assiette. Va me falloir une de vos pilules pour le foie...

— Vous avez un solide appétit.

— Oh vous aussi, vous avez un bon coup de fourchette.

— Je l'avoue, oui, quand je suis en agréable société.

— C'est bien vrai qu'on mange mieux quand on est plusieurs que tout seul.

— Il n'empêche que vous mesurez vos agapes.

— Hein ?

— Je veux dire qu'une semaine sur deux vous faites maigre. C'est plus raisonnable.

— Oh c'est qu'un week-end sur deux je vais à Nantes.

— Vous y avez de la famille ?

Donatien allait répondre par l'affirmative, mais il pensa que ce mensonge serait bien encombrant si un jour il devait en dire plus sur cette prétendue « famille ». Il serait coincé.

— Pas du tout. Des copains. Des anciens collègues de travail.

— Vous avez bien raison, il faut rester en contact avec les gens qu'on aime bien.

— Mais…

— Oui ?

— Peut-être que j'irai moins souvent à Nantes. L'hiver, c'est moins plaisant de voyager. La pluie, le froid…

— Dans ce cas, nous pourrons nous voir plus souvent.

— Justement, c'est ce à quoi j'étais en train de penser.

— J'en serais ravie.

— Moi aussi.

La suite se passa comme dans un rêve, où les séquences se succèdent avec la fulgurance d'une série d'éclairs reliant en l'occurrence, dans le réel, un samedi à l'autre, un dîner au suivant… Dîners en tête à tête, pouvait-on dire, puisque madame mère comptait pour une potiche, au cours desquels on progressa dans les confidences choisies : on parle de soi, de son enfance, de sa jeunesse, de son métier, en bien, jamais en mal – le mauvais, chacun le garde pour l'avenir commun, s'il doit y en avoir un. Bientôt, au lieu de se serrer la main, on s'embrasse sur la joue, et on officialise ainsi, aux yeux d'un Maurice qui se chargera de répandre la rumeur, une liaison en devenir, sous l'influence, chez Adélaïde, chaste depuis si longtemps, du désir de chaleur animale que suscitent l'hiver et ses brouillards givrants qui se lèvent sur la Loire.

Mi-novembre, Donatien visita Kermalo et put mesurer l'importance du parti que représentait Adélaïde, à condition qu'elle fût propriétaire des lieux, ce dont il aurait bien aimé être sûr, mais il était trop tôt pour lui poser la question.

La veille du Nouvel An, elle invita Donatien à un autre genre de dîner en ville, chez elle, rue de l'Abbé-Caillaux. Les nuits où l'officine était de garde, une infirmière veillait sur mère au domaine, tandis qu'Adélaïde dormait au-dessus de la pharmacie, dans un deux-pièces rustique mais confortable. Elle composa et fit livrer par l'hôtel des Vignerons un menu à la fois de fête et d'amoureux, destiné à régaler sans alourdir : huîtres, chapon qu'il suffirait de réchauffer, tarte au citron. Elle s'occupa elle-même des vins : champagne et saint-émilion. Elle poussa le chauffage et s'habilla – se déshabilla – à son avantage, jupe légère et corsage décolleté, sur lequel elle baissa les yeux de modestie. Donatien y plongea les siens sans vergogne, et apprécia : de même qu'elle avait un vrai cul, elle avait de vrais nichons. Mais ce corps, qui portait un nom à rallonge, l'inhibait.

Ils burent deux coupes de champagne, Donatien ouvrit les huîtres, Adélaïde éteignit le plafonnier et alluma les bougies, Donatien tomba la veste et ils attaquèrent leur réveillon, dans une intimité prometteuse. Peu avant minuit, ils avaient fini le chapon. Adélaïde débarrassa, servit la tarte au citron, prépara du café et montra la pendule du doigt, en haussant les sourcils, un sourire mutin aux lèvres. Le premier coup sonna. Puis le deuxième. Elle se leva et Donatien l'imita, la serviette à la main.

— Bonne année, Donatien.

Il tendit la joue, gauchement. Adélaïde papillonna des paupières, l'air amusée. Mon Dieu, se pourrait-il qu'il soit puceau ? se demanda-t-elle. Elle noua ses bras autour de son cou. Il tendit ses lèvres vers sa joue, elle lui donna sa bouche. Et sa langue. Il répondit maladroitement. Eut un petit rire idiot. Il n'avait jamais embrassé une femme comme ça. La bonniche qu'il avait violée, dans le bocage niortais, n'avait aucune envie d'un ragoût de museau. Et les putes n'embrassent pas non plus.

Adélaïde pressa son ventre contre le sien, ses seins contre sa poitrine et ses cuisses contre les siennes. Et là, enfin, il sut que faire de ses mains. Mais trop vite, trop fort, trop loin. Elle se dégagea.

— Il nous reste le dessert…

Ils se rassirent l'un en face de l'autre et mangèrent la moitié de la tarte au citron. Adélaïde servit le café. Ses seins frôlèrent l'épaule de Donatien. Elle déposa un baiser sur sa tempe. Il ne réagit pas. Il était retombé dans l'embarras.

— Dites-moi, Donatien, je ne vous plais pas ? le titilla-t-elle.

— Oh que si !

— Alors, qu'attendons-nous ? Nous ne sommes plus des adolescents.

Elle lui prit la main et l'entraîna dans la chambre, où elle se déshabilla toute seule, y compris sa petite culotte en soie, sans cesser de le regarder dans les yeux, même quand elle se glissa dans le lit. Il sourit, aux anges. Enfin, il se retrouvait dans son élément. L'affaire se simplifiait, comme au bordel. C'était un corps qui s'offrait, et non une Adélaïde de Malo-Penhoët. Il se déshabilla à son tour, hésita une seconde à ôter son caleçon, puis l'envoya valser sur la chaise de chevet. Adélaïde opina et sourit : il était bien bâti. Et bien monté, s'autorisa-t-elle à penser. Et glorieux !

Il la grimpa aussitôt et elle le laissa faire – les jeux de patience, ou d'impatience, elle les lui apprendrait plus tard. Elle s'attendait à la brutalité de l'attaque, elle alla au-devant, en ouvrant les jambes et en pliant les genoux. Il fut surpris par l'étroitesse du passage, en oublia qu'il aurait dû, ou pu, rencontrer un obstacle, une pastille de pucelle. Rien.

Des fois, avec les putes, il devait limer pendant des heures pour aboutir… Avec Adélaïde, il n'eut pas besoin de s'escrimer, tellement elle était serrée. Son plaisir en fut décuplé, d'autant qu'elle réagit d'une façon qu'il n'avait jamais observée chez les putes, son ventre palpitant, un sursaut comme un réflexe, son bassin cognant contre le sien, si bien que, craignant de lui avoir fait mal, il s'interrompit, mais elle le relança d'un coup de bassin, en plantant ses griffes dans son dos, et il vint, à longs traits, et elle allongea d'un coup les jambes, comme évanouie. Témoin incrédule de ce miracle pour lui inédit, il roula de côté, sidéré.

Elle se leva pour aller au cabinet de toilette et il admira la fermeté de ses fesses. Il entendit des bruits d'eau et elle revint avec autour d'elle un parfum de savon, les deux coupes à champagne dans une main et la bouteille dans l'autre. Elle les lui tendit et il les tint pendant qu'elle calait les oreillers et l'édredon contre la tête du lit. Ils s'assirent côte à côte, elle remplit les coupes et ils trinquèrent. Puis elle laissa aller sa tête sur son épaule et se félicita :

— Et voilà, nous sommes amants.

Amants : le mot résonna en lui comme un ban proclamant son accession au dernier barreau de l'échelle sociale. Qui aurait pu imaginer cela ? Quelle revanche sur le passé ! Son frère Joseph, ce plouc resté plouc malgré ses aventures dans la Royale, en tomberait sur le cul, s'il l'apprenait. Mais comment ? Il ne pouvait tout de même pas lui écrire sur une carte postale *J'ai tronché une mademoiselle de Malo-Penhoët…*

— Ben oui, dit-il, on a fini au lit.

Elle caressa sa poitrine velue.

— Tu le voulais depuis longtemps ?

— Ben oui…

— Pourtant, tu n'as pas fait beaucoup d'efforts de séduction.

— Ben, je savais pas trop…

— Comment t'y prendre ?

— J'ai pas trop l'habitude de faire la cour aux filles…

Elle le caressa plus bas et effleura son sexe. Il se raidit aussitôt. Elle rit. Il voulut l'enlacer, croyant bien faire. Elle le tint à distance.

— Pas si vite… Tu étais bien pressé, tout à l'heure… C'est toujours comme cela ?

— Ben non, mais t'es pas comme les autres.

— Quelles autres ? Les filles que tu vas voir à Nantes ?

— Tu as deviné ?

— Tu fais attention à l'hygiène, au moins ?

— C'est des filles en maison, elles sont surveillées.

— Qu'ont-elles de différent ?

— Ben, c'est que… avec toi j'ai l'impression d'être beaucoup plus gros.

Elle prit son sexe dans sa main, joua avec. Ils rirent tous les deux.

— Mais non, c'est moi qui suis plus étroite. Toutes les femmes ne sont pas identiques…

— En tout cas c'est mieux.

— Vraiment ?

— Ben oui. Et puis… Je croyais que… que tu…

— Que j'étais vierge ?

Elle lui dit qu'elle avait eu une liaison, à Nantes, quand elle faisait ses études, avec un homme marié.

— Je me disais aussi…

— Quoi donc ?

— Que tu sais y faire.

— Et toi ? Tu as eu des maîtresses ? Je veux dire, à part les professionnelles ?

— Ben non.

— Alors, tout bien considéré, nous étions à peu près virginaux, tous les deux.

Il ne voyait pas très bien ce qu'elle voulait dire, mais il acquiesça.

Elle s'allongea, jambes ouvertes, et entreprit de lui apprendre des jeux qu'il n'avait jamais pratiqués avec les putes.

— Tu sais ce que veut dire ton nom, Gwenan, n'est-ce pas ?

— Ben, abeille, je crois.

— C'est exact ! Eh bien, butinez, monsieur Donatien l'Abeille !

Le lendemain matin ils paressèrent au lit, prirent le petit déjeuner en amoureux et se séparèrent peu avant midi. Adélaïde devait rentrer au domaine prendre la relève de la garde-malade.

— On fait comment, pour après ? demanda Donatien.

— Tu souhaites qu'on revienne ici ?

— Ben oui, tu parles !

— Continuons de dîner ensemble le samedi aux Vignerons et je te dirai quel soir de la semaine nous pourrons nous retrouver ici.

— Un seul soir ?

— Tu en voudrais plus ?

— Ben…

— Ne soyons pas trop gourmands.

Janvier, février, mars s'écoulèrent. Donatien, toujours inhibé par la différence de classe, n'osait pas parler mariage. Sur ce chapitre aussi, en avril, au lit après l'amour, Adélaïde dut prendre l'initiative :

— Dis-moi, Donatien, tu n'as jamais songé à me demander ma main ?

— Qu'on se marie ? Ben si... Mais je suis qu'un gosse de l'Assistance. Dans ta famille, ça doit être le grand tralala...

— Je me fiche du tralala, comme tu dis. Et d'ailleurs, ma famille se résume à maman. Les autres, il y a belle lurette que je ne les vois plus. S'ils existent encore... De toute façon ils m'indiffèrent. Alors, vois-tu, si tu veux m'épouser, ce sera en toute simplicité. Rien que nous deux, et les témoins, puisqu'il est impossible de s'en passer.

— Oui mais, le domaine, ta pharmacie... J'ai rien, moi.

— Le notaire règlera ces formalités.

— Bon alors, si tu crois que...

— Je te renvoie la formule. Si toi tu crois que tu veux passer le reste de tes jours avec moi...

— Tu parles que oui !

— Dans ce cas, j'accepte votre demande en mariage, monsieur Donatien Gwenan.

— Toi alors, tu sais me mener par le bout du nez, hein ?

— Par le bout du nez, vraiment ? dit-elle en roulant son truc mollasson entre ses doigts.

— Toi alors, répéta-t-il. T'aimes ça, hein !

— C'est un défaut ?

— Sûr que non !

Ils se marièrent début juin, un lundi, dès l'ouverture de la mairie, puis à l'église, dans la discrétion d'une chapelle de la nef vouée à un saint régional.

Donatien s'installa à Kermalo d'où, fin juin, il adressa à Jos la lettre dans laquelle il se vantait de sa bonne fortune. Adélaïde y avait joint une invitation à venir passer quelques jours au domaine : *Nous avons suffisamment de chambres pour loger tout votre petit monde et serions très heureux de votre présence. Septembre est la meilleure époque. Il fait moins chaud, et les vendanges seront peut-être commencées. Nous espérons de tout cœur que vous viendrez. Votre belle-sœur qui vous embrasse, Adélaïde.*

— Elle peut toujours se brosser, dit Jos.

— C'est une gentille invitation, dit Mamm Bonizec.

— Ce serait bien d'aller les voir, dit Guillemette.

— Pas question !

— En tout cas, il faut leur répondre.

— Bof !

— Joséphine va le faire.

— Elle aura pas besoin de tremper sa plume deux fois dans l'encrier. Juste un mot.

— Qu'est-ce que je vais écrire, papa ?

— Tu remercies et tu dis qu'on est trop occupés jusqu'à la fin de l'année !

— Chameau ! dit Guillemette.

— C'est dommage, dit Joséphine.

— Ce serait surtout dommage pour toi, qu'on y aille, ma fille. En septembre tu pourrais pas venir. Tu seras en apprentissage à Quimper.

— C'est vrai. L'année prochaine, alors ?

— On verra.

— Tête de bourrique ! dit Guillemette.

— C'est comme ça, c'est moi qui décide ! rouscailla Jos.

6

L'atelier de couture Marie-Jeanne Kéruzoré, marque déposée au Registre du commerce et au Répertoire des métiers, occupait le rez-de-chaussée et le premier étage d'un bel immeuble situé rue du Parc, sur la rive droite de l'Odet. Kéruzoré était le nom de jeune fille de la patronne, dont le défunt mari possédait un garage. Mis en location-gérance, il assurait de jolis revenus à la veuve, pour qui la couture était plus une passion qu'une nécessité économique, aussi bien qu'elle avait été, du vivant de son mari, une façon de déclarer son indépendance, affirmée par le choix de son nom de fille, par ailleurs plus seyant que son nom de dame, Donnard, qui rimait avec un tas d'épithètes déplaisantes.

Son étiquette représentait une garçonne très décolletée, drapée dans les volutes d'une cigarette à bout doré, et de la porter vous posait rebelle et parisienne en diable. On croyait reconnaître en cette effigie libertaire la propre silhouette de Marie-Jeanne Kéruzoré, dont l'élégance n'était jamais prise en défaut, qu'elle portât une robe de soirée, un tailleur en tweed ou, chez elle et sur les conseils de son médecin, un gros pull informe à col roulé, pour réchauffer une arthrose cervicale qui raidissait encore son port de vieille dame très distinguée.

Marie-Jeanne Kéruzoré, c'était plus que de la couture : de la haute couture. « De préfecture », médisaient les dames qui ne s'en contentaient pas, ou ne voulaient pas se montrer en combinaison à des midinettes qu'elles croiseraient dans la rue et qui souriraient sous cape des défauts de leur anatomie. Mais la plupart des bourgeoises de Quimper et des environs venaient se faire griffer *Marie-Jeanne Kéruzoré*, et parfois aussi leurs époux, en général des hommes doux et obéissants pour lesquels leurs dames choisissaient le tissu d'un pantalon à pinces et pli américain, d'un costume de ville, d'un pardessus doublé.

Une clientèle mixte se présentait régulièrement à l'occasion des mariages. Outre la mariée, on habillait sa mère et son père, ses sœurs et frères éventuels, les petites filles et les petits garçons qui tiendraient la traîne. Assez souvent, on habillait aussi le marié et sa famille, car on s'épousait entre soi, dans ce milieu étroit.

C'était un événement d'importance, un pic d'excitation pour toutes les couturières, suivi d'une crise d'amertume à l'idée qu'elles n'auraient jamais les moyens de se payer une si belle robe de mariée, seulement une imitation. Les plus délurées noyaient leur mélancolie dans les rires grivois. Elles plaisantaient sur le pantalon du marié. « Eh, Jocelyne, t'as pas trop serré l'entrejambe, au moins ? Faut que le paquet soit à l'aise… » Candide, Joséphine mit un bon bout de temps à comprendre ce que le mot « paquet » désignait.

Avant d'aimer un homme, elle tomba amoureuse de Quimper et de sa rue du Parc, ses Champs-Élysées à elle. En face de l'atelier, sur la rive gauche de l'Odet, se dressait la préfecture, où pénétraient et d'où sortaient, dans leurs belles voitures, de beaux messieurs, politiciens, prélats et officiers supérieurs. À deux pas, rive droite, c'était l'Épée, hôtel, brasserie et restaurant, sa porte à tambour, son groom sous le dais, ses serveurs, aperçus à travers les vitres, en tablier et manches de chemise côté brasserie, en spencer noir et pantalon rayé, côté restaurant. Il y avait de grandes banques, austères, intimidantes : le Crédit industriel de l'Ouest, la Société générale, le Crédit lyonnais et le Comptoir national d'Escompte de Paris, où elle ouvrirait un compte à sa majorité. Un tas de ponts et de passerelles reliaient les deux rives, les ponts ouverts à la circulation et les passerelles, pour la plupart privées, menant à de riches villas en partie cachées par des magnolias géants dont les branches frôlaient l'eau, à marée haute. La dernière passerelle en aval était publique et s'appelait le pont Pissette, à cause d'un édicule planté dessus, que tenait une dame pipi. Tout ce que les gens y faisaient tombait directement à la rivière et Joséphine trouvait que ça gâchait un peu les beautés de la ville.

Entre la préfecture et les allées de Locmaria s'étendait une vaste place, le Champ de Bataille, avec son kiosque à musique sous lequel la fanfare militaire donnait des concerts. Au-delà s'élevait la pente abrupte et boisée du mont Frugy, un lieu de promenade, pour les amoureux. Au-dessus, il y avait le champ de tir, un très long tunnel en béton qui ne parvenait pas à assourdir le fracas des mitrailleuses du régiment d'infanterie. Après le champ de tir, vers le sud, la campagne, les champs cultivés de la Tourelle, puis d'autres terres qui descendaient en pente douce vers une boucle de l'Odet, le château de Lanniron, et Kerogan, ses bois de pins et sa plage des Gueux.

Pendant plusieurs années ces lieux demeureraient volontairement inaccessibles à Joséphine, comme si elle voulait en conserver pour plus tard les mystères et l'exotisme. Hormis la place de la Cathédrale – à ses yeux une Notre-Dame de Paris dont la magnificence rendait ses prières plus ferventes, le dimanche matin – et les rues étroites et tortueuses qui menaient de la rue du Parc à son meublé rue du Guéodet, dans le vieux Quimper, longtemps la ville se réduisit pour elle à cette portion de rivière qui allait du pont Firmin, près du théâtre, au pont Pissette, le bien nommé. C'étaient « les quais » !

Garçons et filles « faisaient les quais », le samedi habillés en dimanche, les filles sur leur quant-à-soi, les garçons généreux en œillades et fanfaronnades. Sous le prétendu dédain des filles, des rêves naissaient. On tombait amoureuse et la semaine suivante, le cœur battant, on allait refaire les quais dans la hâte de croiser le beau jeune homme entrevu le samedi précédent et dans le fol espoir qu'il aurait, cette fois, le courage d'engager la conversation, tout en restant poli et réservé, bien entendu, ce que n'étaient pas les troufions, vulgaires aux yeux de Joséphine, et de toute façon trop moches dans leur uniforme couleur caca d'oie et si mal coupé, par rapport à la tenue de marin – ce marin idéalisé pour lequel elle gardait son cœur disponible, en se défendant de céder à des amourettes qui terniraient sa pureté.

Son apprentissage se passa « sans accrocs », expression dont Marie-Jeanne Kéruzoré était coutumière et qu'elle accompagnait d'un sourire mi-blagueur, mi-supérieur, qui signifiait à la cliente, son obligée, que chez elle il ne pouvait pas y en avoir, d'accrocs, d'aucune sorte que ce soit.

Joséphine fit ses classes de cousette en se dévouant sans rechigner à toutes les tâches, même les plus ingrates, comme balayer les fils sous les machines des premières ouvrières. C'était pour elle comme un état de grâce, que d'apprendre les subtilités d'un métier rien moins que simple. Le béotien n'imagine pas le monceau de choses qu'il faut prendre en considération pour confectionner un tailleur qu'on reconnaîtra entre tous comme sorti de l'atelier Marie-Jeanne Kéruzoré. Que ce fût, à ses débuts, en s'exerçant à passepoiler des boutonnières sur des chutes de drap, ou bien plus tard, en reprenant des pinces à la taille d'une robe de mariée qu'on pensait finie, toujours elle n'avait de cesse qu'on l'initie. Elle faufila, surpiqua, piqua, dessina des pièces d'après le patron, coupa – la première fois, en empoignant les ciseaux à larges lames affûtées comme des rasoirs, on a la tremblote, de peur de rater – et acquit enfin, à dix-neuf ans, le grade de midinette, en attendant celui de première ouvrière. Contremaîtresse, un jour ? Ce titre lui paraissait aussi inatteignable que les cinq galons de capitaine de vaisseau pour un maître principal.

Elle était svelte, avait de magnifiques cheveux châtains aux reflets un peu roux, les yeux gris-bleu et ce fameux teint mat et ces pommettes hautes des filles du Cap. Quand elle se mettait sur son trente et un, tout autant que l'œil des mâles c'était le regard des bourgeoises qu'elle attirait, et ces dernières ne la toisaient pas longtemps. Elles détournaient ou baissaient les yeux, plutôt. C'est qu'une ouvrière de l'atelier Marie-Jeanne Kéruzoré, cela en imposait – osons même le dire : cela trompait un peu son monde, pouvait faire hésiter entre une demoiselle de bonne famille locale ou une jeune fille fraîchement débarquée de la capitale et naturellement habillée à la mode de Paris.

Grandie du statut de première ouvrière, et les habits bien coupés faisant la citadine, Joséphine s'enhardit. Le dimanche après-midi, quand elle ne rentrait pas à Trezaraden, elle explorait les quartiers du centre-ville et poussait parfois un peu plus loin vers Kerfeunteun, Penhars, Ergué-Armel.

Un grand pas vers l'émancipation totale fut d'oser aller au cinéma toute seule et non plus en compagnie de filles de l'atelier, qui lui gâchaient souvent son plaisir en s'esclaffant à tort et à travers de dialogues ou de scènes que Joséphine ne trouvait pas le moins du monde risibles. Le cinéma, estimait-elle, était un spectacle sérieux, même lorsqu'on donnait des films drôles.

Près de la préfecture, il y avait l'Odet-Palace, un cinéma qui vous faisait déjà rêver avant d'entrer, avec sa façade blanche bizarrement découpée, comme un palais arabe ou bien, justement, un décor de film hollywoodien. À côté se trouvait une salle plus modeste, la Phalange-d'Arvor, qui dépendait de l'évêché, ce pourquoi on n'y passait jamais de films olé-olé. En 1936 s'ouvriraient deux autres salles, diamétralement opposées par rapport au centre-ville proprement dit : l'Apollo, dans le quartier du Cap-Horn, et le Rex-Cinéma, dans le quartier de la gare. Cependant, il fallait vraiment que le film l'attire pour que Joséphine s'aventure de nuit dans ces quartiers réputés mal famés. En tout cas, avec quatre cinémas, elle n'avait que l'embarras du choix.

Elle aimait tous les films, qu'ils soient destinés à distraire ou à émouvoir. Bon public, elle était gênée quand des filles de l'atelier disaient d'un film : « Quel navet ! » Par analogie avec la couture, elle nourrissait en son for intérieur une théorie du respect du travail. Ce n'était pas parce qu'une robe ne plaisait pas à tout le monde qu'on devait prétendre qu'elle était ratée. Pareil pour un film. Un tas de gens s'étaient creusé la cervelle pour le tourner, on ne devait pas leur jeter la pierre s'il était plus ou moins réussi. Sa propre anthologie, disparate, des films réussis s'enrichirait, au fil des semaines, d'œuvres variées telles que *Zéro de conduite* et sa bataille de polochons, *Le Million* et son histoire de billet de loterie perdu, *Les Croix de bois*, sur les horreurs de la guerre 14-18, *Frankenstein*, *King Kong* et, du côté des histoires d'amour, *La Femme et le Pantin*, *La Reine Christine*, *L'Impératrice rouge* et *Shanghai Express*. Elle admirait Marlene Dietrich et Greta Garbo, mais une chose la turlupinait : elle n'arrivait pas à dire laquelle des deux était la mieux habillée. Tellement élégantes, l'une comme l'autre… Joséphine aurait bien aimé être leur habilleuse attitrée. Quel rêve !

La flamboyance et la tragique grandeur, souvent, des amours de cinéma, relevaient encore d'un cran la hauteur de ses aspirations : ce serait le coup de foudre ou rien !

Avec un beau marin !

Ce fut comme au cinéma, elle ne le chercha pas, il vint à elle. Il débarqua non pas de Brest, de Lorient ou de Toulon, mais de la capitale. « Je fréquente un marin de Paris, plaisanterait-elle, tout heureuse, et pourtant ce n'est pas un marin d'eau douce. » Comme elle l'apprendrait dès le premier rendez-vous, il n'était pas plus parisien de souche que marseillais ou bordelais ; simplement, il travaillait au ministère, dans l'attente d'une affectation, entre deux embarquements. Il était un peu parigot tout de même, puisqu'il était né à Paris, mais d'une mère bretonne, originaire de Concarneau, où elle était revenue prendre sa retraite, ayant hérité de la maisonnette de pêcheur de ses parents, au Passage-Lanriec. « Avec vue sur la ville close, s'il vous plaît, ma chère ! » dirait Joséphine à ses sœurs.

Et elle l'écrirait à son oncle Donatien, quand elle échangerait avec lui une correspondance en quelque sorte privée, après que les deux familles se furent enfin rencontrées et que le frère honni, au grand dam de Jos, eut ébloui sa fille aînée, de façon incompréhensible.

— Si elle se laisse aveugler par un con pareil, dirait-il à Guillemette, c'est mauvais signe pour son avenir. Elle se laissera embobiner par le premier lascar venu et tu retrouveras ta fille en cloque.

— Oh qu'est-ce que tu vas chercher encore ? C'est pas pareil.

— Si, c'est pareil ! Ça veut dire qu'elle voit pas plus loin que le bout de son nez !

7

Durant trois ans, Adélaïde réitéra son invitation à ceux de Trezaraden, en insistant toujours sur la douceur de l'air au mois de septembre. À chaque fois, Jos pestait de la même façon. Nom d'un petit bonhomme, que Guillemette et les filles ne se fassent pas d'illusions, il n'irait pas à Ancenis. Si son con de frère avait gagné le gros lot en épousant une baronne ou une comtesse, c'était tant mieux pour lui. Et rien à foutre de ce mec-là.

« Qu'il compte pas sur moi pour aller lui cirer les bottes dans son château, ah merde non, certainement pas ! »

À chaque fois, il se heurtait à Tad et Mamm Bonizec et à Guillemette. On lui serinait : « C'est quand même ton frère, t'en as pas trente-six, en avoir qu'un et refuser de le voir ça n'a aucun sens, et peut-être qu'il a fait des conneries dans sa jeunesse, mais en tout cas il est devenu quelqu'un de bien. »

À quoi il répondait invariablement : « Il s'en vante assez ! »

Et la sérénade continuait : et que la lettre d'Adélaïde était bien polie, et que c'était sa troisième invitation, et comment elle allait prendre un troisième refus, mal sûrement, et ce coup-là ce serait fini et bien fini entre Jos et son frère, plus de lettres, plus de cartes de bonne année, plus d'invitation.

« Rien à foutre !

— Mais ça ferait tellement plaisir aux filles.

— Joséphine sera obligée de demander un congé à sa patronne.

— Peuh ! répliquait Guillemette, ça n'empêchera pas la maison de couture de tourner. Et pour ce qu'elle est payée, on n'y perdra pas grand-chose ! »

Décevoir ses filles chagrinait Jos, d'autant que, à part la petite Marie-Morgane, trop jeune pour comprendre le pourquoi du comment, elles boudaient pendant plusieurs semaines après la réception de la carte d'Adélaïde. C'était comme si le soleil ne brillait plus. L'air empestait les reproches pire que la vieille pisse de chat. Quand il était seul avec son obstination, aux champs, sur l'eau, Jos fulminait à voix haute contre Donatien, ce con de frère qui lui pourrissait la vie avec ses invitations à la con.

Pour que ses filles retrouvent le sourire, il argumentait. Il avait assez voyagé comme ça toute sa vie. Il allait perdre une partie de sa saison de pêche. Septembre était le mois où les gros bars et la daurade venaient à la côte. Tad et Mamm Bonizec n'étaient plus tout jeunes, comment feraient-ils pour se débrouiller ? S'il y avait un ouragan ? Un bout de toit qui s'envolait ? Et si l'un d'entre eux avait une attaque ? On le contrait, point par point.

Le 15 août 1932, l'année des dix-huit ans de Joséphine, à court d'arguments, il céda. Il avait tenu trois ans, la défaite était honorable.

— C'est bon, on ira, puisque ça vous démange tellement.

La maisonnée retrouva son entrain. Il fut embrassé, chahuté et assailli par Guillemette de reproches d'un autre acabit :

— C'est exprès que tu nous as fait mariner, pour qu'on tourne en bourrique, hein, avoue-le !

S'il avait quelque chose à avouer, c'eût été que, finalement, lui aussi était curieux de voir son frère, sa duchesse et son château. Inavouable. Sa fierté en aurait pris un coup.

Ensuite, ce ne fut plus de l'entrain mais de la folie douce : les filles et leur mère ne pensaient plus qu'au voyage, et combien de valises on va prendre, et quels vêtements on va mettre dedans, et quels cadeaux on va apporter…

— Des moules et du poisson, rigola Jos.

— Espèce de droch[1] ! dit Guillemette. Des homards cuits, peut-être. Bien enveloppés dans du papier journal. Ou de la charcuterie du Cap.

— Tu feras comme tu voudras, moi je m'occupe pas de ça. J'ai assez avec ma part de tracas.

Ladite part de tracas : fixer la durée du voyage, pas plus d'une semaine, voyage compris ; écrire à son con de frère et à sa baronne pour leur annoncer des dates de principe, mi-septembre ; aller se renseigner à la gare de Tréboul sur les horaires et les correspondances ; y retourner acheter les billets ; caresser l'instituteur du bourg dans le sens du poil pour qu'il consente à ce que Germaine et Yvonne manquent une semaine de classe, tout de suite après la rentrée ; écrire de nouveau au con de frère pour lui annoncer leur

1. Idiot, imbécile.

heure d'arrivée à la gare d'Ancenis ; s'arranger avec le taxi du bourg pour qu'il les amène à la gare et vienne les chercher au retour ; enfin, la veille du départ, aller chez le coiffeur, sur ordre de Guillemette.

— Il faut que tu sois propre sur toi ! Je suis certaine que ton frère n'a pas de poils dans les oreilles, lui !

— Merci bien, ça fait plaisir ! marmonna-t-il, ulcéré.

Cette réflexion, c'était le pompon. Sa femme, qui ne connaissait le Donatien qu'à travers ses lettres, le situait déjà au-dessus de son mari. L'injustice de cette rétrogradation le plongea dans une humeur noire. En montant dans le train, il regrettait amèrement d'avoir cédé ; le regretta moins en gare de Quimper, et plus du tout à partir de Lorient. La joie des filles mit du baume sur la plaie.

Elles s'étonnaient et s'amusaient de tout : du panache de fumée de la locomotive, de leurs paumes noircies à force de baisser et de remonter la vitre, des escarbilles à éviter, du pique-nique dans le compartiment, des paysages, de l'immensité de la gare de Nantes grouillante de monde, du souterrain pour changer de quai, des toits en tuiles, des vignobles… Il se sentit empli d'un sentiment de générosité. Oui, se persuada-t-il, c'était pour le bonheur de ses filles qu'il avait mis sa fierté dans sa poche et son mouchoir pardessus. Afin de gonfler la valeur de son sacrifice, il ressassa les bonnes raisons qu'il avait de détester son frère. Sa sournoiserie et le coup des couleuvres, quand il était gosse, et son caractère vicieux, quand il était devenu un homme, y avait qu'à voir, ce viol commis en Vendée, et son cul bordé de nouilles pendant la guerre, et combien de poilus il avait expédié à la mort à sa place, hein ? Et puis c'est comme ça, se dit-il, il y a des gens qu'on ne peut pas blairer sans trop savoir l'expliquer. Dans la Royale, ces gars qui ne vous regardaient jamais en face, un beau jour on les prenait la main dans le paquetage du copain. Son intuition ne l'avait jamais trompé. Oh, il n'avait pas été un ange non plus. Tous les garçons naissent couverts d'écailles, comme les poissons, sauf que ce sont les écailles du vice. Presque tous les perdent une à une au fur et à mesure qu'on leur inculque la morale, mais chez certains elles s'incrustent dans la chair et leur font une deuxième peau, invisible sous leurs beaux costumes de gens bien. Mais à qui sait voir et écouter, leurs actes et leur grande gueule prouvent qu'ils ont été mal écaillés. Voilà ce que ruminait Jos en descendant du train à Ancenis.

— Comment tu vas le reconnaître ? demanda Guillemette.

Remonté à bloc contre Donatien à la suite de son monologue intérieur, Jos regretta de nouveau d'avoir accepté son invitation.

— Oh tel que je l'ai connu et tel qu'on le connaît par ses lettres, Monsieur saura bien se signaler !

Guillemette s'inquiéta de l'air bougon de son Jos. N'allait-il pas se venger d'avoir eu la main forcée, pour ce voyage, en suscitant une dispute avec son frère, sur le quai de la gare ? Conciliante, elle lui fit observer :

— Oh c'est nous qui sommes reconnaissables. Un couple avec quatre filles, il n'y en a pas trente-six à être descendus du train. Regarde, c'est pas lui, là-bas ?

Un grand type en veston et cravate venait à leur rencontre sur le quai. Il tendit la main à Jos.

— Alors Joseph, depuis le temps ? Ça n'a pas été trop dur de t'arracher à ton rocher ?

— Pour quelqu'un qui a fait le tour du monde dans la marine, la Loire-Inférieure c'est la porte à côté.

— J'avais oublié que tu avais pas mal bourlingué…

— On peut le dire sans mentir !

— Ah ! Ah ! Ah ! Et voilà donc Guillemette ! Et la petite famille !

Guillemette lui tendit la main, il l'embrassa, puis fit la bise aux filles, intimidées et rougissantes.

— Ah ça, on se demandait comment on allait vous reconnaître, mais on voit bien que vous êtes deux frères, dit Guillemette.

Jos la fusilla du regard. Elle faisait des mines de lèche-cul au Donatien, comme devant le médecin, ou le curé, ou bien encore la patronne de Joséphine, quand ils étaient allés la lui présenter, à Quimper. Il ravala son aigreur.

— Ouais, on se ressemble drôlement, dit-il.

— S'il y a eu un mouton noir dans la portée, c'est pas un de nous deux, dit Donatien. Mais y en a un qui a mieux profité que l'autre. Je suis pas mal plus grand que toi.

— Pour prendre un sac de grain par terre un paviou berr[1] a moins haut à soulever.

— Ouais, mais il voit moins loin !

— Faut croire que la soupe était bonne, dans les fermes de Vendée, puisque t'en as bien profité.

— Comme tu peux le constater !

— Pourtant t'es pas resté où on t'avait placé, insinua Jos.

— Parce que j'avais de l'ambition, moi ! Bon, on y va ? On va pas prendre racine ici… Et la nuit va pas tarder à tomber.

1. Pattes courtes.

— On te suit ! C'est toi le chef.

Ils se dirigèrent vers une Citroën C4 flambant neuve.

— Comme celle du docteur du bourg ! s'exclama Joséphine.

— Tu as ton permis ? grommela Jos.

— Bien obligé. Comme tous les chefs, à la Compagnie Lebon. Tu peux pas être chef si t'as pas ton permis. Adélaïde a aussi eu le sien depuis qu'on s'est mariés. Elle pense s'acheter une petite bagnole. On a pas les mêmes horaires, ce sera plus pratique que d'aller l'amener ou la chercher à la pharmacie. Ou qu'elle prenne un taxi quand elle est de garde.

— On s'emmerde pas, dis donc !

— Faudrait être con. J'ai une bonne paie et la pharmacie, ça rapporte.

— Je m'en doute, dit Jos en esquissant une grimace. Il était ébranlé par l'impression que ce gamin qu'il avait tant détesté s'était comme par magie matérialisé devant lui, dans un format agrandi.

— En voiture Simone ! gueula le con de frère.

Jos s'assit à l'avant, Guillemette et les filles se tassèrent sur la banquette arrière. Donatien démarra en douceur. Il leur fit faire un tour de la ville en franchissant deux fois la Loire, pour leur montrer l'église, la mairie et surtout l'endroit où il travaillait, un bel immeuble en pierre de taille blanche, pas un gourbi, bien évidemment, rumina Jos.

Ils sortirent d'Ancenis à la tombée de la nuit et roulèrent sur une route secondaire qui serpentait entre les vignobles jusqu'au village de La Boixière, au centre duquel ils tournèrent dans une longue allée bordée de peupliers, comme si le village était les communs de

Kermalo, dont ils ne virent pas grand-chose, puisqu'il faisait nuit noire à présent. Seul le perron était éclairé.

Adélaïde descendit les marches pour les accueillir. Elle portait une jupe longue, un chemisier crème et une veste courte et cintrée. Une vraie baronne, songea Jos, et un grand cheval. Décidément, il allait finir par se prendre pour un nain. Il n'eut rien, et n'aurait jamais rien de plus à reprocher à sa belle-sœur. Affable, elle embrassa Guillemette et les filles, s'enquit de leur état de fatigue.

— Avec toutes ces correspondances, le trajet a dû vous paraître interminable.

— Oh non, il y avait tellement de choses à regarder par la fenêtre ! répondit Joséphine.

Adélaïde leur montra leurs chambres – les parents et la petite Marie-Morgane dans l'une, les trois grandes dans une autre –, le cabinet de toilette des invités (les hôtes avaient leur salle de bains privée) et les W-C au bas de l'escalier.

— Y a d'autres chiottes dans le jardin, dit Donatien.

— Chéri, voyons…

— Mais je croyais que vous aviez toujours votre mère, dit Guillemette.

— Ah la pauvre, elle a définitivement perdu la tête, dit Adélaïde. Avec mon métier, cela devenait de plus en plus difficile à gérer. On ne trouve pas toujours le personnel qu'il faut au moment où il le faut. J'ai dû me résoudre à la confier à un établissement privé. Quelque chose de très bien tenu.

— C'est triste d'en arriver là.

— Nul ne sait ce que la vieillesse lui réserve…

On passa à table. Adélaïde agita une cloche et une jeune femme en tablier apparut. Une bonne, l'eau courante, des salles de bains, des W-C avec chasse d'eau :

Versailles ! Mais un menu à faire friser le nez aux filles du Cap-Sizun : asperges vinaigrette et cailles aux raisins accompagnées de légumes sur lesquels on ne pouvait pas mettre un nom. Adélaïde précisa que pour les asperges on pouvait soit se servir de son couteau et de sa fourchette, soit de ses doigts.

— Moi c'est avec les doigts, dit Donatien.

Jos l'imita, ainsi que les filles. Guillemette suivit l'exemple d'Adélaïde et se servit de ses couverts.

Les cailles posèrent plus de difficulté. Joséphine, voulant découper la sienne proprement, la fit sauter de son assiette. Ses sœurs rirent aux éclats. Adélaïde eut le bon cœur de rappeler que pour la volaille on pouvait également se servir de ses doigts.

En dessert, la bonne apporta une corbeille de fruits et un saladier de compote de pêches. Ceux du Cap-Sizun prirent tous de la compote et en furent fort aise quand ils virent Adélaïde peler et découper une grosse pêche en se servant encore de couverts spéciaux, plus petits. Germaine et Yvonne roulaient des yeux éberlués.

Donatien fut généreux en vin de Kermalo : un blanc plutôt raide et un rouge bizarre, noir comme de l'encre de seiche mais à goût de rosé, un vin dur et rocailleux qui vous laissait dans le nez une odeur de brûlé, comme celle d'étincelles de silex frotté.

On alla se coucher. Les filles constatèrent qu'il n'y avait pas de pots de chambre.

— En cas de besoin il faudra aller aux cabinets, leur dit Guillemette. Vous ne tirerez pas la chasse, pour ne pas réveiller toute la maison.

Le lendemain matin, Germaine se réveilla trempée. Horrifiée, elle attendit la fin du petit déjeuner pour l'avouer à ses parents.

— Ça commence bien, bougonna Jos, une grande comme Germaine qui pisse au lit. Si encore ç'avait été la petite…

Adélaïde et Guillemette allèrent constater les dégâts. Le matelas était trempé.

— On le changera, dit Adélaïde.

Germaine sanglotait dans son coin, Adélaïde la prit dans ses bras.

— Moi aussi ça m'est arrivé, à ton âge. Un nouveau lit, une maison qu'on ne connaît pas… Tu as dû rêver que tu faisais pipi, expliqua-t-elle tandis que Germaine opinait, et voilà, la nature a fait le reste ! J'ai eu tort de vous servir des asperges. Un légume diurétique. Ne t'inquiète pas, on va arranger ça…

Vers dix heures, Adélaïde embarqua Guillemette et les filles dans la C4 et les emmena au marché du village, puis à Ancenis pour un saut à la pharmacie, voir si le préparateur n'était pas trop débordé.

Donatien avait pris trois jours de congés. Il emmena Jos découvrir le domaine. La bâtisse n'avait rien d'une seigneurie, ni d'un pennti non plus. C'était une grande maison de maître, qui faisait penser à celles qu'on voit sur les étiquettes de vin de château, avec un toit moins pentu que les maisons bretonnes, des vieilles tuiles et une façade simple. À l'arrière se trouvaient deux remises, dont l'une pour le pressoir et les outils et la seconde, à usage de cellier, où étaient alignés les barriques et le vin bouché, plus une ancienne écurie transformée en garage. Dans la cour, sous un grand noyer, il y avait une table et des bancs en cyprès à côté d'un puits. Une belle bâtisse, se dit Jos, mais bon, est-ce que ça valait une fortune ? Au bord de la mer, sûr et certain, mais à Ancenis ? Peut-être pas grand-chose, se réconforta-t-il.

En revanche, le terrain lui fit forte impression. Il s'étendait sur cinq hectares divisés grosso modo en deux parties égales : tout de suite après la cour, le vignoble, entièrement clos de murs, et des arbres fruitiers à foison, pêchers, pruniers et poiriers de différentes variétés, la plupart croulant sous les fruits qui n'étaient pas tombés – le sol en était jonché, pour le régal des guêpes ; et plus loin, au-delà du mur du fond qu'ils franchirent par une porte fermée à clé, s'étalait une prairie en pente douce, avec au bout un ruisseau en limite de propriété. Ça, c'était un vrai bien-fonds de châtelain, dut s'avouer Jos, à son amour-propre défendant.

— Si le temps se maintient, dans huit jours on vendange, dit Donatien.

— Qu'est-ce que tu fous de tous ces fruits ?

— Si on avait besoin de sous on les vendrait. Mais comme c'est pas le cas…

— Tu les laisses perdre ?

— On met au cellier une partie des variétés qui se conservent, la bonniche fabrique des confitures, et le reste c'est pour les grives et les merles. Y en a trop, de ces putains d'arbres. Un de ces jours j'en couperai une partie.

— On zigouille pas une poule qui pond.

— Ils font de l'ombre aux pieds de vigne.

Donatien consulta sa montre.

— Les femmes ne sont pas encore près de rentrer. C'est l'heure de l'apéro. Je te paie un Pernod ?

Autre luxe à Kermalo, en plus du bar au salon, Donatien disposait d'une réserve d'apéritifs et de digestifs à l'extérieur, dans l'entrée du cellier.

— Tu comprends, en été on vit plus dehors que dedans…

Il tira un quart de seau d'eau fraîche du puits, remplit une carafe, mouilla les Pernod, et ils s'assirent sous le noyer et trinquèrent.

— Alors, t'as vu le domaine ? Pas mal, hein ?

— C'est du côté de la mère ?

— Plus ou moins. Comme la famille était fauchée, sauf Adélaïde grâce à sa pharmacie, il y a eu un arrangement. Adélaïde est nue-propriétaire et sa mère n'a que l'usufruit. Tu comprends ce que ça veut dire ?

— Je suis pas aussi plouc que tu crois. C'est comme pour Trezaraden. Tad et Mamm Bonizec nous ont fait donation, en gardant l'usufruit jusqu'à leur mort. Après, ça sera à nous. Bref, quand sa mère partira, ton Adélaïde sera propriétaire de tout.

— *On* sera propriétaires. Mézigue aussi bien qu'elle.

— Comment ça ? L'immobilier reste toujours du côté de celui qui a des droits dessus avant le mariage.

— Ah ah ah ! T'es pas idiot, mais tu connais pas tout. Adélaïde et moi on s'est mariés sous le régime de la communauté universelle. Tout ce que possède l'un appartient à l'autre. Quand la vieille cassera sa pipe, tout ça sera autant à Adélaïde qu'à moi.

— Et à vos gosses, si vous en avez.

— Que dalle ! Même pas. Les gosses ont rien à voir là-dedans, tant qu'il reste un des parents en vie. Et après, quand t'es au cimetière, t'en as rien à foutre. Mais tant que t'es en vie les gosses peuvent pas t'emmerder.

— T'es drôlement malin.

— Malin, malin… Je voulais pas être la cinquième roue de la charrette, c'est tout. Quand Adélaïde et moi on a parlé mariage, je lui ai dit : « J'ai rien et tu as tout, j'aurai l'impression d'être le paotr-saout dans le lit de la patronne. » Et c'est elle qui a proposé cette histoire de communauté universelle. Soit dit entre nous, j'en avais pas entendu parler non plus avant que le notaire m'explique. Enfin, c'est comme ça. Je suis tranquille.

— Elle veut des gosses ?

— Tu penses bien qu'elle en veut ! Sans ça elle serait pas heureuse. Et le temps presse, elle est plus bien loin du retour d'âge. Alors crois-moi qu'elle en demande et en redemande, et je lui en mets et en remets des pelletées de semence ! On finira bien par poinçonner ! Mais une fois qu'elle aura eu un gosse, après, tintin ! Je ferai marche arrière ! Moi j'en veux pas plus d'un. Et encore, pour lui faire plaisir. En attendant, on s'en donne, tous les deux, du plaisir. À défoncer le matelas et le sommier. Les femmes qui en ont pas l'air, comme Adélaïde, c'est les pires. Ou les meilleures, comme tu préfères. N'en ont jamais assez de s'asseoir sur le pivot de la joie ! Et ta Guillemette, elle est toujours partante pour une partie de radada ?

— On a eu quatre filles…

— Ouais, t'es pas sorti de l'auberge.

— On se plaint de rien, maugréa Jos.

Il avait déjà envie de repartir. Or, il restait trois jours pleins à tirer, à supporter les discours du hâbleur. Il fut délivré de ce tête-à-tête déplaisant par les femmes et les filles, revenues du marché avec des provisions que la bonne attendait. Il était midi passé et rien n'était prêt.

— Nous avons tout notre temps, dit Adélaïde. Venez, Guillemette, nous allons aider la bonne. Vous, les filles, vous mettrez la nappe et le couvert sur la table de jardin. Nous déjeunerons dehors. Par ce beau temps, ce serait un crime de s'enfermer.

Encore un luxe, que de préparer le repas dans une joyeuse anarchie, manger à pas d'heure et peut-être, tel que c'était parti, finir de déjeuner à l'heure où à Trezaraden on prend le goûter.

Jos accepta un autre Pernod bien tassé. Donatien mit deux bouteilles de rouge à fraîchir dans le seau rempli d'eau du puits. Les femmes et la bonne servirent le hors-d'œuvre – des rondelles d'andouille et de saucisson du Cap, avec des tomates du potager. On patienta jusqu'à ce que le rôti de veau soit cuit. Le soleil tourna et gêna Joséphine, en bout de table. Adélaïde lui donna un chapeau de paille. Ses sœurs lui dirent qu'elle avait l'air d'une demoiselle en capeline. Elle alla mirer son reflet dans la vitre d'une fenêtre. Ses sœurs se moquèrent, tout le monde rit, tout était délicieux, le repas, le soleil, l'ombre du noyer qui vous donnait un teint d'Italienne, l'odeur du cellier qui parfumait l'air de la cour, le bourdonnement des insectes, les moineaux familiers, le roucoulement des colombes, au loin, dans les peupliers de la prairie.

Pendant le repas, Donatien retint sa langue de vantard. En présence de sa femme, il semblait moins fort en gueule, remarqua Jos. Bof, se dit-il, libre à lui de jouer la comédie. Frais, le vin rouge de Kermalo se buvait tout seul et vous rendait philosophe. Une goutte de marc par là-dessus, avec le café filtré – chacun le sien, dans un filtre individuel, les filles n'en revinrent pas –, et les deux frères s'accordèrent une sieste dans les fauteuils du salon. Adélaïde prit des plaids et les femmes et les filles allèrent s'allonger sous un peuplier dans la prairie. Marie-Morgane s'assoupit, mais les trois grandes se coururent après dans la vigne et se gavèrent de pêches.

Résultat, dès potron-minet le lendemain matin, ce fut le ramdam, les portes claquées, la cavalcade dans l'escalier, la queue devant les W-C, le raffut de la chasse, et l'une ou l'autre des sœurs, ou deux sur trois, courant vers les cabinets du jardin, et Guillemette en chemise de nuit descendant veiller à la propreté des lieux.

— Nettoyez bien après vous !

Jos fut horriblement vexé.

— Une qui pisse au lit et maintenant les trois grandes qui attrapent la chiasse, manquait plus que ça !

— Oh arrête, c'est pas de leur faute, toutes ces pêches, c'était tellement tentant.

Donatien prit la chose à la rigolade :

— Une bonne purge avant l'hiver, ça peut faire que du bien !

Adélaïde usa de plus de tact. Elle parla de « léger désagrément » et remédia à ces petites misères du corps avec humour. Son armoire à pharmacie contenait de quoi soigner presque tout. Jamais Guillemette n'avait vu autant de louzoù[1], à part sur les étagères du pharmacien du bourg de Beuzec-Cap-Sizun. Adélaïde fit avaler aux filles une capsule d'un produit opiacé et des granulés de charbon à croquer.

— Maintenant, allez donc bâiller devant la glace, dit-elle.

Elles se tirèrent la langue : noire, tout comme leurs dents. La petite Marie-Morgane fit la comédie pour avoir elle aussi des bonbons noirs. À midi, les malades

1. Médicaments.

eurent leur menu particulier : viande sans sauce et riz à l'eau. Pour le soir, elles étaient guéries.

Les deux jours suivants se passèrent de la même façon : balades en voiture le long de la Loire, visites de monuments historiques, arrêts et dégustations dans les caves des viticulteurs, dîners bien arrosés et conversations au clair de lune, autour de la table de dehors, où Donatien, la plupart du temps, tint le rôle de muet, au profit de Jos et de Guillemette, pressés par Adélaïde de raconter la vie dans le Cap-Sizun, les coutumes, la pêche, les bateaux. On sentait que sa curiosité était sincère, pas du tout condescendante.

Le mercredi matin, Donatien reprit le travail et c'est Adélaïde qui conduisit les invités à la gare dans la C4.

— On a trouvé notre temps trop court, dit Guillemette.

— Vous reviendrez.

— Oh oui on reviendra, hein, papa ! dit Joséphine.

— Certainement, que vous reviendrez ! Au printemps, par exemple. Les pêches seront trop vertes pour être mangées !

— Oh là là, quel tracas on vous a donné, dit Guillemette.

— Mais non, voyons. Kermalo va nous paraître bien vide, ce soir. Alors, c'est entendu, vous reviendrez aux vacances de Pâques ?

— Ma foi, dit Guillemette, sûr que ça ferait plaisir aux filles. Mais vous aussi, il faudra venir nous voir à Trezaraden. On a de quoi vous loger.

— J'y compte bien ! Je n'ai jamais visité le Finistère. Jos m'emmènera pêcher en bateau.

— Ah, des fois ça secoue. Vous avez le pied marin ?

— Comment le savoir si on n'essaye pas ?

On s'embrassa, et ceux du Cap montèrent dans le train, encombrés de bagages supplémentaires : deux sacs de poires conférence à laisser mûrir dans un endroit frais. Adélaïde resta sur le quai à leur faire ses adieux jusqu'à ce qu'ils ne puissent plus la voir. Yvonne, la plus émotive des trois grandes, versa une larme et, du coup, les deux autres aussi. Puis le chagrin passa et elles firent l'inventaire, en se coupant la parole, de toutes les choses extraordinaires qu'il faudrait se rappeler. Jos fumait une cigarette dans le couloir. Guillemette le rejoignit.

— Ces quatre jours, soupira-t-elle, c'était quand même une autre vie.

— Ouais, une autre vie, comme tu dis. Mais je suis pas mécontent de rentrer chez moi. La mer me manquait.

— On reviendra ?

— Toi, si tu veux. Moi, je refoutrai plus les pieds là-bas.

— Pourtant, Adélaïde a été simple avec nous…

— Ouais. Cette femme-là, elle est trop bien pour mon con de frère.

— Mais qu'est-ce que tu as donc contre lui ?

— Je sais pas. C'est comme ça, c'est en moi.

— En tout cas, ne dis plus de mal de lui devant les filles. Surtout devant Joséphine. J'ai l'impression qu'elle aime beaucoup son tonton.

— Ouais, j'ai remarqué. Et on se demande bien pourquoi.

DEUXIÈME PARTIE

Les fiancés de Joséphine

8

Joséphine avait fait la connaissance de son marin de Paris à l'atelier, au mois de mai 1934, l'année de ses vingt ans. Il était cornaqué par sa mère, qui venait commander pour lui la confection d'un costume pour un mariage chic auquel il était invité à Quimper.

C'était une petite bonne femme au nez pointu et à la bouche pincée, habillée sans réelle faute de goût mais comme une rentière appauvrie par les dévaluations : soignant autant sa mise qu'elle l'économisait. On vit chez soi en savates et sarrau, et du précieux manteau dont on calcule les sorties on dissimule le col usé sous un renard d'occasion saturé d'antimite. Or, les midinettes en connaissaient un rayon, question trompe-l'œil. La dame avait certainement l'habitude de côtoyer le beau linge, mais elle avait dans le regard et le ton ce trop-plein de désobligeance des arrivistes qui ne sont pas arrivés. Bref, la dame n'était pas une vraie grande dame. Marie-Jeanne Kéruzoré feignit d'être dupe, et il fallait l'avoir pratiquée comme la pratiquaient ses ouvrières pour savoir qu'elle ne l'était pas, quand elle forçait sur la courbette prout prout ma chère et se permettait, mine de rien, des reparties à double sens.

Joséphine prit les mesures du fils, gênée par la mère qui leur tournicotait autour en blablatant sur telle et telle façon de couper la veste, pour avantager son rejeton :

— Vous comprenez, mon fils a l'habitude de porter l'uniforme. Il est marin d'État. Et la marine ne laisse pas ses gens se baguenauder vêtus comme l'as de pique…

Un marin ! Joséphine se sentit rougir. Sans réfléchir, elle sortit de la réserve que Marie-Jeanne Kéruzoré exigeait de ses ouvrières :

— Ah ça alors ! Mon père aussi est marin. Enfin, il est en retraite, maintenant.

La mère fronça les sourcils.

— Personne ne vous demande de raconter votre vie, ma petite !

— Pardon, madame…

Le fils lui fit un clin d'œil et une grimace en douce et Joséphine eut du mal à garder son sérieux. Il avait une bouille ronde, des yeux rieurs et de jolies lèvres humides esquissant en permanence un sourire mi-goguenard, mi-fataliste. Un joyeux luron, sûrement, hors la vue de sa génitrice.

Quand la patronne eut prié sa mère de la suivre pour choisir le tissu, il attaqua Joséphine bille en tête. Bien que ce fût ce qu'elle souhaitait entendre, elle n'en crut pas ses oreilles.

— Vous travaillez tous les jours ?

— Tous les jours sauf le dimanche et le lundi matin, chuchota Joséphine, écarlate.

— Et à quelle heure vous finissez, le soir ?

— À sept heures.

— Je viendrai vous attendre, un de ces soirs.

« Un de ces soirs » ? En une fraction de seconde, Joséphine imagina déjà les affres de l'attente. *Un de ces soirs ?* Quand ? Cette semaine ? La semaine prochaine ? Le mois prochain ?

— Vous n'êtes pas libre tous les jours ? demanda-t-il.

— Si... Si... mais... vous viendrez pour le premier essayage, non ?

— Ouais, mais je serai accompagné par la maistrance.

— Samedi peut-être, ce serait mieux...

— Samedi prochain, je peux pas. Disons samedi en huit, alors.

Joséphine ne vivrait pas jusque-là.

— Remarquez, mardi ou mercredi prochain ce serait bien aussi.

— Ça me va aussi. On dit mercredi ?

— Ben oui, mercredi.

Il cligna de l'œil.

— Pas un mot devant la daronne, hein ? Elle a des vues sur mon avenir. Veut me fourguer à une héritière. Marrant, hein ?

Subjuguée, Joséphine opina. La mère revint, renifla une odeur de complot, toisa la coutière et tança son fils :

— Eh ben, qu'est-ce que t'attends, à bayer aux corneilles ? On s'en va !

— Bye-bye, je bâille ! lança le fils, et la mère haussa les épaules.

D'après la fiche de travail, que Joséphine s'empressa de consulter, la mère s'appelait Angèle Loussouarn et le fils Armand. Un prénom qui rimait avec amant.

Joséphine passa le dimanche à Trezaraden. Elle rayonnait, Guillemette devina qu'il y avait anguille sous roche.

— Tu as un amoureux ? demanda-t-elle à son aînée alors qu'elles se trouvaient toutes les deux à mettre le couvert.

— Un amoureux, moi ? Mais non…

— Oh, tu m'as l'air bien gaie !

— C'est parce que le temps est beau.

— Beau… comme un beau gars ? insista Guillemette.

— Peuh ! Qu'est-ce que tu vas chercher ?

Cependant, son cœur débordait de l'envie de partager la confidence avec Germaine et Yvonne, en âge – quatorze et treize ans – de comprendre et de partager son émoi. En repartant, comme elles lui faisaient un brin de conduite sur le chemin de l'arrêt des cars, elle n'y tint plus et leur raconta la rencontre, la mère pimbêche, le fils qui l'appelait « la maistrance » et « la daronne », ses clins d'œil facétieux dans son dos, et le rendez-vous fixé pour le mercredi. Malgré qu'elles aient juré de garder le secret, les deux sœurs ne résistèrent pas au plaisir de se faire valoir. À table, pour susciter des questions, elles exagérèrent de petits rires sous cape.

— Ben quoi ? dit Jos. On aimerait rigoler, nous aussi.

— Joséphine a fait une touche ! annonça Germaine.

— Je m'en doutais ! dit Guillemette. Elle vous a dit quel métier il faisait ?

— Marin !

— Marin de quoi ? De commerce ou de la Royale ?

— Comme toi, papa.

— Alors tout va bien, dit Jos. Un de plus dans la famille. La lignée continuera.

— Ne mets pas la charrue avant les bœufs, dit Guillemette. Entre une touche et la bague au doigt, il y a un grand pas.

Les trois jours suivants, Joséphine se piqua plus d'une fois, en travaillant sur le costume d'Armand. Elle regrettait de s'être vantée devant ses sœurs, qui avaient dû vendre la mèche sitôt revenues de l'arrêt des cars. Elle se félicitait de n'avoir rien dit à ses copines de l'atelier. Au moins, si l'Armand lui posait un lapin, elle ne serait pas ridicule.

Le mercredi après-midi, elle se prépara à la déception. Il ne viendrait pas. Ah, s'il ne venait pas, elle se vengerait, lui ferait une jambe de pantalon plus courte que l'autre, une poche dans le dos de son veston… À dix-neuf heures, elle se recoiffa, enfila son plus beau chemisier, se mit une touche de rouge à lèvres et sortit, le cœur battant à tout rompre.

Il était là. Avec ses yeux rieurs, son sourire à se ficher du monde et ses manières directes. Il arrondit son bras.

— Bras dessus, bras dessous ?

Elle hésita. Les copines la regardaient. Et puis zut ! Elle passa son bras sous le sien.

— Je vais en entendre, demain !

— Me dites pas que c'est la première fois qu'un coquin vient vous attendre à la sortie du boulot ?

— Ben si !

— Mazette ! On va fêter l'événement !

Ils marchèrent côte à côte d'un pas d'amoureux. Pas bien loin. Jusqu'à la brasserie de l'Épée. Pour ne pas paraître trop gourde, elle se retint de dire qu'elle n'y était jamais entrée. Il s'effaça pour la laisser s'incruster dans un compartiment de la drôle de porte à tourniquet, où elle ne sut que faire. Un serveur vint à sa rescousse, qui fit tourner la porte, en même temps qu'Armand la poussait dans son dos. Elle trébucha et manqua se cogner le nez dans la vitre. À l'intérieur,

Armand lui reprit le bras et se dirigea d'autorité vers une table du fond. Joséphine prit place sur la banquette, il s'installa à son côté au lieu de s'asseoir sur une chaise en face d'elle, ce qui la troubla. Elle serra les genoux.

— D'ici, on voit tout ce qui se passe. Comme si on était au théâtre. Et faut bien dire qu'il y a du spectacle, à Quimper. Tous ces bourges…

Il ôta son veston, elle ôta son cardigan en se contorsionnant pour que leurs corps ne se frôlent pas. Un serveur se précipita.

— Vestiaire, monsieur, mademoiselle ?

— Non, on s'en charge, le rabroua Armand.

Il jeta les vêtements sur une chaise.

— Vestiaire, vestiaire… À Paris, ils en font un vrai commerce. Faut donner un pourliche à la fille dans sa guitoune, et un autre au mec qui t'aide à enfiler les manches. N'ont honte de rien, ces larbins.

Que répondre à cela ? Joséphine avait-elle seulement entendu ? Elle planait. En un éclair – en un demi-tour de la porte à tambour –, elle avait franchi la porte du grand monde, s'était retrouvée à l'intérieur de cet aquarium où se mouvaient, comme au ralenti, des êtres exotiques, qu'elle n'aurait jamais imaginé pouvoir côtoyer un jour. Les garçons en tablier bleu, les vieux couples qui sirotaient du champagne, les messieurs solitaires, pipe au bec, plongés dans la lecture du journal. Comme une trompe de papillon, tous ses sens se déployaient et se rétractaient tour à tour pour saisir, se dessaisir et mieux ressaisir, par touches farouches, ces sensations inédites : palper le cuir craquelé de la banquette, s'éblouir des reflets des luminaires dans les verres, s'étonner du chuintement du percolateur, distinguer les odeurs et, par autosuggestion, goûter sur sa langue le doux-amer du café crème et la suavité du tabac blond.

Il fallut commander les consommations. Armand prit un bock de bière, et Joséphine, à défaut de savoir quoi d'autre choisir, une grenadine. Ils trinquèrent. Tétanisée de bonheur, Joséphine se demandait bien ce qu'elle allait pouvoir dire. Dans un film d'amour, lors de la première rencontre du héros et de l'héroïne, tout semble couler de source, les questions intéressantes du jeune homme et les réponses à la fois graves et enjouées de la jeune fille, et puis très vite le dialogue mène à l'aveu réciproque, timidement murmuré, du désir de se revoir.

Le scénario fut totalement différent. Armand était un véritable moulin à paroles. Le temps de boire sa grenadine, Joséphine en apprit plus sur lui et sur sa mère qu'elle n'en aurait appris en un an de cour timorée.

Comme beaucoup de Bretonnes, sa mère était montée à Paris faire la bonniche. Vers la trentaine, elle avait eu la chance de tomber chez un dentiste réputé, « des gens friqués », Armand dixit, dont elle était devenue la gouvernante, avec sous ses ordres une cuisinière et une femme de ménage. Elle gérait le budget des courses et du linge de maison, surveillait les devoirs des trois gosses, s'occupait de tout ce qui ennuyait – « faisait chier », Armand re-dixit – le couple. Deux ans après avoir été embauchée, elle « tomba sur une pointe rouillée », autrement dit se retrouva enceinte. De qui ? Du dentiste, à tous les coups. En tout cas, ses patrons prirent la chose du bon côté et Armand, fils unique d'une fille-mère, fut élevé en même temps que leurs trois gosses, avec tous les avantages qui en découlaient : écoles huppées, belles fringues, sorties au théâtre, promenades au jardin du Luxembourg et navigation de maquettes dans le bassin du Louvre. Fallait pas croire que c'était ça qui lui avait donné la vocation de mataf. Il s'était engagé dans la marine à dix-huit ans pour échapper à la tutelle maternelle. Ses patrons avaient déteint sur elle. Cette vie de bourgeoise lui était montée à la tête. Pour un peu, on aurait cru qu'elle était née sur les Champs-Élysées. Son Armand, elle voulait qu'il devienne quelqu'un. Elle régentait ses fréquentations. Plus une vie. Et par-dessus le marché, elle était radine, malgré qu'elle se fût enrichie. Logée, nourrie, blanchie, et le fiston avec elle, son salaire lui tombait net dans l'escarcelle à chaque fin de mois. Nantie de trente ans d'économies, et de la maisonnette de ses parents au Passage-Lanriec, elle venait de prendre sa retraite. L'histoire du costume sur mesure, c'était une idée à elle, et bien digne d'elle. Un mariage dans la région, auquel ils étaient invités, par le dentiste parisien. Armand serait un des garçons d'honneur et sa maman escomptait bien qu'il taperait dans l'œil de sa cavalière – une fille bien, sinon de biens, elle n'en doutait pas.

— C'est compréhensible, minauda Joséphine en espérant être contredite. Les parents veulent toujours que leurs enfants arrivent le plus haut possible dans la vie.

— En épousant une héritière moche comme un cul ? Merci bien.

Enfin bon, il ne pouvait pas se fâcher avec sa mère, c'était sa seule famille. Alors il lui passait ses lubies, tant que ça n'allait pas trop loin.

Il regarda sa montre. Il était près de huit heures. Joséphine frémit. Fin du film, déjà ?

— J'ai la dalle, pas vous ? On casse une petite croûte ?

— Au restaurant ?

— Non, ici. Ils ont une carte brasserie. On se tape une douzaine de belons chacun, ça vous dit ?

— Ben oui.

— Avec un verre de riesling, ce sera Byzance.

— Oh je n'ai pas l'habitude de boire du vin.

— Tss ! Tss ! Tss ! Avec moi vous ne boirez pas de limonade avec des huîtres.

— Ah ben vous alors !

Le vin, frais et fruité, délia la langue de Joséphine. Elle parla de Trezaraden et de son père, canonnier sur les cuirassés.

— Il a fait les Dardanelles ? Chapeau ! Il a eu de la chance de s'en tirer.

— Il vous racontera. Enfin, si un jour vous venez à la maison.

— J'espère bien !

Cette réplique, si prometteuse, fit que Joséphine accepta un demi-verre de vin supplémentaire, puis une tarte aux pommes et un café italien pour terminer. Lorsque le garçon apporta l'addition, elle sortit son porte-monnaie pour payer sa part.

— Pas question, c'est moi qui invite ! Vous m'inviterez la prochaine fois.

— Mais comment vous allez faire pour rentrer à Concarneau à cette heure-ci ?

— À Concarneau ?

— Là où votre mère a une maison.

— La bicoque est louée. On habite Quimper. Avec ses gros sous, ma mère a acheté un trois-pièces rue des Réguaires. Et vous, vous logez où ?

— Rue du Guéodet.

— Mais on est presque voisins ! On pourra se voir tous les jours.

— Tous les jours ce ne serait peut-être pas convenable.

— Qu'est-ce qui nous en empêche ?

Sans le vin Joséphine n'aurait pas osé minauder :

— Je vous plais, alors ?

— Ben tiens ! Vous au moins vous n'êtes pas comme les mijaurées que la daronne veut me refiler entre les pattes…

— Vous avez déjà été fiancé ?

— Jamais de la vie !

Il la raccompagna. Au bout de quelques pas, il la prit par la taille. Devant l'immeuble de la rue du Guéodet, il l'enlaça et pressa ses lèvres contre les siennes. Effarée, elle le toléra deux ou trois secondes, pas comme au cinéma, où ça durait une éternité.

— À demain, dit-il.

— Demain ?

— Le devoir m'appelle ! Faut que je rentre à Paris après-demain. Je reviendrai dans huit jours pour les derniers essayages du costard, juste le week-end, et puis quinze jours après, pour ce foutu mariage. Mais j'ai posé vingt jours de perme à partir de fin juillet. On aura le temps de se balader dans le Cap-Sizun…

Il cligna de l'œil.

— Bonne nuit !

— Bonne nuit, Armand.

Elle eut du mal à trouver le sommeil. Cette soirée, c'était trop : trop vite, trop extraordinaire, trop prometteur, trop enivrant ! Les films ne mentaient pas, la force du destin était une réalité : on rêvait d'un marin, on le trouvait. Le coup de foudre existait bel et bien. La preuve, Joséphine était amoureuse.

Le lendemain soir, ils dînèrent de nouveau à la brasserie de l'Épée. Deuxième baiser rue du Guéodet, première larme au bord des cils au moment de se quitter. Le samedi en huit, Armand revint avec sa mère à l'atelier. Le costume lui tombait parfaitement, mais « la daronne » inventa des détails à retoucher. Marie-Jeanne Kéruzoré s'émerveilla de l'acuité de son coup d'œil et abonda dans son sens, pour hausser les épaules dès qu'elle eut tourné le dos.

Accroupie aux pieds de son élu en faisant semblant de reprendre le pli de la jambe droite, Joséphine ne put s'empêcher de lui dire :

— C'est plus un costume de marié que de garçon d'honneur.

— Je le garderai. Pourra servir plus tard, hein ?

Joséphine rosit, et elle virerait à l'écarlate, le dimanche soir, rue du Guéodet, en faisant l'expérience du baiser profond et du contact troublant, contre son ventre, du « paquet », que les filles à l'atelier appelaient aussi « trousseau de clés ». « Tout pendant qu'on dansait le tango, il avait son trousseau de clés dans la poche de son pantalon. » Baiser d'adieux. Ils ne se reverraient pas avant quinze jours. Et encore, combien de temps ? Armand irait à la noce, au retour de noce… Ils échangèrent leurs adresses.

La correspondance enflamme les sentiments, qui facilite les doux aveux. Joséphine écrivit tous les jours. Dès sa deuxième lettre elle signa : « Ta Joséphine qui t'aime. » Armand répondit par trois lettres brèves, et ce ne fut que dans la troisième qu'il écrivit, enfin, le « je t'aime » tant espéré. Joséphine glissa cette lettre sous son oreiller.

Le week-end du mariage, elle souffrit le martyre. Et si Armand tombait amoureux de sa cavalière ? Le dimanche, elle ne mit pas le nez dehors. Armand toqua à sa porte en fin d'après-midi, son sac de voyage à l'épaule. N'ayant pas pu échapper au retour de noce, il n'avait qu'une heure devant lui, avant de filer à la gare attraper le train de nuit.

— Ta cavalière était jolie ?

— Un vrai boudin.

— Oh quand même !

— Une binoclarde intello, en fac de médecine. Pas mon truc.

Joséphine avait prévu un en-cas pour deux, il refusa :

— Je mangerai un sandwich dans le train...

Il avait faim d'autre chose. De baisers, de caresses. Ils s'assirent sur le bord du lit, une position inconfortable pour les enlacements. Joséphine s'adossa à demi contre l'oreiller, mais garda les pieds sur terre – sur le plancher.

— J'ai envie de toi, murmura Armand. Oh putain, qu'est-ce que j'ai envie de toi...

Lorsque ses mains allèrent un peu trop loin, Joséphine se releva d'un bond.

— Tu vas rater ton train. Je vais aller à la gare avec toi.

— Si tu veux, bougonna Armand.

— Tu es fâché ?

— Mais non...

Ils marchèrent d'un pas vif, côte à côte, en silence, jusqu'à la gare. Joséphine prit un billet de quai. Armand monta dans le train chercher une place, déposa son sac dans le porte-bagages puis redescendit. Ils s'étreignirent.

— Plus de deux mois de séparation, ça va être long, dit Joséphine.

— J'y peux rien.

— Mais qu'est-ce que tu vas faire à Toulon ?

— Une période d'instruction, à bord d'un escorteur. Ça vaut le coup, je reviendrai avec la casquette de second maître.

— J'ai hâte de te voir en uniforme !

— Et tout nu ?

— Oh, écoute !...

Il la serra fort contre lui. D'autres couples s'embrassaient aussi. Joséphine eut l'impression de se dédoubler et de se voir de l'extérieur, actrice de la scène du baiser, dans l'éternelle ronde des amours qu'elle venait de rejoindre enfin.

Le chef de gare siffla le départ. Armand sauta dans le train, Joséphine agita son mouchoir, épongea ses larmes et rentra chez elle couver sa merveilleuse tristesse de future femme de marin, qu'une visite surprise vint distraire à la fin du mois de juin.

Adélaïde et Donatien, toujours sans descendance, effectuèrent un périple d'un bout à l'autre de la Bretagne et sillonnèrent pendant quelques jours le Cap-Sizun, en logeant à l'hôtel, pour ne pas déranger ceux de Trezaraden, déclara Donatien.

— Tu parles ! Notre maison n'est pas assez bien pour lui, estima Jos.

Donatien énerva Jos à bien d'autres titres.

Il se permit de critiquer Trezaraden par des questions fielleuses que son frère entendait comme des affirmations déguisées : « Tu te sens pas trop perdu ici, loin de tout ? » « C'est pas trop humide, toute cette pierre ? » « Une vache, ça te rapporte quoi ? L'emmerdement de la traire ? » « Tout ce poisson que tu pêches, vous êtes pas lassés d'en bouffer, à la longue ? » « Les deux vieux, tu vas les avoir sur le dos jusqu'à la fin ? » « Y a quelque chose qui pousse, sur ces falaises ? » « Le vent, ça rend pas les gens mabouls ? » « L'hiver, c'est pas trop long, à rien foutre ? Tu le passes à polir tes obus ? Les gens trouvent pas ça bizarre, toute cette quincaillerie sur ton buffet ? »...

Trezaraden fut la dernière étape du tro vras[1] du couple en Bretagne, aussi Donatien infligea-t-il à Jos le récit emphatique des sites qu'ils avaient visités, entre autres le Mont-Saint-Michel, Saint-Malo, Perros-Guirec, Ouessant, autant d'endroits où personne à Trezaraden n'avait mis les pieds.

« On ira, nous aussi ? réclamaient les filles. Hein, papa, dis-nous qu'on ira un jour !

— Mais oui, on ira un jour. »

Jos rongeait son frein. Il se trouvait en porte-à-faux. Guillemette et les filles béaient d'admiration pour Adélaïde et Donatien, surtout Joséphine, qui en avait plein la bouche, de son « tonton Dona ». C'était incompréhensible. On aurait dit qu'il l'avait envoûtée.

— Si c'est ça son genre d'homme, dit Jos à Guillemette, y a du souci à se faire. Va-t'en savoir ce qu'elle nous ramènera un jour à la maison.

— Oh, tais-toi, ça n'a rien à voir !

Jos était contraint de se taire. Heureusement qu'un allié, tout comme lui condamné au mutisme, se manifesta : Tad Bonizec, dont l'opinion de vieux sage le conforta dans la sienne.

— Je crois que tu as raison de pas pouvoir l'encadrer, lui dit-il. J'en ai connu des grandes gueules dans

1. Grand tour.

la Royale, et toi aussi sûrement, mais ton frère, alors là il les enfonce tous, et de loin ! En général, y a pas grand-chose de bon à espérer de ces gars-là. Mais t'es pas marié avec lui, hein ? Et il habite pas à côté. Le mieux c'est de laisser ses discours te glisser sur les plumes. Regarde Mamm, fais comme elle, tu souris aux nuages et tu te fous du reste.

Alors que Tad avait gardé toute sa tête, Mamm Bonizec était entrée dans cette indifférence béate des vieillards qui ne souffrent de rien et que ravissent ces petits riens qui les font sourire aux anges – le goût du passé dans une cuillerée de soupe ou dans un morceau de croûte de riz au lait –, d'un sourire qui annonce celui qu'ils auront sur leur lit de mort et qui permettra de dire à leurs survivants qu'ils ont l'air « reposés ».

— C'est dur de la boucler, dit Jos.

— On a su la boucler, tous les deux, à bord des bâtiments !

— Ouais, mais c'était pas pareil.

Donatien couronna son catalogue d'esbroufe par un gueuleton de midi qu'il donna en grand seigneur dans la salle chic de l'hôtel de France de Douarnenez. Menu exceptionnel pour des étrangers au pays, menu ordinaire, à part le dessert, une bombe glacée, pour ceux de Trezaraden : langoustines, sole, gigot d'agneau.

— C'est vraiment foutre son fric par la fenêtre, dit Jos à Tad Bonizec. À Trezaraden, on a tout ça pour rien…

— Mais t'as pas de nappe blanche et trois verres à pied autour de ton assiette, philosopha Tad Bonizec.

Adélaïde, très urbaine, fit tour à tour la conversation avec chacun des convives. Elle alla jusqu'à évoquer, sans prononcer un seul mot de déplaisant, l'enfance des deux frères et leur séparation de leur mère et le pourquoi de leur placement par l'Assistance.

— Vous n'avez jamais fait de recherches, Joseph ?

— Ma foi, non. Je suppose que ce serait une sacrée paire de manches.

— Pas si difficile que cela, à partir de l'état civil des mairies. Vous savez que vous êtes nés dans les monts d'Arrée, il suffirait d'aller se renseigner dans les mairies des environs. Elles ne doivent pas être si nombreuses que cela.

— Je me vois mal faire le tour du canton d'Huelgoat en vélo, ou à pied ou à cheval. Pas en voiture, en tout cas. Pas demain la veille que j'en aurai une. Et ça servirait à quoi ?

— À savoir ce que sont devenus vos parents.

— Bof, on est nés dans la misère, ça suffit de le savoir, intervint Donatien.

Pour une fois, Jos fut d'accord avec son frère. Il renchérit :

— Ouais, qu'on nous dise qu'ils sont morts à telle ou telle date, ça nous fera une belle jambe. Une chose est sûre, c'est qu'ils avaient pas de quoi nous payer des chaussures. On avait des sabots avec de la paille dedans.

— N'empêche, dit Adélaïde, à l'occasion d'un autre voyage en Bretagne… Cela nous donnerait un but, pour visiter les monts d'Arrée. Qu'en penses-tu, Donatien ?

— Faudrait vraiment qu'on ait rien d'autre à foutre.

— À votre guise, tous les deux. Mais permettez-moi de trouver cela curieux, ce manque d'intérêt pour vos origines.

— Personne n'aime remuer le fumier, trancha Jos, un peu irrité.

— Je comprends, Joseph.

Adélaïde se tourna vers Joséphine et engagea la conversation sur l'atelier de couture. Elles étaient bien les seules de la tablée à pouvoir dialoguer autour du métier de l'aînée, la mode pour l'hiver à venir, la coupe des tailleurs et des manteaux, à connaître des noms de tissus que Guillemette n'avait jamais entendu prononcer.

— Celle-là a la volonté de sortir de son trou, dit Donatien à Jos. Ta Joséphine ira loin !

— Elle ira jusqu'où elle pourra.

Donatien régla l'addition avec un chèque tiré sur le Comptoir national d'Escompte de Paris. Du jamais-vu.

— Tu vois, dit-il à Joséphine, c'est dans cette banque qu'il faudra mettre tes sous quand t'en auras.

— Oh je n'oserai pas.

— C'est une banque sérieuse. Et elle a des agences dans toutes les grandes villes.

— C'est sûrement une banque pour les riches.

— Y a un début à tout. Les petites économies font les gros sous quand elles sont bien gérées.

Les touristes reprirent la route à la fin du repas. Juste un bout de route. Ils avaient réservé une chambre à Auray, sur le port.

— On est pas pressés et on est pas à une nuit d'hôtel près, dit Donatien.

Au moment des adieux, Jos se paya le plaisir de rabattre le caquet à son frère. Adélaïde ayant confié à Guillemette, de femme à femme, qu'elle faisait fausse couche sur fausse couche, et Guillemette l'ayant répété à Jos, il prit Donatien à part et lui balança dans les gencives, en breton :

— Nitra nevez gant Adélaïde[1] ? Vous êtes mariés depuis combien de temps ? On s'attendait à vous voir avec un marmouz[2]. Ta graine ne prend pas ?

— Ma semence est de qualité supérieure, t'inquiète pas. C'est sûrement de son côté. Ces aristos, à force de se marier entre eux, c'est consanguinité et compagnie. Ils attrapent des tares.

— T'as une drôle d'opinion de ta femme, dis donc. Une femme gentille comme elle, faudrait pas qu'elle t'entende.

— Je parlais en général, marmonna Donatien, pris au piège.

— Espérons que t'as tort ! dit Jos, hypocrite.

Donatien, la gueule enfarinée, fit ronfler son moteur et la C4 démarra sur les chapeaux de roue.

— Qu'est-ce que tu lui as dit, pour qu'il fasse une tête comme ça ? s'inquiéta Guillemette.

— Rien de bien méchant, rigola Jos.

1. Rien de nouveau avec Adélaïde ?
2. Singe. Familièrement : petit enfant.

9

De Toulon, Armand écrivit plusieurs fois qu'il avait hâte de faire la connaissance de toute la famille. Joséphine se permit d'avouer qu'elle avait un peu peur d'être présentée à sa mère, ce à quoi Armand répondit que sa mère, elle la connaissait déjà, étant donné qu'elle avait eu à l'atelier un aperçu de son fichu caractère, et que n'importe comment il était majeur et vacciné, et que sa mère ferait ce qu'il voudrait, qu'elle n'allait pas lui mettre des bâtons dans les roues jusqu'à la fin de ses jours, et qu'à vingt-sept ans il était libre de se caser avec celle qu'il avait choisie, sa Joséphine adorée.

Comme prévu, il fut de retour fin juillet et le premier dimanche de sa longue permission Joséphine l'amena à Trezaraden, en tenue de second maître. Encore énervé par la visite de ceux d'Ancenis et l'attirance que semblait avoir son aînée envers les fanfarons, vu son admiration déclarée pour son con de frère, Jos ne sauta pas au plafond d'enthousiasme. Il fut bien le seul. Armand fut plébiscité par la gent féminine.

Il s'était laissé pousser une fine moustache et avait réussi à garder ses cheveux, peignés en arrière et lissés à la brillantine, un peu plus longs que ne l'exigeait la discipline. Sa peau avait bien profité du soleil du

Midi, son hâle mettait en valeur ses yeux clairs, et son sourire malicieux passait pour de la gaieté naturelle.

Sur-le-champ, Germaine et Yvonne tombèrent amoureuses de lui, au point d'en paraître idiotes, bouches bées et muettes. Marie-Morgane, sans se départir de ses grands airs de petite princesse que la cour indiffère, apprécierait à la fin du repas qu'il lui promette de lui faire cadeau de sa collection de billets et de pièces de monnaie récoltés pendant ses campagnes en Afrique du Nord, au Moyen-Orient et en Indochine. Mamm Bonizec le confondrait avec un gars du coin. Tad Bonizec attendrait pour se forger une opinion. Guillemette le qualifierait de « bel homme », qui avait l'air de savoir ce qu'il voulait.

Dans la cour, Jos le toisa.

— Parti du bas de l'échelle et la casquette à ton âge, dit Jos, tu as toutes les chances de finir maître principal.

— Faut pas vendre la peau de l'ours avant de l'avoir tué ! répondit Armand avec fausse modestie.

— T'es dans les bureaux à Paris, paraît-il ?

— J'étais. Entre deux embarquements. Là, je reviens de Toulon.

— Qu'est-ce que tu foutais à Toulon ?

— Une formation complémentaire, à l'école de canonnage.

— Ah bon ? Tu sais que j'étais canonnier, moi aussi ?

— Ben ouais, Joséphine me l'a dit.

— Et sur quels bâtiments t'as été embarqué, jusqu'à présent ?

— Des croiseurs de première classe, le *Duguay-Trouin* et le *La Motte-Picquet*. Et normalement, après ma perme, je vais être muté sur un croiseur qui vient de sortir du chantier, l'*Emile-Bertin*. Il portera un hydravion, et paraît-il qu'aux essais il a atteint trente-neuf nœuds huit !

— Quarante nœuds à un poil près, de quoi décoiffer le marin !

— Ben ouais, y aura intérêt à serrer la jugulaire sous la casquette !

— Bon, bon, bon, dit Jos en méditant la note que méritait Armand à cet oral préliminaire.

— Bon, bon, bon, comme tu dis, le secoua Guillemette, c'est pas tout, on ne va pas rester comme ça devant la porte jusqu'à demain…

Joséphine prit le bras d'Armand et ils entrèrent, suivis de Germaine et Yvonne, qui pouffaient dans leur corsage. À l'intérieur, Armand resta en arrêt devant le vaisselier.

— Ah ! Joséphine m'en a parlé ! Les souvenirs des Dardanelles, hein ?

— Eh ouais, dit Jos.

La famille se recueillit devant le vaisselier, comme des fidèles pendant l'élévation. Circonspect, Armand sentit qu'il aurait été malvenu de troubler cet instant de vénération des idoles auquel on invitait le nouveau prosélyte.

Tous les étuis d'obus étaient gravés et les plus gros ciselés comme des couronnes de lampe à pétrole. On se disait alors qu'au lieu du fragile tube en verre un obus y avait été serti, d'où avait jailli non pas la douce flamme des veillées mais un éclair éblouissant, le tonnerre et des ruines aspergées de sang et maculées d'entrailles, émergeant peu à peu de la poussière jaune du chaos. Les étuis d'obus hébergeaient l'esprit des humains, civils et militaires, à qui ils avaient ôté la vie. C'étaient des urnes vides de cendres mais pleines du silence stupéfié de l'hommage aux morts anonymes. Polir leur laiton, c'était prier pour eux, fleurir leurs tombes. Les femmes se livraient à ces dévotions avec dignité : jamais une plaisanterie, jamais un rire. Elles étalaient le Mirror et maniaient la peau de chamois dans la componction. Les femmes : Mamm Bonizec et Guillemette jusqu'à la fin de leurs jours, Joséphine dès qu'elle fut assez grande, et puis ses sœurs Germaine et Yvonne, mais pas la belle Marie-Morgane, exemptée de service au buffet des grandes orgues sur le clavier desquelles Jos composait les variations de son récit des Dardanelles.

Armand toussota et rompit le silence :

— Eh ben, ceux-là au moins ils bousilleront plus personne.

— Papa te racontera, dit Joséphine.

— Pas tout de suite, dit Guillemette, sinon on n'est pas près de manger.

On se mit à table et Armand continua de subir son grand oral, avec succès. Il pouvait prétendre à une solide expérience d'embarqué, sous les ordres de tel ou tel capitaine de vaisseau que Jos avait croisé comme simple enseigne, il fut capable d'exposer les récentes améliorations techniques de l'armement, des coques, des moteurs des bâtiments. Et puis il était curieux du passé et savait écouter. À la fin du repas, il eut l'art, ou la flagornerie, de lancer Jos sur le sujet qui lui tenait à cœur :

— Dites-moi, monsieur Gwenan, aux Dardanelles, vous avez dû en avoir, une sacrée casse, sur les cuirassés…

— Oh tu peux m'appeler Jos et me dire « tu » !

Les femmes sourirent. L'adoubement était en bonne voie.

— D'accord, Jos… Moi j'en sais pas grand-chose, mais d'après ce que j'ai pu entendre, ça n'a pas été la joie, aux Dardanelles et en mer Noire. Beaucoup de gars y sont restés. Heureusement que toi tu t'en es tiré, hé ben, sinon y aurait pas de Joséphine et on serait pas là en train de causer.

— Ben non.

— Raconte à Armand, papa ! dit Joséphine.

— Tu crois ?

— Ça me ferait plaisir, Jos.

— Alors…

Jos résuma le premier chapitre de sa guerre, l'échec de la première attaque et l'échouage sur l'île aux Lapins, puis il ôta et remit sa casquette, alluma sa pipe et commença de raconter la suite de ses aventures, un récit qu'on avait entendu cent fois à Trezaraden, ce qui n'empêchait pas Joséphine d'être suspendue à ses lèvres, doublement ravie : elle adorait ce récit et il était dédié, cette fois, à son Armand chéri.

— Réparé à Toulon, le *Gaulois* est incorporé à la 4e escadre et reprend ses missions de transport de troupes et de protection de convois. À l'automne 1916, il revient à Toulon pour des travaux, et puis au mois de décembre…

— Oh là là, tu vas voir, dit Joséphine.

— Tu veux raconter à ma place ?

— Oh non, papa !

— Bon, en décembre, le 27 très exactement, on faisait route peinardement vers Salonique, quand tout d'un coup un sous-marin fait surface, nous pointe aussi sec et nous balance deux torpilles on peut dire à bout portant avant même qu'on ait eu le temps de lui tirer dessus. On évite une torpille mais la deuxième nous pète dans la sous-ventrière. Ah nom de Dieu, on avait tous en mémoire comment le *Bouvet* avait coulé en deux minutes… On fait notre signe de croix et on attend le bouquet final, l'explosion des machines et des soutes à munitions… Pas encore pour cette fois-ci. Mais la voie d'eau est plus que sérieuse… Le *Rochebonne* se porte à notre secours et n'hésite pas à nous accoster alors qu'on commence à s'enfoncer tout doucement… Eh ben, figurez-vous, à part quatre hommes tués par l'explosion de la torpille, voilà encore mille bonshommes de sauvés, et moi avec !… C'est ce qui s'appelle avoir le cul bordé de nouilles, non ?

— Quand même, Jos, devant les filles, s'offusqua Guillemette.

— J'ai eu du bol, si tu préfères ! Du bol d'embarquer après sur le *Mirabeau*, qui a même pas été égratigné par la suite…

— Quand même, objecta Joséphine, à Athènes tu as tiré des obus !

— Ouais ! On débarquait des troupes, et voilà que ces cons de Grecs, qui ne voyaient pas plus loin que le bout de leur nez, se mettent à nous tirer dessus. Et nous ratent ! Alors, aux Grecs, on leur balance quatre obus, pas un de plus, pas un de moins. Et qui aurait prédit que ça suffirait ? Ces messieurs retournent leur veste et s'engagent à nos côtés pour le reste de la guerre. Qui était pratiquement finie. Et voilà.

Le récit était bien court, l'auditoire se sentit frustré.

— Mais tout le temps que tu as fait en plus, papa… reprit Joséphine.

— Ah ouais alors, on peut dire qu'on en a chié, à s'emmerder, en mer Noire !…

Jos considéra les obus et secoua la tête.

— Et voilà le résultat !

— La guerre était finie, et on se demandait pourquoi les marins ne revenaient pas, dit Guillemette. Les soldats étaient de retour, il y avait des fêtes partout, et nous, les femmes de marins, on était comme des veuves, à se lamenter !... Il n'y avait rien à comprendre !

— Et nous autres, t'inquiète pas, sur nos cuirassés on comprenait pas plus que vous. Rien du tout ! Parce que y avait pas grand-chose à comprendre, dans ce merdier. Les grosses têtes, là-haut, probable qu'ils savaient même pas ce qu'ils faisaient. Enfin, toujours est-il que...

Jos s'accorda une pause, contempla les obus, se transporta en Orient et soudain tapa du poing sur la table en gueulant presque :

— Ah nom de Dieu, cette fois on les a franchies, LES DARDANELLES ! Pas plus tard que le lendemain de l'armistice ! Le 12 novembre, on s'engage dans le goulet et on remonte, pas trop rassurés malgré tout. Ah, ça faisait un drôle d'effet de filer tout droit entre les forts qui avaient coulé tant de navires... On pensait à tous les copains bouffés par les crabes, là-dessous... On pouvait pas s'empêcher de se dire qu'il pouvait très bien y avoir dans ces putains de forts quelques têtes de nœud qui n'avaient pas accepté l'armistice, qui nous en voulaient encore et allaient nous balancer un obus ou une torpille... Mais non... En quelques tours d'hélices nous voilà devant Constantinople et on mouille. C'est-à-dire qu'on se plante là. Pour que foutre ? Mystère. Pareil un mois plus tard, quand on est entrés en mer Noire pour aller mouiller devant Odessa. Merde alors, ce qu'on voulait, nous, c'était rentrer à la maison. Bien sûr, les officiers nous racontaient des trucs. À Constantinople, officiellement, on y était restés pour surveiller l'évacuation des troupes allemandes des territoires russes. Pourquoi pas ? Mais à Odessa ? On a pas tardé à l'apprendre… Ce que les politicards anglais et français avaient en tête, c'était se partager le sud de la Russie… Par ici la bonne soupe ! À nous la Bessarabie, l'Ukraine et la Crimée ! Le hic, c'était que les Russes se battaient entre eux et que les Rouges étaient en train de foutre la pilée aux blancs. Et la France et l'Angleterre n'en voulaient pas, des Rouges. Peur qu'ils contaminent toute l'Europe et que partout le peuple prenne le pouvoir. Alors il fallait donner un coup de main aux Russes blancs… Et pas un petit coup de main : en tout y avait quelque chose comme quinze mille hommes, Français, Grecs, Serbes, Polonais…

— J'ai jamais entendu parler de ça, dit Armand.

— Oh, les politicards s'en sont pas vantés, d'avoir déclaré la guerre aux rouges ! Odessa, on aurait dit une ville sous la botte d'une troupe d'occupation. Personne savait à qui elle appartenait. Mais y avait pas vraiment de problèmes. Avec tout ce monde-là, il régnait un joyeux bordel. Il y avait des Russes blancs qui nous faisaient des risettes, des Rouges qui préparaient leur coup et nous aidaient à faire notre charbon… On descendait à terre boire un coup… Y avait des filles qui se vendaient pour un bout de pain… Ben oui, faut bien le dire…

« Par contre, à l'arrière, les Rouges poussaient leurs pions, lentement mais sûrement. Une sorte de guerre de partisans, des bandes insaisissables qui réalisaient des coups de main vite fait bien fait et se volatilisaient après dans la nature. Les Russes blancs y laissaient de plus en plus de plumes, perdaient du terrain, n'en avaient plus pour longtemps… Alors, quand on a su que des compagnies spéciales de notre infanterie de marine avaient été envoyées dans le maquis pour dézinguer les Rouges, ça nous est resté en travers de la gorge. L'Angleterre et la France, après avoir liquidé les Prussiens et l'empire austro-hongrois, s'étaient découvert un nouvel ennemi : le bolchevik, le pauvre type qui réclamait rien d'autre que de bouffer à sa faim !

« Ah, on se disait : C'est beau, ça, la République française en guerre contre les révolutionnaires ! Quoi ? Et nous alors ? On ne l'avait pas faite, la révolution ? Coupé le kiki à Louis XVI et sa Marie-Antoinette, tout comme les Russes avaient liquidé leur tsar et sa famille ? On leur avait pas piqué leurs terres et leurs châteaux, aux rupins ? Pourquoi les Russes auraient pas le droit d'en faire autant ? La guerre était finie, nom de Dieu, pourquoi on rentrait pas en France, au lieu de rester là à faire les cons contre le peuple russe ?

— Et c'est là que tu as passé ton temps à... dit Joséphine.

— Ouais, j'allais oublier de le dire, à graver et à découper en dentelle tous ces obus. C'est à Constantinople que j'ai commencé, pour continuer à Odessa et sur la côte, quand on s'est échoués... Finalement, ma chance dans ces six mois de rab qu'on s'est tapés, c'est cette tempête, en février 1919. On a chassé et on s'est échoués... Il a fallu deux mois pour se tirer de là... Alléger le bâtiment, démonter l'artillerie, découper une partie de la cuirasse... Tant et si bien qu'on est restés à l'écart du bordel total, à Sébastopol, en avril... Autrement, je crois bien que j'aurais fait une connerie, et j'aurais pas été le seul, à bord du *Mirabeau*...

— Quelle connerie ? demanda Armand.

— Attends un peu… ça non plus tu dois pas trop le savoir… On était pas mal à être de cœur avec les rouges, fils de pauvres tous autant qu'on était, et moi en plus, un gars de l'Assistance… À l'inverse, les lieutenants et les capitaines de vaisseau avec des noms à rallonge, ils étaient pour les Russes blancs, ils en avaient gros sur la patate que des moins que rien aient zigouillé les Romanov… Ils avaient la trouille qu'on leur en fasse autant… Enfin, on peut jurer de rien, mais je crois bien que si on avait été à Sébastopol nous aussi on aurait hissé le drapeau rouge sur le *Mirabeau.* C'est du *France*, un sacré gros cul de cuirassé, avec un équipage de mille deux cents bonshommes, que tout est parti… Il y avait à bord un groupe de durs de durs, des gars qui lisaient les livres de Karl Marx… Les bolcheviks avaient pris le pouvoir à Odessa, ils avançaient sur la Crimée… Ce qui a mis le feu aux poudres ? Je vais vous le dire…

— Peut-être qu'Armand est fatigué de t'écouter, intervint Guillemette.

— Non, non, c'est passionnant…

— Je continue ? Bon alors, je disais, ce qui a mis le feu aux poudres… Primo, le commandant du *France* fait débarquer une compagnie de fusiliers marins pour défendre Sébastopol contre l'Armée rouge. Deuzio, il ordonne toutes les dispositions de combat. Que le *France* soit prêt à bombarder les bolcheviks. T'as qu'à croire ! Les mécanos montent sur le pont, la plupart des gars refusent de bosser, les meneurs sont mis en cellule, et parmi eux, je dois dire, des Bretons… Sur les mille deux cents bonshommes, y en a plus de la moitié qui restent les mains dans les poches à conspuer les officiers. « À Toulon ! À Toulon ! » qu'ils gueulent. « Les fayots à l'eau ! Les fayots à l'eau ! » Si j'avais été là, j'aurais gueulé la même chose... Sur le *Jean-Bart* mouillé à côté, les gars suivent, suivis eux-mêmes par des gars du *Justice*, du *Vergniaud*... La mutinerie est générale... Sur le *France*, les officiers se planquent, le doigt sur la gâchette de leur pistolet, mais ils savent que s'ils tirent un coup de feu ce sera le carnage. Les mutins délivrent les prisonniers, élisent une délégation qui va présenter au commandant en second du *France*, qu'ils aimaient mieux que le pacha, leurs revendications... À toi, Phine, termine, dit Jos, avec de la malice dans l'œil.

Joséphine connaissait les revendications par cœur et en récita la liste sans se tromper :

— Cessation de la guerre contre la Russie. Retour immédiat en France. Adoucissement de la discipline. Amélioration de la nourriture. Envoi de l'équipage en permission à terre.

— Bravo, ma grande... Le pacha accepte cette dernière revendication qui, pense-t-il, porte pas à conséquence... Erreur fatale, de sa part... L'Armée rouge est à Sébastopol. Les bolcheviks ont observé ce qui se passait à bord des navires... Lorsque les matelots français débarquent sur le quai, ils sont acclamés, portés en triomphe jusqu'à l'hôtel de ville, où le comité révolutionnaire les reçoit en grande pompe. Les Français défilent sous les drapeaux rouges en chantant « L'Internationale ». Et là, un connard d'officier des fusiliers marins s'attaque à un mataf pour lui enlever son drapeau rouge. Il prend un coup de poing dans la gueule, se relève et ordonne à ses gars de tirer. Les officiers mariniers obéissent, les fumiers ! La mitraille balaie la rue, tuant des Russes, plus un matelot du *Vergniaud*. Une chance que les Russes étaient moins cons, ou plus prudents... Ils répliquent pas. Les matafs remontent à bord et se rendent maîtres de tous les bâtiments. Les officiers sont neutralisés et le *France*, sorte de nouveau navire amiral de la flotte révolutionnaire, appareille et met le cap sur Bizerte, sous le commandement d'un quartier-maître ! C'est pas beau, ça ? Évidemment, à Bizerte, un comité d'accueil les attendait et les meneurs ont été condamnés à des dix et vingt ans de taule – qu'ils ne feront pas, soit dit en passant, amnistiés qu'ils ont été en 1921... À quoi ça avait servi de se mutiner, vous me direz ? Eh ben, tous, on leur doit une fière chandelle. Y avait déjà la grippe espagnole, l'amirauté a pas voulu que la marine française chope la grippe soviétique... Le 25 avril, ordre était donné à tous les bâtiments, partout, en mer Noire, de foutre le camp. Et je me suis souvent dit que les mutins nous ont évité bien pire que de rester coincés à graver des obus : si on avait laissé faire, peut-être qu'on se serait tapé une autre guerre contre les Russes ? Au moins, en mettant les bouts, on les a laissés se démerder entre eux.

Jos clappa de la langue, Guillemette resservit une goutte de lambig aux deux hommes.

— Le *Mirabeau* était bien mal en point, il marchait de travers comme un boiteux suite à ce qu'on lui avait enlevé et qui l'avait déséquilibré... On a appareillé le 5 mai 19, en remorque du cuirassé *Justice*, jusqu'à Toulon. Le temps d'arriver et les six mois de rab étaient écoulés, par rapport au 11 novembre. Ah, vous avez raison de les astiquer, ces obus, ils sont là pour témoigner de ces six mois de rabiot ! Voilà toute l'histoire !

Joséphine, qui aimait bien entendre la chute dont Jos les gratifiait parfois sans qu'on l'en prie, demanda :

— Et le *France*, papa ? Tu n'as pas dit comment il a fini…

— Ah ah ah ! Le *France*, comment il a fini ? Comme une périssoire menée à la godille par un trou du cul !

— Jos ! protesta Guillemette.

— Ben quoi ? Le 26 août 1922, à zéro heure cinquante-sept, en revenant d'une promenade de santé du côté de Belle-Île, il talonne une roche en baie de Quiberon. Il prend l'eau, les machines stoppent, il dérive vers les hauts-fonds, où il s'échoue pour de bon. À une heure quarante-neuf, l'évacuation commence. À trois heures et quelques, il chavire sur bâbord et fait un tour en quelques secondes. Seulement trois disparus. Un miracle, et un cinq galons panachés au tribunal. Bien fait pour sa gueule.

Jos se gardait de préciser que la roche sur laquelle le *France* avait talonné ne figurait pas sur les cartes, si bien que le commandant avait été relaxé. Il était habité par le paradoxe de l'homme du rang, fier de son unité et de ses victoires, mais au fond de lui-même sinon rebelle du moins goguenard à l'égard des officiers et officiers supérieurs, tout en respectant leurs galons, qu'il aurait bien aimé porter lui-même, autre paradoxe.

— Tu te rends compte, dit-il à Armand, un capitaine de vaisseau qui envoie par le fond un cuirassé sur une roche que tous les pêcheurs à la ligne du coin connaissent, y a de quoi se marrer !

— Ils font des conneries, comme les autres, dit Armand.

— Que ça t'empêche pas de finir amiral, si tu peux !

— Y a pas de risque que ça arrive, rigola Armand. En tout cas, chapeau pour ce que tu as fait.

Joséphine et ses sœurs applaudirent. Pour elles, le récit de Jos, qu'il fût écourté ou rehaussé de détails, avait la saveur de ces contes qui font peur mais finissent bien. Les petits enfants ressuscitent du charnier, le Petit Poucet est sauvé, le loup est tué, Blanche-Neige se réveille sous les baisers du Prince charmant… et leur père avait échappé aux obus, aux torpilles, aux naufrages. Il dominait les terriens de plusieurs têtes, qu'ils soient médecins, professeurs, députés, sénateurs, président de la République ! Il n'y avait de mari possible qu'un marin comme lui. Chacune des quatre sœurs Gwenan se donnerait pour la vie à l'un de ces dompteurs d'océans, promis, juré sur les obus du vaisselier, croix de bois, croix de fer, et que celle qui s'en dédit aille en enfer !… Joséphine était la première à avoir fait un bout de chemin vers la réalisation du serment.

En fin d'après-midi de ce dimanche mémorable, Armand donna la main à Jos pour retourner les foins, un carré de rien du tout, juste de quoi montrer de quoi il était capable avec une fourche à trois doigts entre les mains. À tu et à toi avec son futur beau-père et déjà reçu à l'oral, il obtint un accessit en travaux pratiques.

Les jeunes ne pouvaient pas, hélas, rester dîner, à cause des horaires du car. On fit un gros goûter et au moment des adieux Jos et Guillemette proposèrent qu'Armand revienne avec sa mère le dimanche en huit, pour les présentations officielles.

— Joséphine vous a dit qu'il n'y a pas de père à inviter ? demanda Armand.

— Il fallait bien, non ? dit Joséphine.

— Évidemment, la rassura Armand.

— Elle nous l'a dit et elle a bien fait, dit Jos. Des fils du facteur, qui n'en a pas connu ? Qu'est-ce qu'on en a à foutre ? D'après ce que je vois, vous êtes sûrs l'un de l'autre, alors pas la peine d'attendre la saint-glinglin. On a qu'une vie, y a pas de temps à perdre. Les fiançailles, la noce, et en avant pour l'amour !

— Je suis d'accord avec toi, dit Armand. Allons-y pour dimanche prochain.

— Ta mère préférerait peut-être que mes parents se déplacent, suggéra Joséphine, conciliante.

— Et tes sœurs ? Et Tad et Mamm Bonizec ? Y a pas de place pour tout le monde dans l'appartement. Tu les laisserais à la maison ? Ça la foutrait mal.

— Et si elle ne veut pas venir ?

— Je voudrais bien voir ça ! Je prendrais mes cliques et mes claques et salut la daronne ! Non, t'inquiète pas, elle a que moi comme famille, elle suivra !

— Votre mère n'est pas facile ? susurra Guillemette.

— À chacun son caractère, dit Jos. Y a qu'à voir mon cher frère…

— Ouais, mais disons qu'il y en a qui en ont plus que les autres, de caractère. Ma mère, faut vraiment se la farcir.

C'était assez original, de la part d'un fiancé, de prévenir sa future belle-famille contre sa génitrice et de l'amener, par conséquent, en terrain hostile.

— On va bien rigoler, dit Jos, une fois que les jeunes furent partis.

— Quoi ? Ne t'avise pas de te moquer ! dit Guillemette. C'est pas la mère que ta fille va épouser, c'est le fils.

— Le fils du facteur, ah ah ah !

— Droch ! Fille-mère à Paris, elle n'a pas dû avoir la vie rose tous les jours…

— Bon eh ben alors d'accord, te fais pas de tracas, on rigolera pas.

Joséphine revint dès le samedi soir pour aider Guillemette à préparer le repas du dimanche midi. Armand et sa mère s'étaient-ils disputés ? Toujours est-il qu'ils vinrent séparément. Armand prit le car, sa mère le train, puis de la gare de Tréboul à la côte nord un taxi qu'elle pria de repasser la prendre à seize heures, une façon pas très subtile d'annoncer qu'elle n'avait pas l'intention de s'attarder. Outre que son fils ne l'aida pas à trouver ses aises, Angèle Loussouarn se sentit, à juste titre, sous observation, ce qui aggrava probablement son air revêche.

Au cours des jours suivants, chacun à Trezaraden apporterait sa touche à la récapitulation amusée et amusante des critiques qu'on dresserait à l'encontre de la future belle-mère. Chacun, sauf Marie-Morgane, qui déjà, à l'âge de sept ans, affirmait son futur caractère de beauté distante et fit comme si cette « bonne femme » n'était jamais venue.

Jos recenserait les paroles de la mère Loussouarn, calquées, c'était assez incroyable, sur celles de Donatien, à croire qu'ils s'étaient passé le mot. « Toutes ces vieilles pierres, ça doit être abominablement humide… Non ?… Ah ?… Mais par contre le vent doit souffler en permanence, ici. De quoi rendre les gens fous… Comme vous devez vous sentir loin de tout… Et cette vache, dans sa crèche contre la maison, ça doit attirer des milliers de mouches, en été… »

On se rappellerait cette escarmouche :

« Et la vie de femme de marin, madame Gwenan, ça ne doit pas être une sinécure, toujours seule, comme une veuve, n'est-ce pas ?

— Oh, y a d'autres situations où les femmes restent toutes seules tout le temps, avait piqué Jos, à qui Guillemette avait aussitôt expédié un coup de pied sous la table, ce qui ne l'avait pas empêché d'ajouter : Et dans ces situations-là le gars ne revient jamais en permission… »

La « belle Angèle », comme la baptiserait Jos le soir même, avait frisé le nez et piqué à son tour :

« Au moins on est sûre de franchir les portes sans avoir à se baisser !

— Les portes ? Sans se baisser ? avait répété Jos, ahuri.

— À cause des cornes, avait ricané la belle Angèle. On sait ce que c'est, les marins, une femme dans chaque port… »

Et Jos d'éclater de rire :

« Alors là, vous vous trompez ! *Une* femme ? Un harem, vous voulez dire !

— Oh, papa, ne dis donc pas de bêtises…

— Quoi, ton père a raison ! s'était exclamé Armand. Des harems de mousmés et de moukères, hein, Jos ?

— Tu parles ! »

On releva des attitudes de la belle Angèle. Mine de rien, elle essuyait son couteau dans sa serviette avant de s'en servir, examinait sa fourchette pour voir s'il n'y avait pas de restachoù[1] entre les dents, picorait ce qu'on lui mettait dans son assiette, but à peine une gorgée de vin, sans doute de peur d'avoir à demander

1. Restant.

où étaient les cabinets et de tomber dedans, ou d'être assaillie par les mouches à merde...

— Et elle ne nous a même pas adressé la parole ! dirent Germaine et Yvonne. On n'est pas assez bien pour elle ?

Enfin, malgré ses réflexions et son comportement de pikez[1], et très bizarrement tout compte fait, la belle Angèle avala comme une cuillerée de miel d'acacia, en guise de dessert à la fin du repas, l'arrangement concernant des fiançailles au 15 août, qui tombait un mercredi, si bien que l'atelier Marie-Jeanne Kéruzoré ferait le grand pont jusqu'au mardi, le mois d'août étant particulièrement creux. Joséphine disposerait de six jours pleins avec Armand.

La belle Angèle acquiesça également à ce que les jeunes se marient en décembre, la date restant à déterminer, en fonction des disponibilités des salles, à Pont-Croix, Douarnenez, Concarneau, Quimper ou ailleurs. On aurait dit qu'on venait de lui ôter une dent qui la faisait souffrir. Elle avait esquissé un sourire en montant dans le taxi, venu la chercher pile à l'heure, et avait même remercié ceux de Trezaraden pour leur accueil.

— Ma ! dit Guillemette, on voyait bien qu'elle était soulagée de partir.

— Et nous de la voir foutre le camp, dit Jos.

Joséphine annonça ses fiançailles à l'atelier. Sa patronne lui fit cadeau d'une pièce de tissu, à choisir elle-même, et du temps que cela lui prendrait de se confectionner une robe sur ses heures de travail. Avec

1. Femme acariâtre, chicanière.

l'aide de ses copines cousettes, elle se décida pour une petite robe toute simple, droite et sans manches, qu'elle pourrait porter ensuite comme robe d'été du dimanche, ou robe de bal pas trop chic, genre bal du 14 juillet ou bal de noce de quelqu'un qu'on ne connaît pas si bien que ça.

La belle Angèle ne s'était pas opposée au respect des traditions. Le contraire eût été étonnant : cela ne lui coûterait rien. Ce ne serait pas elle mais son fils qui paierait la bague de fiançailles, tandis que Jos et Guillemette paieraient non seulement la chevalière, mais aussi le repas au restaurant.

Armand fit prendre les mesures de son doigt chez Kerleroux, le bijoutier de la rue du Parc, à deux pas de l'atelier. Puis, accompagnés de Joséphine, Guillemette et Jos vinrent à Quimper acheter la chevalière et la faire graver aux initiales du fiancé.

Le bijoutier plut à Jos. Il était pêcheur, pas en mer mais en rivière, et il en connaissait un sacré rayon sur les saumons de l'Aulne. Pas étonnant, il était né près de Châteaulin, dans une ferme, et voilà pourquoi il parlait le breton aussi bien que le français, ce qui n'était pas ordinaire pour quelqu'un qu'on prenait forcément pour un monsieur de la ville. Parler breton lui donnait un bon coup de main dans sa bijouterie, expliqua-t-il.

Grâce à son réseau d'informateurs, il savait quand il y avait des fiançailles et un mariage en vue, dans les fermes autour de Quimper. Lesté de ses écrins, il partait en char à bancs faire ce qu'il appelait son « offre de mariage » : vendre aux futurs époux tout ce qu'il fallait, chevalière, bague de fiançailles, alliances et ménagère en argent. Si on prenait le tout chez lui, il offrait en prime douze petites cuillères à moka dans leur écrin.

Il fit la même offre à ses clients du jour et s'inquiéta de savoir si la bague de fiançailles avait déjà été achetée.

— Ça c'est une question qui nous concerne pas, dit Jos. La belle Angèle ruerait dans les brancards si on lui demandait. Si ça se trouve, la bague, elle va l'acheter à la boutique à cent sous.

— Oh quand même, Jos ! le tança Guillemette.

Le bijoutier toussota.

— La belle Angèle ?

— La future belle-doche, dit Jos.

— Ah !... Mais pour les alliances et la ménagère en argent, rien n'empêche de s'arranger, dit le bijoutier. Malgré tout, même sans la bague de fiançailles, je peux offrir les douze cuillères à moka.

— Ben oui, ça serait bien, dit Guillemette.

— Hopala ! s'écria Jos. Pour les alliances, on a le temps de voir...

— Quoi ? Qu'est-ce que ça veut dire, on a le temps de voir ? le reprit Joséphine.

— Juste ce que ça veut dire, répondit Jos d'un air renfrogné, en se gardant d'ajouter le fond de sa pensée : avec la belle Angèle, on ne sait jamais...

Il passa son bras autour des épaules de Joséphine et ajouta, enjoué :

— Allez, choisis donc la chevalière d'Armand. Pour les alliances, on reviendra. Ça nous donnera l'occasion de revoir monsieur Kerleroux. Il m'expliquera comment je pourrais avoir une chance de piquer un saumon en mer...

— Dans le Cap ce n'est pas impossible, mais alors côté sud, vers l'embouchure du Goyen. Depuis que le monde existe, les saumons rasent toujours les mêmes rochers sur la côte, avant de remonter vers la rivière où ils sont nés.

— Ouais, mais il faut les connaître, ces têtes de roches, hein ?

— Oh, il y a plus d'un marin pêcheur qui sait où placer son filet !

— Je me renseignerai.

Joséphine choisit une chevalière de poids, à la mesure de son amour pour Armand.

— Il aura pas à se plaindre, dit Jos. Et la mère pourra pas dire qu'on s'est foutu de la gueule du fils.

— Tais-toi donc, torr-penn[1] ! le rabroua Guillemette.

Le repas de fiançailles eut lieu au bourg de Beuzec-Cap-Sizun. La belle Angèle prit les mêmes dispositions que lors des présentations : train jusqu'à Tréboul, taxi ensuite, à cette différence près qu'elle demanda qu'on revienne la chercher à dix-huit heures au lieu de seize, a priori trop tard pour le dernier train. Rentrerait-elle en taxi jusqu'à Quimper ? La course lui coûterait les yeux de la tête.

« C'est ses oignons », avait lâché Jos.

Elle ne commenta pas le menu, et il aurait été déplacé de sa part de le faire puisqu'elle n'avait qu'à mettre les pieds sous la table et déguster sans débourser un radis : coquille Saint-Jacques, lotte à l'armoricaine, gigot d'agneau, frites et flageolets, bombe glacée.

On échangea les bagues à l'apéritif. Armand enfila sa chevalière et la fit admirer à la compagnie en

1. Casse-tête, enquiquineur, coupeur de cheveux en quatre.

agitant la main en l'air. La belle Angèle en apprécia la grosseur d'un coup de menton qui pouvait passer aussi bien pour du dédain que pour de la satisfaction chiffrée. La bague de Joséphine était on ne peut plus simple : un petit brillant monté sur un anneau très fin. « De l'or blanc », précisa la belle Angèle. Germaine et Yvonne firent la moue devant la bague plutôt riquiqui.

— Il n'y a pas tellement de choix, dans les bagues de fiançailles, leur expliqua Joséphine. N'importe comment, je ne pourrai pas la porter à l'atelier. Les solitaires, ça accroche la soie et le tulle.

Joséphine était mignonne et radieuse, son Armand superbe dans son costume griffé Marie-Jeanne Kéruzoré et confectionné par sa fiancée ! Le photographe de Pont-Croix, venu à la demande des Gwenan, fit une photo de groupe. L'absence de futur beau-père de la fiancée posa un problème de symétrie au professionnel. Il s'en arrangea. Guillemette se mit à la droite d'Armand et Jos près de Joséphine, avec la belle Angèle à sa gauche. Comme elle ne souriait pas, il essaya de la dérider en lui claquant une main aux fesses. Elle sursauta, outrée :

— Non mais !...

Sur la photo, Jos lui trouverait « un air de reine d'Angleterre qui vient de se faire pisser dessus par son clébard ».

Le photographe soigna deux portraits en pied du jeune couple. L'un où Armand était en civil, le second en uniforme de second maître. C'est celui-là que Joséphine ferait agrandir et encadrer.

Le soleil fut généreux, adouci par une petite brise de sud-est idéale pour dégriser les cervelles embrumées par le bon vin. Les épaules nues de la fiancée ne frissonnèrent qu'en fin d'après-midi. Elle enfila un cardigan au moment de faire la bise à sa future belle-mère, près de la portière ouverte du taxi. La belle Angèle monta dedans et disparut sans même un geste d'au revoir. Ceux du Cap et le fiancé rentrèrent à pied à Trezaraden où Guillemette avait prévu un dîner froid. À la tombée de la nuit, Joséphine raccompagna Armand jusqu'à mi-route du bourg, où il avait pris une chambre à l'hôtel. On aurait pu le loger à Trezaraden et il aurait dormi avec Jos, et Guillemette aurait fait paillasse par terre dans la chambre des cadettes, mais peut-être que ça n'aurait pas été très convenable et que la belle Angèle y aurait trouvé à redire.

Les quatre jours suivants, Armand se présenta à Trezaraden en fin de matinée. Jos voulut l'emmener à la pêche, mais il refusa.

— Laisse-le donc, dit Guillemette, les jeunes ont envie d'être ensemble tous les deux. Ils seront séparés pendant assez longtemps après.

— Quand même, pour un marin… Avoir la mer sous les yeux et refuser d'aller dessus…

Les jeudi, vendredi et samedi, les fiancés se promenèrent le long du sentier côtier, s'allongèrent dans des nids d'herbe tendre au milieu des fougères, où Joséphine laissa la main qui portait la chevalière s'égarer dans son corsage et sous sa jupe, un peu plus haut que les genoux. Le soir, elle avait du mal à s'endormir et faisait des rêves qu'elle n'aurait pas osé raconter.

Le dimanche, tout de suite après le repas de midi, les fiancés rentrèrent ensemble à Quimper, dînèrent à l'Épée et finirent la soirée dans la chambre de Joséphine. Son esprit tint bon contre le désir de son corps d'aller plus loin, bien qu'elle consentît à s'allonger sur le lit. Tiendrait-elle encore quatre jours ? Armand devait prendre le train de nuit le vendredi soir pour être présent à l'appel le samedi matin, étant de service le week-end.

— Même dans les bureaux ? lui demanda Joséphine.

— Ben ouais. Tu sais, la marine, c'est plus glorieux que la biffe, mais l'armée reste l'armée. Ils vont me faire glander quinze jours à Paris alors que j'aurais pu descendre direct à Toulon pour embarquer sur l'*Emile-Bertin*. Vaut mieux pas chercher à comprendre.

Joséphine reprit le travail, Armand venait la chercher à dix-neuf heures, ils dînaient ensemble et allaient se promener et s'embrasser le long de l'Odet, vers le Cap-Horn. Bien qu'Armand l'en pressât, elle refusait qu'ils retournent chez elle finir la soirée.

Le jeudi soir, à la sortie de l'atelier, elle eut la surprise de l'entendre dire que sa mère était absente – partie à Paris faire il ne savait quoi – et qu'il avait préparé une dînette dans l'appartement de la rue des Réguaires. Elle était curieuse de le visiter, elle accepta. De toute façon, quel prétexte aurait-elle pu trouver pour refuser ? C'était leur dernier soir ensemble avant une date indéterminée.

— À moins que tu ne viennes me voir à Paris… Je remonterai de Toulon quand j'aurai des permes de soixante-douze heures.

— Oh je ne vois pas comment… Je n'ai que mes dimanches et mes lundis matin…

— Tu prends le train de nuit à l'aller et le train de nuit au retour. On passerait le dimanche à s'embrasser.

— On n'est que fiancés. C'est les femmes mariées qui vont rejoindre leurs maris, comme ça, pour une journée…

— Ouais, pour une partie de jambes en l'air, bougonna Armand.

L'appartement mit Joséphine mal à l'aise. Il allait de pair avec la façon de la belle Angèle de friser le nez. Papiers peints alourdis de spirales et d'arabesques, meubles sombres, bibelots chichiteux, tapis usés et tableaux pompiers : à Trezaraden il n'y avait rien de tout cela. La literie, dans la chambre de la belle Angèle, était surchargée de fanfreluches, avec même un ciel de lit. La chambre d'Armand était plus sobre, meublée d'une armoire, d'une commode avec son nécessaire de toilette et d'un lit à une place. Demeurée sur le seuil, Joséphine se grisa néanmoins de l'odeur de savon à barbe, une odeur qui vous donne envie d'embrasser et d'être embrassée.

Cette intrusion dans l'intimité de son fiancé la tourneboula autant que l'enivra le vin blanc qu'ils burent au cours du repas. Armand la prit sur ses genoux et l'enflamma de caresses. Il l'entraîna vers sa chambre, et ce fut comme une danse voluptueuse, un pas glissé, elle arquée en arrière sous la pesée goulue de ses baisers, jusqu'à ce que le bois du sommier touchât ses chevilles et que sa jupe dégrafée par des mains expertes chût par terre, et qu'elle tombât sur le lit ouvert d'un coup par Armand, une simultanéité diabolique à laquelle elle ne put résister. Un bras à demi plié sur son visage, elle le regarda ôter son pantalon et se glisser dans le lit. Sous les draps, il ôta son caleçon. En combinaison et corsage, elle se sentit plus nue que nue. Il l'étreignit, se montra insistant, elle reprit ses esprits et ferma les cuisses sur sa main, comme un étau. Il l'implora :

— Joséphine… Ma Joséphine… On est fiancés… On peut, maintenant…

Elle secoua furieusement la tête. Il la mangea de baisers pour l'attendrir. Elle résistait toujours. C'est alors qu'il lui murmura à l'oreille :

— Fais-le-moi, alors…

Faire quoi ? Il guida sa main vers son… vers sa… Joséphine ne savait comment qualifier la chose, vers son « trousseau de clés », comme disaient les cousettes. C'était gros, comment cela pouvait-il entrer ? Il lui indiqua le mouvement et au fur et à mesure du va-et-vient sa réticence se transforma en un formidable sentiment de puissance. Tout le corps d'Armand se raidissait. Il se tendit, son sexe tressaillit, Joséphine ôta sa main, il la lui reprit vivement, pour qu'elle accélère, et elle le fit, avec frénésie, et il se vida à longs traits, en gémissant, et il sembla à Joséphine que la fontaine n'arrêterait jamais de jaillir et de palpiter dans sa main.

Il s'essuya et essuya la main de Joséphine dans le drap.

Elle si soigneuse, elle pensa au drap. Il allait être taché.

— Tu vois, dit-il, on peut se faire plaisir sans risque…

Elle sortit du lit, partagée entre la honte du péché commis et la fierté d'avoir été initiée au plus grand mystère du corps masculin. Elle remit sa jupe et se recoiffa. Allongé, les mains croisées sous la nuque, Armand la regardait de cet air narquois qu'elle trouvait si séduisant.

— Viens m'embrasser, dit-il.

Elle se pencha sur lui et lui donna sa bouche, en effleurant d'un regard bref, et d'une curiosité coupable, son sexe mou, inoffensif à présent. Il glissa sa main sous sa jupe, directement en haut des cuisses et la toucha à travers sa culotte. Elle recula vivement.

— Tu mouilles, dit-il.

Le verbe la surprit.

— Oh toi alors ! Tu es vilain quand tu t'y mets…

— Tu étais prête. Ça serait rentré comme dans du beurre.

— Il faut que je m'en aille. Demain je travaille…

— J'essaierai de revenir aux alentours de la Toussaint. Je t'apprendrai d'autres trucs.

— Tu dis des bêtises…

— Vivement qu'on se marie, hein ?

— Ben oui, j'ai hâte, avoua-t-elle.

— Et moi donc !

Elle se pencha de nouveau sur lui, jambes serrées et mains croisées sur son pubis, pour déposer un baiser sur ses lèvres. Elle pensait qu'il allait se lever et se rhabiller pour la raccompagner rue du Guéodet. Il ne bougea pas. Elle ouvrit la porte de la chambre et la referma lentement, dans l'attente d'un geste d'adieu. Il fut bien maigre, juste l'esquisse d'un « houhou ». Dans la cuisine, elle songea à la vaisselle qu'Armand devrait faire s'il ne voulait pas que la belle Angèle sache qu'elle était venue. L'appartement lui parut mille fois plus laid que trois heures auparavant. Elle noua son foulard autour de son cou et sortit en prenant soin de ne pas claquer la porte, pour ne pas qu'Armand pense à tort qu'elle était fâchée. Elle ne l'était pas. Elle ressentait un mélange d'amertume et de bonheur, une irritation plaisante, une sorte d'insatisfaction heureuse.

Elle déboucha de la rue du Frout, le long de la cathédrale. Le vent balayait la place et souleva sa jupe, qu'elle rabattit, en pensant à la main d'Armand. Aurait-elle dû lui céder un peu plus ? Peut-être la prochaine fois, à la Toussaint, se dit-elle. À deux mois du mariage, le risque ne serait plus très grand…

10

Le lendemain du départ d'Armand pour Paris, Joséphine lui écrivit qu'elle ne lui en voulait pas, de ce qu'ils avaient « fait au lit » – ce péché manuel sur lequel elle ne pouvait pas mettre de mots.

Armand répondit qu'il avait hâte qu'elle recommence. Une lettre brève, dans son style habituel, gai et moqueur. Elle se terminait par un « je t'aime », mais avec un rajout qui fit froncer les sourcils à Joséphine : « ma petite branleuse ». « Je t'aime, ma petite branleuse »... Expression affectueuse ou plaisanterie déplacée entre fiancés ? À qui le demander ? Pas aux filles de l'atelier, en tout cas, quoique la plupart l'eussent renseignée, certainement.

Au mois de septembre, à ses lettres quasi quotidiennes, Joséphine reçut en tout et pour tout deux réponses postées à Toulon. Assez laconiques. Armand parlait du beau temps, de la chaleur, des essais en mer du croiseur *Emile-Bertin*, et signait d'une nouvelle façon : « Armand, ton lascar. » Elle lui reprocha tendrement l'oubli du « je t'aime » et tripla le sien, en majuscules : JE T'AIME JE T'AIME JE T'AIME. Mi-octobre, il n'avait toujours pas répondu.

Un dimanche, à Trezaraden, elle partagea son inquiétude avec ses parents et interrogea son père. Pendant les essais en mer, les marins avaient-ils le temps d'écrire ? Et s'ils écrivaient, leurs lettres étaient-elles relevées ?

— Essais en mer ou pas, on trouve toujours un moment pour écrire, dit Jos. Et un jour ou l'autre y a une navette pour prendre et amener le courrier. Même au milieu de l'Atlantique, il y en aurait une. Maintenant, avec les hydravions, on fait ce qu'on veut et sur l'*Emile-Bertin* y en a un d'embarqué, d'après ce que ton Armand m'a dit.

— Peut-être qu'il est blessé, ou malade...

— Il aurait trouvé le moyen de te prévenir. Les autres lettres que t'as reçues, quel cachet il y avait dessus ? Celui de la poste aux armées ?

Joséphine ne se souvenait plus très bien.

— T'as pas gardé les enveloppes ?

Non, elle ne gardait pas les enveloppes, mais elle avait l'impression que c'était le cachet de la poste de Toulon.

— Ah bon ? s'étonna Jos.

— C'est embêtant, dit Guillemette, on a promis au restaurant de Pont-Croix de confirmer au plus tard début novembre, pour la réservation de la salle le 22 décembre.

— On peut toujours confirmer, non ? dit Joséphine.

— Ben, faudrait quand même être sûrs.

— Sûrs de quoi ?

— Qu'Armand aura bien sa permission, dit Jos.

— Je ne vois pas pourquoi il ne l'aurait pas. Il l'a sûrement posée en rentrant des fiançailles.

— Enfin, dit Guillemette, comme il vient à la Toussaint, on sera fixés.

— Espérons ! dit Jos.

Joséphine passa la Toussaint à Trezaraden. Sans son Armand et dans les affres d'une vraie inquiétude. Pourquoi ce silence ? Germaine et Yvonne se chuchotaient qu'il avait dû en rencontrer une autre. Jos et Guillemette commençaient à le supputer aussi, mais ne voulaient pas l'évoquer devant Joséphine.

— M'est avis qu'il a dû foutre son poing sur la gueule à un galonné, dit Jos sur le ton de la galéjade, et il aura pris soixante jours de forteresse, à l'isolement.

— Tu crois ? dit Joséphine.

L'explication était rassurante, qui méritait qu'elle s'y raccroche.

— Ça s'est déjà vu.

— Tu devrais passer voir sa mère, dit Guillemette. Elle doit bien avoir des nouvelles de son fils, elle.

— Je n'oserai pas.

— Et pourquoi ?

— Je ne suis pas à l'aise avec elle.

— T'es pas la seule, dit Jos. Bon, si tu veux pas t'abaisser devant la belle Angèle, y a qu'une solution : expédier un télégramme à ton Armand.

— Un télégramme ? Comment on fait ?

— Tu vas à la poste et ils te diront.

— Qu'est-ce que je mettrai dessus ?

— On va le décider ensemble.

Le dimanche soir 4 novembre, au retour de Trezaraden, Joséphine passa et repassa devant l'immeuble de la rue des Réguaires, telle une âme en peine, ou une fille de joie. Il y avait de la lumière dans la cuisine de la belle Angèle, mais, dans les chambres, impossible de le savoir, car elles donnaient sur l'arrière. Elle rentra chez elle se réchauffer un bol de soupe au pain, puis se rendit à la gare et s'assit dans un coin du hall, de façon à observer les gens qui allaient prendre le train de nuit pour Paris. Le brouhaha, la fumée de tabac brun, l'odeur de suie qui venait du quai et les grasses plaisanteries des bidasses lui soulevèrent le cœur, un cœur ballotté entre des sentiments contradictoires : fol espoir d'apercevoir Armand, crainte qu'il ne l'accuse de l'espionner, angoisse de ne savoir quoi lui répondre, sinon qu'elle l'aimait et qu'elle ne comprenait pas pourquoi il était venu à Quimper et l'avait boudée, et il lui fournirait une explication logique, l'embrasserait en riant, et alors elle aurait l'air d'une pauvre gourde qui s'est crue abandonnée. Vaine angoisse : beaucoup de bidasses, point de marin, ni en civil ni en uniforme.

Le chef de gare siffla le départ du train. Joséphine rentra rue du Guéodet et vomit dans l'évier.

Le lundi matin, elle demanda une heure à sa patronne, qui s'inquiéta, à sa petite mine, de savoir si elle avait besoin d'aller chez le médecin.

— Oh non, madame, c'est juste pour aller à la poste. Je n'ai plus de nouvelles de mon fiancé et il faut que je lui envoie un télégramme.

— Diable, un télégramme !

— À cause de la salle de mariage qu'on a réservée pour le 22 décembre.

— Et vous n'avez plus de nouvelles depuis quand ?

— Depuis fin septembre il ne répond plus à mes lettres.

— Ah ? Curieux, en effet.

— Il est en mission à Toulon, pour les essais en mer d'un nouveau croiseur, c'est sans doute à cause de ça.

— Je suppose. Enfin, je comprends qu'on puisse le supposer.

La postière rédigea le télégramme d'après le texte mis au point à Trezaraden. *Confirmation de la salle nécessaire pour la noce le 22 décembre. STOP. Permission accordée ? STOP. Très urgent. STOP. Je t'embrasse. STOP. Joséphine.*

— S'il me répond par télégramme, comment je saurai ?

— Il sera déposé à votre adresse.

— Et si je ne suis pas chez moi ?

— Le télégraphiste laissera un avis dans votre boîte.

Ce soir-là, Joséphine rentra chez elle en courant. Rien dans la boîte à lettres. Rien non plus le mardi, ni le mercredi. Le jeudi, elle était patraque. Les cousettes avaient l'œil pour reconnaître le mal d'amour.

— Les amours battent de l'aile ? lui demanda une fille en riant.

— Je ne sais pas…

— Comment ça, tu ne sais pas ? C'est pas à la fin du mois qu'on doit commencer ta robe de mariée ?

— Si…

Rien dans la boîte le jeudi soir. Le chagrin n'étant pas une cause sérieuse d'arrêt de travail, Joséphine aurait voulu tomber malade pour de bon, afin d'avoir une bonne excuse pour ne pas aller à l'atelier. Elle rata son ouvrage du jour, la doublure en soie d'un manteau, le recommença, se piqua, se coupa avec les ciseaux. Ses collègues échangeaient des mimiques de perplexité.

Enfin, le vendredi soir, elle aperçut une enveloppe à travers la fente de la boîte. Elle manqua casser la clé dans la serrure, tant elle tremblait. Son cœur eut des ratés : le pli avait été posté à Quimper ! Armand était donc en ville ? Mais non, ce n'était pas son écriture, sur l'enveloppe : une écriture inconnue, des pattes de mouche qui penchaient vers la gauche. Elle monta l'escalier quatre à quatre, entra dans son meublé, s'assit, prit un couteau dans le tiroir de la table, ouvrit l'enveloppe...

Et le monde s'écroula autour d'elle.

Ce fut comme si un fluide glacial lui avait d'un coup gercé les lèvres et brûlé les yeux. Elle eut un éblouissement, bascula en arrière. Le dossier de sa chaise heurta l'évier, elle tomba sur le côté et resta à genoux un bref instant, hébétée. Un mot lui vint à l'esprit : ridicule. Ridicule, à quatre pattes, comme un chien, comme un veau, comme une vieille vache. Elle pensa : Alors y a plus qu'à me traire, et elle rit comme une folle. Elle se releva, se jeta contre l'évier et s'aspergea et se frotta le visage d'eau froide. Elle cracha de la bile et s'essuya la bouche avec le torchon de vaisselle. Puis elle se rassit et relut la lettre en murmurant des « C'est pas possible ! C'est pas possible ! »... Tourbillonnaient dans sa tête des scènes de films, des images de romans-photos, des couvertures de magazines. Un grand titre : *ABANDONNÉE !*, et en dessous l'héroïne prostrée sur une chaise, comme elle, dans sa cuisine, et sur la table, près d'une lettre maudite, un verre de vin renversé et un rasoir pour se trancher les veines, ou un revolver pour se faire sauter la cervelle.

Mourir... Se tuer pour se venger de l'autre, pour l'empoisonner de remords... La lettre aimantait son regard, les mots s'imprimaient au fer rouge dans son cerveau.

C'était une lettre de la belle Angèle. Des phrases sèches, cinglantes comme des coups de fouet, mordantes comme de l'acide, odieuses comme des crachats :

Mademoiselle,

Mon fils a rompu. Sa décision est définitive. Ne cherchez plus à le revoir. Et inutile de lui écrire, il ne répondra pas.

Sentiments distingués,

Angèle Loussouarn

Mais pourquoi ? pourquoi ? POURQUOI ? Qu'est-ce que j'ai fait de mal ? se demanda Joséphine. Elle prit la boîte d'allumettes sur l'étagère au-dessus du réchaud à gaz, en craqua une, l'éteignit. C'était idiot de vouloir brûler la lettre. Quand elle annoncerait la rupture à ses parents, elle n'aurait rien à leur montrer. Et la bague ? Elle la fit tourner autour de son doigt, songeant à la jeter à la poubelle. Idiot, aussi. Elle la renverrait. À qui ? À la belle Angèle ou à Armand ? Elle envisagea alors, pour les avoir lus dans des romans ou vus dans des films, les termes de la rupture officielle, des étapes qui noyaient le chagrin dans une espèce de rage procédurière. Renvoyer la bague de fiançailles et réclamer la chevalière, renvoyer les lettres du fiancé et réclamer les siennes… Elle fit aussitôt un paquet des lettres d'Armand et noua un ruban autour, le premier qui lui tomba sous la main. Bleu ciel. Une hérésie. Elle fouilla dans sa boîte à couture et trouva un bout de coton noir mal fichu, mal coupé, effiloché. Tant mieux. Veuve avant d'être mariée, se dit-elle. Elle posa sa tête sur ses bras et pleura une bonne partie de la nuit.

Le lendemain matin, à l'atelier, elle éclata en pleurs avant même que les filles ne l'interrogent sur ses yeux cernés et sa mine épouvantable. Entre deux sanglots, elle avoua :

— Il a rompu !...

Quel événement ! Le travail attendrait bien. Les cousettes entourèrent Joséphine de leur compassion et ce fut l'union sacrée des filles contre les hommes, ces suborneurs...

— Tous des cochons !...

— Oh pas tous !

— Disons, presque tous !

Une fille ayant vécu l'expérience encouragea Joséphine à ne pas « se laisser faire ». La bague de fiançailles, il fallait qu'elle la garde.

— Quand c'est le gars qui rompt, la fille a le droit de garder la bague de fiançailles. Par contre, lui il doit rendre la chevalière. D'ailleurs, il aurait dû le faire. C'est pas un gars bien.

— C'est la faute de sa mère, gémit Joséphine.

— Sa mère ! Sa mère ! Il n'a plus l'âge d'être dans les jupons de sa mère !

Alertée par le remue-ménage aussi bien que par le silence des machines à coudre, la patronne vint aux nouvelles.

— Le fiancé de Joséphine a rompu, madame ! dit une cousette.

— Ah, ma pauvre Joséphine ! Venez dans mon bureau bavarder un peu.

Marie-Jeanne Kéruzoré n'y alla pas par quatre chemins pour dire à Joséphine ce qu'elle pensait de cette rupture :

— Je crois qu'il faut s'en féliciter. Vous n'auriez pas été heureuse avec ce garçon. Je vous avoue qu'il me déplaisait. Et sa mère, n'en parlons pas ! Quelle pimbêche ! Elle vous aurait mené la vie dure. Bon, vous n'êtes pas enceinte, au moins ?

— Oh non, madame… Je n'ai rien fait qui… que…

— Parfait ! Oubliez-le, cet Armand !

— Et ma robe, madame ?

— Quoi, votre robe ?

— Ma robe de mariée. Vous avez commandé le tissu et il est arrivé.

— Eh bien nous le garderons ! Il servira bien un jour, non ? Les petites ont dû vous le dire : un de perdu, dix de retrouvés !

— Je ne sais pas, madame… J'aurai du mal à oublier…

— Les plaies du cœur se cicatrisent très vite. Bon, vous n'êtes pas en état de travailler, aujourd'hui. Je vous donne votre samedi.

— Oh merci, madame.

Joséphine se voyait se mettre au lit et bercer son désespoir jusqu'au lundi matin.

— Mais à une condition : que vous alliez chez vos parents partager votre peine avec eux. C'est d'accord ?

— Qu'est-ce qu'ils vont me dire ?

— La même chose que moi.

— Ça va leur faire du mal.

— Je n'en suis pas sûre du tout ! Bon, vous me jurez que vous n'allez pas rester à vous morfondre dans votre chambre ? Que vous allez sauter dans le premier car pour le Cap-Sizun ?

— Je vous le jure, madame.

— Bien, alors allez-y ! Et repoudrez-vous le nez avant de partir. Et je veux vous voir de retour lundi avec un joli sourire.

— Oh ça !…

La poudre et une touche de rouge n'améliorèrent pas la mine de Joséphine. La voyant débarquer au beau milieu de l'après-midi, pâle comme un cadavre, un samedi, Guillemette lança aussitôt :

— Tu es malade, ma pauvre fille ?

Joséphine éclata en sanglots et tomba dans les bras de sa mère.

— Armand a rompu !

— Hein ? Quoi ? Rompu ? C'est pas possible !

— Si !

— Tad et Mamm Bonizec attendent leur quatre-heures. Nous on va se faire un bon café fort à part. Tes sœurs sont au krec'h avec la vache et ton père est à la pêche.

— Comment on va leur dire ?

— Eh ben comme ça, comme tu me l'as dit.

À Tad et Mamm Bonizec, Guillemette annonça que Joséphine avait perdu son fiancé, ce qui ne leur fit ni chaud ni froid. Ils ne comprenaient plus grand-chose.

— Des fois les gens se perdent, dit Mamm Bonizec, tandis que Tad hochait la tête.

Revenues pour goûter, Germaine et Yvonne versèrent une larme. Leur peine était sincère.

— Il était gentil, dit l'une.

— Peuh ! Moi je ne l'aimais pas, dit Marie-Morgane.

Guillemette envoya les trois sœurs à Porzh-Brennig accueillir et prévenir leur père sur la cale de façon qu'il ait le temps de se calmer un peu en chemin. En les apercevant, il brandit quelques belles daurades accrochées ensemble par les ouïes à un fil de fer et s'étonna gaiement :

— Ma ! Quel comité d'accueil !

— Joséphine est à la maison, dit Germaine.

— Armand a rompu les fiançailles ! dit Yvonne.

— Hein ? Quoi ?

Il partit à si grands pas que ses filles durent courir pour le suivre. Il s'engouffra dans la maison. Guillemette parla la première :

— Les petites t'ont dit ?

— Ouais.

Il s'adressa à Joséphine :

— Comment il a fait ? Il te l'a dit ?

Joséphine secoua la tête en s'essuyant les yeux du dos de la main.

— Il t'a écrit une lettre ?

— Sa mère, dit Guillemette.

— Une lettre de la belle Angèle ?

Il chaussa ses lunettes, lut et balança la lettre sur la table.

— Sec comme un P-V de gendarme maritime, ricana-t-il. En lisant, on la voit friser son nez pointu… La salope ! Et l'autre con, il laisse sa mère faire ses commissions ?

— Jos !

— Quoi, c'est pas vrai ce que je dis ? Il a pas eu assez de couilles au cul pour le dire en face à Joséphine… Ma fille, moi je te le dis en face, dans ton malheur tu as de la chance !

— Ma patronne m'a dit la même chose… pleurnicha Joséphine.

— Et elle a eu raison ! L'était pas clair du tout, le pèlerin. D'abord, un marin qui veut pas sortir en mer avec son futur beau-père, c'était louche. Très louche ! C'est qu'un arsouille, ce gars-là. Bon débarras !

Le dîner fut tristounet. Une fois la vaisselle faite et les cadettes couchées, Jos parla stratégie avec Guillemette et Joséphine.

— Joséphine veut lui rendre sa bague de fiançailles, dit Guillemette.

— Certainement qu'elle va la lui renvoyer par la poste !

— Mais elle a le droit de la garder, puisque c'est lui qui a rompu...

— Merci bien ! Pour que la belle Angèle puisse dire que notre fille a eu une compensation ! Un cadeau de rupture ! Merde alors ! Plutôt la balancer à la mer, cette bague, nom de Dieu !

— Il n'a pas rendu la chevalière...

— Il la rendra ! J'irai la chercher s'il le faut, et je lui casserai la gueule par la même occasion !

— On va renvoyer la bague par la poste et une lettre avec pour réclamer la chevalière, dit Guillemette.

— Qui écrira cette lettre ? Pas moi, en tout cas !

— Moi non plus, dit Joséphine.

— Alors je me dévouerai pour le faire, dit Guillemette.

Ce fut une lettre toute simple, écrite le dimanche matin pendant que le poulet cuisait dans le four.

Madame,

Nous vous renvoyons la bague de fiançailles de Joséphine et vous prions de nous rendre la chevalière.

Sentiments distingués,

Monsieur et Madame Gwenan

Le lundi, Joséphine redemanda une heure à sa patronne pour aller expédier le paquet, en recommandé avec accusé de réception. Il fut jeté dans un bac, sur un tas d'autres, ainsi qu'une poignée de terre sur un cercueil.

Elle reçut l'accusé de réception le jeudi.

— Mat tre, dit Jos le dimanche, on va bien voir maintenant si ces trous du cul sont honnêtes…

La vie reprit son cours à l'atelier. En présence de Joséphine, les petites mains évitaient de parler de leurs amours. Il aurait mieux valu qu'on l'invitât à faire les quais bras dessus, bras dessous et à aller au bal le samedi soir, qu'on plaisantât sur tel ou tel coquin dans l'œil de qui elle avait tapé, que ce fût vrai ou imaginaire. Cette mise en retrait par compassion, qui partait de bons sentiments, contribua à la maintenir dans la mélancolie. « Joséphine ne sera plus jamais la même », chuchotait-on. À Trezaraden, les dimanches, elle était aussi traitée comme une grande malade par ses sœurs.

Six semaines s'écoulèrent et le seul pli que le facteur livra à Trezaraden fut la carte de bonne année de Donatien et Adélaïde.

Jos exigea que Guillemette écrive une nouvelle lettre à la belle Angèle, en la menaçant de porter plainte pour rupture de fiançailles. La période des fêtes ne fut pas très gaie. Joséphine avait des crises de larmes spontanées. Elle pensait qu'elle aurait dû être mariée. La rage de Jos à l'égard de la belle Angèle atteignit son apogée. Mi-janvier, il annonça :

— Ça suffit, maintenant, je vais faire ce que j'ai dit, aller réclamer la chevalière moi-même à Quimper. Si la belle Angèle me la rend pas, je fous tout en l'air chez elle ! Et si je tombe sur l'arsouille, je lui fais la tête au carré !

— Sûrement que tu n'iras pas faire ça, dit Guillemette. C'est moi qui irai la voir.

— Peut-être que c'est lui qui a gardé la chevalière, dit Joséphine.

— Sa mère me le dira et comme ça on sera fixés.

— Ouais, dit Jos, et s'il la rend pas, on écrira à ses chefs, et là ce sera une autre histoire. La marine ne lui fera pas de cadeau ! Il sera collé en cabane ! Et tintin pour gagner des galons, après ! Nikun[1] il est, nikun il restera !

— Pas la peine d'être méchant avec lui, dit Joséphine.

— Il serait temps que tu ouvres les yeux, ma pauvre Joséphine, dit Jos.

— Ton père a raison, dit Guillemette, quand on aura eu la chevalière, il faudra l'oublier.

Le dimanche soir, elle prit le car avec Joséphine et dormit chez elle. Le lundi, vers onze heures, elle alla frapper à la porte de la belle Angèle, rue des Réguaires. Elle trouva fas koad[2]. En début d'après-midi, personne non plus. À l'heure du goûter, enfin, la porte s'ouvrit.

Sur une furie.

Les yeux de la belle Angèle lançaient des éclairs, et elle cria :

— Quoi ? C'est vous ? Qu'est-ce que vous voulez, encore ?

La gentille Guillemette n'était pas préparée à un tel affrontement.

— La… chevalière, bredouilla-t-elle.

— Bougez pas de là ! Je vais vous la chercher, votre chevalière !

Du seuil, Guillemette entendit la porte d'un meuble grincer. La belle Angèle revint, lui fonça dessus

1. Personne quelconque. Un moins que rien.
2. Face de bois. Porte close.

comme un bulldozer, s'arrêta net à deux pas et lui lança la chevalière dans les jambes.

— La voilà, votre breloque !

Guillemette dut se baisser pour ramasser le bijou.

— Et maintenant, déguerpissez !

— Oh je vais partir, mais avant il faut me dire pourquoi votre fils a rompu.

— C'est moi qui lui ai dit de rompre, puisque vous voulez le savoir ! Je n'aurais jamais permis à mon fils d'épouser une tubarde !

— Une tubarde ?

— Elle a été au sana ! Et en plus, votre fille est une traînée !

— Une traînée ?!

— Mademoiselle cherchait à se faire coller un polichinelle dans le tiroir ! J'ai gardé le drap ! Vous voulez le voir ? Ah, c'est du joli !

Guillemette s'avança de quelques pas dans l'appartement et fut moins impressionnée par son mobilier bourgeois, ses tableaux et ses papiers peints que par la sensation d'étouffement qu'avait également ressentie Joséphine, qui s'était bien gardée de décrire les lieux à ses parents. C'eût été avouer qu'elle y était venue, avec Armand.

La belle Angèle fit claquer un drap, qui s'étala d'un coup sur le plancher.

— Il est taché…

— Je comprends, qu'il est taché ! De magnifiques cartes de France !

La belle Angèle roula le drap en boule et, s'en servant comme d'un bélier, poussa Guillemette dehors.

— Prenez-le, vous le frotterez !

Par réflexe, Guillemette referma ses bras sur le drap, qui la protégea de la porte, que la belle Angèle lui claqua au nez. De derrière, elle hurla :

— Et si vous revenez me tarabuster, j'appelle la police !

Guillemette relâcha le drap, s'enfuit à toutes jambes et s'enferma à double tour dans le meublé de Joséphine. Le soir, elle ne lui adressa aucun reproche, ou si peu :

— Tu as dit à Armand que tu avais été au sana ? Mais pourquoi ?

— Je lui ai dit ça comme ça. Le Tan Tad, c'était une belle histoire à raconter... Comment j'avais eu chaud, puis froid après... Je n'aurais jamais pensé que... Il y a tellement longtemps que je suis guérie...

Les cartes de France étaient un sujet autrement plus délicat.

— Le drap était taché et on voyait bien par quoi. Tu as été au lit avec lui ?

— Une fois.

— Oh ma pauvre fille !

— Mais je te jure qu'on n'a rien fait !

— Pourtant, les taches...

— C'est lui qui... avec ma main...

— Le cochon !

— Tu ne le diras pas à papa, hein ?

— Tu penses bien que non, ma pauvre fille. Sinon, je ne sais pas ce qu'il serait capable de faire... Et je ne lui dirai pas non plus que je me suis abaissée à ramasser la chevalière par terre.

Le sens du verbe « tarabuster » fut élucidé à Trezaraden. Jos regarda dans le dictionnaire.

— « Tourmenter, harceler »... Elle a honte de rien ! Elle avait qu'à rendre la chevalière tout de suite !

Tourmenter, harceler, répéta-t-il. N'importe quoi ! Tarabuster ! Ah, au moins on aura appris quelque chose !

C'est ainsi que le verbe de la belle Angèle fit son entrée dans le vocabulaire familial. Longtemps après, Jos et Guillemette, aussi bien que Germaine et Yvonne, mais jamais Joséphine ni Marie-Morgane, se lanceraient, pour plaisanter, des « Arrête donc de me tarabuster ! ».

— Qu'est-ce qu'on va faire de la chevalière ? demanda Guillemette.

— Le bijoutier limera les initiales et elle servira quand Joséphine aura tiré le bon numéro.

— Oh non ! Ça me porterait malheur !

— Elle a raison, dit Guillemette.

— Alors on la revendra au poids…

— Vous garderez les sous, puisque c'est vous qui l'avez payée, dit Joséphine.

— On verra, on verra, dit Jos.

La chevalière ne serait pas revendue à son poids d'or. Elle échouerait dans la boîte à gâteaux secs de Guillemette, avec les papiers officiels – le livret de famille, le livret militaire de Jos, le livret de famille de Tad et Mamm Bonizec, qu'on garderait après leur mort, et les titres de propriété de Trezaraden.

Le déchaînement de violence de la belle Angèle eut pour effet, bénéfique, de clore le chapitre de ces fiançailles rompues, avec le sentiment d'avoir échappé à un grand danger : Joséphine n'aurait pas été heureuse avec ce type-là, on n'aurait jamais eu le moindre plaisir à recevoir sa mère, les enfants qui seraient nés du mariage auraient sans doute été des Loussouarn tout crachés, la vie des Gwenan aurait été empoisonnée.

Le mystère de la rupture ne fut jamais éclairci. Le séjour de Joséphine au sana, les cartes de France – tues à Jos – n'étaient sûrement que des prétextes. Le bel Armand devait avoir des fiancées partout…

— Oh il y a des spécialistes ! dit Jos.

Ses parents le disaient, les cousettes le chuchotaient, Joséphine finit par y croire, à la fourberie d'Armand. Fourberie, duperie, des mots qui rimaient avec misandrie, que les cousettes traduisaient par leur proclamation répétée : « Tous les hommes sont des cochons ! », et le plus souvent en éclatant de rire, car ces cochons-là, on les aimait, on ne pourrait pas vivre sans, et avec qui ferait-on des enfants ?

Joséphine en aimerait-elle un autre, un jour ? Elle se drapa dans le statut de fille séduite et abandonnée, s'auréola du prestige de grande blessée de la guerre des sexes, et s'y complut, si bien qu'elle désapprit à rire, et encore, comme quelqu'un qui souffre en silence et se situe au-dessus du monde des bien portants, à leur égard endolorie d'indulgence, avec cet air de soupirer : Ah, si vous saviez !…

Son présent était gris, son avenir s'annonçait incolore. Travailler consciencieusement, épargner, louer un appartement en vide et le meubler avec ses économies, coudre un jour la robe de mariée de ses sœurs, assumer son statut de vieille fille.

En septembre 1935, ceux de Trezaraden reçurent un faire-part de décès et un mot d'Adélaïde : *Maman est morte dans la paix du Seigneur, que vos prières se joignent aux nôtres. Prions aussi qu'une naissance succède un jour au départ de maman. Pour le moment, encore aucun espoir de ce côté. Nous vous embrassons.*

— Peut-être qu'on devrait aller à l'enterrement, dit Guillemette.

— Certainement pas. Si encore c'était la porte d'à côté…

Jos regarda le faire-part de plus près.

— Mais elle a été enterrée ! Tu penses bien qu'ils n'allaient pas attendre qu'on se déplace.

— Ah ? C'est bête…

En avril 1936, Adélaïde eut le bonheur d'annoncer qu'elle était de nouveau enceinte et qu'elle prenait toutes ses précautions pour que le petit reste bien accroché. Donatien écrivit de son côté pour se plaindre : Adélaïde gardait le lit vingt-quatre heures sur vingt-quatre et ça revenait au même que d'avoir une grande malade à la maison. En plus ça coûtait cher, car il avait fallu embaucher un pharmacien assistant, dont le salaire mangeait une partie des bénéfices de l'officine. Et allez donc savoir si le préparateur ne tapait pas dans la caisse !

— Tu parles, commenta Jos, ça doit le démanger dans le caleçon. Il peut plus aller au radada, comme il dit.

— Oh tais-toi !

— Ben quoi ? Si tu savais ce qu'il m'a raconté sur leurs parties de jambes en l'air…

— Je ne veux pas le savoir.

— Je te le dirai pas, c'est trop cru. Faut pas oublier qu'il est passé en correctionnelle.

— Oh encore cette histoire !

— Je me demande si son Adélaïde est au courant de ce qu'il a fait dans sa jeunesse…

— Pourquoi il l'aurait mise au courant ? C'était une bêtise et il en a sûrement honte, maintenant. Ton frère est devenu quelqu'un de bien, ça se voit tout de suite.

— Parce que tu vois pas clair. Il serait temps de t'acheter des lunettes.

— Et toi d'arrêter de voir le mal où il n'y en a pas !

Le marmouz se plut dans le ventre d'Adélaïde. En septembre, elle écrivit une lettre enthousiaste. Le cap des huit mois était passé, à présent le petit pouvait bien désirer sortir, il ne serait qu'un peu prématuré. Il le fut à peine, d'une quinzaine de jours.

Début octobre, ceux de Trezaraden reçurent le faire-part de naissance – une jolie carte, avec des angelots en relief et des lys bordés d'or. Un garçon, prénommé Georges, Marie, Arnaud, Norbert, Gérald.

— Pour un peu, tout le calendrier y passait, se gaussa Jos.

Une lettre suivit, dans laquelle Adélaïde parlait de son accouchement, difficile ; du bébé, en parfaite santé, un immense bonheur ; puis du choix de son premier prénom, en référence à saint Georges, vainqueur du dragon, saint patron de l'Angleterre et dans toute la chrétienté patron des chevaliers, et par conséquent des ancêtres de la famille de Malo-Penhoët, qui avait fourni plusieurs croisés. La bannière blanche à croix rouge figurait toujours dans les armoiries de leurs descendants. Aux yeux de Jos, la fin de la lettre était bien embêtante : Adélaïde demandait à Guillemette d'être la marraine du petit. Elle rougit de plaisir.

— Une bonne occasion de retourner les voir à Ancenis.

— Eh ben, tu prendras le train toute seule si t'as envie…

— Quoi, tu me laisserais me perdre avec les filles ?

— T'es pas capable de te débrouiller ? Dommage que Joséphine travaille, sinon elle t'aurait guidée dans les correspondances…

— Quand même Jos, tu es dur avec moi…

— D'ailleurs, m'est avis que c'est pas vraiment le moment de voyager. Avec tout ce bordel, la guerre en Espagne, le Front populaire, la dévaluation du franc, les manifestations, d'ici que les cheminots se mettent en grève… On resterait en rade quelque part… À Lorient, Vannes, ou Nantes, qui sait… Et comment on reviendrait ? Tu crois que mon frère nous ramènerait en voiture ? Tu peux toujours courir !

Guillemette tritura son tablier. L'éventualité de se retrouver bloquées dans une grande ville inconnue, obligées de loger à l'hôtel et de manger au restaurant, et allez savoir pour combien de temps, au point qu'il faudrait prévoir des valises et des valises de vêtements de rechange, sans compter que Marie-Morgane perdrait des jours d'école et Yvonne et Germaine des jours de travail à l'hôtel-restaurant du bourg, cet enchaînement de sombres perspectives agit sur elle comme un épouvantail.

— Tu as raison, je n'avais pas pensé à ça. C'est plus raisonnable de ne pas y aller.

— Alors ? Et toi qui disais que j'étais dur avec toi…

— Mais non…

Ils s'aimaient trop, et depuis trop longtemps, pour s'en vouloir. Leurs dissentiments étaient comme des hameçons sans ardillon.

— Malgré tout, qu'est-ce qu'Adélaïde va penser de nous ?

— Elle est intelligente, dit Jos, elle est à même de comprendre quel tracas ça pourrait nous causer.

Adélaïde admit d'autant mieux l'excuse du climat d'insécurité que Donatien, à la Compagnie Lebon, devait faire face aux « troubles », d'un côté s'empoignant avec les « syndiqués communisants » qui voulaient sa peau, tandis que de l'autre il devait rendre des comptes à ses patrons et faire tourner la boutique, sinon il risquait de sauter. En termes plus choisis, Adélaïde écrivit qu'à la maison il n'arrêtait pas de pester contre les quarante heures et les deux semaines de congés payés accordées à tous ces bras cassés d'ouvriers, et qu'il mettait tous ses espoirs dans un nouveau gouvernement, qui rétablirait l'ordre.

— Pour un fils de paour-kaezh treut[1], il a pas beaucoup de considération pour les gens du peuple, commenta Jos.

En ce qui concernait le baptême, Adélaïde tenait la solution. Guillemette serait bien la marraine, si elle était d'accord, et lors de la cérémonie elle serait remplacée par une dame d'Ancenis. Le droit canon l'autorisait.

— C'est quoi ça, le droit canon ? Du 75 ou du 305 ? plaisanta Jos.

Guillemette se rendit à Douarnenez acheter une brassière et une parure de lit de bébé, qu'elle expédia à Ancenis avec mille remerciements pour avoir pensé à elle comme marraine.

En novembre 1936, Marie-Jeanne Kéruzoré convia Joséphine à prendre le thé, un dimanche, dans ses appartements, au second étage de l'immeuble. Que signifiait un tel privilège ? Par atavisme, Joséphine se

1. Pauvre hère maigre. Pauvre d'entre les pauvres.

méfiait de la générosité des nantis, fussent-ils attentionnés comme l'était sa patronne. En pensée, elle le formulait à sa manière : chacun doit rester à sa place, et quand le châtelain invite ses métayers à sa table ce n'est pas pour baisser leur loyer.

Partant du palier central qui distribuait les quatre pièces de l'atelier au premier étage, l'escalier en marbre sur voûte sarrasine s'élevait vers un monde secret que Joséphine était anxieuse de découvrir. Elle jeta un regard d'intruse sur l'atelier. Vides, rangées et silencieuses en ce dimanche après-midi, les pièces lui parurent aussi éloignées d'elle-même que le fond d'un paysage, tableau où se dressait un mannequin indécent, aux seules épaules recouvertes d'un empiècement bardé d'aiguilles qu'elle avait réalisé la veille. En gravissant les marches en marbre, elle osa à peine effleurer la rampe en laiton, de peur d'y laisser des traces de doigts. Elle sonna, Marie-Jeanne Kéruzoré vint aussitôt lui ouvrir la porte à double battant et lui tendit la main.

— C'est gentil d'être venue, dit-elle. J'espère que vos parents ne m'en voudront pas de vous accaparer un dimanche.

— Oh je ne rentre pas dans le Cap toutes les semaines…

Solitaire dans ce vaste appartement, Marie-Jeanne Kéruzoré paraissait plus âgée, comme si, à l'inverse, la fraîcheur des cousettes la rajeunissait, en semaine. Une fleur fanée ne se voit pas au milieu d'un bouquet, songea Joséphine, tout en comparant, par association d'idées, l'appartement de la belle Angèle et celui de sa patronne. Chez la belle Angèle, cela sentait l'eau croupie et visqueuse d'un vase de dahlias ; les meubles, les bibelots, les tapis et les tableaux qui l'avaient impressionnée n'étaient que du toc. Elle s'en voulut de sa crédulité. La vraie richesse, c'était ici, chez Marie-Jeanne Kéruzoré, où tout était choisi, net et agréable à l'œil, les statuettes dans les vitrines aussi bien que les tranches des livres reliés de cuir, les meubles de style aux pieds arqués aussi bien que la bergère et les fauteuils enjuponnés de tissu à fleurs. Éclairé par les trois portes-fenêtres s'ouvrant sur un balcon, tout était lumineux, y compris un trio de bustes de négresses en faïence de Quimper disposés sur le manteau de la cheminée.

— Des pièces uniques et signées, dit Marie-Jeanne Kéruzoré. Je suppose qu'elles auront de la valeur un jour.

Sur la table basse, le thé infusait, dans une théière coiffée d'un manchon en tissu matelassé, à côté de deux tasses en porcelaine anglaise et d'une assiette de macarons achetés dans la meilleure pâtisserie de Quimper. Marie-Jeanne Kéruzoré invita Joséphine à s'asseoir dans un fauteuil, puis elle servit le thé et s'assit en face d'elle sur la bergère.

— Servez-vous, ces macarons sont délicieux.

Marie-Jeanne Kéruzoré faisait deux bouchées d'un macaron et recueillait les miettes dans sa main gauche, pour les déposer sur la soucoupe de sa tasse. Joséphine l'imita.

— Je les achète en revenant de la grand-messe. Vous aussi ?

Joséphine faillit répondre : « Oh non, c'est trop cher ! »

— De temps en temps, mentit-elle.

— C'est mon petit plaisir de vieille dame seule.

Joséphine protesta :

— Oh, vous êtes loin d'être une vieille dame !

— Hélas !...

Elle se tamponna les lèvres de sa serviette brodée et but une gorgée de thé. Joséphine fit de même.

— Vous avez dû vous apercevoir que nous ne croulions plus sous le travail...

Joséphine opina et se dit : Ça y est, elle va me mettre à la porte, qu'est-ce que je vais devenir ? Mais aussi, pourquoi m'avoir invitée un dimanche chez elle pour me dire ça ?

— Joséphine, vous êtes ma meilleure ouvrière, je voulais que vous soyez la première informée : j'ai dû me résoudre à fermer l'atelier.

— Oh non, madame !

— Depuis longtemps déjà j'ai passé l'âge de gérer une affaire. Je le faisais cependant, par plaisir, et parce que cela ne me procurait aucun souci sinon celui de satisfaire notre clientèle. Et j'aurais continué quelques années encore si... Malheureusement, les affaires...

Le Front populaire inspirait de la terreur aux riches. Ils achetaient des napoléons et des lingots d'or, quand ils n'envoyaient pas leur argent en Suisse.

— À cause de tous ces troubles, les commandes s'amenuisent, les gens thésaurisent. Ils dépensent de moins en moins pour le sur-mesure, ils iront vers la confection. Notre métier est fichu, Joséphine. Nous allons terminer les commandes en cours et, le 31 décembre, nous fermerons.

— Ce sera un bien triste jour.

— Oui, les filles devront se débrouiller. Mais j'ai pensé à vous, Joséphine... D'une part, avec ces fiançailles rompues, il faut que vous changiez d'air, pour guérir de cette mélancolie. D'autre part, sans en avoir l'air ni vous hausser du col, vous êtes la plus capable de toutes mes ouvrières. Voilà donc ce que je vous propose…

Autrefois, à ses débuts, Marie-Jeanne Kéruzoré se fournissait en tissus chez les Jacob, qui tenaient boutique dans un immeuble voisin. Grâce à eux, elle avait noué des liens d'affaires et d'amitié avec des grossistes parisiens qu'il lui était arrivé de rencontrer à l'occasion de ses déplacements dans la capitale, notamment pour assister aux défilés. Dans cet univers auquel appartenaient les Jacob, tout tournait autour de la couture. Les grossistes possédaient des ateliers de confection. Alors voilà, en songeant à l'avenir de Joséphine, Marie-Jeanne Kéruzoré avait pris des contacts et le hasard avait bien fait les choses.

— Des personnes dans ce milieu cherchent une contremaîtresse pour diriger leur atelier. Il s'agit plus de surveiller la qualité des fabrications que de piquer soi-même à la machine. Avec votre formation, très supérieure à ce qu'exige la confection, vous serez forcément à la hauteur. Qu'en pensez-vous ?

— Je ne sais pas, madame…

— Ne restez pas croupir en province, il faut vivre votre vie, voir d'autres horizons.

— Je n'ai jamais été à Paris…

— Bah ! Paris n'est jamais qu'une réunion de gros villages… Vos patrons vous logeront, le temps que vous trouviez quelque chose dans le quartier qui vous plaît. Du côté de Montparnasse, par exemple, où il y a un tas de Bretons.

— Quand même, Paris…

— Les salaires y sont différents. Le vôtre sera bien meilleur que celui que je vous donne, presque le double.

— Le double ?

— Vous pourrez faire de belles économies et, qui sait, réunir de quoi revenir en Cornouaille ouvrir votre propre atelier.

— Vous croyez ?

— Et pourquoi pas ?

Joséphine s'imagina en jeune sosie de sa patronne. Ses sœurs en resteraient babas.

— Mais à Paris je risque de le rencontrer…

— Rencontrer qui ?

— Ben… Armand.

— Votre suborneur ? Il est marin, non ? Il doit naviguer.

— Je ne sais pas. Il était aussi dans les bureaux, au ministère.

— Eh bien, si vous le croisez dans la rue, vous ferez semblant de ne pas le reconnaître ! C'est comme ça, Paris ! Vous fréquentez qui vous voulez et personne ne s'occupe de personne. Vous savez, Joséphine, si je n'avais pas fermé l'atelier, je ne vous aurais pas fait une telle proposition. Je m'en serais bien gardée ! Perdre une ouvrière comme vous ? Jamais ! Alors, réfléchissez. Réfléchissez bien. Ce n'est pas en patronne que je vous le dis, mais comme vous le dirait une mère… ou plutôt une grand-mère, soucieuse de l'avenir de sa petite-fille.

— Merci, madame.

— Vous me remercierez plus tard ! Donnez-moi votre réponse dans une quinzaine de jours.

— Oui, madame.

Marie-Jeanne Kéruzoré se leva et Joséphine comprit que l'entretien était terminé. Il restait des macarons.

— Je vous les enveloppe. Pour moi ça suffit, comme entorse à mon régime.

— Oh je ne sais pas, madame.

— Mais si. Ah ! Venez donc par ici, Joséphine. Regardez-moi cette aquarelle.

C'était un tableau. Une aquarelle, donc, puisque sa patronne l'appelait ainsi. Elle représentait un défilé de Bretons en costume, dans une rue de Quimper.

— J'ai oublié de vous dire… Les Jacob avait un fils, un nommé Max, qui a plutôt mal tourné. Poète, écrivain, que sais-je… Il a même écrit un livre où il se moque des Quimpérois. Parti à Paris – justement ! – faire la nouba avec des personnages de son acabit. Il peignait un peu, aussi, pour faire bouillir la marmite. Cette aquarelle est de lui.

— C'est joli.

— Si par hasard vous entendez parler de lui sur les boulevards parisiens, vous me donnerez de ses nouvelles. Puisque vous allez accepter, n'est-ce pas ?

— Je ne sais pas madame. Il faut que j'en parle à mes parents.

— Je le comprends fort bien. Bon, qu'allez-vous faire maintenant, Joséphine ?

— Maintenant ?

— Je veux dire : ce soir.

— Je crois que je vais aller au cinéma voir *Pépé le Moko*.

— Ah ! Gabin en bandit de la Casbah… J'en ai entendu parler. Une histoire d'amour…

— Oui, je crois.

— Eh bien alors, bon film, Joséphine. Et à demain. Surtout, pas un mot à vos collègues. Je tiens à leur annoncer moi-même la nouvelle.

— Soyez tranquille, madame.

Joséphine mouilla son mouchoir dans l'obscurité de la salle de cinéma. Elle compara Armand au gangster joué par Jean Gabin : un voyou, aussi, sauf que Pépé le Moko était un type courageux et Armand un pleutre… Elle s'identifia à Gaby, la belle Parisienne dont Pépé le Moko tombe amoureux. Elle se dit que Paris n'était pas Alger. Si une belle et jeune Parisienne n'hésitait pas à se perdre dans une ville africaine peuplée d'Arabes au regard louche, elle serait bien bête de ne pas oser aller à Paris où vivaient tant de Bretons. Pour faire taire sa peur de l'inconnu, elle anticipa la gloire du retour d'aventure – car elle ne doutait pas qu'elle reviendrait un jour à Trezaraden : dans le Cap-Sizun, elle serait celle qui avait vécu à Paris, une prêtresse de l'exil dont on apprécierait les récits sur la vie en ville, une sorte d'alter ego de son père et de ses DARDANELLES !

Jos fut pour le départ, Guillemette ni pour ni contre, la petite Marie-Morgane indifférente, Germaine et Yvonne partagées entre la tristesse de perdre leur grande sœur et une pointe de jalousie à l'égard d'un destin si extraordinaire – l'histoire d'amour avec Armand, les fiançailles rompues et maintenant ce départ pour Paris.

— Il faut qu'elle saisisse sa chance, dit Jos.

— Au pays on peut très bien réaliser sa vie, dit Guillemette.

— Les voyages forment la jeunesse ! Il faut partir pour apprécier revenir vivre au pays. Regarde, moi par exemple, qu'est-ce que je serais aujourd'hui si je n'étais pas parti ?

— C'est vrai, dit Guillemette. Mais tu es un homme, ce n'est pas pareil. Une fille toute seule, à Paris…

— Joséphine se méfiera des beaux parleurs. Elle a appris, maintenant, avec son marin d'opérette.

— Oh ça, sûrement que j'ai pris une bonne leçon !

— À Paris, il y en a plus d'une qui s'est retrouvée sur le trottoir, dit Guillemette.

— Ta fille a vingt-deux ans, rien à voir avec une petite bonniche tombée du nid. Et puis on ira lui rendre visite. On a jamais été à Paris.

Germaine et Yvonne applaudirent.

— Vous viendrez quand je serai installée.

Lestée de deux valises, elle prit le train début janvier 1937. Un train de jour, et qui plus est un lundi, pour ne pas prendre le risque de croiser Armand, au cas où il serait toujours affecté à Paris et permissionnaire devant rentrer le dimanche soir. Elle pensait toujours à lui, en balançant entre ce qui avait été et ce qui aurait pu être, s'il n'avait pas eu une mère pareille.

En montant dans le train son cœur battait très fort au point de se sentir chavirée, mais au moins étaitelle libérée de l'angoisse de l'arrivée à Montparnasse – devoir prendre le métro, ou un taxi qui la roulerait sur le prix de la course, ce contre quoi son père l'avait prévenue. « Regarde le plan de Paris avant et dis au taxi de passer par telle et telle rue. Sinon, il te fera faire le tour de la ville et te videra ton porte-monnaie. »

« Les gens », ses futurs patrons, avaient tout prévu, y compris un signe de reconnaissance avec la personne qui viendrait la chercher à la gare, à savoir un foulard rouge qu'une jeune femme brune aux yeux noirs agita bel et bien, au bout du quai vers lequel, irrésistiblement, les voyageurs poussaient Joséphine.

Ce fut son premier bain de foule, elle était parisienne.

11

Marie-Jeanne Kéruzoré aurait-elle dit à Joséphine que ses futurs patrons étaient juifs que cela ne lui aurait pas évoqué grand-chose, hormis sans doute quelques pages de catéchisme illustrées d'images de soldats romains en jupette, d'un bébé s'en allant au gré de l'eau dans un moïse, et de la mer Rouge se retirant pour laisser passage à un peuple en fuite.

Joséphine apprit donc qu'il y avait à Paris des gens qu'on appelait « les Juifs » et qu'ils formaient une catégorie à part, risible aux yeux de certains. Il n'y avait qu'à voir les sourires goguenards, quand elle disait qu'elle travaillait dans la couture, rue Poissonnière : « Ah ! Dans le Sentier ! Chez les Juifs ! Et ils vous paient comment, à coups de lance-pierre ? », repartie qui lui parut longtemps hermétique et ensuite particulièrement injuste, en regard de la gentillesse de Simon et Rachel Libermann, ses patrons.

D'autres gens, à Paris, ne se contentaient pas de rire des Juifs. Ils les haïssaient, de façon incompréhensible. Des bandes de messieurs en costume et cravate défilaient dans les rues de Paris en réclamant à cor et à cri qu'on renvoie les Juifs chez eux. Mais où ? En Palestine, avec les Juifs des leçons de catéchisme ? Pour une fille du Cap-Sizun, qui à l'école n'avait appris à distinguer que trois races, les Blancs, les Noirs et les Jaunes, de telles opinions étaient impénétrables. Ces personnes-là, les Juifs, sont des Blancs comme vous et moi, se disait-elle.

Bien sûr, dans le quartier, certains hommes affichaient leur différence, drôlement attifés et coiffés d'un chapeau noir des deux côtés duquel pendouillaient des nattes à rubans. Et alors ? Autrefois, Tad et Mamm Bonizec portaient bien le costume traditionnel le dimanche, et pour autant on ne les mettait pas à part. En Bretagne, non, mais à Paris on se serait fichu de leur poire, sûr et certain. Mais elle sentait que ce n'était pas tout à fait pareil. Dans la bouche des gens, « juif » ne sonnait pas comme « breton ». « Les Juifs c'est les Juifs », disaient ceux qui ne les aimaient pas, et sous cette affirmation, anodine en apparence, elle supputait un tas de sous-entendus peu amènes.

Pourtant, malgré soi, elle les ostracisa aussi en les nommant, dans sa lettre hebdomadaire à Trezaraden, « mes Juifs », sans se douter que toute l'affection contenue dans l'article possessif n'était audible que par elle-même.

Elle pondait de vrais romans et s'en excusait : « Dame, c'est que j'en ai, de quoi raconter ! » Simon et Rachel Libermann étaient gentils, gais et industrieux, assez âgés, mais toujours vifs de corps et d'esprit. Ils ne se disputaient jamais, tout comme Tad et Mamm Bonizec « quand on était petites et qu'ils n'avaient pas encore perdu la boule », écrivit-elle.

La disposition des lieux était à peu près la même que chez Marie-Jeanne Kéruzoré : l'appartement des patrons à l'étage, l'atelier au rez-de-chaussée, agrandi d'une cour couverte. Joséphine dormait dans une chambre minuscule sous les toits mais prenait tous ses repas avec ses Juifs, comme si elle était fille de la maison, et elle n'avait rien à faire, ni servir ni desservir, car ils employaient comme bonne une dame entre deux âges qui habitait à proximité. Au bout d'une huitaine de jours, Joséphine osa leur poser la question qui la tracassait et qu'elle ne savait pas trop comment formuler :

— Pourquoi… Mais pourquoi on vous met à part ?

— Tu veux dire, nous les Juifs ? répondit Simon Libermann.

— Ben oui, pourquoi les autres gens parlent de vous comme d'une catégorie à part ?

— Ah ! Bonne question, Joséphine. Eh bien, vois-tu, ce qui distingue les Juifs des autres populations, c'est qu'ils naissent ailleurs que là où sont nés leurs parents…

— Ah ?

— Nos grands-parents sont nés en Russie, nos parents en Pologne et nous en Allemagne, et si nous avions eu des enfants ils seraient nés à Paris, et nos petits-enfants je ne sais où, en Amérique peut-être.

Simon Libermann gloussa dans sa barbe.

— Peuh ! Et ça le fait rire ! dit Rachel Libermann. Pourtant, ça n'a rien de drôle.

— Si ! Si ! Si ! c'est très drôle ! Hi hi hi ! C'est la drôle de vie des Juifs.

— Mais pourquoi vous ne restez pas en place ? demanda Joséphine.

— Parce qu'il faut partir ! dit Simon Libermann. Ceux qui ne partent pas sont liquidés.

— Liquidés ?

Il passa son doigt sur sa gorge.

— Égorgés comme des poulets ! Couic !

— Vieil imbécile, le tança affectueusement sa femme, dire des choses pareilles à cette petite…

— Oh mais c'est pas possible !

— Si !

— Mais vous, vous êtes français.

— C'est exact ! Nous sommes des Juifs de race supérieure, rigola Simon Libermann. La plupart dans le quartier sont apatrides.

Joséphine fronça les sourcils et Simon Libermann gloussa encore plus fort.

— Apatrides, sans patrie ! Ils ne sont rien, ne sont de nulle part et ne s'en iront nulle part.

Rachel Libermann sourit, avec dans les yeux comme un trop-plein d'amour pour son mari.

— Nous avons la chance d'être français, dit-elle.

— Heureusement, alors ? dit Joséphine, en mettant dans l'interrogation, par intuition, un insaisissable non-dit.

— Oui, heureusement, dit Rachel.

— Enfin, jusqu'à présent, ajouta Simon.

L'atelier, écrivit Joséphine dans ses lettres, n'avait rien à voir avec celui de Marie-Jeanne Kéruzoré, où tout était luxe et élégance. Chez les Libermann semblait régner une joyeuse pagaille, sous laquelle se cachait une efficacité parfaitement orchestrée. L'âme de l'entreprise, c'était la cour couverte. Un tiers de l'espace était occupé par le stock de tissus, le deuxième tiers par dix machines à coudre et leurs tables à touche-touche, le troisième par les piles de produits finis qui, selon le principe des vases communicants, venaient remplir à leur tour la pièce du rez-de-chaussée, un comptoir de gros où venaient s'approvisionner un tas de détaillants du Carreau du Temple, une immense halle du vêtement qui sidéra Joséphine la première fois qu'elle s'y rendit – pour en ressortir à moitié sourde : les gens discutaient les prix en s'égosillant, échangeaient des mimiques comiques, ou se frappaient tragiquement le front et feignaient de s'arracher le cœur comme dans les films muets, et puis des billets changeaient de main et des habits grossièrement pliés étaient emballés dans du papier marron, et les vendeurs qui avaient pleuré ravalaient leurs larmes de crocodile et retrouvaient le sourire.

Un jour d'octobre 1937, Joséphine y alla en tant qu'acheteuse, marchander un manteau en cuir, et bien qu'elle eût fait descendre le prix des trois quarts et arraché au commerçant des torrents de larmes, elle eut l'impression d'avoir été pigeonnée.

Les Libermann avaient deux spécialités qu'ils fabriquaient à la chaîne : des chemises d'homme en coton – « Des "liquettes", qu'ils disent ici », précisa Joséphine –, longues comme des chemises de nuit de femme et coupées dans des cotons clairs, principalement le blanc et l'écru, parfois avec de fines rayures bleues ou marron ; et puis, pour la clientèle féminine, des gilets avec ou sans manches, boutonnés par devant ou sur l'épaule, ras du cou ou à col large, tous taillés dans un tissu bizarre à longs poils, un faux angora dont ils avaient lancé la mode au Carreau du Temple, une sorte de peluche de soie mélangée et déclinée en trois couleurs : rouge vif, vert criard et violet tape-à-l'œil, trois tons qui mettaient en valeur le teint mat, les cheveux et les yeux noirs des filles, à commencer par celles de l'atelier, les ouvrières de Joséphine,

qu'elles faillirent rendre folle avant qu'elle ne réussisse à s'adapter à leur monde particulier.

Il était rare qu'elles fussent dix en même temps. Apparemment, elles venaient quand ça leur chantait, et les Libermann ne s'en formalisaient pas. Quand elles étaient là, elles travaillaient dur. Quand elles ne pouvaient pas venir – elles travaillaient ailleurs ? –, elles envoyaient des cousines ou des copines à leur place, et Joséphine devait s'habituer à ces nouvelles, apprendre leur prénom, établir à leur nom une fiche éphémère, car elles disparaissaient aussi vite qu'elles étaient venues. Mais l'atelier marchait. On aurait dit que les filles savaient elles-mêmes ce qu'elles devaient fabriquer. Les piles dictaient l'ouvrage du jour : celles de telle ou telle chemise ou de tel ou tel gilet de telle ou telle couleur baissaient-elles qu'on s'occupait de les faire monter de nouveau, avant transfert vers le magasin donnant sur la rue.

Le travail de Joséphine consistait à décompter les heures de chacune, à facturer et à encaisser aussitôt, au pied du comptoir, les achats des détaillants, à arrêter la caisse le soir et à remettre les fonds à ses patrons. Le vendredi après-midi, elle réglait les salaires, en liquide, sans fiche de paie, uniquement d'après ses fiches à elle, et il arrivait que des ouvrières occasionnelles ne viennent chercher leurs sous que quinze jours plus tard. Le vendredi soir, après dîner, les Libermann la payaient, généreusement, et le samedi elle allait déposer son argent au Comptoir national d'Escompte de Paris, où ses patrons avaient aussi un compte. Environ une fois par mois, ils l'envoyaient non pas déposer leurs sous, mais échanger une bonne somme contre des bons du Trésor, qu'ils conservaient dans un coffre.

« Tu devrais en souscrire aussi, disait Simon Libermann. Ton argent te rapporterait.

— Mais si j'en ai besoin ?

— Ils sont au porteur. Tu peux les négocier n'importe où.

— Je verrai... »

Son expérience de première couturière de Marie-Jeanne Kéruzoré ne lui servait absolument à rien. On pouvait dire qu'elle avait changé de métier. Pour ne pas perdre la main et faire des économies, les dimanches où le temps n'engageait pas à se promener, seule dans l'atelier elle prenait plaisir à se coudre une petite robe, ou un chemisier, dans des coupons de tissu achetés trois fois rien aux marchands du Carreau du Temple.

Elle découvrit Paris avec la prudence d'une jeune grive au sortir du nid, à partir des abords immédiats, les Grands Boulevards et la place de l'Opéra, ensuite en élargissant ses cercles, toujours à pied : les quais de la Seine, la Samaritaine, le Bazar de l'Hôtel de Ville, Notre-Dame ; puis en métro, qu'elle prit bientôt avec autant d'aisance que le sentier côtier, quand elle allait chercher la vache au traezh, sauf qu'il fallait se méfier de choses différentes ; à Trezaraden, des cailloux déchaussés au bord de la falaise ou d'un éventuel taureau en liberté au fond de la valleuse ; dans le métro, des hommes malhonnêtes qui, aux heures de pointe, se frottaient contre vos fesses. Cela ne risquait pas de lui arriver, car elle ne prenait le métro que le dimanche et trouvait toujours une place pour s'asseoir. Elle visita la tour Eiffel, les Champs-Élysées, l'Arc de triomphe, la place de la Concorde, le jardin des Tuileries, le Louvre, Saint-Germain-des-Prés, où elle aperçut à une terrasse un couple d'écrivains dont elle avait vu la photo dans une revue, Jean-Paul Sartre et Simone de Beauvoir. Plus loin encore : le parc Monceau, le marché aux puces de Saint-Ouen, le zoo de Vincennes. Elle décrivit si bien ses promenades à ceux de Trezaraden que Germaine et Yvonne s'exclamaient :

« Ma ! Si elle nous raconte tout, ce ne sera même plus la peine d'y aller !

— Que vous dites ! se moquait Guillemette. Et toi, Marie-Morgane ? »

Marie-Morgane haussait ses épaules de jeune déesse indifférente qui consentait, en rendant les services qu'on lui demandait mais sans un sourire, à subir la vie en ce bas monde. De plus en plus belle, la benjamine promettait d'être la plus jolie communiante de Beuzec-Cap-Sizun. Et dire que Joséphine ne serait pas là pour lui confectionner sa robe, une pièce unique, qui aurait fait baver de jalousie toutes les mamans du Cap !

Les deux cadettes étaient jeunes filles, à présent. Elles travaillaient au restaurant du bourg et faisaient des extras comme serveuses à Pont-Croix et à Douarnenez, à l'occasion de banquets, repas de noces ou de baptême. Elles commençaient à aller au bal le dimanche après-midi, et elles auraient bien aimé se vanter auprès de leurs cavaliers d'avoir été à Paris, mais Joséphine ne pouvait toujours pas les recevoir, n'habitant pas chez elle.

« Elle aurait tort, disait Jos. Puisqu'elle est logée gratuitement, autant en profiter.

— Oui mais nous ? On n'ira jamais à Paris, alors ?

— Le jour où vous irez, votre père vous paiera une chambre d'hôtel.

— Merci bien ! Elles n'ont qu'à mettre des sous de côté.

— Tu deviens radin, en vieillissant.

— Je disais ça pour rigoler. Je leur paierai une chambre… Il doit y avoir des hôtels pas trop chers dans le quartier de Joséphine. »

Au bout d'un an, gavée du Beau Paris, c'est son quartier que Joséphine prit plaisir à arpenter le dimanche. Marie-Jeanne Kéruzoré avait eu raison de lui dire que Paris n'était jamais qu'une réunion de villages. Ce qu'elle aimait par-dessus tout, dans son arrondissement, c'étaient les passages, ces tunnels bordés de minuscules boutiques regorgeant d'étranges trésors – tableaux, livres précieux, timbres, vieux instruments de musique, statuettes, tapis persans et peut-être lampes d'Aladin – sur lesquels veillaient, voûtés dans la lumière chiche d'une ampoule brandie par une statuette de femme nue, de vieux mages borgnes dont l'œil luisait du reflet des cuivres, des ors et des bronzes.

« Je savais pas qu'il y avait des rues comme ça à Paris, commentait Jos. D'après ce qu'elle raconte, on dirait des souks. »

Là, le long de ces grottes, Joséphine se sentait à l'abri, comme sous l'édredon de son lit d'enfant, à Trezaraden, et ce sentiment de protection figurait, à son insu, son retrait du monde des filles à marier.

Elle passa Noël dans le Cap, et les deux cadettes l'interrogèrent à propos des garçons, qui devaient lui faire du charme.

— Peuh ! esquiva-t-elle. À Paris, il faudrait se lever de bonne heure pour croiser un marin.

— Oui, mais les autres ?

Pour faire rêver ses sœurs, elle parla des beaux bruns aux yeux de velours, nombreux à rôder autour de la boutique.

— Mais je ne les intéresse pas pour la bonne cause. Pour le reste, sûrement que oui, ils sont comme tous les hommes. Et puis en plus, là où j'habite, c'est un monde à part.

Germaine et Yvonne purent en juger de visu, au mois d'août 1938. Marie-Morgane n'avait pas voulu les accompagner.

— Notre petite sœur n'est pas méchante ni quoi que ce soit, dit Germaine, mais elle est de plus en plus fière.

Elles logèrent chez des relations des Libermann et tombèrent amoureuses de tous les garçons de la famille. Elles repartirent le cœur brisé, la cervelle embobelinée par les merveilles parisiennes, et leurs valises pleines de pulls en peluche aux couleurs criardes qui garniraient à demeure une étagère de leur armoire.

— Avec ça sur le dos, rigola Jos, même la vieille pie-noire vous chargerait comme un taureau !

Outre leurs souvenirs et les pulls, elles étaient porteuses d'une nouvelle inouïe : Joséphine allait sans doute devenir patronne. Ses Juifs envisageaient sérieusement de lui donner leur atelier en gérance.

— Alors elle est foutue pour nous, dit Jos. Elle reviendra plus dans le Cap.

— Qu'est-ce que tu en sais ? répliqua Guillemette. Il faut toujours garder espoir.

En janvier 1939, le destin de Joséphine paraissait tracé à l'encre de Chine : dans quelque temps la gérance, de grosses économies, l'achat d'un deux-pièces et un avenir de vieille fille aisée qui aurait à s'occuper de ses bienfaiteurs quand ils subiraient les attaques du grand âge, dont ils n'étaient pas bien loin.

Mais de semaine en semaine ses Juifs perdirent de leur entrain, non pas tant parce que les affaires marchaient moins bien qu'à cause du téléphone. À chaque fois qu'ils recevaient un coup de fil ou qu'ils en passaient un, leurs traits s'affaissaient. Joséphine n'osait pas les interroger et eux-mêmes secouaient la tête et répétaient : « Ah ma pauvre Joséphine ! », comme si cela suffisait pour qu'elle comprît de quoi il était question. Elle devina à leurs « ja » et « nein » qu'ils parlaient surtout en allemand. Elle repéra d'autres mots qui revenaient souvent dans la conversation, « Hitler », « nazis », qu'ils prononçaient comme s'il y avait un « t » entre le « a » et le « z », et « jude », et deux verbes, qu'elle identifia, malgré la difficulté de déchiffrer les lettres gothiques, grâce à un dictionnaire acheté passage Jouffroy, et qui signifiaient « partir » et « fuir ». Des gens, l'air aux abois en effet, transitaient par l'appartement. Les Libermann leur trouvaient un hébergement et leur donnaient de l'argent. Ils parlaient de paquebots et d'Amérique.

La guerre fut déclarée. Le 3 septembre, un sous-marin allemand torpilla le paquebot anglais *Athenia* et l'inquiétude des Juifs de Joséphine monta encore d'un cran. Ils s'isolaient en conciliabules et n'étaient pas d'accord entre eux, visiblement. Au cours des deux mois suivants, Simon Libermann passa bon nombre de coups de téléphone en français. Ce n'était plus en Allemagne qu'il appelait mais bien en France. Un jour de décembre, alors que Rachel et Simon s'étaient rendus ensemble à la banque, Joséphine décrocha. La personne à l'autre bout, un notaire ou un avocat, un maître Machinchouette, avait l'accent du Midi.

— Merci de prévenir monsieur et madame Libermann que tout est en ordre, dit-il.

À leur retour, ils furent très heureux de l'apprendre. Leur anxiété sembla tomber d'un coup, comme un soufflé. Simon Libermann se frotta les mains.

— Vous allez partir ? leur demanda Joséphine.

Elle avait bien remarqué qu'ils ne commandaient plus de tissu. On travaillait le stock, avec une demi-douzaine de couturières qui venaient de temps en temps. Joséphine était de moins en moins occupée.

— Peut-être, peut-être… Mais n'aie pas peur, nous ne t'oublierons pas. Tu devrais d'ailleurs t'acheter deux grandes valises…

— Pour quoi faire ?

— Au cas où, dit Rachel Libermann.

« Nous ne t'oublierons pas… » Que voulaient-ils dire ? Qu'ils lui donneraient de l'argent quand ils fermeraient boutique ? Qu'elle devait se tenir prête à rentrer dans le Cap ? Ou bien les deux ? Elle acheta deux grandes valises et les bourra de vêtements, ceux qu'elle avait sur le dos en arrivant, ceux qu'elle avait confectionnés les dimanches pluvieux, ceux que ses Juifs lui disaient de prendre – autant de gilets et pulls en peluche qu'elle voulait.

Le 10 mai 1940, l'Allemagne envahit la Belgique, les Pays-Bas et le Luxembourg. Les Libermann suivaient les événements heure par heure, à la radio, et envoyaient Joséphine acheter un tas de journaux. Capitulation de l'armée hollandaise le 15, percée des chars allemands dans la région de Sedan, vaine contre-offensive des chars du colonel de Gaulle dans l'Aisne, le 19 Weygand remplace Gamelin à la tête de l'armée française, le 20 des unités alliées sont encerclées à Dunkerque.

Le 21 mai au matin, les Libermann annoncèrent leur départ à Joséphine.

— Mais pourquoi ?

— Les Allemands vont gagner la guerre.

— Et alors ?

— Alors, ma pauvre Joséphine, dit Simon Libermann, ils feront aux Juifs de France ce qu'ils ont fait aux Juifs d'Allemagne…

— Vous êtes sûrs ?

— Oh à peu près ! dit Rachel Libermann.

— Si nous sommes en vie, dit Simon Libermann, c'est parce que nos parents sont partis et leurs parents avant eux. Nous avons acheté un appartement dans le Midi, à Hyères. Avant que les nazis atteignent la Côte d'Azur, nous aurons eu le temps de nous retourner.

— De trouver un bateau pour l'Afrique ou les États-Unis, dit Rachel Libermann.

— Il faut que je rentre chez moi ?

— Non. Nous aimerions que tu viennes avec nous.

— En Amérique ?

— Dans le Midi, d'abord ! Qui sait, nous n'aurons peut-être pas besoin d'aller plus loin…

— Nous sommes vieux, dit Rachel Libermann, alors nous avons pensé que ce serait bien que tu nous accompagnes. Pas comme bonne à tout faire ! Nous embaucherons une femme de ménage. Tu vivras avec nous, tu seras notre gouvernante et nous continuerons à te payer comme à l'atelier. Nous t'aimons beaucoup, Joséphine.

— Moi aussi.

— Dans ce cas…

— Tu as le temps de réfléchir jusqu'à ce soir, dit Simon Libermann. Demain nous prendrons nos billets de train, et après-demain, adieu Paris !

À défaut de pouvoir demander l'avis de ses parents – trop tard pour leur écrire, ah, si seulement ils avaient eu le téléphone, à Trezaraden ! –, Joséphine imagina la conversation qu'elle aurait pu avoir avec eux. Guillemette la pressant de revenir dans le Cap, Jos s'exclamant, ainsi qu'il l'avait fait quand elle était partie à Paris : « Les voyages forment la jeunesse ! » Et la suite : « Quand on a fait les Dardanelles et vu autant de pays que moi, qui aurait peur d'aller dans le Midi ? Qu'elle y aille, nom de Dieu, ça lui fera voir du pays ! » Et c'est ainsi que la Bretonne et ses Juifs précédèrent de peu l'exode.

Lorsque ses parents reçurent sa première lettre de la Côte d'Azur, Jos prononça exactement, conjuguée à un temps différent, la phrase qu'elle avait entendue résonner dans sa tête :

— Elle a bien fait d'y aller, il faut voir du pays, nom de Dieu !

Les Allemands défilaient à Paris, l'armistice avait été signé, la France était coupée en deux et Guillemette s'inquiétait pour son filleul.

— Peut-être qu'on devrait leur dire de nous amener le petit Georges, dit Guillemette.

— T'es pas folle ? Ils sont bien plus peinards là-bas ! Avec Brest de l'autre côté de la presqu'île de Crozon et l'Angleterre en face, on est en pleine zone stratégique. Les Boches vont grouiller par ici, et un jour ou l'autre ça pétera. Et puis ils risquent pas de crever de faim, à Ancenis, avec leur domaine et la pharmacie. Les Boches se fourniront en louzoù chez Adélaïde, les affaires vont tourner à fond. Et le Donatien tirera son épingle du jeu, tu peux me croire. Je l'entends déjà d'ici chanter la gloire du maréchal Pétain...

— Peuh ! Qu'est-ce que tu en sais ?

— J'en sais qu'il est pas du genre à naviguer bout à la bourrasque. À la moindre brise, les gars comme lui mettent en fuite.

— Enfin, soupira Guillemette, au moins on est tranquilles avec Joséphine. Elle est du bon côté de la ligne de démarcation.

— Ouais, elle nous reviendra avec l'accent du Midi. Et mariée à un marin, je te parie ! Là-bas, elle va avoir le choix.

— Ah bon ? Pourquoi tu dis ça ?

— Tu sais pas où ça se trouve, Hyères ?

C'est la question qu'avait posée Joséphine aux Libermann en montant dans le train :

« Mais c'est où exactement, Hyères ?

— À côté de Toulon, avait répondu Simon Libermann.

— De Toulon ? Ah ça alors ! »

Toulon ! Sa rade ! Son port de guerre ! Ses pompons rouges ! Joséphine avait éclaté de rire et serré ses Juifs dans ses bras, sur son cœur.

Ce cœur de fille du Cap-Sizun qui aimait tant les marins.

12

Joséphine s'occupait de l'intendance, faisait les courses et préparait les repas du soir – surtout des salades, les Libermann n'étaient pas bien difficiles –, organisait l'emploi du temps de la bonne et lui réglait ses heures. Elle se réserva le repassage et le raccommodage, pour le plaisir de manipuler les étoffes.

La Côte d'Azur l'éblouissait, avec ses villas blanches et leurs jardins exotiques, la promenade du front de mer et ses palmiers, le port de plaisance et ses luxueux voiliers. Même les immeubles étaient beaux. Celui où les Libermann avaient acheté leur appartement, un quatrième étage avec vue sur mer, avait l'aspect meringué d'une pièce montée de mariage. Dans une lettre, elle compara ses balcons arrondis aux postes des canons de flancs d'un cuirassé, sauf qu'ils étaient peints en blanc, comme un navire-hôpital.

Elle écrivit aussi : « C'est beau, la vie de rentiers ! », expression qu'elle comprenait, à présent. Ses Juifs passaient le meilleur de leurs journées sur le balcon, à se prélasser dans des transats, en contemplant la Méditerranée, d'un bleu pur, plus foncé que le bleu-vert de l'Océan et, aurait-on dit, plus solide que liquide, comme une immense étendue de pâte de verre sur laquelle

Joséphine patinait en arrière, portée par des réminiscences de leçons d'histoire, vers la petite école de Beuzec-Cap-Sizun, sous une carte du bassin méditerranéen pendue au mur près du tableau noir, et des mots et des flèches en lettres grasses qui faisaient se croiser Grecs et Romains, Phéniciens et Crétois.

Entre le five-o'clock et le dîner, les Libermann descendaient se dégourdir les jambes, à pas lents, sur le front de mer. Avec leurs longs foulards en soie bariolés, leurs chapeaux en toile blanche et leurs lunettes noires, Joséphine trouvait qu'ils avaient l'air de vieilles vedettes de cinéma. Une fois par mois, elle les accompagnait dans une banque privée d'Hyères, où ils transformaient un bon du Trésor en argent liquide. Ils lui payaient son salaire et elle prenait le car pour aller le verser, moins quelques sous d'argent de poche, au Comptoir national d'Escompte de Paris, à Toulon, la banque que son tonton Dona lui avait conseillée, où elle avait ouvert un compte à Paris et à laquelle elle était restée fidèle.

Dans les rues de Toulon, elle croisait des pompons rouges et son cœur battait très fort, et encore plus fort quand, de loin, elle apercevait une silhouette qui ressemblait à celle d'Armand, et elle se promettait alors, si c'était lui, de le snober, en lui accordant peut-être un regard en coin, mais de profond mépris. Et s'il lui adressait la parole, avec tout plein de mots enjôleurs ? La politesse exigeait-elle de lui répondre ? Elle n'eut pas à subir cette terrible épreuve, ce ne fut jamais Armand. Malgré tout, soulagée et frustrée à la fois, elle passait la tête haute devant les marins, à cause du baratin des matelots, surtout quand ils étaient en groupe.

Au printemps 1941, elle osa pousser ses pas jusqu'aux abords du port de guerre, chercha les points de vue d'où l'on apercevait des bâtiments de toutes sortes alignés dans les darses, prit l'habitude d'y retourner, avec la permission un peu moqueuse des Libermann, presque tous les dimanches.

À qui aurait-elle confié ce qui lui tournait dans la tête en descendant du car, vêtue d'une petite robe d'été légère comme une plume et les cheveux libres et le corps tiède comme au saut du lit ? Le vent d'Afrique plaquait sa robe entre ses cuisses, modelait son pubis, et elle se sentait nue et désirable, et elle pensait à la caresse intime qu'Armand lui avait apprise et au frisson qui l'avait traversée en même temps que les secousses tendaient son corps à lui, comme un arc, à partir de sa main.

De ce fait vulnérable, elle se laissait aborder par les marins en virée. Jamais aucun solitaire ne s'arrêta pour lui faire du gringue. Il fallait qu'ils soient au moins deux ou trois pour oser la baratiner. Le plus déluré lui lançait :

« Alors, ma mignonne, on attend son fiancé ?

— Non, je me promène…

— Ben nous aussi ! Et si on se promenait ensemble ?

— Sûrement pas avec vous tous ! »

Elle faisait son choix, d'un coup d'œil. À l'estime : le plus gentil, le plus timide, toujours celui qui n'avait encore rien dit.

« Avec lui ! »

Les autres protestaient : « Et moi ? Et pourquoi pas moi ? Chuis pas beau, moi ? » Elle prenait le bras de son choisi et l'entraînait vers la ville.

« Bonne bourre, mon pote ! » criaient dans leur dos les dépités.

Parfois l'élu du jour rougissait et disait que ses copains étaient des idiots. À ceux-là qui n'aimaient pas les expressions malhonnêtes, Joséphine devait poser les premières questions. Si un nom de navire figurait sur le bâchis, elle demandait :

« C'est quoi, comme bateau, le *Kersaint* ? »

S'il n'y avait que *Marine nationale*, ou quelque chose de général comme *Aéronavale* ou *École de TSF*, elle demandait des précisions. C'était au tour du marin de l'interroger. Elle répondait qu'elle était couturière à Paris et réfugiée à Hyères avec ses patrons. Elle disait qu'elle était bretonne, mais quand son marin était breton lui-même, elle lui cachait qu'elle était de Beuzec-Cap-Sizun, des fois que, on ne sait jamais... Des fois qu'il connaîtrait quelqu'un dans le Cap, à qui il raconterait dans une lettre qu'il avait dragué une fille de Trezaraden, et que ce quelqu'un le raconte à ses parents, qui croiraient qu'elle faisait la vie, à Hyères.

Bras dessus, bras dessous, Joséphine et son marin arpentaient les rues et les venelles, s'arrêtaient boire un verre à une terrasse et revenaient vers le port. Avec l'un d'entre eux, elle découvrit l'existence d'un grand jardin public où l'on pouvait s'asseoir à l'ombre en sirotant une limonade achetée au marchand ambulant qui stationnait toujours là. Elle y amena les autres – chaque dimanche, un marin différent. Elle faisait durer la conversation, en laissant le marin lui prendre la main ou passer son bras autour de ses épaules, de façon qu'il soit plus malléable, qu'il accepte de répondre à des questions plus personnelles, dont une était décisive : n'avait-il pas une fiancée ou une petite amie quelque part, à Brest, à Cherbourg ou au pays ? Ceux qui juraient leurs grands dieux que non, que Joséphine était la première, ce qui était risible, étaient recalés. Ceux qui avouaient qu'ils en avaient eu une mais qu'elle avait « cassé » alors qu'ils se croyaient aimés, et que ç'avait été dur à avaler, et qu'ils y pensaient encore, ceux-là avaient les faveurs de Joséphine. Elle acceptait de les revoir et leur demandait leur photo.

Pour la fin août 1941, elle était riche d'une collection de neuf photos de marins, tous bretons, dédicacées au recto de mots d'amour récurrents : *À ma chérie Joséphine*... *À Joséphine que j'aime*... Au verso, en bas à droite, elle avait écrit leurs prénoms : *Yves*, *Hervé*, *Pierre*, *Lili*, *Jacques*, *Jean*, *Jean-Marie*, *Jean-Louis*, *Albert*, avec au-dessous le nom de leurs bâtiments. Sept photos étaient des instantanés de format 6 × 9, aux bords dentelés, pris soit sur un quai en tenue de sortie, pour quatre d'entre eux, soit à bord d'un navire en tenue de travail, pour les trois autres : le premier nonchalamment accoudé à l'affût d'un canon sur le pont d'un torpilleur, le deuxième au milieu d'une coursive pendant la garde – Lebel au pied, main gauche à la hanche et cartouchière à la ceinture –, enfin un rigolo à la corvée qui, dans un garde-à-vous iconoclaste, présentait son balai en guise de fusil. Les deux autres clichés étaient des portraits en buste réalisés en studio, et probablement dans le même studio, car le fond était le même – un ciel nuageux – et la pose identique : le regard droit et le bâchis légèrement de travers, et les bras croisés, si bien que les galons de quartier-maître ou de quartier-maître-chef formaient une sorte de X avec le large col ouvert sur le maillot de corps rayé.

Ces neuf marins-là possédaient également un portrait de Joséphine, réalisé par le photographe d'Hyères, dans le style *Cinémonde* : de trois quarts dos pour mettre en valeur son épaule nue et la fine bretelle de sa robe d'été, le visage tourné vers l'objectif un peu comme si elle se détournait sur un marin qui la suivait, sourire et regard impertinents, et à partir de son front dégagé ses longs cheveux relevés cascadaient sur sa nuque en ondulations. Aucun de ses portraits n'était dédicacé. C'eût été tromper les neuf que de leur écrire à tous « Ta Joséphine qui t'aime », bien qu'elle aimât quelque chose en chacun. Elle ne leur avait rien promis ni rien accordé, hormis quelques baisers subreptices, glissés de la joue au coin des lèvres.

Elle conservait les photos au secret dans le tiroir de sa table de nuit. Elle les aurait bien punaisées au mur, en face de son lit, mais elle craignait une intrusion de la bonne, et puis la porte de sa chambre était toujours ouverte aux Libermann et elle craignait qu'ils ne se moquent d'elle. Elle les sortait le soir, s'adossait à son oreiller et les étalait sur ses genoux. La nécessité de choisir la laissait perplexe, preuve qu'elle n'était amoureuse d'aucun, pas plus qu'elle ne l'avait été de son Armand, du moins pas comme dans les romans et dans les films, où cet élan irrépressible mène d'abord au bonheur, et souvent au désespoir, jusqu'à se tuer. Elle n'avait pas été à ce point désespérée quand Armand l'avait laissée choir. Tout cela devait être très exagéré, le coup de foudre, l'amour fou. Doutant de la réalité de ce sentiment extrême, et ne l'éprouvant pas, elle suivit son inclination, mais balisée par l'éventualité du jugement paternel. Lequel plairait le mieux à son père, ce marin d'entre tous les marins ?

L'un des deux matelots qui s'étaient fait tirer le portrait en studio, un nommé Louis Quiviger, alias Lili, en quelque sorte son jumeau social, cumulait les bons points : Breton natif de Lilia-Plouguerneau, un pays dur comme le Cap-Sizun, un père retraité de la Royale et pêcheur de tourteaux, une mère s'occupant d'une vache, là-bas à la sortie de l'Aber Wrac'h. Il aimait autant la terre que la mer et d'après ce qu'il disait savait aussi bien traire la vache que poser un filet.

Et puis Lili était sous-marinier, ce qui ne pourrait que susciter l'admiration de Jos. Son père dirait, Joséphine en aurait donné sa main à couper :

« Ces gars-là, ils en ont ! Moi j'aurais jamais pu naviguer en dessous. Sur l'eau, si le bâtiment est touché, t'as une chance de t'en tirer. Sous l'eau, t'es cuit. La tasse que tu bois, tu peux pas la recracher. »

Bien entendu, Lili fut impressionné par les états de service du père de sa Joséphine.

— Un gars qui s'est tapé les Dardanelles, putain ! j'ai hâte de le connaître.

Lili était quartier-maître électricien à bord du *Glorieux*, l'un des sous-marins condamnés par les accords franco-allemands à rester amarrés à la darse du Mourillon. Entre eux les électriciens s'appelaient « les miteux », à cause des trous que creusaient les gouttes d'acide de batterie dans leur tenue de travail.

— Regarde, dit Lili à Joséphine en lui montrant son tricot de corps. Complètement bouffé ! Toi qui es couturière, t'aurais pas de l'antimite, des fois ?

Il était drôle, il était beau, il était costaud, il avait le goût du risque et, à l'instar de Jos, n'accordait pas aux galonnés la science infuse.

— Dans les sous-marins, y a pas de barrière entre le commandement et l'équipage. On est tous coincés dans le même cercueil. Le pacha t'appelle par ton petit nom, et quand tout le monde part en bordée dans un port étranger, il boit son coup comme les autres et prend pas la mouche si tu le tutoies sans faire gaffe.

Pour ça que j'étais volontaire pour les sous-marins. Et puis les heures de plongée, ça compte pour la retraite, comme les heures de vol dans l'aviation.

Il rongeait son frein, n'appréciait pas les accords entre Pétain et Hitler, et son pacha non plus, à l'en croire.

— Dire qu'on pourrait être en action, à rendre torpille pour torpille aux Boches...

En plus, il possédait une moto. L'engin, une Motobécane 350, pesa de son poids de liberté romantique sur le plateau déjà incliné de son élection en qualité de fiancé potentiel, en septembre 1942. Il passait prendre Joséphine à Hyères, elle se juchait sur le tansad, plus haut que la selle, assurait sa jupe sur ses genoux écartés et les pressait contre le cadre de la moto pour que le vent ne la retrousse pas, enlaçait Lili, se serrait contre son dos, et ils démarraient en douceur.

Ils montaient dans le massif des Maures, pour étaler au milieu des chênes-lièges, sur un carré de garrigue sans épineux, l'épais caban de Lili. Les troncs écorcés troublaient Joséphine. La fragrance des herbes méditerranéennes et l'odeur d'épices de la terre chaude l'enivraient. De semaine en semaine, ils progressaient vers plus d'intimité, et plus Joséphine défendait sa vertu, plus elle brûlait de la perdre. Lili savait s'y prendre pour l'enflammer. Il l'effleurait entre les cuisses à travers le coton et cela la rendait folle.

Le dernier dimanche d'octobre 1942, elle ne résista pas quand il glissa sa culotte jusqu'à ses chevilles. Il ne tenait qu'à elle de rester entravée, elle libéra ses pieds et entrouvrit les jambes. Il déboutonna son pantalon de marin qui se défaisait d'un pan, comme un lange de bébé, s'allongea sur elle et d'un baiser profond lui cloua la tête sur la terre parfumée. Elle crut basculer d'une falaise vertigineuse et s'envoler au-dessus de la mer, repoussa Lili des deux mains, redressa la nuque et le regarda droit dans les yeux.

— Tes intentions avec moi sont sérieuses ?

— Je te jure qu'on se mariera quand tout ce bazar sera terminé. Tu me crois pas ?

— Si, dit-elle.

Elle referma les yeux et se donna.

Cependant, elle demeura attentive à l'entreprise de défloration, aux mouvements de Lili qui s'aidait de la main et qu'elle ne savait pas aider, ni ne le voulait. Il trouva sa route, elle se crispa, et à peine se sentit-elle pénétrée qu'elle se déroba, empoigna le sexe de Lili et le secoua frénétiquement, comme pour se sauver elle-même. Il se répandit presque aussitôt. Elle lui tourna le dos et se mit à sangloter. Elle devina qu'il se penchait sur elle. Il lui caressa les cheveux, l'embrassa sur la tempe, murmura son prénom. Elle consentit à se retourner. Il souriait.

— Qui t'a appris ça ?

— L'autre, celui qui m'a plaquée.

— Tu m'avais jamais raconté ça !

— Ces choses-là ne se racontent pas.

— On essaiera de nouveau tout à l'heure.

— Je ne peux pas, je ne peux pas, il ne faut pas, protesta-t-elle. Et si je tombais enceinte ?

— Tu sais, avec moi tu risques rien.

— Mon œil ! Juste de tomber enceinte !

Il éclata de rire.

— Je ferai marche arrière !

— Marche arrière ?

— Eh ben, l'homme se retire juste avant que…

— Tu l'as déjà fait ?

— Ben oui, je suis pas puceau. À vingt-cinq ans, ça la foutrait mal.

— Et si ça ne marche pas ?

— T'inquiète ! Un sous-marinier, ça sait refaire surface ! Alors, qu'est-ce que t'en dis ?

— Non, pas aujourd'hui. Maintenant j'ai peur.

— Dimanche prochain ?

— On ne pourra pas. J'aurai… je ne serai pas… je vais avoir…

— Ah oui, pigé. Dimanche après, alors ?

— S'il ne pleut pas et s'il ne fait pas trop froid. On sera le 8 novembre, quand même.

— On pourrait aller à l'hôtel.

— Oh ça, jamais ! Il n'y a que les putains qui vont à l'hôtel.

— D'accord, ma Joséphine, on attendra. On est plus à quelques semaines près, puisqu'on s'aime.

— C'est vrai, tu m'aimes ?

— Puisque je te le dis !

Le dimanche 8 novembre, Joséphine n'entendit pas la moto pétarader. Elle attendit plus d'une heure, en jetant des regards éperdus vers la rade. Son amoureux était-il à bord de son sous-marin ou dans la forêt de chênes-lièges avec une autre ? C'est fini, songea-t-elle, ils sont tous pareils. Ou bien alors, c'est moi qui les fais fuir ? J'aurais dû le laisser aller jusqu'au bout. Pourtant, je lui avais promis que ce serait pour aujourd'hui. Elle se rappela l'excuse que son père avait inventée quand Armand avait cessé de lui écrire : une punition, aux arrêts, privé d'autorisation de sortie. Il faudrait être bien bête pour y croire une deuxième fois. Non, c'était fini. En choisir un autre parmi les photos et recommencer ce simulacre d'amour ? Ah non, merci bien ! Plutôt se faire bonne sœur ! se moqua-t-elle d'elle-même, comme on se griffe jusqu'au sang, de rage et de dépit.

Elle fut de retour à l'appartement avant l'heure du thé.

— Oh oh oh ! Ton fiancé n'est pas venu ? lui demanda Simon Libermann.

Il était guilleret en disant cela, et Joséphine trouva que ce n'était pas gentil de sa part.

— Non, il m'a posé un lapin, répondit-elle sèchement.

— Je crois qu'il a une bonne excuse. Radio-Londres vient d'annoncer que les Alliés ont débarqué en Afrique du Nord. Tous les équipages doivent être consignés.

— Vous croyez ?

— C'est plus que probable.

— Alors ce n'est pas de sa faute ? Ça change tout !

— Oui, ça change tout pour ton rendez-vous manqué, dit Simon Libermann sombrement, et ça risque de changer beaucoup de choses pour nous. Les Allemands ne vont pas rester les bras croisés.

— Ah ?

Le 11 novembre, les Allemands envahirent la zone libre. L'accès au port fut interdit. Pendant deux semaines, le sort de Toulon, unique enclave non occupée de la France, demeura indécis. Les Libermann renoncèrent à sortir de l'immeuble. Au-dehors, en faisant les courses, Joséphine recueillait des rumeurs que Simon Libermann essayait de recouper avec les nouvelles entendues à la radio. Le 26 novembre, la rumeur signalait des mouvements de troupes et de blindés allemands et italiens entre Bandol et Sanary.

Dans la nuit du 26 au 27, ils furent réveillés par des grondements de moteurs et le sinistre cliquetis de chenilles de chars. Emmitouflés dans leurs robes de chambre, les Libermann et Joséphine se mirent au balcon. Des avions lâchèrent des fusées éclairantes au-dessus de la rade. La Wehrmacht et les blindés attaquèrent la base. Il y eut des rafales de mitrailleuses et des tirs de canons, et puis des détonations sourdes que couvrait par instants le vrombissement des avions.

Le silence revint vers sept heures. Les gens gagnaient des rues hautes d'où contempler le spectacle de désolation. Des volutes de fumée noire et de vapeur mélangées montaient de la rade.

— La flotte s'est sabordée, dit Simon Libermann. Si tous ces navires avaient rejoint l'Afrique du Nord...

Joséphine fondit en larmes.

— Et les marins ? Ils sont noyés ?

— Bien sûr que non. Toutes les précautions ont sûrement été prises.

— Ça ne change rien, alors ?

— Oh que si ! Il n'y aura plus de marins à Toulon, et nous aurons les Allemands à leur place.

Le lendemain, Joséphine alla aux nouvelles. De grands navires couchés sur le flanc et à moitié immergés fumaient encore, et fumeraient pendant plusieurs jours. Elle vit ses premiers soldats allemands, une rencontre sinistre et irréelle. Dans un café, elle entendit dire que cinq sous-marins avaient réussi à s'échapper. Leurs commandants n'avaient pas respecté l'ordre de sabordage. Les cinq bâtiments avaient appareillé sous les tirs et s'étaient faufilés dans les champs de mines magnétiques. L'un des cinq était le *Glorieux* ! Tout espoir n'était donc pas perdu de revoir son Lili. Mais il ne fallait pas se bercer d'illusions : les sous-marins s'étaient échappés pour rejoindre les Alliés et faire la guerre. Lili allait courir de grands risques. Le *Glorieux* pourrait bien être coulé. Et avec la chance que j'ai, se dit Joséphine, mon Lili mourra noyé. Elle accepta cette perspective, anticipant le cruel stigmate de l'inéluctable, qui vous élève au rang des titulaires d'un tragique destin et vous vaut à jamais le respect des gens épargnés par les dieux. Ce fut comme si elle se résignait au sort de veuve de marin, sans avoir été mariée, ni même possédée. Elle regretta de s'être dérobée. À défaut d'avoir été une épouse, elle aurait au moins été faite femme.

Gisaient au fond de l'eau, dans les épaves fumantes, et naviguaient en plongée, vers l'Afrique du Nord, ses amours passées et ses amours à venir.

Joséphine se poignarda le cœur avec l'amère volupté des élus de l'infortune : elle avait perdu ses marins et se persuada qu'elle n'en retrouverait jamais aucun.

Les Allemands et les Italiens se partagèrent l'occupation de la zone sud, qui passa sous l'administration de Vichy. Toulon fut inclus dans la zone italienne. Simon Libermann s'en réjouit.

— Les fascistes italiens sont forts en paroles, mais beaucoup moins en actes. À l'égard des Juifs, ils sont moins féroces que les nazis.

Il était vrai, jugea Joséphine, qu'ils semblaient plus rigolos que méchants, avec leurs drôles de chapeaux à plumes. De fait, fin 1942, les occupants protestèrent lorsque Vichy, à la botte des Allemands, décida de rafler les Juifs étrangers dans la zone d'occupation, y compris en Corse.

— Nous sommes français, dit Simon Libermann, mais on ne sait jamais… Nous limiterons au maximum nos sorties…

Pour préserver leurs prérogatives, ou parce qu'ils étaient moins antisémites que les nazis, les Italiens emboîtèrent mollement le pas à Vichy. Dans leur zone, ils arrêtèrent un petit nombre de réfugiés juifs étrangers et les assignèrent à résidence dans différentes villes – Digne, Vence, Barcelonnette, Castellane, Moustiers-Sainte-Marie –, ce qui n'était pas leur faire grand mal. Les Allemands ne cessaient de réclamer qu'ils les leur livrent. Les Italiens auraient-ils fini par céder si les Alliés n'avaient pas débarqué en Sicile, progressé en Italie et provoqué la chute de Mussolini ? Le 3 septembre 1943, l'armée italienne capitula, l'armistice fut signé le 8, les Allemands enlevèrent Mussolini sur l'île de Ponza, où il était détenu, et instaurèrent le pouvoir fantoche d'une république fasciste limitée au nord de l'Italie. En France, les Allemands prirent le contrôle de la zone italienne. Dans la confusion, certains soldats italiens regagnèrent leur pays, quand d'autres, en Provence, furent désarmés et envoyés en Allemagne dans des camps de prisonniers.

Pour ajouter de la misère à la misère, en avril 1943, Tad Bonizec avait quitté ce monde, tranquillement. « Et Mamm Bonizec n'est plus très vaillante non plus », avait écrit Guillemette à Joséphine. « En général, dans les vieux couples comme eux, le deuxième n'est pas loin derrière le premier. » En effet, Mamm Bonizec mourut six mois plus tard. Joséphine fit comme pour Tad : elle expédia un mandat pour un service et messe et, mi-octobre, un autre mandat pour fleurir leur tombe de chrysanthèmes le jour de la Toussaint. Ils avaient été des grands-parents merveilleux, autant et probablement plus que des vrais.

Joséphine se perdait dans les analyses politiques de Simon Libermann, mais elle comprit sans difficulté qu'il avait raison de dire qu'avec les Allemands, la Gestapo, Vichy et ses milices Hyères n'était plus un refuge très sûr pour des Juifs, fussent-ils français. Mais c'était à croire que Simon Libermann avait tout prévu.

L'appartement avait été acheté sous le couvert d'une société civile immobilière au nom très peu compromettant, SCI des Genévriers, et il aurait fallu fouiller dans les statuts et les actes notariés pour découvrir que les détenteurs de parts portaient un nom bien caractéristique.

— Il n'empêche qu'il vaut mieux être prudents, dit Simon Libermann. Voilà ce que nous allons faire… La société va te consentir un bail en bonne et due forme et tu seras notre locataire. Si par hasard on te demande où sont les propriétaires, tu diras que tu ne le sais pas. Et nous, ajouta-t-il avec humour, nous allons nous assigner nous-mêmes à résidence, définitivement. Nous ne pouvons pas courir le risque d'avoir à montrer nos papiers. Je ne pense pas que nous soyons consignés bien longtemps. Les Allemands reculent partout en Russie, les Alliés finiront par prendre l'Italie et débarqueront un beau jour en France… En attendant, faisons le mort !

— Simon ne s'est jamais trompé, dit Rachel Libermann d'un ton badin, c'est bien pour ça que nous sommes toujours en vie.

Malgré ces précautions, Joséphine connut l'angoisse des gens traqués. Dans les boutiques, elle redoutait toujours qu'on lui pose des questions ; dans la rue, que la police l'interroge – et exige de visiter l'appartement ! Il fallut se serrer la ceinture, se nourrir à trois sur les tickets d'alimentation d'une seule. Heureusement, il y avait le marché noir, où Joséphine s'approvisionnait de temps en temps, dans l'arrière-boutique de commerçants qu'elle connaissait depuis le mois de mai 1940. Elle continua d'aller à la banque une fois par mois, négocier un bon du Trésor. Elle ne rapportait pas aux Libermann les terribles histoires qui lui revenaient aux oreilles, à propos de rafles, de gens mis dans des trains comme du bétail, de résistants fusillés…

« Tout est calme, disait-elle.

— Ah, ma Rachel, nous allons être sauvés ! se réjouissait Simon Libermann. Et toi aussi, ma Joséphine ! Parce que si nous étions arrêtés… Héberger des Juifs, tu serais foutue. »

L'angoisse de Joséphine redoubla. Le temps ne passait pas, comme quand on attend devant une casserole que le lait bouille. Il semble ne pas vouloir bouillir, mais si on tourne le dos une seconde il vient au feu.

Enfin, le 6 juin, les Alliés débarquèrent en Normandie et, le 15 août, en Provence. Dès le 18 août, Toulon fut encerclé par les troupes du général de Lattre de Tassigny, et une bataille acharnée commença, qui allait durer jusqu'à la capitulation de l'amiral allemand commandant la base, le 27 août. Le 28 août, les vainqueurs défilaient boulevard de Strasbourg, sous les banderoles *Welcome* et dans la liesse générale.

Pour Joséphine et ses Juifs, la guerre était terminée.

Ils décidèrent de demeurer pendant le mois de septembre à Hyères, jouir de leur liberté retrouvée. Début octobre, ils prirent tous les trois le train pour Paris. L'atelier et l'appartement avaient été confisqués. L'atelier était condamné par des planches, l'appartement occupé par une famille de bons Français. Simon Libermann n'en fut pas le moins du monde étonné – il avait réservé deux chambres dans un hôtel de la rue de Montyon – et le prit à la rigolade :

— À partir de maintenant, c'est une autre guerre qui s'engage : faire valoir nos droits ! Ce ne sera pas une mince affaire, je le crains.

Ils avaient de l'argent, ils possédaient l'appartement d'Hyères, quelle que soit l'issue de ce combat ils étaient assurés d'une vieillesse sans souci pécuniaire.

— Et toi, Joséphine, que vas-tu faire ? Tu peux rester à notre service si tu veux, mais ce n'est pas une situation. Il faut que tu ailles de l'avant.

— Je vais rentrer en Bretagne.

— En Bretagne ? C'est une ineptie ! On va crouler sous le travail, à Paris ! Il faut monter ton affaire, nous t'aiderons.

— Non, je vais rentrer chez moi.

— Tu crois que ton sous-marinier t'attend là-bas ?

— Oh non ! Il doit être noyé, pour maintenant.

— Tu vas chercher un autre marin, alors ?

— Les marins ne veulent pas de moi, je crois.

— Eh bien alors un paysan, un coiffeur, un facteur, un homme, n'importe lequel !

— N'importe lequel, sûrement pas. Je ne sais pas… Je me demande… Je ne vais pas chercher toute ma vie… On peut très bien rester toute seule…

Abandonnée par ses amours rêvées et repue de toutes ces années extraordinaires, elle avait envie de revoir ses parents et ses sœurs, elle se languissait du calme de Trezaraden. À trente ans, elle aspirait à prendre sa retraite d'aventurière.

Les Libermann la conduisirent en taxi à Montparnasse. Ses nombreuses valises, remplies de vêtements, avaient été enregistrées en bagages accompagnés. Les adieux furent poignants.

— C'est triste de pleurer alors que tout finit si bien, dit Rachel Libermann.

— Ce n'est qu'un au revoir, Joséphine, plaisanta Simon Libermann. Tu reviendras nous voir.

— Ou bien vous viendrez dans le Cap !

— Pourquoi pas ? dit Rachel.

— En tout cas, si tu changes d'idée et veux retrouver un travail dans le Sentier, tu peux compter sur nous.

Il lui remit une enveloppe.

— Tu l'ouvriras dans le train...

— Je vous écrirai, dit Joséphine.

— On y compte bien !

Un cheminot vérifiait la fermeture des portières. Joséphine monta dans un compartiment de deuxième classe, où il n'y avait qu'une dame, abaissa la vitre, se pencha et tendit la main. Les Libermann se haussèrent sur la pointe des pieds pour effleurer ses doigts et suivirent le départ du train, en trottinant à petits pas de vieilles personnes qui rusent[1] par terre des chaussons trop grands pour elles. La rame prit de la vitesse, le quai disparut et le wagon serpenta à la suite de la locomotive dans le dédale des aiguillages et des signaux lumineux.

Joséphine s'assit et s'essuya les yeux. La dame en vis-à-vis lui sourit et lui demanda :

— Vous allez jusqu'à Quimper ?

Joséphine opina.

— Moi aussi, dit la dame, nous allons pouvoir nous tenir compagnie.

Joséphine ouvrit l'enveloppe. Elle contenait un certificat de travail rédigé sur papier à en-tête de la Manufacture Saint-Martin, Tricots & Chemises de Luxe :

1. Du verbe ruzañ, glisser, frotter.

Je, soussigné, Libermann Simon, industriel, certifie avoir eu à mon service, d'abord en qualité de responsable de la fabrication et du service clientèle, ensuite en qualité de gouvernante de Madame Libermann Rachel et de moi-même, pendant cinq années (de 1939 à 1944), Mademoiselle Gwenan Joséphine.

Malheureusement, la fermeture des ateliers pendant l'Occupation et l'impossibilité de les rouvrir à la Libération m'ont contraint à ne pas reprendre d'activité industrielle. Madame Libermann Rachel et moi-même aurions volontiers gardé Mademoiselle Gwenan Joséphine à notre service comme gouvernante, mais elle a fait le choix de quitter Paris et de regagner sa Bretagne natale.

Mademoiselle Gwenan Joséphine peut être considérée comme une employée modèle, loyale, sérieuse, honnête et d'un dévouement des plus absolus. Je veux la citer en exemple et c'est avec beaucoup de peine que Madame Libermann Rachel et moi-même vivons notre séparation d'avec celle qui aura été pendant toutes ces années plus qu'une employée : une amie que nous chérissons.

En foi de quoi, le présent certificat de travail est délivré pour servir et valoir ce que de droit.

Établi à Paris, le 20 octobre 1944.

Simon Libermann

Joséphine réprima un sanglot. La dame du compartiment se méprit, dut croire que Joséphine tenait en main une lettre de rupture ou l'annonce d'un décès.

— Qui n'a pas ses malheurs, au jour d'aujourd'hui… soupira-t-elle.

Joséphine tourna la tête vers le paysage en fuite, ce verso lépreux d'immeubles décrépis, cet envers du décor des vieilles rues du 14e arrondissement, de ces rues parisiennes qu'elle avait tant aimées et qu'elle ne reverrait plus.

Le certificat de travail, point d'orgue de ces années extravagantes, l'emplit de la fierté du devoir accompli et des mérites reçus. Quel devoir ? Celui d'avoir marché dans les traces de son père, vers l'aventure ? Quels mérites ? Celui d'avoir osé le faire, et puis quoi encore ? N'ayant pas dépensé un sou pendant les quatre années sur la Côte d'Azur, le mérite de rentrer au pays nantie d'économies substantielles, une petite fortune en bons du Trésor ? Sur le reste, elle avait échoué. Elle revenait sans son marin. Peut-être que Lili Quiviger, s'il avait survécu, lui donnerait de ses nouvelles. À Beuzec-Cap-Sizun il n'y avait qu'une Joséphine Gwenan, ce ne serait pas bien difficile de la retrouver. Elle aussi, d'ailleurs, pourrait chercher à avoir de ses nouvelles. Des Lili Quiviger, sous-mariniers à bord du *Glorieux*, il ne devait pas y en avoir trente-six, à Lilia-Plouguerneau. À cet instant, elle n'aurait pu jurer qu'elle le souhaitait vraiment. Le passé risque d'avoir un goût de refroidi quand on le ressuscite, alors que, soigneusement couvé sous l'édredon de la nostalgie, il vous tient bien au chaud toute la vie.

Si par extraordinaire Lili Quiviger resurgissait du fond de l'eau avec de bonnes intentions, ce serait tant mieux. Elle laisserait le destin s'accomplir. Quant à elle, sauf coup du sort, sa quête était bel et bien finie.

Ce jour-là, dans le train de Quimper, elle reporta son amour des marins sur les marins qu'elle espérait pour ses sœurs.

TROISIÈME PARTIE

Les marins des sœurs de Joséphine

13

Marie-Morgane était aussi intelligente que belle. L'instituteur du bourg lui fit passer l'examen des bourses, qu'elle obtint haut la main, après quoi elle exigea d'aller en pension au lycée Brizeux de Quimper. Une fille ordinaire aurait été angoissée de partir, pas Marie-Morgane la déesse. Une fille timorée aurait exigé de revenir tous les dimanches à la maison, pas Marie-Morgane l'indépendante. Elle se situait au-dessus des liens familiaux, n'exprimait ni amour filial ni affection sororale, écoutait ses sœurs bavarder, commérer et se chamailler à l'occasion, sans commentaire, sauf l'esquisse d'un sourire dont on ne savait s'il était d'amusement ou d'affectation. Elle ne se réjouissait pas de grand-chose, sinon des cadeaux qu'elle choisissait elle-même – une paire de chaussures ou une veste à la mode, ou encore un livre de la Bibliothèque verte à ses débuts de lectrice assidue, puis à l'adolescence des grands romans, comme ceux des sœurs Brontë, avec une nette préférence pour *Les Hauts de Hurlevent*, d'Emily, bien qu'elle relût aussi régulièrement *Jane Eyre*, de Charlotte.

Marie-Morgane ne se plaignait jamais de quoi que ce soit. Elle ne prononçait jamais un mot grossier. Ces petites misères du corps que sont par exemple la diarrhée ou la constipation, sujets de conversation récurrents dans les campagnes, qui forcent la matérialisation d'images dégoûtantes et vous ravalent au rang d'animal, ne semblaient pas la concerner. Attrapait-elle un rhume ou une angine qu'elle en paraissait plus froissée que souffrante.

« Marie-Morgane n'est pas une personne humaine, s'émerveillait Guillemette, c'est un ange descendu du ciel. »

Elle était aimée de ses parents, ô combien, comme un être parfait. Elle était naïvement adulée par des sœurs non moins adorables. Dans bien d'autres familles, elle aurait été traitée de pikez, de bêcheuse ou de mijaurée, par des sœurs moins clémentes ou plus clairvoyantes. Seul son père s'irritait parfois, et très prudemment, hors sa présence, de ne pas pouvoir capter l'attention de cet ectoplasme supérieur, indifférent à ses récits guerriers, y compris à son épopée des Dardanelles – une offense majeure !

« On dirait que rien ne l'intéresse, à Trezaraden, bougonnait-il.

— De quoi tu te plains ? répliquait Guillemette. Elle est méchante avec nous ? Sûrement pas, elle est gentille comme tout. C'est son caractère de ne pas participer à la vie comme les autres. Tu vois bien qu'elle préfère lire ou rêver. »

L'ange remonta au ciel – disparut au pensionnat étudier le latin et le grec, le français et l'anglais, les sciences naturelles et les mathématiques, la physique et la chimie. Ses bulletins témoignaient de ses capacités. Elle était presque toujours dans les cinq premières. On lui prédisait un grand destin, médecin ou pharmacienne, puisque aussi bien, à Trezaraden, juste en dessous de la marine, venaient les professions de santé, dans la hiérarchie du prestige.

Les dimanches où elle condescendait à rentrer, elle reprenait chair pendant quelques heures, consentait à répondre aux questions de ses sœurs, pour leur montrer très vite, en ne répondant plus que par oui ou par non, qu'elles la lassaient. Le soir ou le lendemain, elle redevenait évanescente, s'élevait peu à peu vers son Olympe et s'évanouissait de nouveau dans les gaz d'échappement du car qui la ramenait à Quimper.

Elle parvint sans heurts jusqu'en classe de troisième. Au milieu de l'année scolaire, en février 1942, l'instituteur du bourg vanta à Jos et Guillemette les avantages du concours d'entrée à l'école normale, auquel elle serait admise, il n'en doutait pas. Au bout des quatre années d'études, elle aurait un métier prestigieux, un bon salaire de fonctionnaire, un logement gratuit, les vacances, la retraite à cinquante-cinq ans et toutes les chances de rencontrer, pendant les stages, un homologue normalien qu'elle épouserait. Un couple d'enseignants, c'est le bonheur assuré et Byzance du côté du porte-monnaie. Jos et Guillemette acquiescèrent par politesse. Ils n'allaient tout de même pas dire à l'instituteur qu'ils visaient plus haut que ça, pour leur Marie-Morgane. D'ailleurs, elle refusa tout net. Elle voulait continuer en seconde au lycée, passer ses deux bacs et aller à l'université. Ils s'en félicitèrent. Germaine et Yvonne aussi. Joséphine aurait sûrement été d'accord, si on avait pu lui demander son avis. Mais elle était avec ses Juifs dans le Midi et c'eût été trop long de lui écrire et d'attendre la réponse.

Deux ans plus tard, en 1944, Marie-Morgane fut collée au premier bac. Jos et Guillemette furent véritablement ulcérés d'être dans l'obligation de répondre au voisinage, quand on les interrogeait – avec malignité, car souvent la rumeur avait déjà apporté la réponse aux questionneurs –, que la perle du Cap avait échoué. Ils feignaient de le prendre avec philosophie.

« Bah ! Elle a réussi avec tellement de facilité jusqu'à maintenant qu'elle peut bien se permettre un faux pas… »

Germaine et Yvonne, par solidarité avec leurs parents, clamèrent leur déception, tout en éprouvant la tentation de s'en réjouir secrètement.

— Si on était jalouses d'elle, on dirait que ça va la faire redescendre sur terre, osa Germaine.

— Oui, mais ce ne serait pas bien, protesta Yvonne.

— Oh non, pas bien du tout ! Mais personne ne pourrait nous reprocher d'en avoir eu l'idée…

Elles qui n'arrêtaient pas de jouer de malchance ne pouvaient pas s'empêcher de penser que c'était bien le tour de Marie-Morgane de manquer de chance. Ce qu'elles appelaient leur malchance : après leur certificat d'études, un mélange de pusillanimité et d'attentisme au moment où elles auraient dû suivre l'exemple de Joséphine, oser quitter Trezaraden pour aller travailler à Douarnenez ou à Quimper, voire plus loin encore ; avoir préféré suivre le train-train de la ferme, s'occuper de Tad et Mamm Bonizec, traire la vache, et gagner un peu de sous de temps en temps en faisant des extras au restaurant du bourg ou à Pont-Croix ; et puis la guerre, une vraie malédiction cette fois, à l'âge où elles auraient dû fréquenter, se marier et s'installer dans la vie : la plupart des jeunes hommes prisonniers en Allemagne ou confinés sur leurs bateaux à Toulon et en Afrique du Nord, et les rares garçons encore présents parfaitement invisibles, soit parce qu'ils avaient pris le maquis, soit parce qu'ils fuyaient la côte, zone interdite et grouillant de patrouilles allemandes, de peur de se faire ramasser pour le STO. Alors, l'échec de Marie-Morgane au premier bac tendait à équilibrer un peu les deux plateaux de la balance, chance de l'une et malchance des deux autres.

« N'empêche que c'est la seule fille du Cap à être allée jusque-là, se targuait Jos.

— Oh on ne les connaît pas toutes ! bémolisait Guillemette.

— Quoi ? T'en vois d'autres, toi, des filles du coin de son niveau ? En tout cas, même si elle n'est pas la seule, il ne doit pas y en avoir beaucoup d'autres ! »

On pardonna à Marie-Morgane cet accident de parcours. Il fallait bien considérer que l'examen était difficile, un élève sur deux était collé, elle l'avait dit elle-même, et ce fut d'ailleurs la seule explication qu'elle voulut bien donner à son échec, avant de s'enfermer de nouveau dans sa bulle d'indifférence. On se consola rapidement : elle serait reçue l'année prochaine et aurait son deuxième bac l'année d'après.

On se consola d'autant plus vite que le loupé de Marie-Morgane fut estompé par deux événements considérables. D'abord, la libération de la Bretagne dans la foulée de la percée d'Avranches, l'avance foudroyante de l'armée américaine, la prise de Brest en septembre 1944 et les Allemands faits comme des rats à Lorient et Saint-Nazaire. Ensuite, à la fin du mois d'octobre, l'arrivée des malles de Joséphine, qui précédèrent de trois jours son retour au bercail.

Elle demanda au chauffeur de taxi de la laisser à moitié route de la départementale et de Trezaraden. Bien avant le hameau, elle pleurait déjà, comme si le vent lui frottait les yeux pour effacer les images de Paris et de la Côte d'Azur afin que s'y reflète à neuf son paysage natal, les bosquets de pins maritimes et les aplats de lande, les ardoises des toits luisant comme des pierres polies, le trait ocre de la bruyère roussie à la crête de la falaise, le ruban bleu-vert de l'océan et le contour imprécis de la presqu'île de Crozon dans la brume d'automne.

Jos serra Joséphine dans ses bras et ses yeux s'embuèrent. Guillemette essuya les siens avec son tablier.

— Ma ! Si c'est pas triste de voir un homme pleurer ! dit-elle.

Sa voix brisée déclencha une crue générale de larmes de bonheur. Les sœurs s'embrassèrent.

— Vous avez grandi ! dit Joséphine.

— Toi aussi, on dirait que tu as grandi ! répondirent Germaine et Yvonne.

— Grossi on n'a sûrement pas fait ! plaisanta Guillemette. Avec les restrictions…

Marie-Morgane, le dimanche suivant, accorda à son aînée un grand sourire de bienvenue.

Joséphine reprit possession de sa chambre mais, quand elle fit part de sa décision de s'installer comme couturière à domicile, tout le monde s'accorda à dire que la meilleure solution serait qu'elle transforme le logement de Tad et Mamm Bonizec en atelier. Elle y emménagea dès le début de 1945. Encadré, le certificat de travail de Simon Libermann fut accroché au mur, bien en vue, à côté de la psyché où les clientes se mireraient.

— Je sais pas si tu vas réussir à gagner ta croûte, dit Jos.

— Sûrement que si ! rétorqua Guillemette. Les bonnes couturières sont recherchées.

— N'importe comment, avec ce que j'ai de côté, j'ai de quoi m'assurer une petite rente.

Elle montra les bons du Trésor, quatre années de salaire, une vraie fortune. Elle expliqua le mécanisme des renouvellements, les intérêts que la banque versait à cette occasion, et le capital qui restait le même.

— Tu fais mentir le proverbe, dit Jos. Pierre qui roule amasse de la mousse, faut croire.

— Je ne serai pas à votre charge.

— Oh j'ai jamais eu peur de ça ! Je sais bien que vous êtes toutes des travailleuses.

Pendant plusieurs semaines Joséphine dama le pion à son père sur le chapitre des récits d'aventure. Paris, le Sentier, les Juifs, la Côte d'Azur, Toulon, le sabordage de la flotte, les Italiens, le débarquement en Provence, la libération de Toulon... Elle en avait tellement à raconter que c'était tout juste si l'on trouvait le temps de porter sa fourchette à sa bouche, au cours des repas. Malgré les questions pressantes de ses deux cadettes, elle n'avoua aucune tocade, pas la moindre amourette.

— Pourtant, avec tous ces marins, à Toulon...

— L'appartement de mes Juifs était à Hyères, et puis je travaillais, je n'avais pas le temps de sortir...

Germaine et Yvonne n'y croyaient qu'à moitié. Guillemette pas du tout.

— Tu nous caches quelque chose !

— Non, je vous assure ! protestait Joséphine.

Elle pensait aux photos, cachées dans une enveloppe cachetée, sous sa lingerie intime, dans l'armoire. Il lui en coûtait de ne pas les montrer à ses sœurs, de ne pas se glorifier du statut de fiancée maudite d'un sous-marinier disparu, mais plusieurs obstacles l'inhibaient, embrouillés et contradictoires.

Un jour elle se disait que sa gloire serait encore plus grande si Lili donnait de ses nouvelles et débarquait un beau jour à Trezaraden. Elle imaginait la scène. Yvonne et Germaine lui secoueraient les puces et lui diraient : « Tu n'as pas honte de nous avoir caché ça ? Oh, la vilaine ! », et elles riraient toutes les trois comme des folles.

Le lendemain, elle envisageait l'apothéose du tragique. Elle recevait un télégramme (de qui, mystère ! et peu importait) l'informant que Lili était mort au combat, et alors elle disait, d'une voix endeuillée : « Voilà, maintenant je peux bien vous le dire, je devais me marier avec un sous-marinier, un Lili de Lilia-Plouguerneau, et la mer me l'a pris. » Ô cruel destin de la pauvre fille à qui les dieux refusent la main d'un marin !

Le surlendemain elle songeait que si par malheur elle révélait son secret et que son Lili ne refaisait jamais surface, ni vif ni mort, au lieu de la gloire du bel amour ou de l'apothéose tragique, ce serait la calamité de l'apitoiement de ses sœurs sur le triste sort de leur aînée, vouée au statut honteux de la fille incapable d'être aimée. Mieux valait se taire et s'affubler gaiement – en apparence – du voile de vierge farouche trop difficile pour trouver chaussure à son pied.

Son martyre, librement consenti dans l'enthousiasme, serait de confectionner les robes de mariée de ses trois sœurs.

14

En 1945, les deux cadettes n'avaient plus de temps à perdre. Germaine allait fêter son vingt-cinquième anniversaire et dans un an Yvonne coifferait sainte Catherine à son tour. Si la guerre et l'Occupation excusaient leur célibat, il n'empêche qu'à présent elles avaient hâte de convoler. Ni l'une ni l'autre ne se voyait, comme leur aînée, à trente et un ans encore vieille fille – une épithète qui malgré soi venait à l'esprit quand on songeait à l'âge de Joséphine et à son installation comme couturière à Trezaraden, ce qui équivalait à un retrait du monde de la séduction, des noces et de la maternité.

Pas plus romantiques que cela, elles ne rêvaient pas du grand amour mais de la reprise du déroulement, interrompu par la guerre, de leur destin ordinaire de filles à marier, dans lequel, à tout prendre, l'homme, qui est certes la pièce maîtresse d'un ensemble appelé « ménage », perd, au fil des ans, de son importance, au profit des enfants et des petits-enfants, et sur l'âge acquiert des manies à propos desquelles échanger avec les sœurs, cousines et amies, comme on parle d'un vieux chat grignous[1] qui se plaint du poids de son

1. Pleurnichard.

ombre, réclame de la cajolerie, jusqu'à ce qu'on lui prodigue les soins ultimes, la toilette des morts, et qu'il trône, souvent assez précocement, sur l'autel des chers disparus, lavé de ses défauts et auréolé de ses qualités ressuscitées. Bref, Germaine et Yvonne étaient de ces futures épouses de qualité, à qui on pouvait faire confiance : elles seraient d'excellentes ménagères, gaies et dévouées, pas chicaneuses pour un sou, et vaillantes jusqu'au bout de la vie.

Unies comme deux doigts de la main et complices en tout, elles redoutaient la turpitude du hasard des rencontres individuelles susceptibles de briser le couple qu'elles formaient. Aussi ne sortaient-elles jamais l'une sans l'autre pour conjurer le mauvais sort de la loterie des cœurs, qui pourrait bien faire que l'une se marierait avant l'autre.

Les derniers prisonniers étaient rentrés, dans le Cap les mariages se succédaient de samedi en samedi, et Germaine et Yvonne ne chômaient pas, qui faisaient extra sur extra comme serveuses au restaurant du bourg.

En début de soirée des samedis de repas de noces, après avoir débarrassé et repoussé les tables et les chaises le long des murs et installé l'estrade pour les musiciens, les deux sœurs se changeaient, se recoiffaient, se permettaient une touche de rouge à lèvres et se mêlaient aux invités, d'autant plus bienvenues que leur sœur Joséphine, souvent, avait confectionné la robe de la mariée. Finalement, elles étaient un peu de la noce, à ce titre.

La salle était ouverte à tous, on y gagnait de l'entrain et de l'ambiance. Des troupes fraîches de jeunes filles du coin venaient diversifier le choix des garçons à qui leurs cavalières n'avaient pas eu l'heur

de plaire. Des gars du coin en pleine forme venaient suppléer au vide laissé par les gars de la noce qui avaient trop tiré sur la bouteille et n'étaient plus capables de danser, quand ils ne cuvaient pas leur vin adossés au mur de l'église ou allongés dans un pré.

Un samedi de juillet, deux gars d'une noce dont Germaine et Yvonne avaient servi les plats, deux bons copains, Lucien Jégou et Jean-Louis Kerloc'h, se trouvaient dans un état intermédiaire : pas saouls, juste assez gais pour avoir le baratin facile.

À cette différence près que Lucien paraissait plus grand à cause de sa minceur, tandis que Jean-Louis était carré de partout, ils se ressemblaient : yeux bleus rieurs, cheveux bruns coupés court, visage tanné des natifs de la côte et sous le costume civil la même dégaine chaloupée de probables matafs.

Ils avaient repéré les deux serveuses pendant le repas, et vice versa. Ils leur avaient demandé si elles restaient au bal – à question espérée, réponse positive, mais rendez-vous très informel, si bien que les deux sœurs furent agréablement surprises de se voir attendues. Les deux copains se ruèrent sur elles pour les inviter à danser un tango, comme s'ils les considéraient, déjà, comme chasse gardée. Dans la soudaineté de l'invitation, les deux cibles consentantes ne purent exercer leur choix. Chacune se glissa dans les bras de celui qui se trouvait devant elle : Germaine dans ceux de Lucien et Yvonne dans ceux de Jean-Louis. À la fin de la danse, elles reprirent leur place sur le banc des filles et s'interrogèrent mutuellement. Germaine avait plutôt un faible pour Jean-Louis et il se trouvait justement qu'Yvonne en avait plutôt un pour Lucien. Les deux gars avaient dû avoir la même conversation car, ô miracle, Jean-Louis invita Germaine et Lucien Yvonne.

C'est ainsi que dès cette deuxième danse, un paso doble, ils s'apparièrent pour la vie.

Ce samedi soir-là, les deux sœurs touchèrent le gros lot : deux copains simples et bons vivants, deux gars comme elles d'origine modeste, et deux marins de la Royale !

Ils s'arrangèrent pour que leurs conquêtes soient du retour de noce chez les parents de la mariée, un pennti sur la côte vers la pointe du Van. Tout en se promenant au bord de la mer, main dans la main, gentiment, sans privautés autres que des bisous dans le cou, on put causer, parler de soi.

Engagés à dix-sept ans, ils s'étaient connus à Brest, sur l'*Armorique*, avaient passé leur brevet élémentaire pour acquérir la spécialité de mécanicien, puis ils avaient eu la chance de naviguer ensemble sur les mêmes bâtiments, le *Bretagne*, bombardé par les Anglais à Mers el-Kébir, le *Strasbourg*, sabordé à Toulon, après quoi ils avaient été mis en congé d'armistice et se préparaient à rembarquer sur un croiseur, le *Georges-Leygues*, avec le grade de quartier-maître-chef.

Germaine et Yvonne mirent en avant les titres de gloire de la famille : Joséphine, qui avait travaillé à Paris et passé la guerre sur la Côte d'Azur, Marie-Morgane, qui était au lycée et allait faire de grandes études, et leur père, bien sûr, ce héros, dont le parcours stupéfia Lucien et Jean-Louis.

— Il a fait les Dardanelles ? Putain ! Un marin, un vrai de vrai ! On aimerait bien qu'il nous raconte ça.

Germaine et Yvonne se récrièrent :

— Le plus dur, ce sera de l'arrêter !...

On convint de se revoir le dimanche suivant.

À Trezaraden, l'ambiance changea. Déjà gaies de nature, Germaine et Yvonne riaient de tout et de n'importe quoi. Elles faisaient des mystères.

— Ma ! Il y a anguille sous roche ! prophétisa Guillemette.

— Oh oui, on dirait bien qu'elles sont amoureuses, dit Joséphine.

Les deux sœurs jouaient à cache-cache avec leur mère et leur aînée. Espiègles, elles laissaient échapper des bribes de sous-entendus, et plus Guillemette et Joséphine se montraient agacées – « Oh, restez avec vos cachotteries, si vous ne voulez rien dire ! » –, plus elles se sentaient amoureuses de leurs marins. Enfin, le mercredi, elles vendirent la mèche.

— Peuh ! Comme si on ne s'en doutait pas ! dit Joséphine.

— Tu n'es pas fâchée qu'on fréquente des marins ?

— Pourquoi je devrais être fâchée ?

— Ben, comme avec ton Armand ça a cassé…

— Ce n'est pas une raison pour que vous fassiez bonnes sœurs.

— Il faudra les inviter à Trezaraden, dit Guillemette, désireuse de pousser à la roue.

— Oh ils ne refuseront pas ! On leur a parlé de papa et ils ont hâte de le voir et de l'écouter raconter les Dardanelles…

Elles éclatèrent toutes les quatre de rire. Occupé à monter des hameçons sur une palangre devant la fenêtre de la cuisine, Jos n'écoutait pas vraiment la conversation, mais son oreille traînait…

— Quoi-quoi-quoi ? Les Dardanelles vous font rigoler ?

— Ne t'occupe pas de nous ! dit Guillemette.

— Qu'est-ce que vous mijotez ?

— Rien du tout, papa, dit Joséphine.

Les quatre femmes s'éloignèrent de la fenêtre et Guillemette chuchota :

— Arrangez-vous pour qu'ils viennent dimanche prendre l'apéritif. Et si tout se passe bien entre votre père et eux, on les invitera à rester manger. Je dirai que c'est à la bonne franquette, mais on préparera un peu plus…

Le dimanche matin, à l'arrêt des cars, les deux copains ne demandèrent pas mieux que d'aller prendre l'apéro chez leurs chéries. Ils avaient aussi l'âge de se caser et s'ils avaient trempé leur biscuit dans pas mal de tasses, jusque-là aucune ne leur avait vraiment donné envie que leur doigt reste coincé dans l'anse.

— Tu crois qu'on est déjà mordus, comme ça, d'un seul coup d'un seul ? demanda Lucien à Jean-Louis.

— Ben ouais, je crois bien. Et y a pas de honte à ça. On aurait pu plus mal tomber, non ?

— Sûr !

Deux belles filles de marin, gentilles et sages certainement, pas comme certaines qu'ils avaient connues ici et là. Si ça pouvait coller, ce serait formidable : ils deviendraient beaux-frères.

— Marrant, non ?

Main dans la main, les deux couples firent leur apparition dans la cour de Trezaraden. Guillemette et Joséphine jouèrent les innocentes.

— Ma ! Finalement, vous avez décidé de vous promener par ici ?

Germaine et Yvonne rayonnaient comme si elles venaient de dénicher un trésor. Jos sortit sur le pas de la porte, sourcils froncés.

— Ah ah ! On a de la visite ?

— C'est Lucien et Jean-Louis, claironna Germaine. On les a rencontrés au bal de noce, samedi avant.

— Ils sont tous les deux marins, papa !

— Royale ou commerce ?

— Royale.

— Ah ah !

Il tenta de leur broyer la main. Mais ces gars-là avaient des vraies paluches de largueur d'amarres, des vrais gants de cuir à l'intérieur des paumes, pas comme l'autre connard qu'avait ramené Joséphine, comment s'appelait-il déjà ? Armand, ouais, l'Armand, c'étaient des mains de fille qu'il avait, ce bureaucrate.

Les deux gars tenaient aussi la marée. Ils ne noyaient pas le Pernod et ne crachaient pas dessus. Soumis à un interrogatoire auquel ils s'étaient préparés, ils ne jouèrent pas les m'as-tu-vu et eurent la politesse de dire que Jos aurait beaucoup à leur apprendre, compte tenu de tout ce qu'il avait vécu.

— Vos filles nous ont dit que vous avez fait les Dardanelles…

— Ah, les Dardanelles !

— Plus tard, papa ! fit mine de le supplier Joséphine. Tout le monde a faim.

— Vous resterez bien manger avec nous ? dit Guillemette.

— C'est qu'on voudrait pas déranger…

— Quand y en a pour cinq y en a pour sept ! dit Jos.

— Alors, c'est de bon cœur…

Avant la fin du repas les trois hommes étaient à tu et à toi. Jos raconta les Dardanelles, Lucien et Jean-Louis le bombardement de Mers el-Kébir et le sabordage de la flotte à Toulon. Jos apprécia. Ces gars-là n'étaient pas des lopettes, ils avaient subi l'épreuve du feu.

— Joséphine a vu les bateaux coulés à Toulon, dit Guillemette.

— Ah bon ? s'étonnèrent les deux marins.

— Oh, tais-toi donc, maman, moi je n'ai pas vu grand-chose…

Elle avait frémi, quand ils avaient raconté comment ils avaient évacué le *Strasbourg*, pendant que les Allemands essayaient de pénétrer dans le port et que les artificiers armaient leurs mines… et qu'elle regardait la mitraille et les explosions du balcon, avec Simon et Rachel Libermann.

Dire qu'elle aurait pu rencontrer les deux gars à Toulon et les compter parmi sa collection de photos ! Ma ! Du bec'h[1] il y aurait eu, à Trezaraden, entre les trois sœurs ! Doux Jésus ! Heureusement que le bon Dieu ne l'avait pas voulu ainsi. À cet instant, elle faillit parler de Lili Quiviger, son sous-marinier disparu. Lucien et Jean-Louis l'avaient peut-être connu. Elle serait tout d'un coup la vedette de la conversation, Germaine et Yvonne en tomberaient sur le derrière, d'apprendre qu'elle avait eu une aventure à Toulon. Mais elle se tut.

En fin d'après-midi, ses sœurs raccompagnèrent leurs marins à l'arrêt des cars. Chacune s'isola avec son chacun pour échanger un vrai baiser d'amoureux. Ils ne se reverraient pas avant quinze jours. Cette fois, c'était bien convenu : ils viendraient déjeuner et, l'après-midi, Jos les amènerait à la pêche et priverait ainsi ses deux filles de leurs chéris pendant tout l'après-midi. Elles protestèrent pour la forme. La par-

1. Difficulté, embarras.

tie de pêche, c'était le test ultime. À vous torturer les nerfs.

Le dimanche d'après, les quatre femmes descendirent à Porzh-Brennig à l'heure du retour du canot. Elles surent tout de suite que Lucien et Jean-Louis avaient été adoubés, rien qu'à voir la mine réjouie des trois hommes légèrement kej[1].

Jos était hilare. Nom de Dieu, ces gars-là n'étaient pas des comédiens, qui auraient embarqué dans le canot juste pour caresser leur futur beau-père dans le sens du poil. Ils aimaient la pêche, et la pratiquaient ! Bien sûr, par rapport à l'expérience de Jos, ils avaient des lacunes, par exemple ils ne connaissaient pas la palangre bigoudène, mais ils étaient avides de leçons. Leur fonds d'histoires de pêches faramineuses était encore maigrichon, mais ils étaient curieux d'en entendre, et Jos en avait à raconter, par exemple cette histoire de daurades, en Côte d'Ivoire, dans sa jeunesse.

Son bâtiment relâchait à Abidjan, la maistrance en blanc faisait de la figuration chez le préfet aux colonies, les matelots avaient quartier libre. En se baladant sur la côte, il avait rencontré un grand Noir qui revenait d'un coup de pêche du bord, courbé sous le poids d'un sac de jute rempli de daurades.

— Le lendemain, je suis allé le zieuter de loin. Je savais pas s'il apprécierait que je reste planté derrière son dos. Nom de Dieu, il sort daurade sur daurade, et des pezh mell[2] ! Je fais ni une ni deux, je me procure une canne et un moulinet, des coquillages genre

1. Littéralement : mélange. Localement : éméché, sans doute pour avoir abusé des mélanges.

2. Des pièces énormes.

kouilhoù kezeg qui marchent bien par chez nous, et je me poste au même endroit, à cent mètres de lui. Rien, pas une touche ! Et l'autre qui continue de sortir daurade sur daurade ! Merde alors ! Je le voyais balancer des trucs clairs à la baille, et puis sa ligne à suivre... Le jour d'après, memes tra[1]. Bredouille comme la veille, je me décide à y aller voir de plus près. Ben merde alors, vous me croirez pas : le Noir découpait des bananes en rondelles et les balançait pour appâter. Et sur son hameçon, c'est ça qu'il accrochait : une rondelle de banane ! Et ça marchait du tonnerre de Dieu ! Qui aurait pu deviner ça ? Personne.

— Personne ! approuvèrent Lucien et Jean-Louis.

— On essaiera ! dit Jos.

Non seulement ces gars-là aimaient et connaissaient la pêche, mais en plus ils avaient du savoir-vivre. Ils avaient apporté à bord un panier en osier garni d'une bouteille de blanc et d'une bouteille de rouge, de pain frais et de pâté de tête acheté au passage chez le charcutier du bourg. Comme Guillemette avait de son côté préparé un casse-croûte, ce fut bombance à bord du canot, d'où l'état plutôt kej des trois compères, peut-être carrément badaouit[2], à bien observer leurs yeux brillants et leurs lippes humides, en l'occurrence absolument réjouissants, pour les quatre femmes. Hormis cette demi-cuite, ils ne rapportaient pas grand-chose : quelques lieus, plus trois bars de bonne taille, et Jos félicita ses deux arpètes pour leur habileté à les saisir sans se planter dans la main leurs putains d'épines dorsales.

Cette partie de pêche eut valeur de fiançailles, dont on se passerait. Jos n'en voyait pas l'utilité. Germaine

1. Même chose.
2. Étourdi, éméché.

et Yvonne avaient amené à Trezaraden les deux gars qu'il aurait aimé avoir comme fils. Soudain, tout allait pour le mieux dans le meilleur des mondes. Il restait le cas de Joséphine, mais bon, elle n'avait pas l'air malheureuse, et en vieillissant elle finirait bien par dénicher un vieux garçon ou un veuf dans les environs. Quant à Marie-Morgane, c'était une autre affaire : c'eût été l'offenser, la demoiselle, que de se préoccuper de son avenir.

Sauf prise de garde des deux pompons rouges, l'habitude des déjeuners dominicaux fut ratifiée par Jos. Les trois hommes mangeaient sur le pouce et si le temps le permettait sortaient en mer, et sinon, en cas de tempête à décorner les bœufs, ils allaient pêcher le bar et le lieu de la côte, au posé. Sous l'abri d'une roche en surplomb, ils saucissonnaient autour des bouteilles du panier du pêcheur raffiné. Il y avait là, déjà, dans l'adhésion enthousiaste des deux futurs à la partie de pêche et le renoncement des deux futures au pelotage amoureux dans les fougères sèches, une atmosphère matrimoniale.

Au mois de novembre, Joséphine suggéra d'accélérer le mouvement. Dans son esprit, c'était une façon de croiser les doigts. Ces deux marins tombés du ciel étaient un peu les siens, elle avait peur de les perdre, peur que ses sœurs ne soient, comme elle, larguées au dernier moment, bien que Lucien et Jean-Louis ne fussent pas des Armand.

Les deux gars étant de Douarnenez, les trois familles se retrouvèrent dans un restaurant de Tréboul pour un repas de fiançailles informel, et tout colla entre elles. Les futures belles-mères de Germaine et d'Yvonne travaillaient à l'usine Chancerelle. Le futur beau-père de Germaine était retraité de la marine marchande, celui d'Yvonne était matelot sur un chalutier côtier. La mer les réunissait, il ne restait plus qu'à unir les enfants. L'idéal, pour le symbole, plaisanta-t-on, eût été qu'ils se marient sur l'océan, bénis par un aumônier de la Royale. Basta ! N'importe quel curé ferait l'affaire pour régler ce qui n'était plus qu'une formalité. On décida que ce serait le samedi des Rameaux, qui tombait le 13 avril.

— On est pas superstitieux, dirent les fiancés en chœur.

— C'est un chiffre porte-bonheur, dit Joséphine. Il n'y a qu'à voir, les gens achètent plus de billets de Loterie nationale les vendredis 13.

Un mariage double s'imposait : les frais de ceux de Trezaraden seraient réduits de moitié. Et Joséphine confectionnerait deux robes de mariée d'un coup. Différentes ou identiques ? Du même modèle, décida-t-on après discussion. Pour deux sœurs, cela allait de soi, outre qu'il y avait le risque qu'une robe soit jugée plus jolie que l'autre. Toutes les deux en seraient chagrinées. Et la couturière aussi.

À partir de là, les soirées furent occupées à feuilleter les magazines – les précieuses archives de Joséphine ! –, qui ne quittèrent plus le bout de la table de la cuisine. Dans l'allégresse du choix du modèle, puis du tissu en fonction de ce qu'il y avait de disponible, Joséphine fut prise d'un coup de folie. Raisonné. Qui la tenaillait depuis qu'elle avait apporté les magazines de son atelier dans la cuisine : elle ne risquait plus de briller aux dépens de ses sœurs – de jeter une ombre de romantisme singulier sur leur bonheur somme toute ordinaire –, alors, pourquoi ne révélerait-elle pas son secret ?

Un soir après dîner, alors qu'ils étaient tous – sauf Marie-Morgane, qui ne rentrerait qu'à la Noël – réunis dans la cuisine, que les magazines étaient étalés sur la table et que les femmes papotaient tandis que Jos fumait sa pipe en écoutant la radio, elle y alla d'une touche allusive, comme pour susciter les questions corollaires qui la forceraient à des aveux complets.

— Pour un peu, soupira-t-elle, ce n'est pas un mariage double qu'on aurait eu, mais un mariage triple…

Sa mère et ses deux sœurs froncèrent les sourcils.

— Hein ? Qu'est-ce que tu racontes ?

— Oh, rien !

— Tss ! Tss ! Tss ! fit Germaine. Tu en as trop dit pour t'arrêter en route.

— Mais je n'ai rien dit.

— Tu nous prends pour des idiotes ? dit Yvonne.

— Oh à Toulon il a bien dû se passer quelque chose, dit Guillemette.

— Oh pas grand-chose…

— Et pour pas grand-chose tu parles de mariage triple ?

— J'ai fréquenté un marin, c'est tout.

— Un marin ? Ah, je savais bien ! dit Guillemette. Tu avais l'air drôle.

— Comment ça ? piqua Joséphine.

— Ben oui, un peu drôle, quoi, dit Germaine.

— Rêveuse, dit Yvonne. Amoureuse, quoi !

— Amoureuse !… N'importe comment, c'est pas allé jusqu'au bout, comme avec Armand.

— Quoi, il a cassé aussi ?

— Non. À cause de la guerre. À cause du sabordage de la flotte.

Jos dressa l'oreille et baissa la radio.

— Il est parti et je ne l'ai plus revu.

Les questions fusèrent.

— Comment il s'appelait ?

— Lili Quiviger.

— D'où il était ?

— De Lilia-Plouguerneau, dans le Finistère nord.

— T'as une photo de lui ?

— Ben, forcément !

Joséphine monta dans sa chambre, ouvrit l'enveloppe où elle cachait les photos, prit celle de Lili, puis, dans l'allégresse de la confidence si longtemps retenue, elle eut l'envie irréfragable de tout dire, de tout partager.

Elle étala les neuf photos sur la table et demanda, d'une voix ténébreuse de tireuse de tarots :

— À votre avis, c'est lequel ?

— C'est pas des photos du même ! s'étonna Germaine.

— Ben non. C'est mes amoureux.

Yvonne compta.

— Neuf ! Toi alors, tu caches bien ton jeu…

Jos se leva de son coin pour regarder les photos.

— Oh oh oh ! gloussa-t-il. T'as dû en briser, des cœurs !

— Oh sûrement pas neuf cœurs. Ils n'étaient pas tous sérieux.

— Quand même, dit Guillemette, quand même… T'as pas perdu ton temps, à Toulon.

— Alors, c'est lequel ? redemanda Joséphine.

Germaine et Yvonne pointèrent l'index sur les portraits avec la gourmandise de gamines hésitant entre des jésus en sucre et des rouleaux de réglisse.

— Celui-là… non celui-là… non, finalement celui-là…

— Perdu ! C'est lui, Lili.

— Ah bon ?

Ce n'était pas le préféré des deux sœurs.

— Chacune ses goûts.

Jos mit son grain de sel. Il regarda de plus près le nom sur le bâchis.

— Le *Glorieux*, c'est pas un des sous-marins qui ont ripé leurs galoches, quand la flotte s'est sabordée ?

— Ben si. Justement. Pour ça que je n'ai jamais su ce qu'il était devenu.

— Ça doit pas être bien dur de le savoir, dit Jos.

— Oh c'est pas la peine !

— Quand même, dit Guillemette, ce serait bien. Surtout si vous aviez parlé mariage...

— On comptait se revoir. Enfin, il l'avait dit.

— On va demander à Lucien et Jean-Louis, dit Germaine.

— Pas la peine d'attendre leur prochaine perme, dit Jos, je vais m'en occuper !

Sa Joséphine avait fréquenté un sous-marinier, un Breton de la côte, et qui plus est un héros, un résistant !

— Je m'en occupe dès demain. Je connais un gars au bourg...

Là-dessus, il alla se coucher, laissant le champ libre aux femmes pour évoquer ces émois du cœur féminin qu'on tait devant les hommes.

Et Joséphine raconta les rues du port, les marins rencontrés, et comment elle leur demandait leur photo et comment elle en avait choisi un, et bien choisi puisque ensuite il y avait eu la moto, les balades dans les forêts de chênes-lièges, mais pour finir le sabordage de la flotte et la fuite du sous-marin. Elle ne regretta pas d'avoir confié son secret : toute la famille sortait grandie d'un tel récit. Joséphine était Iseut et son Lili le Tristan de l'éternelle histoire d'amour.

Au matin, Jos se rendit au bourg voir un officier marinier qui avait pris sa retraite en juillet 1945 et en connaissait un rayon sur l'histoire de la flotte pendant la guerre. Ce fut vite réglé. Le gars, un passionné, avait des dossiers sur les sous-marins évadés. Après le repas de midi, très fier, Jos fit son rapport aux femmes.

Après son évasion de la darse nord de Toulon, le *Glorieux* avait fait escale en Espagne, à Alicante, d'où il appareilla en catastrophe sous la menace d'une immobilisation par les autorités espagnoles en accord avec Vichy. Il rejoignit Oran, fut cité à l'ordre de l'Armée de mer, son fanion reçut la médaille des évadés, puis il rallia les Forces navales combattantes libres, tandis que son équipage, comme ceux du *Casabianca* et du *Marsouin*, fut condamné à mort par contumace pour trahison.

— Ton chéri a été condamné à mort par Vichy ! rigola Jos. C'est encore mieux que la Légion d'honneur ! Après ça, le *Glorieux* patrouille en Méditerranée, et puis il file aux Bermudes traquer les sous-marins allemands avec l'aéronavale américaine et des bâtiments britanniques. De retour à Toulon en décembre 1944, il est finalement affecté à la base sous-marine de Brest…

— À Brest ? s'écria Guillemette. Mais alors le Lili de Joséphine pourrait donner de ses nouvelles !

— Rien ne prouve qu'il fasse toujours partie de l'équipage, dit Jos. Il a pu être démobilisé.

— Joséphine n'a qu'à envoyer une lettre à la marine, dit Germaine.

— Oh, sûrement pas !

— C'est bête ! dit Yvonne.

— Je trouve aussi, dit Guillemette.

— Bon, moi je vous laisse à vos kochennoù[1], dit Jos. Je vais faire un tour au traezh, voir quelle gueule a la mer.

De nouveau entre elles, les femmes reprirent leur conversation :

— Mais pourquoi tu ne veux pas envoyer une lettre à Brest ? s'exclamèrent Germaine et Yvonne. Peut-être qu'il t'aime toujours…

— Et moi, vous ne me demandez pas si je l'aime toujours ?

— Tu ne l'aimes plus ?

— Non, s'écria Joséphine, je ne l'aime plus ! Voilà, vous êtes contentes ? Et maintenant laissez-moi tranquille, ne me parlez plus jamais de lui !

— On dirait que finalement ça t'arrange, que ça se termine mal à chaque fois, dit Germaine.

— Vous êtes méchantes ! dit Joséphine, dont les yeux s'embuèrent.

— Pas la peine de pleurer, dit Guillemette, tes sœurs s'intéressent à toi, c'est normal.

— Je sais bien, va ! C'est les hommes qui me déçoivent.

— Même Lucien et Jean-Louis ? dit Yvonne.

— Eux, c'est pas pareil.

— Eh ben alors, faut pas désespérer, dit Guillemette, tu finiras par en dénicher un comme eux.

Joséphine baissa la tête.

— Non, ça ne m'intéresse pas. Ça ne m'intéresse plus. Je ne suis pas faite pour avoir un homme dans mon lit.

1. Radotages, histoires à dormir debout.

Elle releva la tête, adressa à sa mère et à ses sœurs un sourire mi-contrit mi-amusé et déclara :

— Je n'ai pas besoin d'un homme dans mon lit avec ses pieds sales !

— Quelle drôle d'idée, dit Guillemette.

— Et pourquoi il aurait les pieds sales ? demanda Germaine.

— Parce que c'est comme ça ! Parce que les hommes sont *sales* !

— Sales, sales !... dit Guillemette. Des cochons sûrement, mais c'est pour notre plaisir.

— Oh, maman ! fit semblant de s'offusquer Germaine.

— Si papa t'entendait ! dit Yvonne.

— Ben quoi ? dit Guillemette en riant. Et puis d'abord, si un homme a les pieds sales, il n'y a qu'à lui dire de les laver avant d'entrer dans le lit ! Autrement, avec des idées comme ça, la Terre serait vite dépeuplée...

Noël arriva, on installa la crèche sur la tablette du vaisselier, sous les obus gravés et sculptés. On rangea les magazines de mode, sauf trois. Trois modèles de robes entre lesquels il faudrait choisir, début janvier. Marie-Morgane rentra à la maison et, ainsi que le brouillard étouffe les sons et cloue le bec au vent, l'atmosphère de fête, la semaine de permission de Lucien et Jean-Louis, le mariage à venir, le tissu des robes à commander, la liste d'invitations à préparer, tout cela occupa et embrouilla les esprits au point que l'incroyable annonce que fit Marie-Morgane en fut amortie.

Elle annonça tout de go, avec défi, qu'elle ne retournerait pas au lycée après les fêtes.

— Mais tu n'auras pas ton bac ! dit Guillemette.

— Et alors ?

— Et si je t'oblige à continuer ? dit Jos.

— De toute façon je ne ficherai rien et je serai collée. À toi de voir.

Sa benjamine, si belle, si différente, intimidait Jos.

— Sûr que personne a jamais réussi à faire boire un cheval qui n'a pas soif, convint-il.

Les trois aînées se tenaient coites.

— Et on peut savoir pourquoi tu as décidé d'arrêter ? demanda Guillemette.

— Parce que je vais travailler.

— Travailler ? Et où ça ?

— À Morgat. À la réception du Grand Hôtel de la Mer. Je commence au mois de janvier.

— Et ça t'a prise comme ça ? demanda Jos.

— C'est mon problème.

La famille n'en saurait pas plus avant longtemps.

— Je crois qu'avec notre dernière on a fabriqué un drôle de numéro, dit Jos au moment de se coucher.

— Heureusement que les gens sont différents, dit Guillemette, sinon on serait tous pareils.

Puis elle précisa sa lapalissade :

— Marie-Morgane a toujours été un peu spéciale, mais elle ne nous a jamais donné de soucis.

— Peut-être que ç'aurait mieux valu.

— Oh je ne m'en fais pas. Celle-là fera son chemin comme les autres. Et sans doute mieux que les autres.

— On verra. Tout ce qu'on peut dire, c'est que Morgat, c'est autre chose que le bourg de Beuzec-Cap-Sizun, et le Grand Hôtel de la Mer, encore autre chose que Trezaraden.

15

Une station balnéaire naquit un jour du hasard pour qu'un demi-siècle plus tard le destin de la belle Marie-Morgane s'y accomplisse.

Vers 1880, à l'instigation de l'un de ses voyageurs de commerce, un riche industriel du Doubs visita la presqu'île de Crozon et fut séduit par ce bout du monde aussi sauvage et exotique à ses yeux que le Groenland ou la Terre de Feu. La douceur de la baie de Morgat, grande ouverte sur celle de Douarnenez, contrastait avec ces effrayantes crêtes de dragon, autour desquelles bouillonnent les courants naufrageurs, que sont le cap de la Chèvre et les pointes de Penhir et de Dinan. Cet industriel allait devenir encore plus riche quand il commencerait à fabriquer des automobiles. Il s'appelait Armand Peugeot.

Tombé amoureux du site, il acquit de vastes terrains bordant la grève et confia à un architecte la construction de villas où ses proches viendraient en villégiature, dans un hameau côtier familial rappelant, en miniature, les stations balnéaires de Cornouailles et du Devonshire et les mails côtiers de Truro et de Torquay, mais en plus cossu et en plus paisible, sans casino ni baraques foraines qui en troubleraient la sérénité. Cependant, désireux que des touristes huppés viennent animer un peu l'endroit sans en polluer l'esprit, en 1908 Armand Peugeot décida d'y faire construire, à deux pas de la longue plage où la mer se retire à perte de vue, le Grand Hôtel de la Mer, un édifice blanc et baroque, mélange de styles anglo-normand et Art déco, qui fit de Morgat une vraie station balnéaire pour gens fortunés, une sorte d'étrange joyau serti dans la lande et les affleurements de granit. Dans le parc ne se promenaient pas des prolétaires ; devant la réception ne s'arrêtaient pas des chars à bancs : ce n'étaient que belles dames, beaux messieurs et jolis enfants déguisés en petits marins, auxquels des chauffeurs bottés ouvraient les portières de voitures de luxe, Cadillac, Hispano-Suiza, Hotchkiss, et bientôt limousines Peugeot. L'entre-deux-guerres avait lancé la station, la guerre l'avait vidée de ses estivants, la Libération relançait les affaires, la clientèle anglaise allait revenir, et Marie-Morgane avait appris l'anglais au lycée.

Elle ne déparait pas ce décor, avec son teint mat, ses pommettes hautes, ses grands yeux gris-bleu, ses cheveux, blondis par les bains de mer, qu'elle tournait, pour le travail, en chignons dont la rigueur était tempérée par ses sourires éclatants. Une fleur du pays. La plus belle fleur du pays. Fleur d'ajonc ou fleur de blé noir, mais montée sur tige de fierté.

À Trezaraden, on ne la voyait pas plus souvent que quand elle était en pension. Elle faisait des apparitions en coup de vent, toujours pressée, comme si elle était en visite chez des gens barbants. En revanche, elle s'était épanouie, s'exprimait d'assez bonne grâce, surtout pour citer les noms de gens célèbres qu'elle avait reçus et à qui elle avait parlé. Sa mère et ses sœurs s'extasiaient, Jos se taisait, empêché, par diplomatie, de livrer le fond de sa pensée : il n'en doutait plus à présent, sa benjamine était passée du côté des puissants. Et le pire, c'était qu'il n'arrivait pas à lui en tenir rancune. Celle-là a toujours tout fait à son idée, se disait-il, pour atténuer ses regrets de n'avoir pas su lui dicter sa loi de père quand elle avait quitté le lycée. Mais aurait-il pu lui imposer quoi que ce soit ? Celle-là est plus forte que moi, ajoutait-il dans son tréfonds.

Plus forte que tout le monde : elle refusa d'être la demoiselle d'honneur de ses sœurs, qui s'en accommodèrent. D'ailleurs, on ne le dit pas mais on le pensa : mise en avant par ce rôle d'importance, sa beauté aurait sûrement fait de l'ombre aux mariées.

Parmi les préparatifs du mariage, quelques-uns provoquèrent des débats. Au moment d'apparier les couples de jeunes gens, Joséphine regimba devant la perspective qu'on lui cherche un cavalier.

— Je suis trop vieille !

— N'importe quoi ! dit Guillemette.

— Avec tous les marins qui viendront à la noce, tu as drôlement tort, ajouta Germaine. Lucien et Jean-Louis te trouveront bien un copain célibataire de ton âge, quitte à en inviter un spécialement…

— Je n'en veux pas ! Une vieille fille de trente-deux ans avec un cavalier, ce serait ridicule. Les gens diront que vous avez voulu me préparer un coup de bazhvalan[1].

On dressa la liste des faire-part à envoyer. Joséphine se chargea personnellement de deux envois : à ses Juifs, à Hyères, et à son tonton Dona.

1. Mariage arrangé.

— Merde, on l'avait oublié, celui-là ! dit Jos.

Il aurait été plus franc de dire que lui, Jos, l'avait rayé de ses tablettes. L'Occupation l'en avait débarrassé. À part les cartes de bonne année qui étaient tombées recta et une lettre par-ci par-là, Donatien et Adélaïde n'avaient plus montré le bout de leur nez.

Les Libermann déclinèrent l'invitation gentiment et expédièrent un cadeau aux mariées : à chacune, une grosse cigale en faïence de Moustiers-Sainte-Marie, un porte-bonheur à accrocher au mur, précisèrent-ils. Les deux sœurs firent la moue.

— Ben quoi ? dit Joséphine. Ils n'ont pas les mêmes coutumes que nous.

Tonton Dona répondit qu'ils ne pourraient pas venir, Adélaïde n'étant pas assez en forme pour un court déplacement. Par contre, ils comptaient prendre deux semaines de vacances dans le coin au mois de juillet. L'air de la mer ferait du bien à Adélaïde, on se verrait, il inviterait ceux de Trezaraden au restaurant.

— Pas tous les jours, j'espère, bougonna Jos.

Une semaine avant le mariage, le facteur apporta le cadeau de tonton Dona. Un mandat, somptueux, exagéré.

— Le con, maugréa Jos entre ses dents, il nous jette le pognon de sa baronne à la figure.

Joséphine loua la générosité de l'oncle des vignobles nantais. Yvonne et Germaine écrivirent une lettre de remerciements, qu'elles firent signer par leurs futurs, politesse oblige. Après Pâques, elles enverraient à Ancenis un agrandissement du groupe de noce.

Le mariage se passa magnifiquement, au fil de deux repas qui ne traînèrent pas en longueur. Messe de mariage à onze heures, premier repas de treize heures à seize heures, détente – promenade, parties de boules –, second repas, plus léger, de dix-neuf heures trente à vingt-deux heures, et puis le bal.

Joséphine fut complimentée pour la joliesse des robes. On voyait bien qu'elle avait appris son métier dans un atelier réputé. De véritables créations. Qui lui valurent des commandes par la suite.

Marie-Morgane snoba son cavalier et ne resta pas au bal de noce. Elle était de service, prétendit-elle. On fit semblant de la croire.

Du mariage, que grava-t-on dans les annales ? Une anecdote, une histoire de nuit de noces qui se raconte encore trente ans plus tard devant les intéressés, et ce sont eux les plus amusés.

Pendant le bal, Lucien et Jean-Louis avaient été poussés à la boisson par leurs nombreux copains. C'était fatal. Choquer verre contre verre, écluser bière sur cognac, lamper cognac sur bière. Comment refuser ? « Quoi, tu bois pas un coup avec nous ? Un marin, ça tient la marée ! – Bon, un dernier, et vive la Royale ! » Résultat, à la fin du bal les mariés étaient au-delà de kej et de badaouit : mezv, et une heure de plus ils auraient été mezv-dall[1].

Moins atteint, Jean-Louis parvint à déflorer sa Germaine. Quant à Lucien, comme il le raconta lui-même à qui voudrait le répéter, il s'écroula sur le lit, tout habillé, à côté d'Yvonne qui frissonnait d'appréhension, en tenant les couvertures sous son menton. Elle attendit en vain qu'il ressuscite, s'endormit à son tour et se réveilla toujours vierge. Ainsi Lucien entra-t-il dans les annales des mariages locaux comme celui qui

1. Littéralement : saouls aveugles.

passa sa nuit de noces *sur les draps* en ronflant à côté de la mariée *sous les draps*.

« Ouais, mais je me suis rattrapé le lendemain ! répondrait-il à chaque fois qu'on le raconterait devant lui.

— Oh là là ! » glousserait Yvonne, pour bien signifier combien la nuit de noces à retardement avait été exceptionnelle.

Guillemette et Jos auraient aimé garder leurs filles à la maison, et Joséphine ses sœurs.

— Vous n'êtes pas obligées de partir, dit Guillemette. Comme vous serez seules la plupart du temps, que vous soyez mariées ne changera pas grand-chose.

Non, elles n'étaient pas obligées, mais elles désiraient leur liberté, monter leur ménage, vivre comme elles l'entendaient, et puis « les hommes » aimeraient bien retrouver un foyer à eux pendant leurs permissions. À Trezaraden personne ne serait chez soi, et que dire quand il y aurait des petits à pleurer dans leurs berceaux ?

Avant que les maris n'embarquent de nouveau, les deux couples louèrent deux appartements dans le même immeuble, au vieux port de Douarnenez, une adresse idéale à plus d'un titre : face à la mer, à deux pas des halles et des commerces du centre-ville, et à quelques minutes à pied de l'usine Chancerelle où, par l'intermédiaire de leurs belles-mères, Germaine et Yvonne furent bientôt embauchées pour la saison du maquereau, de la sardine et du germon. Et puis Douarnenez, c'était la porte à côté : on se verrait le dimanche, le plus souvent dans le Cap, et pour varier les plaisirs ceux de Trezaraden rendraient visite aux deux sœurs, avec l'impression d'effectuer un voyage.

Ils se mettraient sur leur trente et un et forcément ne se présenteraient jamais les mains vides. Ils apporteraient une motte de beurre, un homard si les casiers avaient donné, un gâteau de pâtisserie acheté au passage près des halles de Douarnenez. Pour simplifier le dialogue à Trezaraden, Germaine et Yvonne furent affectueusement rebaptisées, non sans une pointe de moquerie de la part de Jos, les penn-sardin[1], une façon aussi de bien marquer qu'elles avaient changé de coiffe, qu'elles n'étaient plus des capistes mais des douarnenistes, une sacrée différence. On disait : « Les penn-sardin viennent dimanche… » « On va chez les penn-sardin dimanche prochain… » « Les hommes des penn-sardin seront en perme le mois prochain »… Et ainsi de suite.

Les hommes rembarquèrent sur le *Georges-Leygues* et pour Germaine et Yvonne commença la vie de femmes de marins.

L'été 1946 fut marqué par deux événements : la venue de ceux d'Ancenis et une nouvelle surprise de taille, que réserva Marie-Morgane à ses parents et ses sœurs.

Mi-juillet, tonton Dona débarqua au volant d'une traction avant 15 CV noire flambant neuve. Deux ombres l'accompagnaient, qui semblaient perdues dans cette grosse voiture : sa femme Adélaïde et le petit Georges, leur fiston, le fils unique, le futur héritier de Kermalo. Le garçonnet, âgé de dix ans, était plutôt gringalet et ne paraissait pas bien dégourdi. Quant à la pauvre Adélaïde…

1. Têtes de sardine. Familièrement : femmes de Douarnenez.

En son for intérieur, Jos fit amende honorable. Il avait médit de son frère quand celui-ci avait fourni comme excuse à son refus de venir au mariage qu'un voyage aussi court serait trop fatigant pour sa femme. Jos y avait vu un prétexte, et il fallait bien reconnaître que ce n'était pas le cas. Maigre comme un clou, le teint cireux, Adélaïde avait vraiment l'air mal en point. Ceux de Trezaraden firent comme si de rien n'était : on ne dit pas à quelqu'un qu'il a une mine de déterré, on se renseigne si on peut sur sa santé, derrière son dos.

Guillemette et Joséphine emmenèrent le petit Georges et sa mère voir la vache pie-noire au traezh, laissant Jos avec son frère. Donatien avait grossi et encore pris de l'envergure sociale. Monsieur, en vacances, portait la cravate ! Jos l'attaqua bille en tête :

— Belle bagnole, dis donc, ta traction avant ! Le marché noir a bien donné ?

— Quoi ? Qu'est-ce que tu vas inventer ? On a pas fait de marché noir. On tirait juste de quoi pour nous, de la propriété.

— T'as pas vendu de pinard aux Boches ?

— Vendu ? T'as qu'à croire ! Ils le prenaient sans payer !

— Ah bon ? Pourtant tu devais être copain avec eux.

— Et toi ? Qu'est-ce que t'as foutu pendant la guerre ? T'étais dans la Résistance, peut-être ?

— À ma place certains diraient que oui, mais moi j'ai pas réclamé de médaille. J'ai fait ce qu'il fallait faire.

À Trezaraden on avait hébergé et nourri des gars du maquis. À l'insu de Guillemette et des filles, Jos, par trois fois, avait risqué sa peau en amenant dans son canot des aviateurs anglais à leur rendez-vous nocturne avec un sous-marin.

— J'ai pas été le seul à faire ce qu'il fallait faire, et j'ai eu la chance de passer entre les mailles du filet.

— Que tu dis !

— Oh je le dis pas pour que tu me croies. Je m'en fous. Et toi, plaisanterie de marché noir mise à part, tes affaires ont l'air de marcher, dis donc !

Diabolique, Jos entendait pousser Donatien à la vantardise. Et l'autre de démarrer au quart de tour. La Compagnie Lebon ayant été nationalisée, Donatien était à présent un cadre de l'EDF-GDF, avec tous les avantages du statut de la fonction publique, qu'il étala. Un salaire mirobolant, des primes de ceci et de cela, et le gaz et l'électricité presque à l'œil.

— T'as toujours eu du cul, convint Jos.

— Et à cinquante-cinq ans j'aurai une retraite de ministre !

Donatien tira un bulletin de salaire de son portefeuille.

— Regarde ! Compare à ta petite retraite. Dans deux ans, c'est ce que je vais toucher, à dix pour cent près.

— Tant mieux pour toi ! Mais il me semble qu'il y a une ombre au tableau, non ?

— Quoi ? Quelle ombre ?

— Adélaïde m'a l'air bien patraque.

Donatien l'admit à contrecœur.

— Ah m'en parle pas ! L'estomac. Ces femmes-là, de la haute, ça n'a pas de santé. Les médecins savent pas trop ce qu'elle a. Elle peut plus avaler grand-chose. Viande bouillie et purée de légumes. C'est embêtant. On a tiré une croix sur le restaurant.

— Ah bon ? Alors, on sera pas invités, comme avant-guerre ?

— Bien sûr que si. Je suis pas au régime, moi.

— Et ton fiston, ça marche à l'école ?

— De ce côté-là, rien à dire.

— Il a pas l'air bien dégourdi…

— Ouais, toujours fourré dans les jupes de sa mère. Elle le couve trop.

— C'est souvent le cas des fils uniques. Les gens ont tort de rester avec un seul gosse.

— Tu sais bien qu'Adélaïde a eu du mal à pondre celui-là. Heureusement qu'on en a pas eu un deuxième, parce que dans son état, comment elle s'en serait occupée ?

— T'aurais payé une bonne d'enfants.

— On en a une, de bonniche, tu sais bien, et ça suffit pas. Même le domaine est devenu trop lourd à gérer, avec les responsabilités que j'ai à l'EDF. On a loué la prairie à un paysan et il nous fait un tas d'emmerdements. Ils veulent des droits, maintenant, ces cons-là. T'es obligé de leur signer un bail et si t'as envie de récupérer ta terre, tintin ! C'est comme si tu l'avais donnée à l'œil. Je regrette bien. Aujourd'hui tu loues à un paysan et t'es plus chez toi. Tous des cons. Tous des poux.

— Holà ! Si t'avais pas trouvé un paysan pour te torcher le cul en Vendée, tu serais pas là où tu en es…

— Je viens te voir chez toi et tu m'engueules !

— Je t'engueule pas, je dis les choses comme elles sont.

Les femmes préparèrent le goûter. Adélaïde demanda une tisane. Une chance, il y avait du tilleul. Le petit prenait du thé, manque de chance il n'y en avait pas. Il but de l'eau du puits.

— Elle n'est pas trop minéralisée ? s'inquiéta Adélaïde.

— Jusqu'à présent personne ici n'est mort empoisonné, dit Jos avec acrimonie.

— C'est juste que le petit est fragile, dit Adélaïde. Je ne voulais pas dire que l'eau est mauvaise.

— Il a qu'à boire du café, comme tout le monde, fit Donatien. Jos et moi on a été nourris de soupe au café, quand on avait son âge.

— Ton fils a le droit de ne pas avoir les mêmes goûts que toi, dit Adélaïde.

Le gamin fit le dos rond. On voyait bien qu'il craignait son père. Joséphine le prit sous son aile.

— Tu n'aimerais pas rester un peu avec nous à Trezaraden pendant que tes parents visiteront le pays ?

— Bonne idée, dit Jos, je l'emmènerai à la pêche.

— Ça te plairait d'aller à la pêche avec tonton Joseph ? lui demanda sa mère.

Le gamin regarda son père comme s'il attendait sa bénédiction.

— C'est à toi de répondre, pas à moi !

— Trois jours, dit Adélaïde. Jusqu'à dimanche.

— Ben ouais, dit Donatien, on le récupérera quand on viendra vous chercher pour aller au restaurant.

— Affaire conclue ! dit Jos.

— Comment fait-on pour inviter Germaine et Yvonne ? demanda Adélaïde. Leurs maris sont à terre ?

— Ils sont en mer, et les femmes travaillent à l'usine, dit Guillemette.

— Comme on est à l'hôtel à Tréboul, on passera les voir à Douarnenez, dit Donatien. Et si elles sont pas à la maison on mettra un mot dans la boîte à lettres.

On parla de Marie-Morgane, qui avait arrêté ses études après le premier bac, et travaillait comme réceptionniste (« Bilingue ! » précisa Jos) au Grand Hôtel de la Mer de Morgat.

— Eh ben alors, dit Donatien, on a qu'à aller bouffer là-bas dimanche ! Comme ça, on la verra.

— Oh ce serait drôle, dit Guillemette.

— Peut-être pas tant que ça, maugréa Jos.

Le soir, au lit, Guillemette lui dit :

— La pauvre Adélaïde, il ne reste plus rien d'elle. Pourtant elle est pharmacienne, elle doit savoir quoi prendre pour se soigner.

— Ouais, malgré qu'ils aient une bonne, une traction avant et le reste, ça tourne pas très rond dans leur boutique.

Les paroles de Jos sonnèrent comme un mauvais augure. Guillemette frissonna.

— Oh arrête, dit-elle, tu vas attirer le malheur sur eux.

Le temps fut favorable, la mer belle. Trois après-midi de rang, Jos emmena le petit Georges à la pêche et trois fois il en revint perplexe. Le gamin n'était pas désagréable, il était poli et obéissant, mais pour le dérider, bernique ! Il ne posait aucune question, ne répondait que par oui ou par non quand on l'interrogeait, et si on le laissait tranquille il restait paralysé, comme s'il avait peur de déplaire.

Le samedi, Jos mit deux lignes à bar à l'eau et prit les avirons. La chance voulut qu'un poisson mordît à la ligne que tenait le gamin. Vu la résistance, vu comment le poisson gardait le fond, ce n'était pas une sardine. Jos laissa le gamin se démerder, tout en lui prodiguant des conseils. Le poisson fit surface au cul du canot, replongea : c'était bel et bien un bar, un pezh mell qui faisait dans les trois kilos. Jos prépara l'épuisette.

— Fatigue-le encore un peu… Bon, tire maintenant, même s'il résiste…

Jos mouilla l'épuisette, le bar vint à contre et hop ! en un tournemain il fut dans le fond du canot.

— Eh ben, mon p'tit gars, le félicita Jos, je crois bien que t'as battu le record de Porzh-Brennig !

Il s'attendait à ce que le gamin explose de joie, comme tous les gosses. Ou même qu'il se vante comme son père. S'il avait gueulé « C'est moi le meilleur ! », Jos lui aurait pardonné.

— Rien du tout ! raconta-t-il à Guillemette et Joséphine. Il est resté là comme un gland, les yeux ronds, la bouche crispée comme s'il allait chialer.

À la maison, il se comporta de la même façon. À table, il regardait les plats avec méfiance, goûtait avec circonspection, et si on lui demandait si c'était bon il disait oui, et si on lui demandait s'il n'aimait pas il répondait qu'il n'avait pas très faim. Il allait au lit aussitôt après dîner, s'enfonçait jusqu'aux yeux sous les couvertures, et ne se levait qu'à l'appel de Guillemette ou de Joséphine.

— Ce gosse-là est trop renfermé, dit Jos, c'est pas normal.

— À ce point-là, c'est un peu bizarre, convint Guillemette.

— Il est juste un peu timide, dit Joséphine. Il ne nous connaît pas beaucoup.

— Pourtant on l'a mis à l'aise, dit Jos.

— Sûrement, dit Joséphine, mais pour lui c'est comme s'il était chez des étrangers. N'empêche qu'il est mignon.

— Et bien élevé. Il ressemble à sa mère, à tous points de vue.

— Ouais, dit Jos, et il doit pas rigoler beaucoup avec son con de père.

Le dimanche matin, la traction avant revint ronronner de ses quinze chevaux et briller de la calandre dans la cour de Trezaraden. Germaine et Yvonne n'étaient pas à l'intérieur.

— Changement de programme, dit Donatien. On va pas à Morgat, ta fille nous l'a déconseillé.

— Elle a eu raison, dit Guillemette, c'est pas notre monde, ce Grand Hôtel.

— Elle a eu peur qu'on lui fasse honte, plutôt, maugréa Jos.

— N'importe comment, dis-toi bien que c'est pas plus mal, lui répondit Donatien. En général, dans ces grands bazars on reste sur sa faim. T'as une belle assiette, mais faut une loupe pour repérer ce qu'il y a dedans. Enfin, ça nous aura permis de revoir ta Marie-Morgane. Elle est drôlement bien roulée. Je me demande comment t'as réussi à fabriquer une beauté comme ça.

— On était deux à la fabriquer.

— Oui, votre benjamine est une fille vraiment superbe, dit Adélaïde. Elle a un je-ne-sais-quoi de Michèle Morgan.

— Je me demande si elle n'est pas plus grande qu'elle, dit Joséphine.

— En tout cas, elle en a la classe. À la réception de l'hôtel, je dois dire qu'elle en impose…

— Bon, on passe prendre les jeunes mariées et on va se taper la cloche, coupa Donatien. À Tréboul, comme avant-guerre !

Comme avant-guerre, il se goinfra de fruits de mer et des trois plats à suivre, houspilla les filles pour qu'elles s'en mettent jusque-là – « Faut que les serveuses repartent à vide ! C'est tonton Dona qui régale ! » –, rota dans son pousse-café et sortit son chéquier de grand prince. Jos sentit qu'il n'allait pas digérer son gueuleton. Il aurait dû imiter Adélaïde et son fiston : se contenter d'une tranche de lieu au court-bouillon et d'une patate à l'eau. Guillemette et les filles compatirent aux misères d'Adélaïde.

— Sûrement que ça va s'arranger, avec le temps. Et vous devez avoir de bons médecins, à Ancenis.

— Je vois un professeur de gastro-entérologie à Nantes.

— Ah, alors !

On se tassa de nouveau dans la traction avant 15 CV, direction Trezaraden. La compagnie descendit jusqu'au traezh et remonta par Porzh-Brennig à l'heure où le clocher de Beuzec-Cap-Sizun sonnait l'angélus. Guillemette avait mis deux poulets au four, avec des pommes de terre autour. Les hommes prirent l'apéritif, les femmes mirent la table, Guillemette découpa les poulets et le Donatien s'en remit plein la lampe, y compris de liquides, traîtreusement servis par Jos. Adélaïde dut prendre le volant. Elle ramènerait Germaine et Yvonne chez elles, puis coucherait son homme, si elle en avait la force. Elle paraissait complètement crevée.

— Bon débarras ! bougonna Jos quand les feux de la voiture eurent disparu dans le chemin.

Guillemette et Joséphine firent la vaisselle.

— Quelle bonne journée on a passée, hein, papa ! claironna Joséphine.

— Merde alors, non ! Quelle corvée, tu veux dire !

— Oh tu n'es jamais content !

— Pas quand mon con de frère est là. J'espère qu'on les reverra plus avant l'année prochaine.

— Peut-être que l'année prochaine c'est nous qui devrions leur payer le restaurant, dit Guillemette.

— Et puis quoi encore ! protesta Jos. Macache ! Rien du tout ! Pour une fois où ils nous invitent au restaurant, combien de fois on leur rince la gueule à Trezaraden ?

— Peuh ! fit Guillemette. C'étaient des poulets et des patates de chez nous.

— Justement ! Meilleurs que dans le commerce !

Ceux d'Ancenis remangèrent une fois les pommes de terre de Trezaraden, cuites cette fois avec un rôti de porc, ils repartirent le surlendemain et Jos retrouva sa bonne humeur.

Un samedi du mois d'août, en fin de matinée, on entendit une voiture s'arrêter à mi-route de Trezaraden et de la départementale. Des touristes en balade ? Marie-Morgane arriva quelques minutes plus tard, et ce n'est qu'après son départ qu'on ferait le rapprochement entre le bruit de la voiture et sa venue.

Il y avait près de deux mois qu'elle n'avait pas posé ses talons hauts à Trezaraden, mais cela ne l'empêcha pas d'entrer comme si elle venait juste de sortir cueillir des roses au pignon de la maison. Ni mot d'excuse, ni mot de plaisir, ni mot qui fait plaisir. Dans la cuisine, Jos affûtait des couteaux et Guillemette préparait le repas de midi. Joséphine travaillait dans son atelier.

Marie-Morgane tendit la joue à ses parents, en allongeant le cou, une habitude, un tic attrapé toute petite pour bien montrer qu'elle tolérait les pokoù[1] mais ne les aimait pas.

— Tiens, une revenante ! dit Jos d'un ton enjoué. On se demandait si t'étais pas partie travailler à l'étranger. En Angleterre, puisque tu causes anglais.

Marie-Morgane leva les yeux au ciel, l'air exaspérée.

— C'est la pleine saison, je n'ai pas beaucoup de temps libre.

— Mais aujourd'hui tu as réussi à t'échapper ?

— Faut bien, de temps en temps.

— Bon, tu vas rester manger avec nous.

— Non, je ne peux pas.

La cafetière, comme toujours, trônait sur un coin de la cuisinière à bois. Marie-Morgane se servit un fond de bol de café tiède.

— Je suppose que Joséphine est là, puisqu'on entend la machine…

— Non, c'est l'aide qu'elle a embauchée, dit Jos.

— Quoi ? Elle a embauché une couturière ?

— Je rigolais.

— Ta sœur travaille dur, dit Guillemette. Encore une robe de mariée.

— Faut croire qu'ils ont la fièvre du mariage, dans le patelin, ironisa Marie-Morgane.

Une heure plus tard, sa mère essaierait de se rappeler si Marie-Morgane avait prononcé cette phrase sur un ton particulier. Non, elle avait son air à faire des mystères, mais pas plus que d'habitude. Pourtant, cette fois, de fait, il y avait bien un vrai mystère sous la phrase. Avec la Marie-Morgane, on ne savait jamais à quel saint se vouer.

1. Bisous.

— J'ai besoin de voir Joséphine, dit-elle.

Elle emporta son bol de café. Sa sœur était occupée à surjeter un liseré de dentelle sur un décolleté. Elle sursauta quand sa sœur lui tapota l'épaule.

— Marie-Morgane ! C'est toi ? s'exclama-t-elle, ravie. Tu es en congé ?

— Comme tu vois, dit Marie-Morgane en posant son bol sur la tablette de la machine à coudre.

— Oh pas là ! S'il se renversait, mon ouvrage serait fichu.

Marie-Morgane grimaça, avala son café et posa le bol sur le rebord de la fenêtre. Joséphine l'examina des pieds à la tête, fière de sa sœur, fière de sa taille mannequin. Elle portait à l'épaule un cabas de ménagère en paille tressée, comme n'importe quelle femme qui se rend au marché aux légumes, mais à son épaule à elle ce cabas était d'une élégance et d'une originalité folles. Elle tira du cabas en question un magazine épais, lourd, luxueux : un exemplaire de *Vogue*, dans l'édition américaine, qu'elle ouvrit à une page cornée pour mettre sous les yeux écarquillés de Joséphine la photo d'une mariée dans une robe magnifique.

— Ça te dirait d'exercer tes talents sur moi ? dit-elle.

Joséphine n'osa pas comprendre.

— Hein ?

— Tu as très bien compris. Si je dois me marier, c'est cette robe-là que je voudrais.

— Te marier ? Mais…

— Je fréquente. Un gars de l'École navale.

— De l'École navale !?

— Garde-le pour toi. Oh et puis non, tu peux le dire aux parents. Mais attends que je sois partie. Je te laisse le magazine. Réfléchis à la robe.

— Tu penses bien que…, bredouilla Joséphine.

Marie-Morgane lui fit la bise, sortit de l'atelier, dans la cuisine tendit le cou pour recevoir un baiser de ses parents et s'en alla sur un « Bye-bye » désinvolte.

— C'est pas une fille, c'est un courant d'air, dit Jos.

Joséphine fit irruption dans la cuisine, excitée, écarlate, haletante.

— Ben quoi, dit Jos, tu t'es engueulée avec ta sœur ?

— Chut ! Écoutez ! dit Guillemette.

Ils tendirent l'oreille. Entendirent le moteur d'une voiture grelotter puis démarrer.

— C'est sûrement lui, dit Joséphine.

— Qui ça ? demanda Guillemette.

— Marie-Morgane fréquente ! Elle vient de me montrer une robe de mariée dans un magazine américain !

— Ma ! C'est pas vrai !

— Si ! Et vous savez qui elle fréquente ? Un gars de l'École navale !

Guillemette tomba assise sur sa chaise, abasourdie par cette nouvelle inouïe.

— Celle-là n'a pas fini de nous en faire voir, souffla-t-elle.

— C'est Marie-Morgane tout craché ! lança Joséphine joyeusement.

— Ouais, tu l'as dit, rigola Jos. À celle-là, il fallait au moins un futur amiral, rien que pour faire bisquer ses sœurs.

16

Le lendemain matin, Guillemette et Joséphine filèrent à Douarnenez annoncer l'incroyable nouvelle à Germaine et Yvonne, qu'elles virent au moment de la pause à l'usine Chancerelle, et dans la soirée, à Trezaraden, on tint à trois un conseil de famille extraordinaire, nourri d'évidences et de supputations.

Que la belle Marie-Morgane fréquentât un futur penn-vras[1] de la Royale était logique à tous points de vue.

D'abord, telle qu'on la connaissait – voire : telle qu'on ne la connaissait pas –, on l'imaginait mal s'acoquiner avec un simple matelot ; et d'ailleurs, n'en déplaise aux hommes d'équipage, c'eût été dommage, comme de jeter une perle à un pourceau, osèrent même songer sa mère et ses sœurs, à cette pensée parcourues d'un frisson coupable de renégates jetant aux orties leurs origines modestes au profit de la beauté d'un être exceptionnel qui, malgré ses défauts, faisait la fierté de la famille.

Ensuite, rien de moins que logique également, il y avait cette proximité géographique qui permet la rencontre des cœurs…

1. Grosse tête.

— Première étape avant d'aller au radada ! rigola Jos.

— C'est où ? demanda naïvement Joséphine.

— Kof ha kof[1], explicita son père.

— Cochon ! dit Guillemette.

L'École navale n'était pas très loin du Grand Hôtel de la Mer, précisa Jos. Le superbe bâtiment donnant sur le goulet de Brest ayant été en partie détruit sous les bombardements, à la Libération l'École navale avait rouvert ses portes dans les baraquements de la base aéronavale de Lanvéoc-Poulmic, en presqu'île de Crozon. Pas besoin de sortir de Saint-Cyr pour deviner comment les choses s'étaient passées. Des élèves en permission de sortie viennent se balader et se baigner à Morgat, prennent un bock à la terrasse de l'hôtel, la belle Marie-Morgane trône à la réception, ils lui font du gringue, elle fricote avec le plus mignon à son goût...

— Et voilà comment on se retrouve avec un gars sorti de Navale dans la famille...

— Elle n'est pas encore mariée ! dit Joséphine.

— Sûr que non ! opina Jos. Mais avec la Marie-Morgane, moi je dis que c'est comme si c'était fait. Réglé comme du papier à musique. Elle a déjà mijoté tout ça dans sa tête. Jusqu'au moindre détail.

— Tu exagères... tenta Guillemette.

— Vous verrez qui a raison !

Jos poursuivit ses déductions. Puisque la Marie-Morgane parlait robe de mariée, ça voulait dire que le gars n'était plus un bordache de première année mais un aspirant de marine venant de terminer sa seconde année, et par conséquent libre de se marier,

1. Ventre à ventre.

le contraire étant la règle pendant les deux années d'études.

— À moins qu'elle n'ait un polichinelle dans le tiroir…

— Jos ! protesta Guillemette.

— Ben quoi, la nature est la nature !

— Mais tu dis n'importe quoi, lui fit remarquer Joséphine. Puisqu'elle parle de se marier et que les élèves de première et de deuxième année n'ont pas le droit de se marier, ça ne peut pas être comme tu dis, le polichinelle dans le tiroir. C'est forcément un gars qui a fini sa seconde année.

— Je t'en foutrai ! gloussa Jos. Un élève officier qui déshonore une fille est autorisé à régulariser. Vivement incité, même ! Il a droit à ses trois jours de perme spéciale, sauf qu'au retour on le colle aux arrêts.

— Ah bon ? firent Guillemette et Joséphine.

— Ben ouais, parce qu'il a mis ses supérieurs devant le fait accompli. Moi je vous dis que la Marie-Morgane pourrait être en état d'urgence et que son coquin pourrait tout aussi bien être un perdreau de première année. Même pas sûr de finir la deuxième. Attention à ne pas lui coudre des galons sur les manches avant qu'il ait l'uniforme d'enseigne de vaisseau !

Il apparaîtrait que Marie-Morgane n'était pas tombée sur une pointe rouillée, que le gars portait les sabords – le galon or barré de bleu des aspirants de marine – et qu'il allait démarrer sa troisième et dernière année de formation, l'école d'application, à bord de la *Jeanne-d'Arc*, dont l'appareillage pour la fameuse croisière autour du monde noierait le quai de Brest sous les pleurs des épouses et fiancées abandonnées.

Le Télégramme de Brest, comme toujours, illustrerait le départ d'une photo de baiser profond entre un beau gars et une belle fille.

— Oh là là, dit Joséphine, et si on voyait Marie-Morgane et son amoureux en photo dans le journal ?

Il s'appelait Yves-Marie. Comment l'apprit-on ? C'était écrit sur la carte que le facteur apporta à Trezaraden un mardi. Un mot de Marie-Morgane :

Je viendrai déjeuner dimanche prochain avec Yves-Marie. Arrangez-vous pour que Germaine et Yvonne soient là. Comme ça, il fera la connaissance de tout le monde.

Je vous embrasse.

Marie-Morgane

— Nom de Dieu ! s'exclama Jos, je vous l'avais bien dit, qu'avec elle ce serait du vite réglé !

Les femmes sonnèrent le branle-bas ménager. Astiquage de la collection d'obus, récurage des plats et des marmites, époussetage minutieux, repassage de la nappe et des serviettes brodées, essuyage de précision des verres à pied mirés d'un œil sans faiblesse dans l'éclat du soleil. Jos posa ses casiers et prit ce qu'il fallait en araignées et homards. Germaine et Yvonne vinrent coucher à Trezaraden le samedi soir afin d'être sur le pont, en grande tenue, de bonne heure le dimanche matin. Elles n'en revenaient toujours pas.

« Quand Lucien et Jean-Louis vont savoir ça, un officier comme beau-frère… »

À onze heures, tout était prêt. Les trois sœurs et leur mère se livrèrent à une ultime inspection, d'abord en commun, de la table et ensuite, réciproquement, de leurs atours respectifs. On arrangea un faux pli autour d'une ceinture, une mèche de cheveux derrière une oreille, une minuscule bavure de rouge sur l'ourlet d'une lèvre, après quoi la tension monta, que Jos trompa en s'octroyant un verre de muscadet et en fumant coup sur coup deux gitanes, ses cigarettes du dimanche.

— Ne va pas laisser tomber la cendre sur ta cravate ! le prévint Guillemette.

— Peuh ! Je l'enlèverai ! J'aurai moins l'air d'un pingouin !

Les aiguilles de l'horloge de parquet traînassaient, son pendule flemmardait, et le marteau, quand il sonna douze coups, parut à l'agonie. Enfin, à midi dix…

— C'est le même bruit de voiture que l'autre jour ! dit Joséphine.

Les femmes sortirent en courant.

— Qu'elle est mignonne ! dit Germaine.

Adjectif touchant, pour une voiture… Un cabriolet Simca 5 rouge foncé, décapoté. Joséphine songea à ses magazines de mode, à ces reportages sur les prix d'élégance, à ces défilés de belles dames dans de belles automobiles, sous les tribunes des champs de courses. Ne manquait que le caniche enrubanné, qui aurait sauté de la voiture en aboyant et que Marie-Morgane aurait grondé d'une voix haut perchée en priant l'assistance de se laisser mordre les mollets pour ne pas contrarier le roquet.

Jamais la benjamine ne parut plus étrangère à sa famille qu'à cet instant-là, où elle descendit de voiture, posa un pied altier sur la terre battue de la cour et prit le bras de son Yves-Marie. Elle n'avait pas seulement conquis un gars mais un ensemble écrasant : des galons, une voiture originale et un jeune homme de bonne famille.

Yves-Marie était un beau brun aux yeux bleus, grand et mince, un rien dégingandé et un chouïa voûté, à la façon de ces aristocrates habitués à se pencher pour écouter leurs inférieurs, en taille et en rang social. La coupe militaire, nuque et tempes bien dégagées, mettait en valeur ses cheveux drus, d'un noir de jais, coiffés avec la raie à droite et une mèche sur le front de longueur raisonnable, touche de fantaisie et de légère insoumission que seuls peuvent se permettre les futurs officiers supérieurs. S'il en avait le physique, il n'en affichait pas la morgue. Il avait le sourire franc et le compliment sincère.

— Marie-Morgane m'a beaucoup parlé de vous, dit-il à Jos. Quel parcours que le vôtre ! Et de vous aussi, madame Gwenan. La femme fait le marin encore plus que la mer ! C'est un petit paradis que vous avez bâti ici. Ah, les trois sœurs ! J'avais hâte de vous connaître. Je comprends pourquoi Marie-Morgane a tant retardé les présentations : elle avait peur de la concurrence !

Les trois sœurs tombèrent en pâmoison, Jos demeura sur la défensive. Fallait attendre et voir si l'olibrius en puissance ne faisait pas trop de chichis à table. Mais non. Il ne crachait pas sur le Pernod, ni sur le muscadet, pas davantage sur le bordeaux supérieur. Il mettait du beurre sur ses tartines, comme tout le monde. Et puis il savait poser les bonnes questions et écouter les réponses. Il suscita le récit des Dardanelles, donna son opinion sur le sabordage de la flotte à Toulon – qu'il demanda à Joséphine de raconter –, évoqua l'avenir de la marine française, félicita Germaine et Yvonne pour le choix qu'avaient fait leurs époux de se porter volontaires pour l'Indochine. Hormis son vocabulaire, forcément plus recherché pour un gars qui a fait des grandes études, et ses manières, forcément plus raffinées pour un gars qui a déjà ses habitudes au Cercle naval, il se montra parfaitement à l'aise et mit tout le monde de même.

Après le repas, on sacrifia à la balade habituelle au traezh avec retour par Porzh-Brennig. Autre bon point supplémentaire accordé à Yves-Marie : il connaissait la pêche, qu'il avait pratiquée gamin avec son père à Groix. Le moment était venu pour lui de décliner son pedigree. Personne, même pas Jos, n'avait osé lui poser de questions directes. On attendait que Marie-Morgane lance le sujet, elle s'en garda bien, comme si elle s'en tapait.

Yves-Marie Jourdrain connaissait le code de bonne conduite. Il n'ignorait pas que la journée aurait un goût d'inachevé s'il quittait Trezaraden dans l'anonymat de son ascendance. La pêche constitua une excellente entrée en matière : et pour cause, son père était armateur, propriétaire d'un chalutier à Lorient, d'un thonier à Groix, et quirataire majoritaire, à Saint-Pierre-et-Miquelon, d'un bateau armé pour la morue. Les Jourdrain habitaient Larmor-Plage et possédaient à Groix une petite maison de vacances. Pendant son enfance et son adolescence, Yves-Marie avait eu la mer pour terrain de jeux : la voile avec son père, sur un cotre difficile à manœuvrer ; la pêche en canot, avec les vieux Groisillons ; la pêche hauturière, à bord du chalutier et du thonier, pour des marées d'initiation. Pas étonnant que la vocation de la marine lui fût venue. Il avait deux sœurs aînées, mariées à des hommes d'affaires : l'une à un conserveur, l'autre au gérant d'une forge de marine.

Aux galons présents et futurs, à la voiture, au physique de l'élu du cœur de Marie-Morgane, il fallait donc ajouter la naissance et l'argent. Des parents aisés, des gens de la côte, des gens qui vivaient de la mer : des gens de la famille, autant dire. C'était merveilleux ! Avec toutes les filles épouses de marins, on resterait entre soi. Toutes les filles sauf une, bien sûr. Mais Joséphine était assimilable aux trois autres : bien qu'elle n'eût pas épousé l'un de ses amoureux, c'était tout comme. Ses récits et sa galerie d'amours défuntes faisaient d'elle une veuve de marin putative.

Les tourtereaux ne restèrent pas dîner. Ils s'en allèrent dans leur mignonne petite auto décapotée. Marie-Morgane agita son foulard comme une star de comédie américaine.

— C'est bien qu'il ait deux sœurs aînées, dit Guillemette à Jos. En général, les garçons qui ont des grandes sœurs font de bons maris. Ils connaissent les manies des femmes.

— Et moi alors, qui n'ai qu'un con de frère, je suis un mauvais mari ?

— Peuh ! J'ai dit en général.

— Admettons ! Enfin, tu as raison, Yves-Marie est un type au poil. Il fera un bon capitaine de vaisseau. J'en ai connu des comme lui, plus près de leurs hommes que de l'amirauté. Et je vais pouvoir lui rabattre son caquet, à mon con de frère. Y aura plus gradé et plus riche que lui dans la famille ! Non mais !

— Mais pourquoi tu ramènes toujours celui-là sur le tapis ?

— Parce qu'il la ramène toujours, lui !

Marie-Morgane mena la suite tambour battant, en anticipant avec une efficacité expéditive ses futures attributions d'épouse d'officier supérieur coordinatrice de la vie sociale de son mari. Elle fit coïncider les disponibilités de tout le monde – fiancé, sœurs, beaux-frères et futurs beaux-parents – et fixa la date et le lieu des fiançailles en toute simplicité, sans aucun cérémonial, ni chevalière, ni bague, ni bouquets de fleurs tartignolles. Ce serait tout de suite, fin août, à Larmor-Plage.

Elle s'occupa du trajet en train et réserva des chambres d'hôtel pour ceux de Trezaraden et de Douarnenez. Décida du repas : pas de friko de midi, juste un dîner le samedi soir, et encore, plutôt hors normes et sûrement le comble du chic : un buffet pour les hors-d'œuvre et les desserts, et le plat principal servi à la place qu'on choisirait soi-même.

Ce fut un week-end de rêve. Les parents Jourdrain et les sœurs et beaux-frères d'Yves-Marie étaient à son image : par rapport à ceux de Trezaraden de niveau supérieur, certes, mais aucun d'entre eux ne le portait à la boutonnière. On remarqua que la mère Jourdrain avait une grosse faiblesse pour le champagne, ce qui la rendit encore plus sympathique. Avant la fin du repas, la circulation autour du buffet aidant et chacun changeant de place à son gré, Jos, Lucien et Jean-Louis furent à tu et à toi avec Yves-Marie.

— Dire qu'un jour on risque de se retrouver sous tes ordres, lui dit Jean-Louis. J'espère qu'on aura droit au traitement de faveur !

— Holà, pas de favoritisme ! dit Jos. Faudra les souquer, ces deux pignoufs !

— Compte sur moi, Jos !

Le dimanche, les deux familles se rendirent à Groix. On alla voir le cotre amarré à Port-Tudy, on marcha tranquillement jusqu'au pennti des Jourdrain et on pique-niqua dans le jardin. Yves-Marie et le père Jourdrain montrèrent à Jos leurs coins à bars, on redescendit au port, où on but un coup en terrasse en attendant l'heure du bateau. Le soir, on grignota un petit quelque chose chez les Jourdrain, ceux de Trezaraden passèrent une seconde nuit à l'hôtel et Yves-Marie et son père les conduisirent à la gare en voiture le lundi matin. Ce week-end surpasserait dans les annales le voyage à Ancenis.

Jos traduisit le sentiment général d'éblouissement :

— On peut dire que la Marie-Morgane nous en a foutu plein la vue. Et j'ai même pas pu sortir mon portefeuille…

— Oui, ça c'est embêtant, dit Guillemette.

— Les Jourdrain ne doivent pas être à ça près, dit Joséphine.

— Bah ! Quand le père et la mère viendront à Trezaraden, on leur en mettra plein la lampe, dit Jos.

— Faudra pas oublier le champagne pour la mère, dit Lucien.

— Et du bon ! dit Jean-Louis.

— Ouais, en voilà une qui sait vivre, dit Jos. Pas comme ma belle-sœur d'Ancenis…

— Espérons qu'Adélaïde ira mieux l'année prochaine, pour la noce, dit Guillemette.

— Tu ne vas pas chômer, dit Germaine à Joséphine. Sept robes à faire !

— Sept ?

— La robe de la mariée, plus la tienne, celle de maman et les nôtres.

— Ça en fait cinq. Et les deux autres ?

— Ben, les robes de baptême des petits ! dit Yvonne.

— Oh là là, c'est vrai !

Les deux sœurs étaient enceintes, Germaine de trois mois, Yvonne de deux. Quand Germaine lui avait annoncé qu'elle avait quinze jours de retard, Yvonne n'avait fait ni une ni deux : les deux hommes étaient en perme de quarante-huit heures, elle était en période favorable, Lucien fut consigné au lit, à mettre les bouchées doubles. Avec succès. Pour peu que le petit de Germaine soit légèrement prématuré, les deux sœurs accoucheraient en même temps. Et les bébés seraient déjà plus faciles à pouponner au moment du mariage. Au besoin, on prendrait une dame pour s'en occuper.

— Ça va venir vite ! dit Guillemette.

— Aussi vite que ta fille a arrangé le coup ! rigola Jos.

— Ouais, on peut dire que la petite sœur ne laisse rien traîner au hasard, convint Lucien.

— Son amiral aura intérêt à filer droit ! ajouta Jean-Louis.

Le samedi à Larmor-Plage, Marie-Morgane avait annoncé le programme, gravé par elle dans le marbre de sa volonté, au prétexte qu'ensuite, une fois Yves-Marie embarqué sur la *Jeanne-d'Arc*, ce serait trop compliqué de communiquer. Ils se marieraient dès son retour, le samedi 28 août 1948. Mariage civil et mariage religieux à Beuzec-Cap-Sizun – il n'y avait que la rue à traverser, de la mairie à l'église –, transport de la noce à Morgat, repas et bal au Grand Hôtel de la Mer, où les chambres nécessaires étaient d'ores et déjà réservées. Et attention, que ce soit bien clair, ce serait une noce en comité restreint. Juste la famille proche, pour la bonne raison que du côté Jourdrain ce serait « noce payée » et que ceux de Trezaraden devraient faire de même. Pas question d'inviter tous les rastaquouères du Cap qui paieraient leur repas pendant que du côté Jourdrain on remettrait une carte d'invitation. D'ailleurs, au Grand Hôtel de la Mer, cela ne se pratiquait pas. On n'était pas chez les ploucs. La seule exception à la règle de l'exclusivité familiale, ce serait un groupe de camarades d'Yves-Marie, qui lui feraient une haie d'honneur, sabre au clair, à la sortie de l'église et seraient forcément invités au repas, ainsi que leurs cavalières. Yves-Marie paierait pour eux.

« Mat tre ! avait dit Jos, c'est toi qui vois.

— Et si on est en Indochine l'année prochaine ? avait rétorqué Jean-Louis.

— En Indochine ou à perpète, va-t'en savoir ! » avait surenchéri Lucien.

Marie-Morgane leur avait cloué le bec :

« C'est votre problème, pas le mien ! »

Dont acte. Fermez le ban. C'était à croire qu'en organisant son mariage de A jusqu'à Z un an à l'avance Marie-Morgane avait évacué une formalité dont il ne faudrait plus évoquer les désagréments devant elle, excepté un détail, mais d'importance : sa robe. Le verbe « tarabuster » reprit du service.

« Marie-Morgane me tarabuste, avec sa robe ! » répéterait Joséphine en riant.

Jos et Guillemette furent aussi tarabustés, mais par quelque chose de moins concret : une idée, qui ne ferait surface que bien plus tard, sous la poussée des événements. Voilà ce qu'ils se diraient, le moment venu : oui, c'était bien cela, après le week-end à Larmor-Plage, Marie-Morgane parut – à Trezaraden, en tout cas – se désintéresser du présent et de l'année à venir, mais d'une façon bizarre. Comme un gosse capricieux, une tête à claques qui, à force de trépigner – de *tarabuster* ses parents ! –, a obtenu un jouet mirifique, exulte avec un air de défi, remise le cadeau au placard et va s'enfermer dans sa chambre pour savourer sa victoire.

Comme auparavant, Marie-Morgane ne ferait que des apparitions impromptues à Trezaraden, avalerait un bol de café, s'enfermerait avec Joséphine dans l'atelier, exceptionnellement consentirait à s'asseoir du bout des fesses à table et s'en irait – à partir de février 1948, ayant obtenu son permis de conduire – au volant de la mignonne petite auto d'Yves-Marie. Elle semblerait à peine concernée par l'itinéraire de son fiancé à travers l'Atlantique.

La *Jeanne-d'Arc* appareilla de Brest le 22 janvier 1948 et les plus passionnés par la croisière du croiseur-école furent ceux de Trezaraden. Jos se gaussa un chouïa de ce bâtiment :

— La *Jeanne* a eu le coup de pot de se trouver aux Antilles en juin 40 et d'y moisir jusqu'en juillet 43. Après, elle a participé au débarquement en Corse et en Provence, mais bon, malgré ses quatre tourelles doubles de 155 et ses pièces de 75, ça reste quand même un salon navigant, fait pour recevoir les grosses têtes locales à chaque escale, consuls et ambassadeurs, ministres et présidents de la République ! Là où y a le plus de boulot à bord, c'est à la tambouille, pour les petits-fours, et à la buanderie, pour laver les gants blancs…

— Peuh ! C'est la jalousie qui te fait parler ! dit Guillemette.

— Tu as beau dire, papa, la *Jeanne* est un bateau de guerre, dit Joséphine.

— J'ai jamais dit le contraire ! renauda-t-il.

On suivait l'itinéraire du bâtiment. Aux dates des escales, d'où Yves-Marie ne manquait pas d'expédier une carte postale, Joséphine et Guillemette inscrivaient des croix sur le calendrier des PTT et Jos sur le planisphère du *Petit Larousse*, en infligeant des leçons d'histoire et de géographie aux deux femmes, qui n'en demandaient pas tant. 25 janvier : Madère (« Une île portugaise ! »). 29 janvier : Port-Etienne (« Anciennement Nouadhibou, Mauritanie ! »). 4 février : Dakar (« Sénégal, au cas où vous ne le sauriez pas ! – Peuh ! »). 13 février : îles de Los (« Archipel côtier en face de Conakry, Guinée ! »)...

Germaine accoucha pile à terme d'un garçon, le 28 février, pendant que la *Jeanne* filait ses vingt nœuds dans l'Atlantique, cap sur Buenos Aires. Le marmouz l'avait échappé belle : un jour de plus à lambiner dans le ventre de sa mère et il serait né le 29 février d'une année bissextile et n'aurait fêté son anniversaire qu'une fois tous les quatre ans !

Yvonne accoucha avec un peu d'avance, pendant que la *Jeanne* se préparait à appareiller pour Montevideo – « Uruguay ! » lança Jos. La famille applaudit à grands cris la naissance d'une fille.

— Non mais ! Pour une fois qu'elles ne font pas pareil toutes les deux, se félicita Guillemette. Il était temps !

— Tu vois comme c'est bizarre, dit Joséphine à sa mère, je ne suis même pas jalouse de mes sœurs.

Elle hésita à aller plus loin dans la confidence, puis s'y résolut :

— En fait, je n'ai jamais pensé à avoir d'enfant, même quand j'étais amoureuse. Tu crois que c'est normal ?

— Bien sûr, grande bêta ! Les enfants viennent tout seuls, après.

— Après quoi ?

— Ben, après l'amour…

— Tu n'aimes plus papa ?

— Mais si ! Autrement. C'est comme ça. Tu n'as pas à t'en faire.

Tout était dit dans ce conseil lapidaire et pourtant riche de multiples sens. Joséphine en conclut qu'elle n'était donc pas un monstre de n'avoir pas langui après les travaux de la grossesse, de l'enfantement et du pouponnage. Rassérénée, elle put se consacrer corps et âme à son grand œuvre de l'année, la robe de Marie-Morgane.

À partir d'une simple photo, et sans patron, la tâche était ardue. Elle écrivit un mot – une bouteille à la mer : son ancienne patronne était-elle toujours en vie ? – à Marie-Jeanne Kéruzoré, pour lui exposer son problème. La vieille dame lui répondit aussitôt et l'invita à déjeuner.

Revoir les flèches de la cathédrale, les quais de l'Odet, la bijouterie Kerleroux, la porte de l'atelier devant laquelle Armand l'attendait, raviva le souvenir amer des fiançailles rompues. Revoir le couloir où l'introduisit une bonne, l'escalier en marbre et le palier du premier étage, exhuma du passé le babil des cousettes, le parfum des tissus, l'insouciance et les espérances de ses jeunes années.

Marie-Jeanne Kéruzoré l'accueillit sur le seuil de son appartement. Elle s'appuyait sur une canne, qu'elle accrocha à son bras pour embrasser Joséphine et la complimenter en la vouvoyant, preuve qu'un temps infini s'était écoulé depuis les années d'apprentissage.

— Pendant que je devenais une *très* vieille dame, vous voilà devenue une dame !

— Oh non, malheureusement, je suis toujours célibataire.

— Pourquoi « malheureusement » ? On se passe très bien d'un homme, croyez-moi ! Plus facilement que d'une canne. L'homme n'est souvent qu'une béquille qui vous fait tomber. Enfin… Allons, racontez-moi vite, comment avez-vous traversé ces années de guerre ?

Le récit de Joséphine occupa le temps du déjeuner.

— C'est extraordinaire que les Libermann s'en soient sortis indemnes ! La Gestapo a ramassé tellement de Juifs. Notre pauvre Max Jacob est mort à Drancy, sur le chemin de la déportation. Lui qui s'était converti au catholicisme… Et quand bien même ne se serait-il pas converti, qui à Quimper a jamais vu les Jacob comme des Juifs ? Personne !

Il était déjà trois heures passées quand l'objet de la visite fut abordé. Marie-Jeanne Kéruzoré chaussa un face-à-main pour examiner la photo de *Vogue*.

— Mazette ! La petite Marie-Morgane n'a pas les goûts modestes !

— Oh non !

— Rien que du satin, y compris la traîne.

— La traîne aussi ? Comment je vais pouvoir en avoir une telle quantité ?

— Je m'en occuperai. Quelle taille fait votre sœur ?

— Oh la taille mannequin !

— À propos, vous en avez un, de mannequin ? Non ? Il vous en faut un. Tout à l'heure, vous irez chercher votre bonheur au grenier. Il y a une foultitude de fantômes, là-haut. Je vous le ferai livrer avec le satin.

Les deux femmes parlèrent technique, entre professionnelles : métrage, patron à réaliser, passementerie, diadème, voile, boutons…

— Le mieux sans doute, dit Marie-Jeanne Kéruzoré, serait de réaliser d'abord un modèle dans un tissu à trois sous. Vous n'aurez plus qu'à le reproduire.

— Oui, je crois que je ferai comme ça. Avec ma sœur, je n'ai pas intérêt à me tromper. Elle ne me pardonnera rien.

Ce fut l'heure du thé. Joséphine en avala une tasse brûlante. Elle avait juste le temps d'attraper son car.

— Pour le tissu, dites à votre sœur que je lui en fais cadeau.

— Oh non, c'est trop !

— Cela compensera la robe de mariée que je n'ai pas eu l'occasion de vous offrir.

— Vous viendrez me voir à Trezaraden ? Papa ira pêcher des homards.

— Des homards ! Ah, je ne dis pas non ! Portez-vous bien, Joséphine.

— Vous aussi, madame.

— Et ne tremblez pas en coupant le satin !

— Ah ça ! Une vraie tremblote que je vais avoir, oui !

Le satin et le mannequin furent livrés en avril, pendant l'escale de la *Jeanne* à Rio de Janeiro. Le 14 avril, le bâtiment mit le cap sur les Antilles, où il fit plusieurs escales : Fort-de-France, les Saintes, Basse-Terre.

Il ne manquait plus que quelques retouches à faire sur la robe de Guillemette. Joséphine avait cousu la sienne en premier, pour se débarrasser de la corvée.

Puis la *Jeanne* mit cap au nord, vers Saint-Pierre-et-Miquelon, où elle arriva le 17 mai. Les robes de Germaine et d'Yvonne étaient achevées. De petites robes droites, bleu clair, qu'elles avaient voulues identiques.

— Ne vous avisez pas de maigrir avant fin août ! leur intima Joséphine.

— Oh n'aie pas peur, on ne fait pas régime quand on allaite !

Le 21 mai, la *Jeanne* commença à remonter le Saint-Laurent, entre les blocs de glace qui descendaient encore du lac Saint-Jean. La carte postale qu'expédia Yves-Marie de Montréal représentait le château Frontenac, à Québec.

Joséphine avait surpiqué le modèle en coton – bustier et jupe. Marie-Morgane fut satisfaite des essayages. Joséphine coupa le satin. L'atelier fut interdit aux visites. Il fallait prendre garde à la poussière, et aux mouches ! La porte et la fenêtre demeuraient fermées et, le soir, le satin était soigneusement enveloppé. Le soir ? À minuit, oui ! Joséphine travaillait comme une damnée. Pendant les quelques heures de sommeil qu'elle s'accordait, son cerveau résolvait des problèmes.

La *Jeanne* redescendit le Saint-Laurent, toucha Terre-Neuve et resta vingt-quatre heures à Argentia, ancien port de pêche et base navale concédée par les Anglais aux Américains en 1941. De là, le 9 juin, le croiseur-école mit le cap à l'est, pour retraverser l'Atlantique. Il toucha Casablanca le 26 juin, Alger le 12 juillet, Mers el-Kébir le 17, d'où il appareilla le

24. À son arrivée à Brest, le 31, la robe était terminée, ou peu s'en fallait.

Cette fois, le reporter du *Télégramme* ouvrit un peu mieux les yeux, se rengorgèrent ceux de Trezaraden. À l'arrière-plan de la traditionnelle photo de baiser, Marie-Morgane et Yves-Marie apparaissaient, tendrement enlacés, joue contre joue. Une étreinte retenue, pudique, délicieusement romantique.

Le retour d'Yves-Marie, bientôt nanti des galons d'enseigne de vaisseau de seconde classe, fut d'abord fêté à Trezaraden. Il se présenta les bras chargés de cadeaux, souvenirs de ses escales. Du Canada, il rapportait un drôle de liquide, de la sève d'un arbre de là-bas, du sirop d'érable, qu'on eut l'idée de mélanger au gros-lait. Ma foi, ce n'était pas mauvais.

Les fiancés passèrent quelques jours dans le coin, à se promener et à se bécoter. Ils tracèrent l'itinéraire de leur voyage de noces : une grande balade en voiture jusqu'à Biarritz. Puis ils se rendirent à Larmor-Plage régler avec les Jourdrain les derniers détails pratiques que la belle-famille s'était réservés : le bouquet de la mariée, qui l'attendrait à la mairie, les corbeilles pour l'église, le fleurissement des tables au Grand Hôtel de la Mer, le photographe, les tenues des petits enfants, neveux et nièces d'Yves-Marie, qui tiendraient la traîne.

Joséphine se sentit soulagée, bien qu'elle n'eût pas su dire de quoi. Et ce n'était pas d'avoir achevé la robe de la mariée, à la perfection. Pendant toute la durée de sa besogne, deux choses l'avaient troublée. L'une, positive ; la seconde, indéfinissable.

Si elle avait dit et répété que Marie-Morgane la *tarabustait* avec sa robe, c'était pour se faire valoir. En réalité, au lieu de l'enfer qu'elle s'était attendue à vivre, ce fut la paix. Marie-Morgane acquiesçait aux propres repentirs de sa couturière privée, et n'en rajoutait pas. Au fond, cette sorte d'indifférence, c'était aussi dans le caractère de la petite demoiselle, telle qu'on la connaissait depuis ses premiers pas. Ça, c'était le côté positif.

Morgane ne portait pas de combinaison, un sous-vêtement qu'elle estimait mod kozh[1], bon pour les vieilles ou les femmes comme ses sœurs aînées, soumises aux obligations d'une prétendue convenance. Elle enfilait donc ses robes directement sur sa culotte et son soutien-gorge. Dessous blancs tout à fait normaux et pudiques lorsque Joséphine avait pris ses mesures, au millimètre près. Dessous à l'origine du trouble indéfinissable de Joséphine…

Au fur et à mesure des essayages, ces dessous avaient changé de couleur et de forme. Des ensembles – culotte, soutien-gorge et porte-jarretelles – noirs, rouges, et même crème, couleur de sa peau mate, qui la faisaient paraître plus nue que nue. Des dessous audacieux et suggestifs que ses sœurs n'auraient jamais osé acheter ni porter ! De quelle boutique de Quimper ou de Brest venaient-ils, d'ailleurs ? Joséphine se le demandait bien. Il fallait avoir le corps parfait de Marie-Morgane, se ficher comme elle des conventions et avoir plusieurs longueurs d'avance sur son temps – ou, du moins, sur le temps de Trezaraden – pour s'exposer ainsi dans les miroirs, ou dans les yeux d'un mari. Au-delà de la licence en quelque sorte féministe qu'ils exprimaient, ces dessous semblaient épanouir les formes de Marie-Morgane – pourtant, ses mensurations n'avaient pas varié, vérifiées et revéri-

1. Démodé.

fiées plutôt deux fois qu'une –, et ce fut cela qui troubla le plus Joséphine, que sa sœur parût soudain femme, avant l'heure…

Sur la photo de *Vogue*, la mariée portait un diadème classique. Marie-Morgane voulait quelque chose de plus original. En sus de la robe, Joséphine se vit donc confier, avec l'aide d'une repasseuse de coiffe, la confection d'une sorte de béret en dentelle, tenu par un lacet sous le menton, qui rappellerait la coiffe des femmes de Douarnenez. Le résultat plut à Marie-Morgane. Elle s'amusa à incliner la coiffe sur le côté. Ça lui donnait un air bohème, assez canaille.

— Oh quand même, tu ne vas pas la mettre comme ça ! protesta Joséphine.

— Qui sait ? On verra bien !

Désœuvrée, Joséphine regretta d'avoir fini son ouvrage en avance. La fièvre d'une dernière retouche, d'un dernier bouton à renforcer la veille au soir, voire à l'aube du grand jour, n'eût-elle pas été préférable à l'oisiveté ? Aussi entreprit-elle de broder sur la traîne, sans en parler à sa sœur, une ancre de marine.

Ceux d'Ancenis arrivèrent trois jours à l'avance et prirent leurs quartiers au Grand Hôtel de la Mer. Ils vinrent goûter à Trezaraden, l'avant-veille du mariage. Juste goûter. Non mais ! Jos avait prévenu Guillemette :

« T'avise pas de les inviter à bouffer, on va pas s'enquiquiner avec eux en plus ! »

Adélaïde n'avait pas l'air plus vaillante ni le petit Georges plus dégourdi que la fois précédente. Jos en mit plein la vue à son frère en étalant les richesses des Jourdrain et l'avenir grandiose du futur gendre. Tonton Dona répliqua que le Grand Hôtel de la Mer était splendide, que leur chambre avait un balcon avec vue sur la baie et que les repas étaient excellents.

— Mais c'est pas à la portée de toutes les bourses. Ce mariage va te coûter bonbon.

— Parce que tu crois qu'on est dans la misère ?

Les dispositions pour le matin du grand jour n'avaient pas été arrêtées au détail près, notamment concernant le transport de ceux de Trezaraden au bourg. Jos n'avait pas voulu s'abaisser à demander que quelqu'un de la belle-famille passe les chercher en voiture. Comme ils n'allaient pas se taper la route à pinces, et qui plus est en tenue de gala et les arpions à l'étroit dans des souliers neufs, un taxi était envisagé.

— Pas la peine, dit tonton Dona, je viendrai vous prendre en traction avant.

Impossible de refuser. Jos se serait fait incendier par Guillemette et les filles. On fit donc coller la générosité ostentatoire de tonton Dona avec le reste du programme tel qu'il avait été établi par Marie-Morgane. Elle viendrait, seule au volant de la Simca 5, vers neuf heures, pour s'habiller. Tonton Dona viendrait chercher Jos et Guillemette à dix heures.

— Assez tôt pour qu'on ait le temps de s'enfiler un muscadet au bourg avant l'arrivée de la mariée, dit-il.

Le taxi du bourg passerait à dix heures et demie prendre Marie-Morgane et Joséphine. Dix minutes plus tard, la mariée apparaîtrait dans toute sa splendeur à son futur en uniforme, aux familles et aux aspirants de marine et à leurs cavalières réunis devant la mairie. Le mariage civil était prévu à onze heures moins le quart, la cérémonie religieuse à onze heures.

— Mat tre, opina Jos. Y a qu'à rouler comme ça.

17

Maquillée et coiffée, Marie-Morgane fut ponctuelle. Si elle était d'humeur maussade et lointaine – rien que de très ordinaire –, et peut-être un peu plus nerveuse que d'habitude – quoi de plus normal ? –, en revanche, exception à la règle, elle ne paraissait pas pressée. Elle se servit un bol de café, s'attarda dans la cuisine, considéra la photo de Jos et Guillemette en mariés, grignota un petit-beurre, fuma une cigarette sur le seuil de la porte et rentra caresser du bout des doigts la collection d'obus sur le vaisselier – un geste étrange, comme si elle effleurait le clavier d'un piano et entendait dans sa tête des notes mélancoliques. Joséphine dut la brusquer un peu :

— Tu as vu la pendule ?

— Et alors ? Il ne faut pas une heure pour l'enfiler, cette robe.

Tonton Dona arriva en traction avant avec une bonne demi-heure d'avance. Il embrassa ses nièces et fit mine d'être estomaqué.

— Eh ben, pas encore en tenue, la mariée ?

— Je viens de lui dire qu'il est grand temps, dit Joséphine.

— Et les parents ?

— Dans leur chambre. Ils finissent de se pomponner.

— Qu'ils se dépêchent, si on veut avoir le temps de boire un coup au bourg avant le grand jeu !

— Bon, on y va, maintenant ? dit Joséphine à Marie-Morgane.

— Allez ma belle, quand faut y aller, faut y aller ! lança tonton Dona en flanquant une claque sur les fesses de Marie-Morgane qui, surprise, ne put l'éviter.

— Quel connard, ce type ! dit-elle en s'enfermant avec Joséphine dans l'atelier.

— Quoi ? Tu ne vas pas lui en vouloir ? C'est le tonton Dona.

— T'as vu ses yeux de vieux satyre ? Je suis comme papa, je ne peux pas l'encadrer.

— Oh arrête !

— Ferme la porte à clé, des fois qu'il viendrait faire coucou, la bouche en cœur, pour me reluquer à poil.

— Enlève ta robe, tu ferais mieux. On est déjà plus qu'en retard.

— Mais non ! Minute… Écoute…

Il y eut des éclats de voix dans la cuisine, la porte de la maison claqua et la traction avant démarra.

Marie-Morgane ôta sa robe et s'exposa au regard de Joséphine. Elle portait des dessous blancs qui enluminaient son corps bronzé, et quels dessous ! Un court bustier qui lui rehaussait les seins et laissait le ventre nu, une petite culotte très échancrée qui couvrait à peine le pubis.

— Comment tu me trouves ? Virginale ?

— Eh ben… hé ben, bredouilla Joséphine.

Morgane s'assit et enfila ses bas blancs et ses jarretières.

— Je sais à quoi tu penses, dit-elle. « Heureusement que personne ne verra ma petite sœur nippée en pute, à part le cher époux qui va se régaler de tout ça… » Allez, dis-le, que c'est à quoi tu penses !

— Mais non, mais non… qu'est-ce que tu vas chercher…

Morgane regarda sa montre, Joséphine la sienne. Dix heures moins le quart…

— Comme a dit l'autre andouille, quand faut y aller, faut y aller ! Aide-moi à enfiler cette foutue robe, que tu as cousue avec tant d'amour.

La lèvre supérieure de Joséphine se mit à trembloter. Elle sentait une irrépressible nervosité la gagner.

— « Cette foutue robe »… tu as une façon de parler…

— Chère Joséphine ! Personne d'autre que toi n'aurait pu me fabriquer une aussi belle robe !

— C'est vrai ?

— Puisque je te le dis !

— Tu as l'air tellement bizarre.

— Ah ? Tu trouves ?

Joséphine avait commencé de boutonner la robe dans le dos.

— Arrête ! La boutonne pas tout de suite !

— Mais…

Joséphine était maintenant au bord des larmes. Marie-Morgane se dégagea. Libres, les deux pans du bustier de la robe lui faisaient comme deux ailes d'angelot dans le dos.

La traîne était étalée sur la table de travail. Marie-Morgane la caressa, d'un bout à l'autre, comme elle avait caressé les obus du vaisselier. Soudain, elle se tétanisa.

— Qu'est-ce que c'est que ce truc ?

Son index pointait le motif brodé, au bas de la traîne.

— Une ancre de marine, tu vois bien. C'est moi qui l'ai brodée…

— Hein ? T'es débile ou quoi ?

— Mais j'ai cru bien faire ! pleurnicha Joséphine.

La pendule de parquet, dans la cuisine, sonna le premier coup de dix heures.

— Idiote ! Tais-toi ! Écoute ! Sept… huit… neuf…

Tout de suite après le dixième coup résonnèrent trois coups de klaxon !

— Le taxi ? hoqueta Joséphine. Il est en avance…

Morgane alla à la fenêtre et agita la main, l'air de dire : « J'arrive ! »

Il y eut un blanc de quelques secondes dans les pensées de Joséphine. La rumeur de la mer s'était tue, comme si tout autour de Trezaraden, soudain, avait jailli une forêt étouffante où prospéraient dans un silence sépulcral des pressentiments vénéneux. Joséphine aurait aimé pouvoir appeler à l'aide : l'attitude de sa sœur dépassait son entendement.

— Ouais, ma vieille, c'est mon taxi ! jubila Marie-Morgane.

Et elle éclata de rire, un rire de diablesse, un rire effrayant, et de l'avant-bras elle balaya d'un coup la traîne de la longue table.

— Tu peux la garder, ta traîne, j'en veux plus !

— C'est quand même pas parce que j'ai brodé cette ancre de marine… Comment on va faire ? Sans traîne, ta robe n'aura l'air de rien…

Dehors, le klaxon se moqua encore trois fois de Joséphine.

— Tu as raison, elle n'aura l'air de rien ! exulta Marie-Morgane, avant d'arracher sa robe, de la flanquer par terre et de la piétiner comme si elle voulait se dégager d'un nœud de vipères.

— Mais qu'est-ce que tu fais ? Tu es devenue folle ! cria Joséphine.

Elle tomba à genoux, pour sauver la robe du désastre. Son grand œuvre, son bébé, son trésor !... Elle le serra contre sa poitrine. L'inonda de ses larmes, à travers lesquelles elle vit Marie-Morgane remettre sa petite robe d'été par-dessus ses dessous olé olé, défaire complètement son chignon, secouer ses cheveux et se diriger vers la porte de l'atelier. Elle s'arrêta sur le seuil.

— Tu demanderas à papa et maman de me pardonner. Remarque, je m'en fous. C'est ma vie, pas la vôtre.

— Mais... où tu vas ?

— Ailleurs ! Je fous le camp ! Avec mon amant !

— Mais qu'est-ce que tu racontes encore ? bredouilla Joséphine.

— Un amant, tu sais ce que c'est, non ? Un divorcé, quarante-cinq ans, deux enfants. Voilà, tu pourras le dire aux autres.

— Tu es enceinte ?

— Tu rigoles ? Un homme qui a été marié, ça sait prendre ses précautions.

— Ne pars pas ! supplia Joséphine.

— Je t'aimais bien, Joséphine. Je vous aimais bien tous, d'ailleurs. Ça aussi tu pourras le leur dire, aux autres. Mais c'est la vie. À chacun la sienne.

— Ne pars pas ! On a encore le temps de donner un coup de fer sur la robe ! On sera en retard, les gens de la noce comprendront... Pense à Yves-Marie qui t'attend...

Autant parler aux murs de l'atelier. Un moteur rugit. Le taxi donna trois nouveaux coups de klaxon et démarra en trombe. Joséphine se releva et se précipita dans la cour. Le taxi avait disparu. Elle rentra dans la maison, ressortit, ouvrit la portière de la Simca 5 – les clés étaient au tableau de bord, ah si seulement elle avait su conduire –, rentra de nouveau, ressortit aussitôt, marchant de travers, titubant, tournant en rond comme une oie décapitée. Pourtant, elle n'avait pas perdu la tête : la preuve, elle la tenait et la secouait à deux mains, sa calebasse, où se télescopaient les graines dures de ses pensées et les mots hérissés de piquants qu'elle allait devoir sortir de sa bouche, là-bas, sur la place de l'église. Il fallait qu'elle aille prévenir et il n'y avait pas d'autre moyen que de courir, ce qu'elle fit, à perdre haleine, en songeant qu'elle aurait l'air d'une harpie, décoiffée, les joues ruisselantes de larmes et, horreur !, les pieds flottant dans ses vieux chaussons. Elle faillit faire demi-tour. Oh, et puis tant pis !

À l'approche d'un virage, elle entendit une voiture qui arrivait tranquillement. La grosse Peugeot de Clet Péron, le taxi du bourg ! Marie-Morgane revenait ! Joséphine se planta au milieu du chemin et agita les bras. Clet Péron, hilare, abaissa la vitre.

— Eh ben, Joséphine, qu'est-ce qui t'arrive ? Tu vas à la noce sur tes chaussons ?

Il était seul. Personne d'autre dans la voiture.

— Où est Marie-Morgane ?

— Tu parles d'une question !

— Mais elle est montée avec toi, tout à l'heure !

— Tout à l'heure ? Tu rêves, ma pauvre fille ! On avait dit dix heures et demie, non ? Et il est vingt-cinq.

— C'était pas toi, alors, l'autre voiture ?

— Quelle voiture ?

— Une voiture.

— C'est pas la traction avant que j'ai croisée, par hasard ?

— Une noire ? demanda Joséphine en songeant à celle de tonton Dona.

Mais ça n'avait ni queue ni tête. Qu'est-ce que tonton Dona viendrait faire dans cette histoire ?

— Ah non, une blanche décapotable. Un modèle que j'avais jamais vu. De toute beauté. Le gars avait le feu aux fesses, il a failli m'envoyer au fossé. Et justement, à côté du chauffeur il y avait une blonde, et j'ai pensé à ta sœur, pour me dire après : T'es con, c'est pas possible, la sœur, t'es en train d'aller la chercher. Y a un problème ?

Joséphine éclata en sanglots et gémit :

— Marie-Morgane est partie !

— Partie ? Où ça ?

— Avec un autre homme !

— Ben merde alors ! Le matin de ses noces ! Comment tu vas leur annoncer ça, au bourg ?

— Je sais pas !

— Bon, écoute, on est plus à cinq minutes près. Je t'amène à la maison. Il faut que tu te laves la figure et que tu t'arranges un peu, que tu mettes des chaussures. Comme ça, t'es à faire peur.

Joséphine se refit une beauté, chaussa ses escarpins, prit son sac à main, renonça à son chapeau. À quoi bon ? Elle n'allait plus à un mariage… Dans le taxi, elle retint ses larmes, en pressant son mouchoir sur ses yeux. Elle le tenait roulé en boule dans sa main en descendant de voiture.

On salua l'arrivée du taxi, mais les acclamations cessèrent progressivement, comme dans un cauchemar où l'on devient sourd. Joséphine songea au silence qu'elle avait *entendu* pendant quelques secondes, à Trezaraden. Sans réfléchir, elle s'essuya les yeux. Guillemette, Germaine et Yvonne accoururent, regardèrent à l'intérieur de la voiture. Point de Marie-Morgane. Joséphine tomba dans les bras de sa mère. Les Jourdrain entourèrent les Gwenan.

— Ah, maman ! Maman ! Quelle catastrophe !

— Quoi ? Qu'est-ce qu'il y a ? Elle a fait un malaise ?

— Pire que ça !

— Elle est morte ?

— Peut-être que ç'aurait mieux valu !

Yves-Marie blêmit.

— Qu'est-ce qu'il lui est arrivé ? Où est-elle ?

— Ah, mon pauvre Yves-Marie ! souffla Joséphine.

Les aspirants de marine et leurs cavalières s'interrogeaient. Clet Péron se tenait à l'écart, mains croisées, et regardait ses pieds, tel un croque-mort pendant que la famille se recueille devant le défunt avant qu'on visse le cercueil.

— Parle, Joséphine ! dit Jos. Tu vas pas nous laisser comme ça. Il faut qu'on sache, nom de Dieu !

Joséphine prit la main d'Yves-Marie et la mouilla de ses larmes.

— Mon pauvre garçon, mon pauvre garçon... Marie-Morgane est partie.

— En voiture ? murmura-t-il.

— AVEC UN AUTRE HOMME ! s'écria Joséphine, de sorte que tout le monde l'entendit.

— C'est pas possible ! dit Guillemette.

— Si !

— Nom de Dieu, dit Jos, cette vache-là nous aura joué des tours jusqu'à la fin !

Ce qui l'atteignait jusqu'au tréfonds, c'était de devoir subir cette épouvantable vexation devant son con de frère. Adélaïde parut vraiment catastrophée, et encore plus affaiblie, encore plus jaune, encore plus décharnée, et le tonton Dona, dans ces circonstances qui semblaient l'amuser, encore plus gras, encore plus prospère, encore plus répugnant que d'ordinaire, et leur petit Georges sous son canotier, encore plus effaré que de nature, et parfaitement ridicule dans son déguisement de mardi gras, un costume de marinier des bords de Loire, à douze ans !

Heureusement que ce n'était pas une noce traditionnelle, qu'on n'avait pas invité tous les rastaquouères du coin, des gens qu'on connaissait à peine, sinon il y aurait eu des sourires en coin, des ricanements, des réflexions en breton, dont l'ironie est autrement plus mordante qu'en français. Lucien et Jean-Louis se seraient bien fendus, entre eux, d'une repartie de café du port, mais ils s'en gardèrent bien : leurs épouses, en pleurs dans les bras de Guillemette, le leur auraient fait payer très cher. Seul le con de frère, « le chef de claque de l'EDF », comme l'avait récemment rebaptisé Jos, y alla de son commentaire graveleux, quand Joséphine, entre deux sanglots, en eut dit un peu plus sur le départ de sa sœur dans une traction avant décapotable blanche : un homme de quarante-cinq ans, divorcé, deux enfants…

— Ah ah ah ! rigola tonton Dona. Pas étonnant ! Les belles filles comme elle, ça se contente pas d'un apprenti fumiste, ça cherche les vieux ramoneurs !

Jos l'empoigna par le colback.

— Saloperie ! Je sais pas ce qui me retient de te claquer la gueule !

Joséphine les sépara.

— Vous n'allez pas vous battre, en plus !

Jos haussa les épaules et alla prévenir le maire et le curé. Le maire ôta son écharpe et vint compatir, le curé se signa et se retira dans la sacristie.

Les Jourdrain, tous les Jourdrain – le père et la mère, leurs filles et leurs gendres, et Yves-Marie lui-même, qui reçut l'accolade de la part de chacun de ses camarades –, se montrèrent très dignes dans le naufrage. Aucun rictus haineux, aucun mot acerbe, aucun reproche, rien que des hochements de tête désolés. Les deux familles s'isolèrent un moment pour décider de ce qu'on pouvait bien faire.

— Chacun n'a plus qu'à rentrer chez soi et se saouler la gueule, dit Jos.

Il fut contredit par les parents Jourdrain :

— Nous en avons discuté entre nous, dit le père. Le repas est prêt, les chambres sont réservées, ce serait rajouter du gâchis au gâchis que de ne pas y aller. Nous vous proposons que nous mangions ensemble, malgré tout. Qu'est-ce que vous en pensez, Jos ?

— Oui, il n'y a qu'à faire comme ça, dit Guillemette. On se consolera les uns les autres.

— D'accord, admit Jos.

On ne modifia pas le plan de table, sauf que, tout de même, on ne pouvait pas laisser une chaise vide à côté du marié – comment l'appeler autrement ? Yves-Marie pria Joséphine d'occuper cette chaise vide.

— Oh non ! Ce ne serait pas bien.

— Et pourquoi donc ? Vous vous êtes donné tant de mal. Et puis j'y tiens !

— Alors…

C'est ainsi qu'elle se retrouva à la place d'honneur, à la droite d'un enseigne de vaisseau, pour des noces tombées à l'eau.

La plupart des goûters d'enterrement sont plus gais que ne le fut ce repas-là. À un goûter d'enterrement, si le mort est un vieux, on cause de lui, de ses défauts, des conneries qu'il a faites dans sa jeunesse, et on finit par bien rigoler, haut et fort, finalement. À ce repas-là, qui ne fut pas de noce, on chuchota comme dans une chambre mortuaire, en évitant le sujet qui fâcherait. Pourtant, au dessert, Yves-Marie, qui s'était enivré lentement et méthodiquement, et c'était bien compréhensible, demanda à Joséphine de lui parler de Marie-Morgane.

— Oh non, ça va vous faire du mal !

Il insista. Il souhaitait savoir quelle petite fille et quelle adolescente avait été Marie-Morgane. Avec ses mots à elle, Joséphine lui décrivit la cadette telle qu'on l'avait toujours vue à Trezaraden : si mignonne, puis si jolie, puis si belle, et toujours fière, hautaine, à la fois déterminée à obtenir ce qu'elle voulait et détachée de l'objet obtenu, insaisissable, à part.

Elle aussi grisée par le vin et l'empathie à l'égard de ce marin qui n'était pas le sien, Joséphine céda au désir d'Yves-Marie de l'entendre raconter l'épilogue, les dernières minutes à Trezaraden. Elle lui dit comment cela s'était passé, lui répéta une partie des paroles qu'elle avait prononcées mais regretta cependant d'avoir utilisé le mot « amant ».

— Oh mais sûrement qu'elle a hésité jusqu'à la dernière seconde. Elle avait enfilé la robe et ses bas, et dessous…

— Dessous ?

— Dessous elle portait des… dessous… euh… des dessous de nuit de noces.

Yves-Marie serra les mâchoires, à s'en casser les dents.

On se leva de table à cinq heures. Tonton Dona se proposa de ramener ceux de Trezaraden chez eux.

— Ils pourraient dîner avec nous, ce soir, dit Guillemette.

— Merde alors non ! répondit Jos. Pour qu'il continue de se régaler du spectacle ?

— Tu es vraiment trop dur avec lui.

— Le car nous ramènera à la maison ! On va tout faire comme prévu.

On avait prévu que Germaine et Yvonne et leurs maris dormiraient à Trezaraden, puisqu'une nounou avait été embauchée pour s'occuper des petits à Douarnenez jusqu'au lendemain midi, alors pourquoi changer de programme ? Il y avait le problème de la Simca 5 abandonnée dans la cour. Yves-Marie et ses parents viendraient la chercher. Comme Yves-Marie n'était plus en état de conduire, son père ramènerait la Simca 5 et sa mère l'autre voiture.

Ni le père ni le fils ne seraient vraiment en état de conduire, en partant de Trezaraden… Alors qu'on allait se quitter sur des « Bon, ben, eh ben » gênés, Jos invita les Jourdrain à boire un verre. On avait prévu des provisions, pour un souper après le bal. Naturellement, Guillemette et les filles mirent tout sur la table : pâté et cornichons, pain de campagne et bara dous[1], quatre-quarts aux pruneaux et gâteau de roi. Les hommes tirèrent un peu trop sur le bordeaux supérieur.

1. Pain doux.

On se débonda, on s'adressa des témoignages de sympathie mutuels.

— Ne croyez pas qu'on vous en veuille, dit la mère Jourdrain, ce qui est arrivé n'est pas de votre faute. Vous êtes de braves gens.

— Et votre fils est un bon gars, dit Jos. Un gars plein d'avenir.

— On aurait aimé l'avoir comme gendre, dit Guillemette. D'ailleurs, c'était tout comme. Tout le monde ici l'avait adopté.

— Ça c'est sûr, acquiescèrent Lucien et Jean-Louis, on comptait bien l'emmener à la pêche avec nous.

— Ça n'empêchera pas, dit Jos. Il viendra quand il voudra. Ça lui changera les idées.

— J'espère qu'il s'en remettra, dit Guillemette.

— Une fois embarqué, il aura autre chose à penser, dit le père Jourdrain.

— Il a reçu son affectation ?

— La semaine dernière, au groupe d'escorteurs d'escadre de la 2e Région.

— Et Marie-Morgane qui ne nous l'avait même pas annoncé, dit Joséphine.

— Il était tellement heureux d'être basé à Brest et non pas à Toulon, dit la mère Jourdrain.

Yves-Marie hocha la tête, pas formalisé pour un rond qu'on parle de lui à la troisième personne, en sa présence. Accroché des deux mains à son verre de rouge comme un pochetron de bistrot du port, il jouait au navigateur solitaire, encalminé sur le noir océan de la mélancolie. Qu'il fût en grande tenue d'enseigne de vaisseau accentuait le pathétisme de sa détresse.

— Joséphine, je peux voir la robe ? demanda-t-il soudain.

— Oh quelle idée ! Vous croyez ?

— Oui, j'aimerais bien.

— Il n'y a pas de raison qu'il ne la voie pas, dit Guillemette.

— Je vous préviens, elle est froissée, dit Joséphine. Je l'ai juste ramassée, après que…

Yves-Marie chaloupa jusqu'à l'atelier. Joséphine ajusta la robe au mannequin.

— Elle est belle ! dit Yves-Marie d'une voix de gamin.

Joséphine étala la traîne sur la longue table.

— J'avais brodé une ancre de marine…

— Une délicate attention, Joséphine.

Elle s'abstint de dire que Marie-Morgane n'avait pas apprécié.

— Je voudrais vous demander quelque chose…

— Oui ? dit Joséphine, méfiante.

Il avait ce regard en dedans des bonshommes saouls qui mijotent une parole cruelle ou un geste malhonnête.

— Est-ce que vous voudrez ?

— Mais quoi, Yves-Marie ?

— Mettre la robe.

— Ah non, ce n'est pas possible !

— Mais si !

— Je vous dis que non !

— Mais pourquoi ? Ça me ferait tellement plaisir.

— Je suis beaucoup plus forte que Marie-Morgane, je ne pourrais même pas boutonner le premier bouton…

— Ah ? Quel dommage.

— Venez, maintenant, vous vous êtes fait assez de mal comme ça.

— Vous avez un bel atelier, Joséphine.

Yves-Marie souriait comme un zombi. Joséphine le prit par le bras pour le ramener dans la cuisine. Guillemette prépara un café fort, pour remettre les idées en place aux hommes, et surtout au père Jourdrain, qui devait conduire.

— Faudrait pas avoir un accident, en plus, dit-elle.

Jos se dirigea vers le buffet et sa réserve de fort.

— Pas de pousse-café ! protestèrent ses filles.

— C'est Biribi, ici ! rigola Jos en se rasseyant.

On sirota son café, il y eut de plus en plus de blancs dans la conversation, pour les Jourdrain l'heure était venue de lever le camp.

Comme aux enterrements, qui sont l'occasion de retrouver des parents éloignés, les deux familles se quittèrent sur la promesse réciproque de rester en contact.

— Vous serez toujours les bienvenus à Larmor-Plage, dit la mère Jourdrain.

— Et vous à Trezaraden, dit Guillemette.

— On pêchera le bar ensemble, mon garçon, dit Jos à Yves-Marie. Mais à bord du canot, c'est moi qui commande !

— À vos ordres, mon capitaine, bredouilla Yves-Marie.

On se consola d'embrassades, en guise de condoléances réitérées. Les voitures démarrèrent et disparurent dans le chemin.

— Et voilà, dit Jos, tout est bien qui se termine mal.

Guillemette éclata en sanglots.

— Toi alors, qu'est-ce qui t'a pris de dire ça ! s'écria Joséphine. Tu fais pleurer maman.

Germaine et Yvonne sortirent aussi leurs mouchoirs.

— Tu fais pleurer tout le monde !

— Ben quoi ? Il va bien falloir que la vie continue.
— Elle ne sera jamais comme avant, dit Joséphine.

À Trezaraden, désormais, il y aurait un avant et un après le mariage de Marie-Morgane, bien qu'il n'eût pas eu lieu. La vie tout entière, passée et à venir, s'articulerait à partir de cette charnière : « l'avant », un paysage clair et ensoleillé, une longue, très longue période de bonheurs et d'espoirs ; « l'après », un paysage obscurci par un vitrage fumé, à travers lequel on n'entrevoit que les éléments éclairés : dans un visage, le blanc des yeux ; dans un paysage crépusculaire, le rougeoiement du ciel ; sur l'ordinaire des jours opacifié, les événements marquants, naissances et morts entrecroisées, rugueux tissage d'une toile rêche qui ferait regretter le long ruban de satin de « l'avant », figuré par la traîne brodée d'une ancre de marine pliée dans un tiroir, tandis que la robe de Marie-Morgane serait condamnée à jaunir sur le mannequin de l'atelier, à perpétuité.

QUATRIÈME PARTIE

Le retour de Tristan

18

Marie-Morgane adressa à Trezaraden une lettre collective qui commençait par « Chers Tous » – « Elle a mis des majuscules, quand même ! » observa son père –, pour dire qu'elle espérait que « ça » ne s'était pas trop mal passé, et que l'homme de sa vie était un mareyeur du pays bigouden, qu'il ne fallait pas essayer d'en savoir plus et que ce serait elle qui donnerait de ses nouvelles.

— Si c'est pas malheureux, dit Guillemette. Elle pense qu'on peut tirer une croix sur elle, comme ça ?

— Qu'elle reste où elle est, et grand bien lui fasse ! dit Jos.

— Te fais pas de bile, maman, dit Joséphine, on reverra Marie-Morgane à Trezaraden. Le temps efface tous les malheurs.

— Oh pas celui-là ! Je n'oserai même plus montrer ma figure au bourg…

— Quoi ? Tu déconnes ! dit Jos. On a pas attrapé la peste !

— Oh c'est pire ! Toi tu t'en fiches peut-être, mais pas moi.

— On est toujours là, nous, essaya de la consoler Joséphine. Papa et moi, Germaine et Yvonne, Lucien et Jean-Louis, et tes petits-enfants ! De nous tous au moins tu n'as pas à rougir.

— Un malheur ne vient jamais seul !

— Oh maman, maman !

— Je n'aurai plus jamais de goût à rien.

Elle se couchait de bonne heure et se levait plus tard qu'avant, mangeait sans appétit, accomplissait ses tâches ménagères avec acharnement et se fatiguait inutilement. Plusieurs fois elle oublia de traire la vache, si bien que Jos vendit la pie-noire au boucher, en maudissant Marie-Morgane d'avoir boulé Trezaraden dans le ravin des larmes. Il continuait d'aller à la pêche, pour se distraire et par devoir de cueillette, pour ne pas laisser tout ce poisson à l'océan, mais à présent lui manquait le plaisir, au retour, du sourire de Guillemette devant un beau homard ou une palanquée de rougets. Les derniers qu'il avait pris, elle en avait raté la cuisson : dans la poêle, de ces poissons si délicats, elle avait fait une infâme ratatouille.

Joséphine ne cessait de secouer sa mère :

« Prends sur toi ! Pense à autre chose !

— C'est plus facile à dire qu'à faire », répondait Guillemette.

Dans les campagnes, en ce temps-là, à son mal de vivre on n'accolait pas encore le mot « dépression ». On n'allait pas chez le médecin parce qu'on n'avait plus envie de sourire. On savait qu'à Quimper il y avait des neuropsychiatres, mais on pensait qu'il fallait être fou pour aller les voir, qu'ils enfermaient les gens chez Boum, l'asile d'aliénés de Quimper. Pour guérir, les femmes se tuaient au travail et les hommes sombraient dans la boisson.

Heureusement que Joséphine était à Trezaraden pour maintenir le navire à flot, après le naufrage du mariage raté, qui donna de l'ampleur à son propre destin. À son prestige d'Iseut séparée par les dieux de son Tristan sous-marinier, à son aura de fiancée répudiée sous le prétexte, avancé par une méchante future belle-mère, qu'elle avait séjourné, adolescente, dans un sana – cette explication, la plus romanesque, serait jusqu'à la fin de ses jours la pierre angulaire de la chronique de la rupture de ses fiançailles avec Armand –, s'ajoutait désormais le panache de la sœur couturière dont le grand œuvre n'aurait jamais été porté.

Sur le mannequin, dans un coin de l'atelier, la robe témoignait du prestigieux outrage à son esprit créatif et à son dévouement. Les clientes palpaient la relique avec au bout des doigts de saints frissons, et le récit de sa confection, de la livraison du satin offert par Marie-Jeanne Kéruzoré jusqu'au moment fatal où Marie-Morgane l'avait piétinée, devint les Dardanelles de Joséphine, nouveau bosco de Trezaraden qui houspillait son équipage, ses deux vieux matelots, ses parents, d'un ordre allègre :

« La vie continue ! »

Et la vie continua, mais comme une roue détachée d'une charrette renversée, qui file sur la pente du traezh et branziguelle[1] en sautant les mottes et les taupinières, et finira par se coucher, de toute façon.

Après avoir fait chacun un deuxième gosse à leurs épouses, Lucien et Jean-Louis partirent en Indochine. C'est peu dire que les femmes ne comprenaient pas très bien ce qui se passait là-bas. Même Jos avait du mal à faire le tri entre le bien et le mal des opérations dans

1. Du verbe brañsellat, chanceler, vaciller.

lesquelles les marins étaient engagés. Les communistes poussaient leurs pions au Tonkin, il fallait défendre les intérêts de la France, soit ! Mais ces gars-là, du Viêt-minh, voulaient être maîtres chez eux, et c'était compréhensible. Qui avait tort, qui avait raison ? Bien malin qui aurait pu le dire, et bien couillon celui qui aurait avalé les discours des politiciens, juste bons à raconter des craques. Une chose était sûre, qu'on lisait dans *Paris Match* : armés par les Chinois, les Viets, braves paysans le jour et terribles guerriers la nuit, harcelaient les biffins français et en tuaient plus d'un.

Les nouvelles qu'on recevait des deux beaux-frères étaient banales et lapidaires – censure militaire oblige –, si bien que Joséphine prit l'habitude d'aller, d'un coup de vélo, acheter *Paris Match* au bourg, et Germaine et Yvonne de venir le lire le dimanche. À Trezaraden, grâce à l'expérience de Jos et à l'optimisme de Joséphine, le réalisme des photos de guerre en noir et blanc était transmuté en images rassurantes.

Lucien et Jean-Louis, en principe, ne risquaient pas leur peau. Ils appartenaient à la marine en blanc, qui ne quitte pas le navire, et non pas à la marine en kaki, qui descend se battre à terre. On les imaginait vêtus de leur bel uniforme immaculé, à bord d'un aviso invulnérable, remontant des fleuves jaunes sous des ciels flamboyants, et peut-être un matelot chantait-il, accompagné par la douce musique de l'eau sur la coque, « La chanson de ma vie », écrite au début du siècle par Jos ar Saoz, un gars d'Ergué-Gabéric engagé dans la Royale.

Yaouank c'hoazh me oa kuitaet va bro gozh Breizh-Izel,
Evit mont da c'hounez ma bouede-barzh ar broioù pell.

Da Saïgon en Indochin digentañ e oan bet,
Goude oan deuet d'an Afrik da vro an Arabed[1].

Le bâtiment longeait des berges luxuriantes où s'agitaient des singes et se glissaient des serpents, escortait des vedettes de patrouille qui arraisonnaient des jonques et fouillaient leurs occupants, débarquait des fusiliers marins et les réembarquait après une opération de nettoyage, appuyait du feu de sa double tourelle de 90 et de ses canons de 40 un fortin de l'armée de terre assiégé par les Viets.

Partir si loin et si longtemps représentait un sacrifice, mais ce sacrifice-là n'avait rien de guerrier ni de patriotique. Il était assez comparable au départ des journaliers agricoles qui s'en vont faire la saison de la betterave à sucre dans le Nord. Les épouses avaient fait contre mauvaise fortune bon cœur, car il s'agissait d'améliorer la solde et de gagner du galon plus vite. Joséphine chroniquait leur carrière, en comptant leurs galons comme elle aurait marqué sur le chambranle d'une porte la taille de ses enfants.

Le gouvernement relança l'industrie du bâtiment, le Crédit foncier prêtait de l'argent, les prix montaient, il fallait se lancer. En dignes filles et femmes de marins devant gérer le ménage en l'absence des maris, Germaine et Yvonne, sous la houlette de Jos, achetèrent du terrain à bâtir sur la côte, au lieu-dit Lost-ar-C'hoat, « la fin du bois », entre le bourg et Trezaraden, où furent mises en chantier deux maisons jumelles et mitoyennes,

1. « Jeune encore, j'ai quitté mon vieux pays de Basse-Bretagne,/Pour gagner mon pain dans de lointaines contrées./D'abord j'ai été à Saïgon, en Indochine,/Et ensuite je suis allé en Afrique, au pays des Arabes. »

une sorte de regroupement familial général : les deux sœurs resteraient on ne peut plus proches l'une de l'autre, à moins de dix minutes à pied de Trezaraden.

Le soir du mercredi 4 mars 1953, la veille de la mort de Staline, le facteur vint apporter un télégramme. Pour qu'il se déplace spécialement à une heure tardive, ça ne pouvait qu'être l'annonce d'un décès. En songeant à Lucien et Jean-Louis, Guillemette et Joséphine se signèrent, ce qui était idiot, comme dirait Jos : c'est la femme qu'on prévient d'abord, pas les parents, et puis l'amirauté prévient autrement que par un télégramme direct et brutal à la famille. Il s'agissait d'Adélaïde, la première des anciens à faire la grande bascule.

Adélaïde décédée, obsèques samedi 7, 11 heures.
Donatien

— Vu l'état où elle était la dernière fois qu'on l'a vue, y a rien d'étonnant, dit Jos.

— Il faut qu'on aille à l'enterrement, dit Joséphine.

Guillemette refusa tout net :

— Moi je bougerai pas d'ici !

Jos se tâta, fatigué à l'avance du tracas du voyage.

— C'est bizarre qu'elle soit enterrée que samedi, dit-il.

— C'est pour nous laisser le temps d'arriver, dit Joséphine.

— Tu crois ?

— Oh papa ! Vous n'êtes que deux frères, c'était ta seule belle-sœur, tu ne peux pas faire autrement que d'y aller. On ne va pas vers l'inconnu. On a déjà pris ce train-là.

— Bon, alors d'accord, on ira tous les deux, si tu te démerdes avec les billets et le reste.

Le vendredi en fin d'après-midi, Donatien les attendait à la gare d'Ancenis.

— C'était pas la peine de venir, dit-il.

— Ah bon ? piqua Jos. Généralement, quand on envoie un télégramme comme ça, c'est pas pour que les destinataires restent à la maison !

— Je vous en aurais pas voulu, bougonna Donatien.

Adélaïde reposait dans son cercueil, sur la table de la salle à manger. Une odeur de rôti venait de la cuisine où la nouvelle bonne, une dame d'une quarantaine d'années, préparait le dîner. Le « petit » Georges, dix-sept ans, était prostré sur une chaise, dans un coin de la pièce. La morte était presque méconnaissable.

— Elle a eu des soins, dit Donatien, sinon il aurait déjà fallu la mettre en terre. Et puis, chuchota-t-il, y a eu une autopsie.

— Une autopsie ? Et pourquoi donc ?

— Pas ici, viens dehors.

Ils sortirent par la porte donnant sur le verger et le vignoble.

— Les gendarmes m'ont emmerdé. À cause de mon casier.

Jos fut parcouru d'un frisson indicible. Son con de frère pliait un genou.

— Ah, parce que t'as un casier ?

— Une connerie, dans le temps, quand j'étais chez les bouseux. Non, même pas une connerie. Une greluche que j'ai tronchée et qui a dit que je l'avais forcée. T'as jamais été au courant ?

— Ma foi non. C'est moche pour toi. Mais qu'est-ce que ça a à voir avec ta femme ?

— Elle est pas morte de son cancer de l'estomac. C'est le cœur qui a lâché, pendant son sommeil. Elle était déjà froide quand je l'ai trouvée dans son lit, le mercredi matin. Le toubib n'a pas voulu signer le permis d'inhumer.

— Bizarre, non ?

— Pas tant que ça. Dans ce bled, je suis comme un rapporté dans une famille. Un pauvre type qui s'est marié à la châtelaine. Et le notaire a dû baver en petit comité sur notre contrat de mariage. Alors, comme y avait un tas de louzoù dans la maison, le toubib s'est figuré que je lui avais peut-être refilé des gouttes pour le cœur. Il s'est défaussé sur les gendarmes. Mais bon, qu'est-ce que tu veux qu'ils puissent prouver ? Elle est partie du cœur, personne n'y pouvait rien.

— Je te plains, dit Jos dans un bel élan d'hypocrisie. Perdre sa femme, et être suspecté…

— Ouais, c'est pas marrant.

— Mais l'affaire est classée ?

— Forcément, qu'elle est classée !

Jos regarda les ceps de vigne et les fruitiers bien taillés, et se retourna pour considérer le manoir.

— Alors, tout ça est à toi, maintenant ?

— Comme je te l'avais dit, tout. Le lardon n'aura pas son mot à dire.

— Le lardon ?

— Le fils. Il m'emmerde. Muet comme une carpe, toujours à me regarder par en dessous, et il fout rien à l'école. Il a été collé au brevet. Je l'ai mis en pension jusqu'à ce qu'il l'ait. Ah, je sens qu'un de ces jours je vais faire un testament. Tu seras dessus, tu auras ta part, le petit nullard n'aura pas tout.

— Tu comptes le déshériter en partie ?

— En totalité, si j'ai envie ! Ça leur ferait les pieds, à lui et aux baronnes et vicomtes de l'autre famille !

Ben merde alors, songea Jos, quelle ordure !

— T'as le temps de réfléchir. Ton fils est dans le mauvais âge. Les gosses s'améliorent quand ils prennent du plomb dans la tête.

— Pas celui-là. Quand on est con, c'est pour la vie.

À qui le dis-tu, se régala Jos, qui ne regrettait plus le voyage.

— Tu vas garder la bonne ?

— Émilienne ? Tu parles que je vais la garder ! Une fille de la campagne restée vieille fille. Une perle. Toujours gaie, jamais fatiguée. Et puis, entre nous, c'est une vraie bonne *à tout faire*…

Il cligna de l'œil.

— Tu piges ?

Jos opina en cachant sa joie. Nom d'un petit bonhomme ! les confidences de son con de frère valaient vraiment le déplacement.

L'enterrement fut sinistre. Bien sûr, en raison de la personnalité de la défunte, pharmacienne et châtelaine de Kermalo, les grosses têtes étaient nombreuses, avec des rubans et des rosettes à la boutonnière, mais tous ces gens, complices en mépris des de Malo-Penhoët, snobèrent les trois Gwenan, en particulier au moment des condoléances. L'ordonnateur des pompes funèbres, après leur avoir demandé qui ils étaient, aligna Jos et Joséphine au cimetière à côté de Donatien et de son fils, pour recevoir une poignée de main du bout des doigts, un murmure, et des regards comme autant de crachats.

Le soir, à Kermalo, Donatien lui dit :

— Alors, t'as vu comment ils nous ont traités ?

— Ouais, comme des merdes. Si j'avais su, je serais sorti tout de suite du cimetière…

— T'inquiète, j'hérite de tout. C'est eux qui l'ont dans l'os.

Jos en resta cloué sur place. En guise d'oraison funèbre, c'était drôlement envoyé, comme refrain, dans le genre goualante du joyeux héritier.

Dans le Nantes-Quimper, Joséphine dit à son père :

— On voyait bien, que les autres lui faisaient la tête.

— Ça se comprend.

— Quoi ? Quel mal il t'a fait ? Il est devenu quelqu'un, non ?

— Certainement ! Il est devenu ce qu'il était : une saloperie.

— Oh papa !

— M'étonnerait pas qu'il ait refilé un bouillon d'onze heures à son Adélaïde.

— Qu'est-ce qui te permet de dire ça ?

— Rien, une idée comme ça, gloussa Jos. Ce serait digne de lui, ce con fini.

— Je ne comprends pas pourquoi tu le détestes. Je l'aime bien, moi !

— Ouais, et justement, c'est ça qui me dépasse et n'a pas fini de me dépasser.

Guillemette suivit de près la pauvre Adélaïde. Elle mourut en mai 1954, juste avant le retour d'Indochine de Lucien et Jean-Louis. Elle s'était mise à décliner tellement qu'on ne pouvait plus mettre sa faiblesse sur le compte de la dépression. Elle finit par avouer qu'elle avait une grosseur au sein. Joséphine appela le médecin. Il fut horrifié. La tumeur était de la taille d'un œuf de pigeon. Guillemette fut opérée en urgence, connut une période de rémission, mais le cancer flamba d'un coup et l'emporta un matin, alors que la veille au soir elle s'était assise à table et avait réussi à avaler sa soupe toute seule. Elle avait soixante-trois ans. C'était bien jeune pour partir si vite, dit-on dans le bourg. Ses filles dirent aussi qu'elle ne s'était jamais remise du mariage raté, et que, quoi qu'on fasse, c'est le moral qui commande au physique, et chacune de citer l'exemple de pauvres femmes qui avaient développé un cancer après la perte d'un mari, ou d'un enfant en bas âge.

Joséphine voulut expédier un télégramme à son tonton Dona, Jos le lui interdit :

— Pas question d'avoir ce con-là dans les pattes. Il serait capable de venir. On serait plus entre nous. Tu lui écriras une fois que ce sera fini.

— Et pour Marie-Morgane, comment on va faire ?

Jos haussa les épaules.

— On peut plus demander à sa mère si elle aurait aimé la voir à son enterrement. T'as qu'à envoyer un télégramme à l'adresse de son mareyeur.

Bien sûr, par le téléphone arabe, on avait su avec qui Marie-Morgane était partie – « s'était mise à la colle », disait Jos.

— Et si elle n'est plus avec lui ?

— Ça, ça n'étonnerait personne !

Outre le télégramme, que Joséphine expédia, on décida de faire paraître dans le journal un avis d'obsèques encadré, comme les riches et les grosses têtes. Marie-Morgane ne pourrait pas le rater.

— À condition qu'elle soit toujours dans le coin et qu'elle lise le journal, dit Jos.

Germaine et Yvonne, qui n'avaient pas encore emménagé à Lost-ar-C'hoat, confièrent leurs petits à des voisines de Douarnenez et vinrent passer deux jours à Trezaraden. En compagnie des Le Goffic de Kerbiquet, on fit les choses dignement, pas comme à Ancenis, où la pauvre Adélaïde avait été enterrée comme un chien. Pendules arrêtées, cierges allumés, branche de buis et eau bénite dans la chambre où Guillemette reposait, vêtue de la robe qu'elle portait au mariage raté, les cheveux nattés, un chapelet autour de ses mains croisées. Pendant la nuit, Jos et ses filles se relayèrent à son chevet. Jos parlait à sa femme :

« Ma pauvre fille… On aura pas eu nos noces d'or… C'est moi qui aurais dû partir le premier… T'en fais pas, je te laisserai pas trop longtemps toute seule au cimetière… »

Et il pleurait, et il faisait pleurer ses filles.

« Oh papa, arrête ! lui disait Joséphine. Tu te fais du mal, va plutôt bavarder avec quelqu'un dans la cuisine. »

La maison ne désemplissait pas de visiteurs, qui avaient table ouverte à Trezaraden. Jambon, pâté, pain, crêpes, gâteau de roi, vin blanc, vin rouge, café à volonté, de quoi réconforter les corps et les cœurs.

Guillemette fut portée à l'église par des hommes de la commune et non pas par des croque-morts anonymes. Les paroles du curé furent bien belles et les cantiques, en breton, à tremper les mouchoirs. L'église était tellement pleine que des gens durent rester dehors, et parmi ces gens, quand, précédé du porteur de croix, le cercueil de Guillemette franchit le porche de l'église, on aperçut Marie-Morgane, en manteau et bas noirs, avec une petite fille de deux ans dans les bras. Elle prit sa place aux côtés de son père et de ses sœurs dans la marche vers le cimetière. On ne pouvait pas se parler, il fallut attendre l'inhumation, la dernière bénédiction et les premières pelletées des fossoyeurs.

Marie-Morgane embrassa son père.

— Ah ! Madame a jugé bon de faire le déplacement !

Elle embrassa ses sœurs, qui la pressèrent de questions et voulurent porter la petite, tout en marchant vers le restaurant du bourg, pour le goûter d'après l'enterrement.

— Quand même, tu aurais pu nous prévenir que tu avais eu une fille, dit Joséphine. C'est pas parce que…

— Et quel âge elle a ? Et comment elle s'appelle ? demanda Yvonne.

— Pauline. Elle a deux ans tout juste.

— Pauline, c'est joli, dit Germaine. Tu sais, Pauline, que tu as deux cousins et deux cousines ?

— Je sais bien que vous avez chacune deux gosses, dit Marie-Morgane. Je n'habite pas au bout du monde, je me renseigne. Et mon mari est un des fournisseurs de l'usine Chancerelle.

— Il faudra venir à Trezaraden, il faut oublier tout ça, dit Joséphine.

— Tu as entendu ce que m'a dit papa ?

— Oh tu sais bien comment il est ! Ses paroles dépassent sa pensée.

— Et nous, tu pourras bien venir nous voir, dit Germaine. On va bientôt habiter à Lost-ar-C'hoat.

— On fait construire deux maisons jumelles, ajouta Yvonne.

— Décidément, vous restez inséparables, dit Marie-Morgane.

Elle ne posa aucune question et on ne put lui arracher rien de plus. Elle était pressée et ne resta pas au goûter. Elle fila au volant d'une belle voiture. De cette rencontre éclair, ses sœurs durent se contenter de tirer ces trois enseignements : elle portait une alliance, avait une petite fille de deux ans et vivait donc toujours dans le pays bigouden avec son mareyeur.

— Tu ne la mettrais pas dehors, si elle venait à Trezaraden ? demanda Joséphine à son père.

— C'est à sa mère qu'elle a fait le plus de mal. Maintenant qu'elle est plus là, on va pas remâcher ça jusqu'à la nuit des temps. Marie-Morgane est une fille de la maison, au même titre que vous autres.

— Les enterrements servent au moins à réconcilier les gens, soupira Joséphine.

— On peut dire ça, concéda Jos.

Pour eux deux, la boucle était bouclée : Joséphine allait désormais tenir le ménage de son premier amour de petite fille, son père, son premier marin bien-aimé.

Ce fut au tour de Jos de n'avoir plus de goût à rien. La saison du maquereau commençait, Joséphine devait le pousser à préparer ses lignes.

« C'est bien pour te faire plaisir… Une dernière saison… À l'automne je vendrai le canot.

— Ah, sûrement que non ! Je t'en empêcherai ! C'est moi qui irai en mer, s'il le faut ! »

Du coup, il riait :

« Ah j'aimerais bien voir ça ! Te démerder à ravauder le filet et à débrouiller des mitraillettes à maquereaux…

— Ben quoi ! Ton crin, c'est jamais que du gros fil à coudre ! »

Dans la journée, il n'allait pas si mal. C'était le soir que la morosité le reprenait, au moment de se coucher seul dans ce lit où il avait réchauffé les pieds de Guillemette pendant quarante et un ans. Joséphine lui lançait son antienne :

« La vie continue !

— Ouais, avec toi la vie n'arrête pas de continuer à continuer, persiflait-il. Jusqu'au cimetière ! »

19

Lucien et Jean-Louis revinrent d'Indochine avec les galons de premier maître et les deux couples emménagèrent à Lost-ar-C'hoat. Les femmes arrêtèrent de travailler à l'usine et décidèrent de fabriquer un troisième enfant, qu'on appellerait « le retour de guerre », et qui leur vaudrait la carte de famille nombreuse et un boni substantiel sur les retraites proportionnelles.

Au cours de cette longue lune de miel dans les maisons neuves, aucune des deux sœurs ne fut prise.

« Le moule est cassé, plaisantaient-elles.

— Quand même pas à votre âge, répondait Joséphine. Au mien, peut-être, ça n'aurait pas marché, si j'avais eu un bonhomme pour essayer de m'en fabriquer un aussi. »

Germaine avait trente-quatre ans, Yvonne trente-trois et Joséphine quarante. Lucien et Jean-Louis furent affectés au Groupe des escorteurs et avisos de la 2e Région maritime, à bord du *Boulonnais*, un escorteur rapide tout neuf sur lequel sortaient les gars de l'École navale et des EOR. Ces sorties de formation, surnommées « corvettes », amenaient le bâtiment à faire des escales dans des ports de la Manche et de l'Atlantique : Cherbourg, Le Havre, Lorient, Nantes,

Bordeaux, et même Saint-Malo, où la corvette coïncidait avec le pardon des terre-neuvas.

Les hommes tenaient les deux sœurs au courant des escales, traditionnellement d'une durée de deux jours, trop courtes pour venir en perme mais suffisamment longues pour une nuit ou une après-midi d'amour dans une chambre d'hôtel, en vue de procréer. Se rendre en train au-delà de Brest ou de Lorient – « pour la bonne cause », disaient-elles – posait d'énormes problèmes de correspondances, si bien que Germaine et Yvonne affrétaient le taxi du bourg.

Comme elles n'étaient pas les seules femmes de marins du Cap à vouloir rompre la longue séparation d'une brève mais intense étreinte, Clet Péron, afin de rentabiliser au maximum ses courses longue distance, avait acheté une 203 L familiale équipée de trois rangs de sièges assurant un confort raisonnable à six passagères, mais il lui arrivait d'en embarquer huit, si elles voulaient bien se serrer : deux à l'avant à côté de lui et trois par banquette derrière.

Les valises étaient arrimées sur la galerie et certains marins qui avaient fait l'Afrique se marraient bien en voyant arriver le taxi collectif, qu'ils comparaient à un autocar de brousse – « Il manque que les poulets et les chèvres sur vos genoux », rigolaient-ils –, quand ce n'était pas, pour ceux qui manquaient de délicatesse, et entre eux, car les femmes l'auraient mal pris, à un bordel militaire de campagne.

Les femmes pardonnaient à Clet Péron sa plaisanterie habituelle, qu'il lançait au comptoir de son bistrot la veille de chaque départ, et dont la crudité était édulcorée par la perspective de douces étreintes et l'espoir de revenir enceintes : « Demain j'emmène mes lapines au mâle ! En chaleur à l'aller, inséminées au retour ! »

Pour un peu, il aurait affiché comme slogan : « Résultat de la saillie garanti ! »

Yvonne fut prise à Cherbourg. Quatre mois plus tard, Germaine ne l'était toujours pas. Or, le *Boulonnais* avait entamé la corvette dite « gants blancs », avec les deuxième année de l'École navale : cap au sud, escales à Lisbonne, Gibraltar, Palma de Majorque – où il était exclu d'aller rejoindre les hommes –, et puis Toulon, où le bâtiment demeurerait trois jours à quai, en plein milieu d'une période favorable pour Germaine. Impossible de manquer cela.

Mais Toulon, quel déplacement pour Germaine et Yvonne, qui avaient peur de se perdre dans les gares ! Le taxi ? Même si Clet Péron consentait un rabais, le prix serait malgré tout exorbitant. Il n'y avait qu'une solution : que Joséphine, cette grande aventurière, les cornaque. D'accord, mais qui s'occuperait des gosses ? Et de Jos ? Yvonne, enceinte et comblée, se sacrifia. Elle vint loger avec les petits à Trezaraden et Joséphine accompagna Germaine à Toulon.

Le cœur chaviré, Joséphine crut mourir en revoyant les lieux de ses dernières amours. Pendant que Germaine et Jean-Louis travaillaient pour la France, elle emmena Lucien à Hyères voir la villa qui ressemblait à une pièce montée meringuée. Les yeux levés vers le balcon, elle demeura tétanisée, indécise.

— Eh ben, va donc sonner à la porte de l'appartement de tes Juifs, lui dit Lucien. L'occasion se représentera pas.

Elle monta au quatrième, sonna, on lui ouvrit. Des nouveaux propriétaires. Les Libermann étaient morts.

— Je ne sais même pas quel âge ils avaient, dit-elle à Lucien. Très âgés, en tout cas.

— Ils ont eu la chance de se tirer les pattes de la Gestapo et de la milice. Et toi aussi, d'ailleurs, ton compte était bon.

— Simon Libermann m'avait dit ça, mais je n'en suis pas sûre.

— C'est aussi sûr que deux et deux font quatre !

Et que un plus un égale trois : un mois plus tard, il apparut que les rapprochements méditerranéens de Germaine et de Jean-Louis avaient été couronnés de succès.

Les familles s'arrondirent de deux nouveaux membres, une deuxième fille pour Yvonne, un deuxième garçon pour Germaine. Deux filles et un gars pour l'une, deux garçons et une fille pour l'autre, mais si on comptait globalement, si on mutualisait la progéniture du kibboutz (Jos dixit) de Lost-ar-C'hoat, on obtenait une demi-douzaine parfaite de trois gars et trois filles.

Une ribambelle de gosses, autant frères et sœurs que cousins et cousines, puisque aussi bien les maisons jumelles formaient une seule communauté. Cette marmaille, Jos l'avait tout le temps entre les pattes, à Lost-ar-C'hoat, quand il allait maçonner des murs autour des jardins, soigner les potagers, bricoler des étagères ; à Trezaraden, quand les gosses venaient voir leur tante Phine, où les filles avaient la liberté de tout faire, y compris de s'essayer à la machine à coudre lorsque Joséphine n'avait pas en cours le gros chantier d'une robe de mariée, cependant que les garçons sortaient en mer avec leur pépé Jos. Aux casiers, aux filets, aux lignes à bar et aux mitraillettes à maquereau, la relève était assurée.

Plus inattendu, on comptait parfois sept gosses à la demi-douzaine. Assez souvent, Marie-Morgane confiait Pauline à ses tantes, quand elle devait s'absenter, pour des raisons majeures qu'elle exposait de façon laconique : une balade en voilier aux îles Scilly ; des vacances à Venise ; une invitation chez des clients espagnols de son mari. Ce n'était pas la peine d'en demander plus, elle n'en dirait pas davantage. Quant à « lui », le mareyeur bigouden, à Trezaraden on avait tiré une croix dessus : on ne le connaîtrait jamais, à moins que Marie-Morgane ne change du tout au tout. Quoi qu'il en soit, l'enfant du péché se plaisait parmi ses cousins et cousines, bien qu'elle fût moins rustique, un peu empruntée, plus soigneuse de sa petite personne.

« Exactement comme sa mère, disait Germaine.

— Oh sa mère était encore pire que ça ! disait Yvonne.

— Pas la peine de s'étendre là-dessus, tranchait Jos, la Marie-Morgane sera comme ça jusqu'à la fin de sa vie. Même sur son lit de mort, elle regardera les gens de haut.

— Ne parle pas de lit de mort, le grondait Joséphine.

— Ben quoi, je vieillis ! Bientôt ce sera mon tour, de faire la grande bascule. Mais ne t'inquiète pas, j'attendrai que mon con de frère saute avant moi !

— Oh papa, ne parle pas de ça, je te dis ! Ça viendra bien assez vite ! Déjà que depuis un moment on a l'impression que deux années filent en douze mois… »

Quand il y a autant de gosses à grandir autour de vous, la vie s'en va au grand galop, emportant sur son dos les échéances qui les concernent, qui accélèrent le temps des adultes, maintenus, eux, dans une sorte de présent perpétuel : la rentrée des classes, les uns dans le primaire, les autres au collège de Douarnenez ; Noël, Pâques, les grandes vacances, les permissions de Lucien et Jean-Louis, les immuables saisons de la pêche – l'ouverture du maquereau, l'araignée à la côte, la daurade dans la baie, les chasses de bars devant Porzh-Brennig –, et ces choses qui vous dépassent, comme l'inflation, les soldes des marins qui augmentent et les mensualités des prêts qui diminuent, l'argent qu'on n'a plus besoin de compter sou par sou.

Germaine et Yvonne passèrent leur permis de conduire et achetèrent une voiture en commun. Leurs hommes signèrent pour un séjour en Méditerranée pendant la guerre d'Algérie, où ils resteraient jusqu'à la remise des clés de la base de Mers el-Kébir aux Algériens.

Ils prirent leur retraite après leur retour d'Algérie et trouvèrent de l'embauche à Douarnenez : Lucien à l'usine Chancerelle, au service entretien ; Jean-Louis dans un garage. Chaque couple eut sa voiture, ou plutôt les deux couples eurent deux voitures en commun, serait-il plus exact de dire.

« Et voilà que j'ai deux marins de plus à m'occuper ! » plaisantait Joséphine.

À s'occuper, en tout bien tout honneur ! Lucien et Jean-Louis venaient dîner et dormir à Trezaraden la veille d'une partie de pêche, afin d'être sur le pied de guerre au lever du jour. Joséphine gâtait ses beaux-frères, et ses sœurs faisaient mine d'être jalouses.

Outre le balisage de la vie des autres – père, sœurs, beaux-frères, neveux et nièces –, Joséphine avait ses propres repères récurrents dans le temps. Comme à Trezaraden ils vivaient sur la pension de Jos et qu'elle

travaillait régulièrement sans déclarer grand-chose aux impôts, son magot augmentait au Comptoir national d'Escompte de Paris.

Un démarcheur de l'agence de Quimper venait quatre fois par an renouveler les bons du Trésor et payer et replacer dans la foulée les intérêts des obligations qu'il faisait souscrire à sa cliente. C'était un homme sans âge, toujours vêtu d'un costume trois pièces sur cravate et chemise blanche, et quel que soit le temps il ne se déplaçait jamais sans son parapluie, si bien que Joséphine le surnomma « Pépé Parapluie ». Il venait en fin de matinée, déjeunait et ne se faisait pas prier pour lever le coude à Trezaraden. C'était un jour de fête, un jour sacré, un jour où Joséphine était indisponible. Si ses sœurs lui demandaient de garder un des gosses ce jour-là, elle répondait :

« Jeudi ? Ah non, j'ai des coupons à couper le matin.

— Des coupons de tissu ou les coupons de tes titres ?

— Peuh ! De mes titres ! Pépé Parapluie vient à l'heure de midi. »

Jos aimait bien l'homme, d'une politesse exquise, mais il résistait au démarcheur.

« Alors, père Gwenan, quand est-ce que je vous ouvre un livret ?

— La Caisse d'épargne me suffit.

— Votre fille est satisfaite du Comptoir d'Escompte !

— Ça la regarde. »

Et, au pronom personnel près, c'est ce qu'il répondait aussi à Joséphine quand elle lui parlait de la dernière lettre de son cher tonton Dona : « Ça te regarde… Ça te regarde d'écrire à ce con-là. »

Sur le chemin du temps de Joséphine, les lettres qu'elle recevait de son tonton Dona étaient comme autant de petits cailloux qui le bornaient, et sa visite annuelle, alors ! Une énorme pierre blanche, longtemps figurée à l'avance par un rond sur le calendrier des PTT. Le décès d'Adélaïde ne changea rien à ses habitudes. Il venait en été, logeait à l'hôtel et payait le gueuleton recta à tous ceux de Trezaraden et de Lost-ar-C'hoat. Les gosses en demeuraient un peu éberlués, de cet étranger qui apparaissait une fois par an, se comportait comme un nabab, ne parlait que de lui et les regardait à peine. Il changeait de voiture tous les deux ans, on le vit débarquer en Versailles, en Chambord, et l'année de sa première DS Jean-Louis s'amusa à le titiller en inventant des défauts à la bagnole.

Il venait toujours seul. Le père et le fils étaient en froid. La dernière apparition de Georges dans le Cap remontait au mariage avorté de Marie-Morgane. On aurait bien été en peine de dire de quoi il avait l'air, adulte. Portait-il la barbe ou la moustache ? Les cheveux longs comme c'était devenu la mode pour les gars ? Avait-il forci ou était-il resté klañvidik[1] comme sa mère ? Mystère.

En revanche, on connaissait sa biographie quasiment sur le bout des doigts, relatée à Joséphine par son père d'une plume trempée dans le fiel. Elle en rendait compte à la famille comme on raconte un feuilleton, mais, afin de ne pas écorner encore plus l'image déplorable que la famille avait de son cher tonton Dona, elle le faisait en des termes plus tempérés que ceux utilisés dans ses anathèmes contre son

1. Maladif, souffreteux.

fils. « L'andouille a été collé trois fois au brevet », « Malgré qu'il n'ait aucun diplôme, j'ai réussi à pistonner le nullard à l'EDF, dans les bureaux du personnel. Il fera toujours un bon gratte-papier », « Il ne parle jamais de fille, il doit être pédé, je vais l'appeler Georginet », « Ce salopard de Georginet s'est inscrit à un syndicat. Encore heureux que ce soit à la CFTC et pas à la CGT »… Et en mai 1968 : « Le petit fumier a suivi les blev hir[1] qui foutent le bordel. Il est passé à la CFDT. C'est facile de critiquer les patrons et les capitalistes, quand on a l'héritage du père qui vous attend derrière ! »

— L'héritage de sa mère, je dirais plutôt, commenta Jos.

Le repas princier annuel était à peu près la seule occasion où Jos voyait son frère. Quand le châtelain d'Ancenis devait venir à Trezaraden, invité par Joséphine, Jos s'éclipsait. Si la mer était belle, il avait ses casiers à relever. Si elle était mauvaise, il avait le canot à mettre au sec. Joséphine n'était pas dupe, et le disait :

« Oh papa, tu fais exprès !

— Tu crois ? » répondait-il avec un sourire angélique.

Tonton Dona ne s'en formalisait pas, pas plus qu'il ne se vexait d'être boudé par ceux de Lost-ar-C'hoat, où il ne posa jamais les pieds sur les patins de l'une ou l'autre des deux salles à manger. Germaine et Yvonne évoquèrent la possibilité d'une invitation, par politesse, mais Lucien et Jean-Louis imposèrent leur veto :

« Se taper çui-là à la maison ? Sûrement pas ! On aurait l'impression de tirer dans le dos de Jos. Et puis

1. Cheveux longs.

il a pas à se plaindre, Joséphine est aux petits soins pour lui. Y en a qui tournent maniaques de leur chien ou de leur chat, elle c'est de son tonton Dona. Et lui il s'en fout, de nous autres. Vous l'avez déjà entendu demander des nouvelles de nos enfants ? Jamais ! »

Ce qui importait au tonton Dona, c'était de venir parler de lui et de son fils à Joséphine, l'unique auditrice passionnée par ses discours, et convenir avec elle de la date du gueuleton à la fin duquel il souffletterait son frère d'un claquement de chéquier, minable affront sonore que Jos entendait de moins en moins. À sa surdité, normale pour un canonnier, et qui aurait dû survenir bien plus tôt, s'ajouterait le mutisme amer des gens au régime à une table de banquet.

En 1971, l'année de ses quatre-vingt-un ans, Jos fit un léger accident vasculaire cérébral, juste de quoi rester avec de la bouillie sur la langue et la bouche un peu de travers pendant quelques jours. Un avertissement salutaire, décréta le nouveau médecin du bourg, un jeune qui prêchait l'hygiène de vie, alors que l'ancien avait eu la sagesse d'admettre les limites de la science face à l'opiniâtre et mystérieuse résistance des artères de ses vieux patients à la gitane maïs et au vin rouge du Maghreb. Jusque-là, Jos s'était soigné tout seul. Rhume ou mal de gorge ? Un lait chaud au miel et au rhum. Mal au dos : un Aspro. Mal à l'estomac ? Une pastille Rennie, et encore fallait-il que les aigreurs fussent tenaces.

Il n'avait jamais entendu parler du docteur Knock et de ses paroles de charlatan selon lesquelles toute personne en bonne santé est un malade qui s'ignore, mais son leitmotiv n'en était pas moins catégorique : mieux vaut éviter les médecins car ils vous découvrent des maladies que vous n'aviez pas avant qu'ils ne vous mettent le cœur et les poumons sur écoute. En voir un, pour lui c'était le commencement de la fin.

La suite, le concernant, en apporta la preuve. Examens de sang, taux de ceci, taux de cela, des sacs à patates de louzoù, et régime jockey ! Sans sel, sans sucre, sans café fort, sans beurre sur son pain, viande grillée et poisson bouilli et, en guise de rafraîchissement, un minable quart de rouge par jour. S'il avait vécu seul, Jos aurait allègrement transgressé l'oukase de la Faculté, mais Joséphine veillait, impitoyable, et sans doute son extrême rigueur de préposée au régime contribua-t-elle au déclin de son patient.

L'homme était solide, sa descente vers l'horizon de la vie fut lente, très lente, comme celle du soleil à la Saint-Jean, aussi eut-on le loisir de se faire à l'idée de sa disparition. Alors qu'auparavant il sortait en mer par n'importe quel temps, il pêcha de moins en moins, attendant des conditions idéales. Il abandonna le canot aux bons soins de Lucien et Jean-Louis, laissa le potager en friche, n'affûta plus les couteaux, ne se rasa plus tous les jours. Il se mit à aimer son banc contre le mur de la maison où, quand il faisait soleil, il demeurait des heures, à écouter la rumeur de l'océan.

Alors, le gueuleton annuel du châtelain d'Ancenis était pour lui une terrible épreuve. Il avait son menu à part et il faisait des montées d'hypertension, à regarder celui de Kermalo bâfrer et tout digérer, apéro, vin blanc, vin rouge, kilos de mayonnaise, coq au vin et choux à la crème. Son con de frère ruisselait de bonne santé comme naguère, à Trezaraden, les daurades au four ruisselaient de beurre. Le plus dur à encaisser, c'était d'entendre sa propre fille, sa Joséphine, son bourreau, s'ébaudir de l'insolente carcasse de son tonton Dona, et l'autre con, cette espèce de grand peul[1] tout en muscles enrobés de gras, marteler des deux poings sa grosse caisse de vanité et lui lancer :

« Mon pauvre vieux ! Tu déclines d'année en année ! Faut faire comme moi, te remuer ! »

À le croire, été comme hiver il se levait aux aurores et travaillait sur son terrain, et que ça bêchait, sarclait, semait, récoltait, débitait du bois, et même, à près de quatre-vingts ans, ça vous matait un gros motoculteur, qu'il passait entre les rangs de vigne pour aérer la terre.

« Ces engins-là, faut les tenir. Celui-là voudrait bien se rebiffer, mais je le tiens ! »

En confidence, il ajoutait :

« Et le soir, au lit, Émilienne me fait une gâterie, et j'envoie la purée, comme à vingt ans ! Rien de tel que se vider les bourses pour dormir comme un loir. À mon âge, je fais toujours des taches au plafond ! C'est pas beau, ça ? »

Jos le racontait tel quel à ses gendres, qui le répétaient à leurs femmes, qui le répétaient à Joséphine, qui réfutait l'accusation :

« Peuh ! Papa invente ! Tonton Dona ne dirait jamais ça. Jamais il n'a eu une parole déplacée devant moi ! »

Le châtelain de Kermalo savait devant qui se tenir à carreau. Pour la virginale oreille de Joséphine, il épouillait son dictionnaire du vocabulaire du sexe. On ne presse pas un buvard précieux sur des mots crus. Même séchés à l'envers et seulement lisibles dans un miroir, ils risquent de se graver dessus et de rayer le cristal des bons sentiments.

1. Poteau, pilier.

Malin, le tonton Dona ne récriminait contre son fils que dans ses lettres à sa nièce, ou en tête à tête avec elle. Elle le consolait, alors que Jos et les autres, les deux matafs et leurs bobonnes, lui auraient renvoyé ses plaintes en pleine poire. Aurait-il dit à Jos : « Mon fils n'arrête pas de me demander des sous », que Jos lui aurait répondu : « J'espère bien que tu lui en donnes, puisque tu répètes que tu sais plus quoi en faire. » Ou pire : « Normal qu'il veuille sa part, tu lui as piqué l'héritage de sa mère ! » Et c'était Joséphine qui héritait des répliques de Jos quand elle lui relatait les faits, et c'était elle qui les contrait.

« Il aime ça, je te dis, de voir son fils claquer du bec, proclamait Jos. M'est avis que ça lui déplairait pas qu'il crève de faim. Il a bien refilé un bouillon d'onze heures à son Adélaïde… »

Joséphine éludait l'allusion perfide et se concentrait sur la défense de son oncle bien-aimé :

« Moi je trouve que tonton Dona a raison de ne pas le gâter. Il faut qu'il apprenne à gagner sa vie. »

Aux dernières nouvelles, le fiston était monté à Paris, comme délégué du personnel et permanent syndical au comité d'entreprise.

« Finalement, rigolait Jos, on le connaît pratiquement pas, ce gars-là. Mais il me plaît ! On voit bien qu'il est en train de chier dans les bottes de son père, qui toute sa vie a rampé devant les patrons.

— Tonton Dona était cadre, papa !

— Ouais, en Indochine on appelait ça un supplétif ! » commentait Jos, et il replongeait dans sa somnolence amnésique.

Au cours de l'été 1974, tonton Dona fit preuve d'une largesse supplémentaire. Un peu las d'écrire, frustré des limites qu'une lettre imposait et désireux d'échanger plus souvent avec Joséphine, depuis plusieurs années il l'incitait à installer le téléphone. Ses deux sœurs l'avaient déjà, à Lost-ar-C'hoat. Ceux de Trezaraden reculaient devant la dépense. En raison de l'éloignement de la départementale, la participation demandée pour planter plusieurs poteaux et tirer une ligne représentait une somme. Ils avaient des économies substantielles, mais le téléphone leur semblait à tous les deux un luxe inutile.

Tonton Dona paya la ligne et Jos ne l'en remercia pas. Cet engin lui pourrissait la vie. Le retraité de l'EDF appelait tous les dimanches soir, à sept heures, pendant que son Émilienne préparait le dîner. Après le coup de fil, qui pouvait durer une demi-heure, lui, le châtelain de Kermalo, n'avait plus qu'à mettre les pieds sous la table, tandis que Jos devait patienter, ou bien manger du réchauffé, que Joséphine avait préparé à midi en prévision. Si quelqu'un de Lost-ar-C'hoat venait les chercher en voiture pour déjeuner, on ne pouvait pas rester dîner : il fallait que Joséphine soit rentrée à l'heure du sacro-saint appel d'Ancenis. Il arriva deux ou trois fois que Joséphine fût dehors ou à l'autre bout de la maison quand la sonnerie retentissait. Une fois Jos décrocha, mais comme il se fit encore plus sourd qu'il n'était, la conversation fut vite écourtée.

Outre que ce fichu téléphone bloquait l'emploi du temps du dimanche, les comptes rendus de Joséphine lui écorchaient les oreilles, non seulement parce qu'elle criait comme un putois pour se faire entendre, mais surtout parce qu'ils renouvelaient de façon hebdomadaire les nouvelles de bonne santé de son con de frère et les nouvelles alarmistes que Joséphine distillait concernant la sienne, ce qu'il devinait ou lisait sur ses lèvres, parce qu'elle baissait la voix de plusieurs tons. C'était humiliant. Il avait l'impression d'être un vieux grabataire livré impuissant au gant de toilette d'une aide-soignante.

« Un de ces jours je vais arracher la prise, maugréait-il.

— Fais ça et tu t'en mordras les doigts ! On sera bien contents d'avoir le téléphone de tonton Dona quand il faudra appeler le docteur en urgence pour ton cœur ! »

De l'au-delà, Jos n'eut pas non plus à remercier son frère d'avoir payé le téléphone. Il ne lui sauva pas la vie. Il mourut sans prévenir, un samedi matin après le petit déjeuner. Il s'assoupissait après ses quatre repas, aussi Joséphine ne fut-elle pas étonnée de le voir endormi dans son fauteuil, dans l'embrasure de la fenêtre de sa chambre. Elle referma la porte sans faire de bruit et vaqua à ses occupations. Vers onze heures, n'entendant aucun bruit, elle retourna le voir. Il commençait à refroidir.

— Ce qui est drôle, tout de même, dit Joséphine à ses sœurs en essuyant ses larmes, c'est qu'il s'était rasé de près et qu'il avait mis une chemise propre, comme s'il savait.

— Oh sois tranquille, ma pauvre Joséphine, répondit Germaine. Les hommes comme papa le savent bien, quand leur dernière heure est arrivée. Ils se préparent.

Le plus moche, c'est qu'il était parti la veille de son quatre-vingt-dixième anniversaire, qui tombait un dimanche, si bien qu'une grande fête avait été prévue à Trezaraden, qu'il fallut annuler, avec toutefois cet avantage que les victuailles serviraient de buffet aux visiteurs du défunt.

Joséphine téléphona au tonton Dona, lui dit comment Jos était parti paisiblement et qu'il serait enterré le mardi après-midi. Le châtelain de Kermalo n'eut pas une parole de condoléances. Il dit aussitôt qu'il ne pourrait pas venir : il venait d'acheter une Mercedes neuve, elle était à la révision des mille kilomètres. Joséphine n'osa pas lui suggérer de venir en train. Puis il embraya sur le sujet qui le passionnait autrement :

— Te voilà en tête de liste sur mon testament.

— Oh mais tu as un fils, tonton Dona.

— Je crois pas que je lui laisserai grand-chose. Tu hériteras de presque tout et après tu feras comme tu voudras. Tu partageras avec tes sœurs si t'as envie.

— Oh je ne suis pas pressée avec ça !

— Moi non plus ! Quand on a la forme comme moi, on est mieux sur terre qu'en dessous !

Il fit livrer par Interflora un énorme coussin ostentatoire, avec écrit sur le ruban *À mon bien cher frère*, dernière claque du chef de claque de l'EDF au héros des Dardanelles, un camouflet impossible à renvoyer à l'expéditeur.

Les obsèques furent grandioses. Jos rejoignit Guillemette dans la tombe des Bonizec, sur laquelle le marbrier avait gravé en sus et redoré à neuf : *FAMILLE GWENAN*. Personne ne manqua au goûter d'après enterrement, même pas Marie-Morgane et sa fille Pauline, vingt-huit ans à présent et pas d'alliance à l'annulaire.

Elle avait, paraît-il, fait de hautes études commerciales, travaillait dans une banque à Paris, mais il était question qu'elle succède à son père à la tête de l'affaire de marée. Elle avait le même goût que sa mère pour les voitures décapotables. C'est en Golf cabriolet qu'elles vinrent le soir à Trezaraden aider la famille à finir les restes du buffet de la veillée mortuaire.

On passa en revue les honneurs rendus à Jos. Beaucoup de monde avait dû rester à l'extérieur de l'église, plus encore que pour Guillemette. Quasiment tous les porte-drapeaux du Finistère avaient répondu présent. Un sonneur de biniou de la marine avait fait retentir à la cornemuse les sombres accents d'*Amazing Grace*, qui valaient bien ceux de la sonnerie aux morts. Un représentant du préfet maritime s'était déplacé.

— Ma ! dit Joséphine. La réputation de papa allait plus loin qu'on ne le pensait !

Lucien et Jean-Louis se tournèrent vers la collection d'obus sur le vaisselier.

— Quand on pense qu'il était né en 1890… Quand on réfléchit à tout ce qu'il a vécu… Les Dardanelles, on a l'impression que c'est vieux comme Hérode, et pourtant, c'est pas si loin que ça…

On tria et commenta les cartes de condoléances reçues à Trezaraden et à Lost-ar-C'hoat et récoltées dans la boîte à l'entrée de l'église. On en apprécia particulièrement quelques-unes, inattendues, dont celle du capitaine de vaisseau Yves-Marie Jourdrain.

— C'est gentil de sa part, dit Joséphine.

— Il a fait son chemin depuis, dirent Lucien et Jean-Louis.

On guetta la réaction de Marie-Morgane, elle resta de marbre. Pauline et elle partirent vers neuf heures. Ses sœurs s'étonnèrent qu'elles soient restées si tard.

— Les gens changent, dit Joséphine.

On se partagea les cartes de condoléances, qui seraient rangées dans des tiroirs de Trezaraden et de Lost-ar-C'hoat. L'horloge de parquet sonna vingt-trois heures. Il était temps de se quitter.

— Te voilà avec la maison pour toi toute seule, dit Yvonne à Joséphine.

— Oh elle est autant à vous qu'à moi. On pourra la vendre, si vous voulez avoir votre part.

— Tu as envie d'aller habiter au bourg ?

— Non. Je suis bien ici.

— Alors on reste comme ça, dit Germaine. Tu es chez toi, c'est ta maison.

— Je l'entretiendrai.

— Pas question, protesta Jean-Louis. On s'en chargera.

— Dans un an on aura notre deuxième retraite, ajouta Lucien. On continuera de venir dormir ici comme du temps de Jos, quand on prendra le canot pour aller à la pêche. Tu nous prépareras de bons petits plats.

— À condition de pas trop tirer sur la bouteille ! dit Germaine.

— Et puis il n'y a pas que la pêche qui compte, dit Yvonne. Vous aurez un tas de choses à faire, à Lost-ar-C'hoat. Il est grand temps de changer les tapisseries et les moquettes.

— Holà ! Je crois que je vais rempiler au garage, dit Jean-Louis.

— Et moi chez Chancerelle ! dit Lucien.

Les trois sœurs rirent de bon cœur et pendant le bref instant des embrassades, avant même de se retrouver toute seule, Joséphine eut une impression bizarre de temps suspendu, comme si le moment s'étirait pour toujours. Elle songea qu'elle était passée de l'autre côté. Mais de l'autre côté de quoi ? De l'autre côté de la lumière ; dans l'obscurité, par conséquent ? Oui, il lui sembla qu'elle était plongée dans le noir et que la lumière apparaissait progressivement de l'autre côté, et elle vit ce qu'elle n'avait pas su voir pendant la journée, la semaine précédente, le mois précédent, depuis le début de l'année en cours et pendant toutes ces dernières années : à l'extérieur de la maison, en train de fumer et de boire de la bière et de parler sans doute de livres, de films, de comédiens et de chanteurs qui lui étaient inconnus, ses neveux et nièces, certains et certaines avec des maris ou des femmes ou des compagnes et des compagnons, et les aînés, qui lui avaient déjà donné deux petits-neveux : c'était la jeunesse, un clan d'étrangers, dans l'éblouissante lumière de l'avenir qui la rejetait, elle, Joséphine, dans la nuit du passé.

Toutes les voitures, dont elle confondait les marques et les modèles, démarrèrent et disparurent dans le chemin. Elle ferma les volets comme on referme un livre achevé.

C'était la première fois depuis sa naissance qu'elle dormait seule à Trezaraden.

20

Au printemps suivant, un samedi matin vers onze heures, le téléphone sonna à Trezaraden. Joséphine avait découvert son père mort dans son fauteuil, un samedi, à onze heures… Elle eut un mauvais pressentiment : il était arrivé quelque chose à son tonton Dona ! Elle décrocha d'une main tremblante. Mais non, ouf, ce n'était pas l'Émilienne du tonton. Une voix masculine, très douce, qui demanda :

— Allô ? Je suis bien chez Joséphine Gwenan ?

— Oui, c'est moi.

— La Joséphine Gwenan qui était à Toulon en 1942 ?

Elle reconnut la voix, crut défaillir.

— C'est toi, Lili ?

— Ah, c'est pas vrai ! C'est toi, Joséphine ?

Ils en perdirent la parole pendant quelques secondes.

— Attends un peu, j'ai besoin de m'asseoir, dit Joséphine d'une voix chevrotante.

— Excuse-moi de t'avoir fait un choc.

— Ah oui alors, quel choc ! Mais comment… ?

Depuis qu'il avait le téléphone, chaque année il épluchait la nouvelle édition de l'annuaire et sur la commune de Beuzec-Cap-Sizun se trouvait un Joseph Gwenan, et puis cette année une Joséphine Gwenan était apparue, alors ce matin, après des jours d'hésitation, il s'était décidé à appeler.

— J'ai perdu mon père et j'ai fait le changement à mon nom, dit Joséphine.

— Ah, écoute, c'est triste de perdre son père. Il était âgé ?

— Quatre-vingt-dix ans.

— Un bel âge.

— Oui, mais quel que soit l'âge ça laisse un grand vide.

— Malheureusement, j'en sais quelque chose… Je suis veuf depuis presque un an.

— Oh mon pauvre Lili.

— C'est comme ça, on y peut rien.

— Je pensais bien que tu étais toujours en vie. Mon père s'était renseigné, ton sous-marin avait échappé aux Allemands et en 44 ou 45 il est même venu à Brest.

— J'aurais dû essayer de te contacter, à cette époque. Mais tu sais comment c'est, je me suis dit que tu devais avoir quelqu'un… Alors j'ai fait ma vie.

Il avait rempilé dans la marine, s'était marié avec une fille de Lilia-Plouguerneau, avait fait bâtir une maison dans le pays des Abers, où lui étaient nés deux enfants.

— Casés au jour d'aujourd'hui. Et toi ?

— Moi je suis restée seule, finalement. Je ne m'en plains pas.

— Alors on pourrait se voir. Qu'est-ce que tu en penses ? J'ai une voiture.

— Ben oui, si tu veux.

— Quand ?

Elle aurait bien répondu : « Tout de suite ! », tellement les souvenirs de Toulon, le port, les rues envahies de marins, la moto et la forêt de chênes-lièges au-dessus d'Hyères, lui donnaient le vertige. Elle réfréna sa hâte.

— Viens dimanche, à l'heure de midi.

— Demain ?

Elle faillit dire oui. Mais c'était trop tôt, il fallait qu'elle mette de l'ordre dans la maison, qu'elle décide d'un menu, qu'elle aille chez la coiffeuse.

— Ah, c'est vrai qu'on est samedi… J'avais oublié. Je voulais dire dimanche en huit.

— Formidable ! Qu'est-ce que je peux apporter ?

— Oh rien !

— J'achèterai des gâteaux de pâtisserie.

— On a tout ce qu'il faut au bourg.

— Alors je les achèterai au bourg en passant. Qu'est-ce que tu préfères ?

— Une noix japonaise, s'il en reste.

— C'est noté ! Bon eh ben, à dimanche en huit alors… On va pas se raconter notre vie au téléphone. De vive voix, ce sera beaucoup mieux.

— Oh oui !

— Je t'embrasse.

— Moi aussi, répondit-elle sans réfléchir.

Elle le regretta presque, parce que, tout de même, cela faisait quarante ans qu'ils ne s'étaient pas vus, et c'était bien familier, lui dire « je t'embrasse », mais bon, ça ne portait pas à conséquence, et puis ils avaient été assez intimes, là-haut au-dessus d'Hyères, dans le bois de chênes-lièges, songea-t-elle en frémissant.

Le lendemain, à sept heures, elle dut convenir avec elle-même que le coup de téléphone du tonton Dona la dérangea. Il l'arracha à ses rêves, brouilla les images qu'elle cajolait dans sa tête, scènes réelles du passé et scène imaginée de l'arrivée de Lili dans la cour de Trezaraden. Elle écourta la conversation.

Pendant toute la semaine le téléphone lui brûla la main. Elle décrochait, composait l'un des deux numéros de Lost-ar-C'hoat, et n'était pas peu fière, à chaque fois, de réussir à reposer le combiné sur sa fourche, de parvenir à garder son bonheur pour elle – et son humiliation éventuelle, si jamais elle informait ses sœurs et que *quelque chose* arrivait, qui fasse que Lili ne vienne pas.

Toute la semaine, un disque passa en boucle sur l'électrophone que ses sœurs lui avaient offert pour ses cinquante ans. Elle s'était lassée de l'appareil, d'autant qu'elle possédait peu de disques – Georges Brassens, Yves Montand, Gilbert Bécaud, Jean Ferrat… – et que c'était un peu rengaine d'écouter des chansons qu'on connaissait par cœur. Dans son atelier, elle avait un transistor, sur lequel elle écoutait Europe 1, et le soir elle regardait la télé. Mais son cœur chaviré se souvint d'un disque, qu'elle n'avait pas écouté depuis une éternité, un trente-trois tours de Frida Boccara, avec ces chansons à vous donner la chair de poule, quand vous vous préparez à revoir un amour de jeunesse : *Verte Campagne*, *Le Grand Amour*, *Depuis ce temps-là…*

À onze heures et demie, la table était mise : nappe et serviettes blanches brodées et ajourées, verres à pied, couverts en argent de la ménagère des parents, assiettes du service de mariage de Tad et Mamm. Au menu, des plats simples : en hors-d'œuvre, de la macédoine roulée dans une tranche de jambon ; en plat de résistance, un rôti de veau en cocotte avec des patates rissolées et de la laitue du jardin ; fromage et gâteaux de pâtisserie. En vins, Joséphine n'y connaissait rien, qui se contentait aussi bien d'un verre d'eau. Lili déboucherait le vin à son goût : le muscadet mis à rafraîchir au frigo ou bien l'une des bouteilles de côtes-du-rhône du cellier, ou les deux si ça lui plaisait.

Joséphine ne fréquentait plus guère l'église, mais le dimanche des retrouvailles elle se rendit à vélo à la messe de neuf heures, par superstition, en pensant que ça lui porterait chance, et sans doute aussi parce que l'air était doux et le ciel bleu. Le bon Dieu lui rappela qu'elle avait oublié l'apéritif. Il n'y avait plus qu'un fond de bouteille de Pernod à la maison et elle ne pourrait quand même pas accompagner Lili en buvant cela, une boisson d'homme, qui faisait mauvais genre, pour une femme. Elle acheta une bouteille de Saint-Raphaël et une boîte de biscuits salés.

Tout était prêt, il fallait tromper l'attente. Dix fois, elle se rendit à l'atelier scruter sa silhouette dans sa psyché et d'un œil de couturière considérer sa mise : un rang de perles fantaisie, sage robe à fleurs à dominante bleu clair, cardigan bleu marine, escarpins noirs avec un peu de talon. Dix fois elle se redonna un coup de peigne, dix fois elle se demanda si elle avait eu raison de se faire faire une couleur en même temps que la mise en plis. Bien sûr, les reflets acajou la rajeunissaient, mais est-ce que ça ne faisait pas un peu trop cheuc'h ?

La pendule de parquet sonna douze coups. Joséphine était en transe.

— Ma ! Il ne viendra pas, dit-elle tout haut.

Et pourvu que personne ne vienne, se contredit-elle en pensée. Germaine et Yvonne avaient l'habitude de débarquer à Trezaraden n'importe quand. Mais Joséphine avait pris ses précautions : elle avait prévenu ses sœurs qu'elle ne serait pas là. « Je vais voir une copine au bourg. – Quelle copine ? avait demandé Germaine. – Une copine que vous ne connaissez pas ! » Sûr que ses sœurs avaient dû trouver ça louche…

À midi cinq, une voiture s'annonça par un bruit de moteur nerveux, qui lui était familier. Joséphine, au désespoir, pensa que c'était la 4L de Germaine. Mais la 4L de Germaine était blanche et celle qui pila dans la cour était grise, et il y avait un homme au volant.

À travers le rideau de la fenêtre, elle regarda Lili descendre de voiture et prendre sur la banquette arrière les cadeaux qu'il avait apportés. Il referma la portière d'un coup de genou et, les bras encombrés d'un bouquet de fleurs, d'une boîte de gâteaux et d'une bouteille de vin, il s'avança vers la maison. Joséphine lissa le devant de sa robe des deux mains et sortit à sa rencontre.

Ils s'embrassèrent sur les deux joues et restèrent un long moment à se regarder, en riant un peu bêtement, comme des gamins amoureux.

Il était tel qu'elle l'avait imaginé : coiffé d'une casquette de marin pêcheur et vêtu d'un caban, sous lequel, pour l'occasion, il avait mis un pull en V, une cravate rayée et une chemise blanche qui assombrissait sa peau tannée sur les ponts et dans le vent du pays des Abers. Un vrai visage de marin.

— Tu n'as pas changé, dit-elle.

— Toi non plus. Toujours aussi belle.

— Avec quarante ans de plus.

— Tu as toujours des cheveux magnifiques.

— Tu n'as pas perdu les tiens.

Il ôta sa casquette. Ses cheveux poivre et sel étaient encore assez fournis.

— Quelques-uns manquent à l'appel ! dit-il.

— Pas tant que ça.

Il lui tendit le bouquet de fleurs, des jonquilles.

— Je les ai cueillies dans la prairie avant de partir. Mais elles tiennent pas longtemps dans un vase.

— Oh ici elles tiendront !

Il lui remit la boîte de gâteaux.

— Il restait une noix japonaise.

— Je sais. En allant à la messe au bourg j'ai dit à la boulangère d'en garder une, que quelqu'un passerait la prendre.

— Ah, toi alors !

— Si tu n'étais pas venu, j'aurais été obligée de retourner au bourg la chercher.

— Et pourquoi je serais pas venu ?

— Oh je ne sais pas ! Ta voiture aurait pu tomber en panne…

— J'aurais pris un taxi.

— Oh quand même pas !

— Ou ma moto !

Joséphine rougit. La moto, la forêt de chênes-lièges, sa culotte baissée…

— Tu l'as toujours ?

— Non, je rigolais. Les motos, c'est pour les jeunes. Avec l'âge, on devient frileux.

Ils entrèrent. Lili demeura planté devant la collection d'obus sur le vaisselier.

— Tu vois comme c'est drôle… À Toulon, tu me parlais tellement de ton père que j'ai l'impression d'être déjà venu ici…

— S'il avait été toujours avec nous, dit Joséphine en riant, il t'aurait raconté les Dardanelles et on en aurait eu pour un moment !

— Tu me les raconteras !

— Oh on a autre chose à se raconter que les Dardanelles…

Ils prirent l'apéritif et Joséphine fut heureuse de constater que Lili buvait modérément, pas comme Lucien et Jean-Louis qui, depuis qu'ils avaient liquidé leur deuxième retraite, avaient tendance à mettre dedans. Il ne voulut pas déboucher la bouteille de muscadet, ne but qu'un verre de vin rouge et refusa le pousse-café. Il apprécia le repas, se resservit du rôti de veau, mais sans prendre de sauce. Elle apprécia sa noix japonaise, qui n'avait jamais été plus savoureuse. Pour lui, Lili avait acheté un millefeuille, un gâteau pas facile à déguster proprement, et il s'excusa d'avoir fait autant de miettes, dont Joséphine le débarrassa d'un coup de serviette, comme elle le faisait pour son père, sur la fin, quand il grignotait une tartine de pain doux, à son quatre-heures.

Le récit de l'un suscitant les souvenirs de l'autre, la conversation ne cessa de passer du coq à l'âne, par étapes désordonnées, le long des quatre décennies écoulées, de la libération de Toulon à l'odyssée du *Glorieux*, des embarquements de Lili à ceux de Lucien et Jean-Louis, du mariage de Germaine et Yvonne à la naissance des enfants de Lili, de la robe de Marie-Morgane au divorce de la fille de Lili, de ce qui poussait dans le potager de Trezaraden au vent du nord qui desséchait tout dans le jardin de Lilia-Plouguerneau.

Ils firent la balade du traezh et du retour par Porzh-Brennig, où Lili apprécia le parfait état du canot de Jos, caréné à neuf par les beaux-frères de Joséphine.

Chose rare pour un homme du Cap, à l'heure du goûter Lili préférait le thé au café.

— Particulièrement le thé de Chine fumé.

— Fumé ?

Joséphine ne connaissait que le Lipton.

— C'est assez spécial. Je t'en amènerai. Enfin, si tu veux qu'on continue à se voir.

— Et toi ?

— Tu penses bien que oui ! On s'est manqués à cause de la guerre, rien n'empêche qu'on se soutienne dans nos vieux jours.

— Oh on n'est pas si vieux que ça !

— Tu sais, il faut que je te dise une chose… J'ai eu des petits ennuis de santé.

Il était passé trois fois sur le billard : pour la vésicule biliaire, pour une hernie inguinale attrapée en arrachant l'ancre de son canot au goémon, et pour la prostate, qu'on lui avait enlevée.

— Et toi, t'as pas eu de petits problèmes ?

La réponse qu'elle se fit, et qu'elle lui fit, la frappa d'une réalité à laquelle elle n'avait jamais songé : elle s'était toujours portée comme un charme, alors que Germaine et Yvonne ne pouvaient pas en dire autant, tour à tour opérées de varices, d'un fibrome…

— C'est formidable, dit Lili. Moi, je me porte pas plus mal de mes opérations, sauf que… Tu as peut-être entendu parler des conséquences d'une opération de la prostate…

— Ma foi non.

— Je sais pas comment te dire… Eh ben voilà, une femme ne peut plus compter sur moi au lit.

— Oh je n'aurais jamais pensé à ça entre nous. On a beau ne pas être si vieux que ça, je crois qu'il y a un âge pour tout.

— Je le pense aussi.

Lili consulta sa montre.

— Six heures…

— Personne ne t'attend à la maison.

— Sûr, mais j'ai une bonne heure de route.

— Il fait beau.

— J'aime pas trop rouler de nuit. C'est comme le reste, la vue baisse !

— T'inquiète pas, la mienne aussi. Pour coudre, je suis obligée de mettre des loupes !

— Remarque, rigola-t-il, l'avantage c'est que dans la glace on se voit plus jeune qu'on n'est.

Il se leva, enfila son caban.

— On se dit à quand, alors ?

— Dimanche prochain, si tu veux.

— Ou un autre jour. On n'a plus d'obligations.

— C'est vrai, j'ai dit dimanche par habitude.

— Bon, disons dimanche pour cette fois-ci. Mais après, ce sera n'importe quel jour, si on a envie.

— Oui, n'importe quel jour.

Joséphine le raccompagna jusqu'à sa voiture. Ils ne savaient pas comment se quitter. Lili exprima leur pensée commune, et bien qu'il le dît sur le ton de la galéjade, Joséphine sut qu'il ne plaisantait pas du tout.

— C'est drôle, quand même… On a du mal à se dire au revoir, comme si on pouvait plus se quitter.

Joséphine le prit par le bras, le secoua et le serra contre elle.

— Espèce de gros bêta, regarde, tu me fais pleurer…

Ils s'embrassèrent sur les deux joues, deux fois.

— Une semaine, c'est pas bien long, dit Lili.

— Non, pas très…

Il monta dans sa 4L et démarra. Joséphine essuya ses larmes, rangea la table et fit la vaisselle en fredonnant gaiement les chansons tristes de Frida Boccara.

À sept heures pile, le téléphone sonna.

— Kaoc'h ki du[1] ! jura-t-elle. Je l'avais oublié, celui-là…

Elle répondit au tonton Dona avec désinvolture. Il y avait comme un sourire dans sa voix. Il s'inquiéta :

— Il y a du monde à la maison ? J'entends chanter. C'est qui, Dalida ?

— Frida Boccara.

— Inconnue au bataillon, maugréa-t-il, sur un ton qui déniait le droit d'exister à cette chanteuse qu'il n'avait pas l'heur de connaître.

Il était en fureur. Son fils allait se marier.

— Avec une bonne à rien comme lui. Dégottée au comité d'entreprise. Elle s'occupe des colonies de vacances, paraît-il. Ils vont pouvoir se tourner les pouces ensemble.

— Et te fabriquer des petits-enfants.

— Je vois pas comment.

— Par les voies naturelles ! lança Joséphine, se surprenant elle-même.

Elle était heureuse, elle avait envie de dire des bêtises.

— Peuh ! Si tu la voyais ! IL ME L'A PRÉSENTÉE ! hurla-t-il. On voit à travers, elle est maigre comme un clou. Plate comme une limande et des jambes en baguettes de tambour. Elle pourrait même pas porter un seau d'eau. Et muette comme une carpe, en plus. M'est avis que c'est le genre dépressif. Alors j'ai dit à l'autre andouille : « Marie-toi si tu veux, mais compte pas sur moi pour te payer la chambre à coucher ! » Et tu sais ce qu'il m'a répondu ? « T'es qu'un pauvre type. » Dire à son père qu'il est qu'un pauvre type, tu te rends compte ?

1. Merde de chien noir !

— Ça s'arrangera…

— Ah non ! De mon côté, c'est fini ! À moins qu'il me demande pardon à genoux !

Joséphine n'était pas d'humeur à l'écouter déblatérer plus longtemps. Elle changea de sujet de conversation :

— Tes fruitiers sont en fleurs ?

— Ouais, mais je sais pas s'ils refleuriront l'année prochaine.

— Ils ont la maladie ?

— Ouais, la maladie de la pierre, ricana-t-il.

La ville poussait ses lotissements vers le hameau, les gens avaient tous des voitures, n'hésitaient plus à construire à l'extérieur et à faire vingt kilomètres pour aller au travail.

— Un promoteur m'a proposé une fortune de mon terrain. Je le laisse mariner. Je suis pas pressé. Les prix vont continuer à grimper.

— Et puis tu n'as pas besoin de sous.

— Ben non. Avec tout ce qu'il y a déjà à la banque… Si je vends pas le terrain, tu en feras ce que tu voudras après moi.

— Ton fils en fera ce qu'il voudra, tu veux dire plutôt.

— Mais non ! T'es en tête de liste, je te l'ai dit. Mon testament a été déposé au fichier national.

— Tu as encore le temps de changer d'idée.

— Compte pas là-dessus, je changerai pas d'idée ! La maison et le terrain seront à toi. T'auras qu'à tout liquider au promoteur après moi. Remarque, pour t'éviter des soucis, peut-être qu'il vaudrait mieux que je vende le terrain…

— Ce serait dommage pour les fruits.

— Je t'apporterai des cageots de poires, cet été.

Il se racla la gorge.

— Au fait, j'ai pensé à une chose… Maintenant que ton père est parti, peut-être que j'ai plus besoin d'aller à l'hôtel. Tu pourrais m'héberger à Trezaraden…

— Ah oui, ce serait une bonne idée, répondit Joséphine d'un ton monocorde.

Quinze jours auparavant, elle aurait accepté avec enthousiasme, mais à présent que Lili était ressuscité…

— Je te donnerai mes dates. Je viendrai au mois d'août, probablement.

— Il faut que je te laisse, j'ai du riz au lait au four, mentit-elle.

— Vas-y ! Moi aussi, il faut que j'y aille, Émilienne a sonné la cloche. Je t'embrasse, ma petite Joséphine.

— Moi aussi, tonton Dona.

21

Après avoir raccroché, Joséphine téléphona à Germaine pour lui apprendre l'incroyable réapparition de Lili. Germaine alla aussitôt dans la maison d'à côté porter à Yvonne l'époustouflante nouvelle, ainsi que tous les détails qu'elle avait soutirés à son aînée, sans aucun mal, en vérité.

— Le malheur des uns fait le bonheur des autres, dit Germaine. S'il n'avait pas perdu sa femme…

— Oh il ne faudrait pas que Joséphine entende ça.

— Mais c'est pourtant vrai.

Bien évidemment, elles réclamèrent de faire la connaissance du « fiancé ». Joséphine attendit la fin de la semaine pour téléphoner à Lili et lui demander si ça ne le dérangeait pas que ses sœurs et ses beaux-frères viennent goûter à Trezaraden le dimanche.

— Oh ma foi non, dit-il. Comme on va faire un bout de chemin ensemble, autant connaître tout le monde. Toi aussi, tu viendras à Lilia-Plouguerneau, un jour que les enfants seront là.

— Tu crois ?

— J'y tiens !

Les sœurs lui firent des grâces de jeunes filles et le trouvèrent bien mieux élevé que leurs maris. Les beaux-frères, au départ sur la défensive et impressionnés par son passé de sous-marinier condamné à mort par Vichy, le testèrent sur la pêche au bar en croyant le coincer, et ils en furent pour leurs frais. Ils le charrièrent un peu sur son goût pour le thé de Chine, pendant qu'ils liquidaient une bouteille de côtes-du-rhône et en débouchaient une seconde.

— Vous savez, les gars, dit Lili, on raconte qu'au ciel, là-haut, on a chacun une bougie allumée le jour de notre naissance, et le problème c'est qu'on connaît pas sa longueur. Moi je pense que les hommes c'est plutôt une certaine quantité de pinard que le bon Dieu leur accorde à la naissance. En y allant modérément, on la fait durer plus longtemps.

Lucien et Jean-Louis rirent un peu jaune.

— Prenez exemple sur Lili ! dit Germaine.

— Espèce de vieux salaud, dit Lucien, t'as cassé notre baraque. Elles vont nous mettre au thé et à l'eau du robinet…

— Quand tu sortiras en mer avec nous, tu boiras bien un coup, tout de même, dit Jean-Louis.

— Ah ça, il y a des circonstances qui obligent !

— Faudrait pas croire que Lili est à la Croix d'or ! dit Joséphine.

Elle baignait dans la félicité. Enfin, elle avait son marin, comme ses sœurs. Enfin, sauf Marie-Morgane, mais celle-là était à part pour l'éternité. Dans son monde à elle, belles autos décapotables, pied-à-terre aux Baléares, voyages en Amérique, pêche au gros en Afrique, dîners du Rotary Club – que les trois sœurs prononçaient *clûb*, comme flûte – et, pour finir de dorer le tableau, sa Pauline qui gagnait gros comme elle dans une banque privée parisienne et fréquentait un financier de salle de marchés – on ne savait pas ce que c'était, une salle de marchés, mais on se doutait que ce n'était pas le marché de Pont-Croix ! Joséphine parlerait de Lili à Marie-Morgane, à l'occasion, à Pâques ou à la Trinité, ou à la saint-glinglin, et elle s'en ficherait sûrement, d'un moins que rien de second maître sous-marinier.

Joséphine se rendit à Lilia-Plouguerneau, un paysage très différent de son hameau natal. Trezaraden était niché dans son vallon comme dans le creux d'un oreiller posé contre la tête de lit de la falaise. Pour apercevoir la mer, il fallait marcher. De chez Lili, la mer vous gavait la vue. De la maison, en haut de la commune, on avait une vue dégagée sur la pente douce d'une vaste plaine côtière qui descendait vers la Manche et le phare de l'île Vierge. C'était à la fois plus doux et plus sauvage, l'air semblait légèrement brouillé en permanence, comme à l'aube avant que le ciel ne se colore.

— C'est à cause des embruns sur les étocs, dit Lili. Regarde comme ça brise. Ici ça brise même quand il n'y a pas de vent.

Joséphine fut adoptée par les enfants de Lili.

— Personne n'aurait parié le contraire, dit Lili. Tu es tellement gentille.

— Oh pas tout le temps !

— J'espère bien. Trop bon, trop con, comme on dit. Mais il y a façon et façon d'avoir son caractère.

Pourtant, les enfants de Lili auraient pu la snober. Ils avaient de belles situations : la fille était hôtesse d'escale à Air France, le fils lieutenant au long cours dans la marine marchande.

Dans le Cap comme à Lilia-Plouguerneau, la renaissance de l'histoire d'amour chavirait les âmes féminines. On appelait Joséphine et Lili « les jeunes cœurs » ou encore « les jolis cœurs ». Lucien et Jean-Louis, pragmatiques, pensaient aux avantages de cette idylle tardive : les amoureux allaient pouvoir se soutenir l'un l'autre dans leurs vieux jours.

S'ils ne se mirent pas vraiment en ménage, ils firent bientôt toit commun. La route entre le pays des Abers et le Cap était longue, qui écourtait les visites de Lili. Joséphine lui proposa de rester dormir à Trezaraden, dans la chambre de Jos – il ne fut jamais question de partager le même lit. Il passa d'abord un week-end, puis une semaine entière, et comme ce fut un enchantement pour tous les deux, ils convinrent que ce serait aussi bien qu'il passe tout l'été dans le Cap. La maison de Lilia-Plouguerneau ne se prêtait pas à la vie commune, envahie à tout bout de champ par les enfants et les petits-enfants de Lili, à qui elle servait de base de vacances.

« Et d'ailleurs, je préfère avoir mes affaires autour de moi », disait Joséphine.

À Trezaraden, ils étaient « chez eux », libres de s'attarder devant le petit déjeuner, de jouir du silence, de faire les courses quotidiennes ensemble au bourg et une fois par semaine au Leclerc de Douarnenez, d'explorer la Cornouaille en voiture, de manger au restaurant ou dans une crêperie si ça leur chantait.

Germaine et Yvonne titillaient leur sœur :

« Alors, quand est-ce qu'on va à la noce ?

— Peuh ! Ce serait ridicule, à notre âge ! » rétorquait Joséphine. Et elle ajoutait : « Il faut vivre avec son temps ! On fait comme les jeunes d'aujourd'hui, on vit en concubinage ! »

Dans sa bouche, le mot sonnait sinon comme un gros mot, du moins comme la joyeuse transgression d'un ordre qui avait régenté sa jeunesse. La bague au doigt n'avait plus d'importance, ce qui comptait c'était d'avoir tout à elle ce marin dont elle lavait le linge, repassait les chemises, recousait les boutons et reprisait les chaussettes. Lui, il accordait à la maison ses soins méticuleux, les urgences d'abord et puis les grands travaux, qu'il programmait. Dans un an, ce serait le ravalement.

« C'est trop pour toi ! disait Joséphine.

— Mais non, j'irai à mon rythme, je me tuerai pas au travail. »

De temps en temps, il sortait en mer avec Lucien et Jean-Louis, mais leur tendance à tirer sur la bouteille lui déplaisait.

« Pour tes beaux-frères, la pêche n'est qu'un prétexte à se carapater de Lost-ar-C'hoat et à faire la nouba à l'aller et au retour…

— Je sais, convenait Joséphine. Comme Germaine et Yvonne leur serrent la vis à la maison, ils vont au bistrot et sont chauds tous les soirs. »

Une ombre au tableau se profilait à l'horizon : l'arrivée de tonton Dona à Trezaraden.

— Je me demande si je ferais pas mieux de retourner à Lilia-Plouguerneau pendant qu'il sera là, dit Lili.

— Sûrement pas ! Il y a assez de place pour trois.

— Oui, mais d'après ce que tu m'as raconté de ses relations avec ton père, je suis pas sûr de bien m'arranger avec lui.

Début août, un après-midi, la Mercedes se gara dans la cour en klaxonnant furieusement. Tonton Dona conduisait ventre au volant, coudes au corps, tel un gros dadais dans une auto tamponneuse. Il eut du mal à dégager son volume imposant. Il posa un pied au sol, puis le second, s'aida des bras pour se mettre debout. Joséphine lui tendit la joue, mais dut attendre qu'il ait fini de se masser les reins pour recevoir le baiser du châtelain de Kermalo.

— Ah, c'est pas simple de venir te voir ! dit-il. Une circulation ! Des embouteillages à Nantes, à Vannes, à Lorient. Les gens sont trop payés. Ça se plaint et c'est toujours en vacances. Et tous ces enfoirés qui te doublent n'importe comment…

Lili lui tendit la main. Le tonton le toisa du haut de son quintal de vanité.

— Ah ! Ah ! Alors, c'est toi, le coucou ! Le nid est bon ?

— Tu me le diras demain, riposta Lili du tac au tac en rayant d'emblée le tonton de ses tablettes. Ce soir, tu dors dans mon lit. Moi j'irai dans la crèche.

— Ah bon ?

— Mais non, dit Joséphine, il y a une chambre pour chacun.

Cette première escarmouche donna le ton et la manière de leurs futurs échanges : pique du tonton et réponse cinglante de Lili, mais jamais le châtelain de Kermalo ne paraîtrait blessé par les pointes du marin. On aurait dit qu'il ne comprenait pas plus les reparties qu'il ne mesurait le caractère désobligeant de ses réflexions.

Le coffre de la Mercedes était rempli de bouteilles de vin et de cageots de pêches de Kermalo. Tonton Dona releva le menton comme un bosco pète-sec et ordonna à Lili :

— Puisque t'as deux bras, donne-moi donc un coup de main à décharger.

— C'est trop ! s'extasia Joséphine.

— C'est proportionnel, philosopha Lili.

Tonton Dona fronça les sourcils, mais éluda l'insinuation.

— C'est rien à côté des tonnes qui se perdent dans le verger. T'auras qu'à fabriquer de la confiture et des pêches au sirop. Si t'as pas assez de bocaux en réserve, je t'en paierai.

Tonton Dona avait toisé Lili, il toisa sa voiture.

— T'as pas peur de te faire écrabouiller, dans cette carriole ? C'est pas de la tôle, c'est du papier à cigarette. En face d'un camion fou, en 4L t'as pas ta chance.

— Les gros culs et les Mercedes, je m'arrange pour les éviter.

Tonton Dona se défaussa :

— Remarque, une 4L c'est économique. Pas comme une Mercedes. Faut avoir le portefeuille bien garni quand tu passes à la pompe.

— Ouais, pour enrichir les rois du pétrole.

Au goûter, Lili haussa le ton. Le tonton Dona l'attaquait sur un point hypersensible :

— Tu bois du thé, toi ? Comme les femmes ? T'as fréquenté les Angliches ?

— Parfaitement, que je les ai fréquentés. J'ai combattu à leurs côtés, pendant que certains chantaient Maréchal, nous voilà.

— Ah ben dis donc, t'es pas rancunier, après ce qu'ils ont fait à Mers el-Kébir.

— Ils ont bien fait. Les amiraux n'avaient qu'à se rallier.

— Papa répétait aussi que les Anglais n'avaient pas pu faire autrement, dit Joséphine.

Elle suivait les échanges, un peu effarée, dans la crainte de l'explosion, qui n'eut pas lieu. Le soir, quand tonton Dona fut couché, elle crut bon de l'excuser :

— Ce n'est pas par méchanceté qu'il dit tout ce qui lui passe par la tête. C'est sa nature, il ne peut pas s'en empêcher.

— Dans ce cas, il est encore plus con que la moyenne.

La joute entre les deux hommes dura jusqu'au surlendemain soir, après quoi Lili jugea trop usant de cogner dans le mou. L'autre encaissait et embrayait sur un autre sujet. Lili décida donc de ne pas entendre et par conséquent de ne pas répliquer, et le plus drôle à observer, ce fut que cela ne changea rien aux réflexions du tonton Dona. Le mutisme de Lili ne le dérangea pas plus que ses reparties. Il soliloquait. Une fois qu'on avait compris cela, il suffisait de laisser le moulin à paroles tourner ou de prendre la fuite, de vaquer à distance, quand les grincements finissaient par vous irriter les oreilles.

Lili inventa ou précipita des bricoles à faire à l'extérieur de la maison, alla à la pêche, effectua même deux allers-retours à Lilia-Plouguerneau, sous des prétextes dont Joséphine ne fut pas dupe mais qui lui permirent de sécher le grand gueuleton princier.

— Vaut mieux que vous restiez en famille, dit-il. Je serais le seul étranger à table.

— Oh je crois plutôt que tu n'y tiens pas tellement.

— C'est vrai aussi.

Joséphine se fit un devoir de chouchouter son tonton Dona, devoir qui consistait à le rassasier à chaque repas, entre lesquels il ne bougeait guère de Trezaraden. Il se payait une très longue sieste, de deux heures à quatre heures et demie. Après le goûter, il restait vautré dans le fauteuil de Jos et, ses batteries à jacter rechargées, reprenait son monologue : il récriminait contre son fils, contre sa bru, contre le maire de son village, contre le médecin remplaçant…

« Un bronzé, diplômé de Tombouctou. »

Elle se faisait une obligation de l'écouter. Elle aurait préféré marcher jusqu'au traezh et revenir par Porzh-Brennig, seulement voilà, il n'aimait pas la marche, ni la mer.

« Ça me fatigue les yeux, cette flotte qui n'arrête pas de bouger… »

Au fil des jours, le sens du devoir de Joséphine s'émoussa, bien qu'elle n'en montrât rien. Elle subissait la présence de son tonton Dona, à présent. Il pesait son poids d'exigences. Elle avait l'impression qu'il emplissait toute la maison. Il était comme un gosse de deux ans, qui ne vous lâche pas d'une semelle, toujours à réclamer quelque chose. Il fixait son menu, et s'il voulait du rôti de veau, il fallait filer au bourg acheter du rôti de veau, et le préparer à la manière de son Émilienne, qu'il ramenait sur le tapis en toute occasion. « Émilienne fait comme ci, Émilienne fait comme ça… »

Il avait de ces négligences que Jos n'avait jamais eues, et que Lili n'avait pas, comme pisser à côté de la cuvette des W-C. Joséphine passait après lui, avec le seau et la serpillière. Il parlait de ses grosses commissions comme de l'affaire du jour. Si un matin il n'en était pas satisfait, le midi il exigeait que Joséphine fasse macérer des pruneaux dans du vin, pour le soir.

Son départ fut un soulagement. Il partit de bonne heure, car il avait l'intention de s'arrêter déjeuner à Pontchâteau, dans un restaurant coté au guide Michelin. La veille il avait manœuvré sa voiture de façon qu'elle soit dirigée vers le chemin. Il bloqua son quintal entre le volant et le dossier de son siège, mit le moteur en route, descendit la vitre.

— Bon, c'est d'accord, alors ? Vous viendrez à Kermalo pour les vendanges ?

— Oui, oui, oui, c'est promis ! dit Joséphine. Démarre, maintenant, tu vas finir par te mettre en retard.

Elle avait hâte de voir l'arrière de la voiture disparaître dans le chemin. Le moteur cala.

— Elle est froide, maugréa le tonton.

Lili se paya sa tête :

— T'aurais dû la laisser tourner pendant la nuit.

— Les gros moteurs sont plus lents à chauffer, dit-il.

— Et plus fragiles à froid. Vas-y doucement sur le champignon, tant que t'auras pas atteint la grand-route.

— T'inquiète pas, je la bichonne. C'est comme avec les pucelles, faut pas forcer !

— Bonne route !

Enfin la Mercedes prit son erre, tel un pétrolier géant, et disparut de Trezaraden en klaxonnant. Lili agita la main joyeusement.

— Excuse-moi de te dire ça, Joséphine, mais ton père avait raison. Ton tonton Dona, il bat tous les records.

— Il faut vivre avec les gens pour les connaître vraiment, soupira-t-elle.

— Un gars comme lui, à bord d'un sous-marin, il aurait été expulsé vite fait par un tube lance-torpilles. L'année prochaine, je te laisserai seule avec lui.

— Ah que non ! L'année prochaine, il ira à l'hôtel !

Entre ses deux hommes, Joséphine avait choisi. Elle était guérie de son tonton Dona.

À partir de là, les bornes des événements, dérisoires ou considérables, qui jalonnent la vie, se rapprochèrent presque à touche-touche, raccourcissant les kilomètres de la fin du parcours, que Joséphine et Lili auraient tant voulu rallonger. Ils prirent conscience de la fuite inexorable du temps et se consacrèrent à eux-mêmes. Ils se calfeutrèrent à l'intérieur du bonheur d'être ensemble, que personne ne qualifia d'égoïste, puisqu'il était mérité. Jusque-là, ils avaient tenté de maintenir tendues les amarres entre un présent qu'ils auraient voulu éternel et l'évolution du monde extérieur ; ils les larguèrent, renversèrent l'ordre établi : sur le fleuve de leur vie, leur esquif était immobile, tandis que les berges, au loin, roulaient et tanguaient sous les coups de boutoir de changements inconcevables, et à leurs yeux inutiles, qu'ils observaient, joue contre joue, à travers le verre rétrécissant du hublot de leur bulle.

Du côté de Lili grandissaient les petits-fils et les petites-filles, du côté de Joséphine c'étaient les petites-nièces et les petits-neveux, et toute cette descendance, dans une poignée d'années, leur donnerait des « arrière », à condition d'être toujours là pour les voir. Ils se multipliaient, on confondait leurs prénoms, leurs appareils électroniques vous stupéfiaient, ils se mettaient en couple dès le bac obtenu, allaient à l'université, passaient des diplômes aux sigles abscons, avaient des comptes en banque et des cartes bleues, achetaient des meubles et des voitures à crédit, partaient travailler à l'autre bout du monde et prenaient l'avion plus facilement que vous votre vélo pour aller au bourg chercher une miche de pain.

Germaine et Yvonne, éduquées par leur progéniture, suivaient le train à peu près. Joséphine y avait renoncé et Lili aussi, qui s'installa à demeure chez elle et ne vit plus ses enfants et ses petits-enfants qu'épisodiquement.

« C'est comme à l'école, disait-il, si on commence à rater les cours, on est vite dépassé. »

Mais cela les enchantait, d'être dépassés.

Tonton Dona ne séjourna plus à Trezaraden. Sans doute devina-t-il, sous les excuses que Joséphine lui présenta – la maison en travaux, une absence de plusieurs jours pour cause de fête familiale à Lilia-Plouguerneau –, que sa présence n'était plus souhaitée. À moins que la concurrence dans le nid de Lili le coucou ne fût pour lui rédhibitoire. Il ne fit aucune réflexion acerbe et pendant plusieurs années continua de venir à l'hôtel et de régaler la compagnie de son gueuleton princier. La plupart des enfants et petits-enfants de Lost-ar-C'hoat acceptaient l'invitation, amusés de se faire si bien traiter par un vieux maboul dont ils n'avaient cure. Apparemment, il s'en fichait. Jouait-il la comédie ? En son for intérieur souffrait-il de solitude ? Toujours est-il qu'à la fin du repas il disait, l'œil humide : « Ah, c'est bien d'être en famille ! » Et les plus moqueurs de ses petits-neveux lui tiraient la langue dans son dos.

À l'approche de ses quatre-vingt-dix ans, il s'était soudain inquiété de ses racines. Il s'inscrivit à un club de généalogie, où il apprit à faire des recherches. Quatre ans après la mort de Jos, elles aboutirent plus ou moins, et il en rendit compte à Joséphine, à la fin du gueuleton de l'été :

— Ton père et moi, on avait une demi-sœur Gwenan dans la région de Briec-de-l'Odet. Elle s'était mariée à un Skouarnek, parti faire chemineau et mort noyé du côté de Redon en lui laissant deux petites sur les bras. Et elle-même est morte très jeune. L'aînée des filles aurait pas mal réussi, mais sa sœur serait morte à l'asile de Morlaix.

— Elles ont eu des enfants ?

— Les gens du club en ont trouvé.

— Tu pourrais essayer de les voir, puisque tu es sur place. Ça te ferait une occupation.

— M'est avis que tout ça n'est pas très fréquentable. Ils ont dû rester dans leur fumier. Quand on remue la merde, on finit par sentir mauvais.

Ce fut sa dernière visite dans le Cap.

Son coup de téléphone du dimanche soir perdura, avec ses deux sujets récurrents : sa santé et son fils. À son insu, il s'adressait à deux personnes. Germaine et Yvonne ayant vanté à leur sœur un téléphone moderne que leurs enfants leur avaient offert, Joséphine s'était équipée d'un appareil du même modèle. Il suffisait d'appuyer sur une touche pour qu'un haut-parleur diffuse les conversations dans la cuisine, ce qui permettait à Lili de suivre en direct les épisodes du feuilleton avunculaire et d'échanger avec Joséphine des mimiques plus souvent outrées que de franche rigolade, suivies de leurs commentaires corollaires, une fois la communication coupée.

De sa santé, le tonton Dona n'avait pas trop à se plaindre. Oui mais : sa vue et ses réflexes baissaient, les carrefours anglais dont il faut disputer l'entrée et la sortie comme dans une course de stock-cars le rendaient maboul, et en plus il avait de temps en temps de légers vertiges, bref il était plus sage d'arrêter de conduire sur de longues distances.

— De Kermalo à Ancenis ça va encore, mais pas plus.

Au-delà du préjudice causé à son amour-propre d'indestructible carcasse, la réduction de son périmètre déambulatoire motorisé l'éloignait de l'affection de ses nièces bien-aimées.

— C'est moche, la famille va me manquer…

Il suggéra à Joséphine de venir le chercher et le ramener en train, qu'il ne voulait pas prendre tout seul, à cause de ses vertiges. Dans le Cap, il se déplacerait en taxi. Elle ne sut comment se dépêtrer de cette proposition. Lili posa ses paumes sur ses reins, mima une affreuse douleur et Joséphine lut sur ses lèvres : « her-nie dis-cale »…

— Je ne peux pas, dit-elle précipitamment. J'ai trop mal au dos. Une hernie discale. Dans le train je souffrirais le martyre. Je ne peux déjà même plus aller au bourg dans la voiture de Lili.

— Une hernie discale ? Tu m'en as jamais parlé…

— Oh à quoi bon étaler ses misères !

— Ça passera.

— Oh je ne crois pas ! C'est la maladie des couturières, assises toute leur vie sur une chaise et penchées sur leur ouvrage.

Lili applaudit en silence et Joséphine gloussa.

— Bon, tant pis, c'est que partie remise, bougonna le tonton. Les trains circulent tous les jours de la sainte année. Quand tu iras mieux, tu me le diras.

— Je n'y manquerai pas, tonton Dona.

Le feuilleton de ses déboires avec son fils prenait un tour palpitant. Le « gauchiste » – nouveau surnom du fils depuis 1981 et l'élection de Mitterrand, que tonton Dona honnissait – s'était donc marié et avait acheté une villa luxueuse dans un lotissement pour rupins de la banlieue ouest de Paris.

— Tu te rends compte, pour des gauchistes, avec deux salaires de miséreux ?

Fouillant dans les entrailles du couple, il rendit son présage d'aruspice :

— Encore heureux que la greluche soit stérile, maigre comme elle est. Mais même sans enfants à charge, ils pourront jamais rembourser le crédit. S'ils comptent sur le vieux pour leur graisser le porte-monnaie, peuvent toujours courir.

Quelques mois plus tard :

— Ça y est, comme prévu ils sont dans la mouise. La greluche est en cure de sommeil à l'asile d'aliénés. Le gauchiste, à force de me tanner le cuir, a réussi à me faire plier. Je lui ai donné dix briques, tout juste s'il m'a dit merci…

Puis un rebondissement, dramatique :

— Ça y est, le gauchiste divorce !

— Il divorce ? Mais pourquoi ? Tout d'un coup, comme ça ?

— Oh que non ! Depuis le temps que je le lui disais, qu'il fallait qu'il se débarrasse de ce boulet ! Enfin, c'est fait. Il garde la maison et que sa greluche se démerde. Par contre, je sais pas quel arrangement il y a eu entre eux. Il continue d'aller la voir à l'hôpital et il a aménagé un studio pour quand elle sortira. Tu y comprends quelque chose, toi ? Quand on se sépare on se sépare, on continue pas à se voir après… Enfin, du coup, j'ai fait un geste. Je lui ai refilé dix briques de plus. Si avec ça il s'en sort pas… Enfin, t'inquiète pas, il en restera pour toi…

Et, en 1986, le tragique dénouement :

— Ça y est, le gauchiste s'est passé la corde au cou…

— Il s'est remarié ?!

— Mais non, pour de bon ! Il s'est pendu ! Dans le garage de sa villa, le jour de son cinquantième anniversaire. Tu parles d'un con. Enfin, d'après ce qu'on m'a dit à la banque, heureusement qu'il a attendu plus de trois ans après avoir fait le prêt. L'assurance va rembourser le crédit.

Joséphine pensa aux obsèques comme à un désagrément. Un déplacement forcé à Paris, ou à Ancenis. Elle demanderait à Germaine et Yvonne de l'accompagner.

— C'est quand, l'enterrement ?

— Oh c'est fait depuis hier ! J'allais pas t'appeler spécialement. Incinéré au Père-Lachaise et dispersé sur le carré du souvenir.

— Quand même, quand même, murmura Joséphine, estomaquée.

Lili hochait la tête, sidéré.

— Du coup, t'as plus de concurrence sur mon testament. Remarque, peut-être que je laisserai un petit quelque chose à Émilienne…

— Je l'espère bien pour elle !

Quelques semaines plus tard, rebondissement financier :

— Tu sais pas la meilleure ? Mon con de fils, pour le divorce, il avait accordé une prestation compensatoire à sa greluche. Une somme à payer recta tous les mois. Et figure-toi que c'est moi qui suis obligé de payer à sa place. Jusqu'à ma mort ! J'ai pris un avocat. Y a pas à tortiller du cul pour chier droit, faut que je passe à la caisse. Cinq mille balles par mois !

En 1988, arrangement amiable :

— Ça y est, je me suis libéré. Ça me tapait tellement sur le système de lui verser cinq mille balles par mois, que j'ai demandé à mon avocat de négocier un arrangement avec la greluche. J'ai vendu la villa et je lui ai refilé tous les sous. Attention, moins les impôts que j'ai payés dessus. Parce qu'il a fallu que je paie des droits sur la succession du pendu, si c'est pas malheureux. Enfin, elle a palpé près de quatre-vingts briques, pour solde de tout compte. Tu peux pas savoir comme je suis soulagé. Maintenant, je vais pouvoir vieillir tranquillement.

— Il n'y a que toi pour pouvoir dire ça, vieillir tranquillement, à quatre-vingt-quinze ans. Tel que tu es parti, tu es sûr de faire un centenaire.

— Plus que ça ! J'espère bien battre le record de Jeanne Calment. Je vous enterrerai tous ! Ah ah ah !

— Ça me donnerait des boutons dans mon cercueil, commenta Lili.

L'objectif de longévité du tonton Dona fut revu à la baisse par les dieux et la chimie des glandes.

Un jeudi midi, le téléphone sonna à Trezaraden et Joséphine eut la surprise d'entendre pour la première fois la fameuse Émilienne, qui avait une voix posée et gentille, ma foi.

— Je l'ai trouvé hier, allongé par terre dans la vigne, dit-elle. Il était inconscient. J'ai appelé le SAMU. Il est à l'hôpital et ne va pas si mal que ça. On m'a dit qu'il avait fait un coma diabétique. Le médecin prévoit des soins de longue durée. Cette fois, après une alerte comme celle-là, il faudra bien qu'il respecte son régime…

À l'intérieur du quintal de vanité du tonton Dona, tout s'était déréglé d'un coup, comme un moteur trop longtemps maltraité s'emballe avant de claquer. Mais il fut bien soigné, et dans le Cap on aurait été bien étonnés qu'il ne bénéficiât pas d'égards dignes de son rang de châtelain de Kermalo.

« Régime de faveur, un grand professeur est même venu me voir ! » se vanterait-il.

Il perdit une vingtaine de kilos de gras et, à la fin d'un séjour de deux mois dans une maison de repos, prit une décision justifiée par son état de faiblesse relatif – « La machine tourne au ralenti », reconnut-il – associé à sa crainte de « péter une durite » en l'absence d'Émilienne, partie faire les courses ou visiter sa famille, ou indisponible et alitée pour cause de maladie – « Elle n'a plus vingt ans ! » –, bref, afin d'anticiper un dramatique concours de circonstances qui ferait qu'on ne pourrait pas le sauver, il déménagea de Kermalo pour un foyer-logement, d'où il recommença à téléphoner le dimanche soir. Joséphine appuyait sur la touche du haut-parleur et Lili écoutait.

— Rassure-toi, c'est pas une maison de retraite, avec des vieux dégueulasses qui pissent sous eux, hein ! Un établissement de luxe, avec des gens bien, des gens qui ont les moyens comme moi. Y a des infirmières de permanence qui se relaient vingt-quatre heures sur vingt-quatre et deux médecins attitrés qu'elles peuvent appeler à n'importe quelle heure. On te sert le petit déjeuner au lit si t'as envie. Le midi, je bouffe au restaurant du foyer et le soir Émilienne vient me faire à manger et après elle retourne à Kermalo. Je lui ai laissé le droit d'occuper la maison. Comme ça au moins la propriété est gardée.

Lili fit le geste de palper des billets entre le pouce et l'index.

— Ça doit te coûter une fortune ! dit Joséphine en se retenant de rire.

— Toute ma retraite y passe ! Mais quand la santé est en jeu, on regarde pas à la dépense. T'inquiète pas, le vieux n'est pas encore près de crever ! Il en enterrera plus d'un, tu peux me croire !

Il enterra Lucien et Jean-Louis.

22

La tragédie se produisit au mois de septembre 1989, peu après que tonton Dona eut fêté ses quatre-vingt-seize ans au foyer-logement. Une tempête de nord-ouest balayait la baie de Douarnenez. Le long des falaises du Cap-Sizun, la mer était vert et blanc comme une huître laiteuse, et puis elle ondulait, bleu ardoise, vers le rempart de la presqu'île de Crozon qui se distinguait à peine d'un noir chaos de nuages spiralés et d'eau écumante. Dans le nid de Trezaraden, seuls les toupets des pins mugissaient sous les rafales.

Joséphine et Lili prenaient leur goûter en regardant la télévision. La porte s'ouvrit sur Lucien et Jean-Louis, trempés et échevelés mais gais comme des pinsons. Ils avaient l'œil brillant : s'étaient réchauffés la bedaine et le moral de pousse-café aux trois chapelles ouvertes entre Lost-ar-C'hoat et Trezaraden.

— On va relever le filet à soles ! lancèrent-ils. Lili, tu viens avec nous ?

— Vous êtes dingues ? Par ce temps ?

— Si on y va pas, demain il sera foutu le camp avec la tempête !

— Et alors ? On risque pas sa peau pour un filet !

— Sûrement que Lili n'ira pas ! dit Joséphine. Et vous non plus ! Je vais téléphoner à mes sœurs…

— Occupe-toi de tes oignons ! dit Jean-Louis. Sers-nous donc plutôt un petit remontant.

— Un bol de café si vous voulez, mais rien d'autre dedans.

— Sers toujours, ça nous donnera un peu de nerf, dit Lucien.

Ils avalèrent leur café.

— Je vais aller avec eux jusqu'à Porzh-Brennig, dit Lili.

— Ne monte pas dans le canot, hein ! dit Joséphine.

— Pas de danger, je suis pas fou.

— La marée monte, dit Jean-Louis. Dans une demi-heure c'est l'étale, la mer va se calmer.

Le canot de Jos se trouvait à environ trente mètres de la plage. Amarré à son corps-mort forain, il piquait du nez et se cabrait au passage des vagues qui entraient dans la crique et déferlaient au dernier moment, sur la grève, en miaulant.

— Écoutez-moi les gars, il est encore temps de changer d'idée, dit Lili. Vous n'y arriverez pas.

— C'est ce que tu vas voir ! dit Lucien.

— On est des vrais marins, nous ! dit Jean-Louis. Pas comme toi. On naviguait sur l'eau, pas en dessous !

— Enlevez au moins vos bottes.

— Tu rigoles ? Pour attraper un rhume de pieds ?

Ils poussèrent la prame en plastique à l'eau. Jean-Louis la maintint face à la vague pendant que Lucien s'installait sur le banc et bloquait les avirons dans les tolets. Puis Jean-Louis sauta dans le youyou et il n'eut pas le temps de s'asseoir dans le fond que Lucien, déjà, ramait ferme. Ils connaissaient la manœuvre, elle fut réussie. Mais Lucien devait tirer comme un forçat sur ses avirons. L'un d'eux sauta de son tolet, l'annexe se mit par le travers, et Lili crut qu'ils allaient passer à la baille, là, à cinq mètres du bord, ce qui aurait mieux valu – ça les aurait dégrisés et sauvés de leur connerie. L'aviron retrouva sa place dans son tolet, Lucien modifia l'angle d'attaque des rames pour aller plus profond chercher un meilleur appui ; et la coquille de noix progressa, lestée de deux silhouettes qui faisaient le dos rond, engoncées dans leurs cirés – comme deux gros ours qui auraient enfilé une pelisse par-dessus leur fourrure, se dit Lili.

Ils atteignirent le canot et vinrent à contre. Les deux esquifs tossaient l'un contre l'autre. Sur une mer pareille, c'était le moment le plus délicat. À bord du canot, les deux hommes seraient saufs. Encore que, songea Lili, relever le filet ne serait pas non plus sans danger. S'il était rempli de goémon, s'ils se penchaient tous les deux du même côté, si le moteur tombait en panne…

Jean-Louis se mit à genoux dans la prame et saisit le plat-bord du canot. Lucien se redressa et attendit le moment propice, que les deux embarcations se soulèvent en même temps, pour l'enjamber. Lili vit une vague enrouler sa langue et commencer à déferler plus tôt que les autres. Le canot se cabra, piqua du nez et se redressa par l'arrière presque d'un coup, en moins d'une seconde, sembla-t-il à Lili. Lucien fut déséquilibré, voulut rouler dans le canot, mais sa jambe droite resta accrochée au plat-bord. Il tournoya sur lui-même et retomba dans l'annexe, sur Jean-Louis. Le youyou se retourna et ils tombèrent à l'eau tous les deux.

— Nom de Dieu ! murmura Lili.

Il ôta ses bottes et entra dans l'eau. Jusqu'aux genoux, jusqu'aux hanches...

Les yeux fixés sur le canot.

Les deux hommes barbotaient. L'air prisonnier de leurs cirés leur servait de gilet de sauvetage.

Provisoirement.

— Jean-Louis ! Lucien ! hurlait Lili.

Ils essayèrent de se raccrocher à l'annexe. Mais c'était un simple baquet en plastique, sans caisson d'air ni boudins de polystyrène pour le rendre insubmersible.

Il coula.

Les deux hommes furent entraînés au fond par le poids de leurs bottes.

De l'eau par-dessus tête à chaque déferlante, Lili renonça à nager. Il n'avait plus vingt ans, et même à vingt ans, qu'aurait-il pu faire ? En sauver un des deux ? Et comment ? Comment remonter un tel poids ? Dans cette mer déchaînée, même à vingt ans il y serait resté, lui aussi. Il recula et attendit, dans le fol espoir qu'ils réussissent à se débarrasser de leurs bottes sous l'eau et refassent surface. Il attendit cinq minutes. En vain.

C'était fini.

Il remonta le plus vite qu'il put le sentier de Porzh-Brennig et se sentit coupable de penser à lui. Depuis plusieurs semaines il retardait le moment d'annoncer à Joséphine que ça n'allait plus du tout du côté de sa vessie. À présent, il devrait le retarder encore. Attendre que le malheur de la noyade des deux beaux-frères soit un peu cicatrisé avant d'en infliger un autre à Joséphine.

En le voyant trempé des pieds à la tête, elle chuchota :

— Oh ne me dis pas que !…

— Si ! Téléphone aux HSB[1].

Les noyés furent retrouvés au pied de la falaise, déjà bien attaqués par les crabes, pas beaux à voir. Les recherches avaient duré trois jours, le temps pour Germaine et Yvonne d'éponger une partie du chagrin. Comme elles le dirent elles-mêmes aux gendarmes lors de l'identification des corps, dès le jour des noces une femme de marin doit se préparer au veuvage. D'avoir tant lutté contre l'angoisse de leur disparition quand ils étaient embarqués, surtout en Indochine, avait été comme une façon de vivre cent fois leur perte, par anticipation. Et puis, qu'ils aient creusé leur trou dans l'eau ensemble rendait les deux amis et beaux-frères à jamais solidaires et, en quelque sorte, mutualisait leur perte, répartissait le chagrin entre tous. Il y avait eu un mariage double, il y eut un double enterrement, et cette dualité extraordinaire, aussi, fut réconfortante.

— On se console comme on peut, dit Joséphine.

— Et quand ça vous arrive à un certain âge, dit quelqu'un au goûter d'enterrement, il y a les enfants et les petits-enfants autour de vous pour vous aider à surmonter l'épreuve.

Marie-Morgane et Pauline se déplacèrent. Tonton Dona fit livrer une gerbe par Interflora, avec une carte, sans un mot. Il n'avait jamais pu blairer ses neveux par alliance, et vice versa.

1. Hospitaliers sauveteurs bretons, aujourd'hui SNSM, Société nationale de sauvetage en mer.

Au printemps suivant, Germaine et Yvonne prirent des dispositions déjà évoquées du vivant de leurs hommes – vu la cuite quotidienne qu'ils infligeaient à leur foie, il ne fallait pas espérer qu'ils fassent de vieux os. Elles réunirent leurs solitudes dans la maison de Germaine, pour louer celle d'Yvonne aux touristes. Elles se partageraient les charges et les bénéfices.

Début avril, quand les maquereaux arrivèrent dans la baie, Lili ne mouilla pas le canot de Jos au corps-mort, et ce ne fut pas par superstition ou quoi que ce soit de ce genre, mais à cause d'un état de fatigue générale qui transformait la moindre bricole en montagne de travail. En hiver, où il y a peu de choses à faire, il l'avait tant bien que mal dissimulé. Mais avec les travaux de printemps qui s'annonçaient et auxquels il ne pourrait pas faire face, il dut se résoudre à avouer à Joséphine que ça n'allait pas du tout.

— Oh je me doutais bien que ça ne tournait pas rond, à te lever trente-six fois la nuit et à rester je ne sais combien de temps aux cabinets. Et dire que tu es resté tout ce temps avec ton mal !

— Je souffre pas plus que ça. La fatigue est sur moi, c'est tout.

— C'est tout ? Il va falloir te soigner !

Le médecin du bourg lui fit un mot pour un urologue, et s'ensuivirent des examens, et le diagnostic redouté : cancer. Lili fut opéré à Quimper et subit ensuite des séances de rayons qui le laissèrent sur le flanc. Il se traînait de son lit au fauteuil de Jos dans la cuisine et, quand l'air était doux, au banc contre le mur de la maison. La vie continuait, au ralenti. Ils se couchaient de bonne heure et se levaient tard. Joséphine mijotait de bons petits plats.

« Lili a de l'appétit, c'est déjà ça. »

Une infirmière venait faire les soins à domicile.

« On s'habitue aux tracas de la maladie, disait-elle à ses sœurs.

— Oh tant qu'il y a de la vie, il y a de l'espoir ! »

Joséphine n'était pas malheureuse, elle acceptait ce destin qui, toujours, lui avait enlevé ses marins.

« Même si ça doit mal se terminer, on aura toujours passé de belles années ensemble », disait-elle.

Plus qu'une façon de se consoler, c'était une manière d'affirmer la chance qu'elle avait eue de connaître le miracle du retour de Lili. Le reste, sa maladie et l'impotence qui le gagnait, ce n'était que ces choses de la vie contre lesquelles on ne peut pas lutter.

Tonton Dona célébra ses cent ans au foyer-logement. Il fit expédier à Joséphine, par Émilienne, des photos de la fête et un article paru dans la presse locale. Sur les photos, tonton Dona trônait comme un pacha dans un fauteuil roulant au milieu d'un tas de pensionnaires et d'employées du foyer, les épaules couvertes de serpentins, un chapeau pointu sur la tête et une langue de belle-mère dans la bouche.

— Celui-là alors ! dirent Germaine et Yvonne.

— Lili n'a pas besoin de savoir ça, dit Joséphine.

Dans la zone traitée par les rayons, tout se détraqua. Les soins à domicile devinrent trop lourds, il fallut hospitaliser Lili en moyen séjour. Joséphine allait le voir deux fois par semaine à l'hôpital de Quimper, en voiture, avec Germaine ou Yvonne qui se relayaient pour l'y amener, et restaient aussi au chevet du malade, et observaient – hélas, on ne peut pas faire autrement – l'évolution de la maladie. Lili fut transféré dans un autre service où l'on voyait bien que les malades n'en avaient plus pour longtemps. Les enfants de Lili étant toujours absents, à l'hôpital Joséphine avait fait porter son nom en tête de la liste des personnes à prévenir. Elle sursautait à chaque fois que le téléphone sonnait à Trezaraden.

Il sonna au milieu de la nuit, ce qui était très mauvais signe. D'une voix très douce, une infirmière prévint Joséphine que Lili venait de s'éteindre paisiblement, sans souffrir.

— On l'a endormi, dit-elle.

Joséphine ne se recoucha pas. Elle tira de l'armoire la tenue de deuil qu'elle avait préparée, donna un coup de fer sur sa robe noire et pleura tout son soûl, bouleversée par un flot d'images méditerranéennes qui emplirent la maison d'un parfum de romarin et d'herbe chauffée au soleil dans les forêts de chênes-lièges.

Elle téléphona à ses sœurs de bonne heure le matin, puis elle eut beaucoup de mal à prévenir les enfants de Lili, qui se trouvaient à droite et à gauche. Ils ne pourraient revenir que le surlendemain, aussi déléguèrent-ils à Joséphine l'organisation des obsèques à Lilia-Plouguerneau.

Les trois sœurs Gwenan s'occupèrent des formalités et de tout le nécessaire. De Quimper au pays des Abers, Joséphine, en grand deuil, accompagna Lili dans son corbillard, tandis que Germaine et Yvonne suivaient en voiture. Sur la place de l'église, comme pour Jos, des porte-drapeaux et une foule de marins étaient réunis. À l'intérieur de l'église, les enfants insistèrent pour qu'elle soit au premier rang, avec eux. Demoiselle pour l'état civil, Joséphine fut élevée au rang de veuve de marin.

Jamais elle n'aurait imaginé la délicate attention qu'eurent à son égard ces enfants pour lesquels elle n'était rien. Après le goûter, ils l'emmenèrent à la maison et lui firent cadeau d'un tas de souvenirs, dont la photo encadrée du sous-marin *Glorieux* avec en incrustation, en haut à gauche, le portrait de Lili en pompon rouge, au centre d'une couronne de lauriers fixée sur une ancre de marine. Rien n'aurait pu lui faire plus plaisir.

— Et ce qu'il y a de bien, dit-elle, c'est que de sa place au cimetière on voit la mer.

Le destin de Joséphine et de ses marins était accompli. Elle emménagea dans ses souvenirs, détachée de l'avenir et sereine à l'égard du présent.

Germaine et Yvonne lui proposèrent de venir habiter à Lost-ar-C'hoat, elle refusa.

— Je sais m'arranger et m'occuper toute seule...

Et ses sœurs n'étaient pas loin. L'une ou l'autre lui faisait ses grandes courses au Leclerc, une fois par semaine. Et il y avait la télé, et le téléphone, et les visites de tous ces neveux et nièces et de leurs enfants, attendris par cette tante et grand-tante qui avait eu un si beau destin.

Pauline, la fille de Marie-Morgane, venait régulièrement la voir et s'attardait pendant plusieurs jours, une semaine, parfois. C'était une visiteuse un peu étrange, silencieuse comme l'était sa mère, mais amoureuse de la mer. Elle disparaissait pour de longues marches sur le sentier douanier, revenait, dînait, se couchait, pas embêtante pour un sou. D'après Germaine et Yvonne, elle avait divorcé et déprimait.

Parfois, vers midi, le téléphone sonnait. C'était Marie-Morgane, qui appelait sa fille. Pauline lui répondait par oui ou par non, puis passait l'appareil à Joséphine. Marie-Morgane disait qu'il faisait beau aux Baléares, ou à Saint-Martin, ou à Biarritz.

« Ici aussi », disait Joséphine.

Elle ne posait pas de questions, ni à Morgane ni à Pauline, pas plus qu'elle n'en posait à Émilienne quand elle téléphonait pour donner des nouvelles du tonton Dona, qui allait sur ses cent deux ans. Ce qu'elle entendait lui suffisait. Le tonton déclinait, avait été hospitalisé, était sorti de l'hôpital, paralysé d'un côté, était retourné à l'hôpital, en était ressorti paralysé des deux côtés, bref rien que de l'ordinaire, sans intérêt.

Un jour, Émilienne annonça qu'il n'était plus de ce monde.

— Vous viendrez à l'enterrement ?

— Oh non, je ne peux plus voyager, dit Joséphine.

— Alors je m'occuperai de tout.

— Comme moi pour Lili.

— Lili ?

— Lili Quiviger, de Lilia-Plouguerneau.

— Ah ?

Émilienne pensa sans doute que Joséphine devenait gâteuse. Ce n'était pas exactement cela : elle marchait à reculons, s'enfonçait dans son merveilleux passé.

— Le notaire nous donnera des nouvelles du testament, dit Émilienne.

— Ah oui, le testament…

Germaine et Yvonne étaient impatientes de savoir ce qu'il y avait dedans, Joséphine s'en fichait. Émilienne rappela quelques jours plus tard. Elle était furieuse et aurait voulu que Joséphine partageât sa rancœur.

— Il nous a joué un vilain tour à toutes les deux ! Si c'est pas honteux !

Tonton Dona avait légué une somme symbolique à Joséphine, une somme plus substantielle à Émilienne, mais la maison et le terrain, qui n'avait toujours pas été loti et valait une fortune, il en avait fait don à la commune.

— Il y a eu un grand article dans le journal ! C'est ça qu'il voulait, qu'on parle de lui après sa mort.

— C'est sûrement ça, dit Germaine. Il était tellement prétentieux.

— Oui, personne n'aurait cru que papa et lui étaient frères, dit Yvonne.

— Papa avait fait les Dardanelles, dit Joséphine.

Ses deux sœurs échangèrent un regard inquiet. Par moments, Joséphine dérogeait.

— Personne n'aimait le tonton Dona, sauf toi.

— Ah bon ? dit Joséphine. Je ne me rappelle pas. Par contre, je me rappelle bien que papa avait fait les Dardanelles. En 1915 ! précisa-t-elle.

On aurait dit que ça faisait mille ans, alors qu'il n'y avait même pas cent ans, moins que la vie d'un tonton Dona, qui avait vingt-deux ans en 1915.

Joséphine soupira.

— Comme je n'ai plus rien à coudre, je crois que je vais me mettre à broder.

ÉPILOGUE

C'est un visiteur du troisième millénaire, étranger au pays, aquarelliste peut-être, ou romancier, ou simple promeneur, mais poète dans l'âme certainement.

Il fait route à pied de Tréboul à la pointe du Van, par le sentier côtier qui surplombe les falaises, descend au fond des criques d'où les marins-paysans partaient autrefois pêcher leur subsistance, remonte vers des hauteurs sauvages couvertes de bruyère et d'herbes rases. Hormis de rares maisons blanches dressées comme des amers au bord des précipices avant que la loi ne protège le littoral, la côte est vierge, comme à l'origine du monde, croira le marcheur.

S'il ne prête pas attention au fait que cette côte est orientée au nord et subit de plein fouet le gwalarn, le vent de nord-ouest, il ne lui viendra pas à l'idée que les habitations, de tout temps, ont été rares parce que ces lieux étaient inhospitaliers. Pourtant, naguère, sur cette frange côtière, des champs d'un journal[1], sinon d'un demi, étaient cultivés à grand-peine. L'ajonc et l'épine noire, aujourd'hui symboles de l'immutabilité

1. Environ un demi-hectare.

du site, étaient l'ennemi. Ils ont à nouveau envahi les parcelles et seule la sauvagine qui s'abrite dessous peut deviner les vagues que font dans la mousse les vieilles rides des sillons.

En quête de présence humaine, le visiteur s'éloigne de la côte et cherche à s'égarer dans les gwenodennoù[1] bordés de talus, hautes parois d'un labyrinthe d'allées couvertes de ciel menant à des caches où déposer le saint sacrement des heures de vacance : bâtiments de fermes aménagés en chambres d'hôtes, modestes campings, maisons fleuries.

Il traverse le hameau de Trezaraden. Comme ailleurs, des maisons pimpantes, des parterres de giroflées, des massifs de coquelourdes, des abris de jardin de couleurs gaies, des pelouses, des agrès pour les petits enfants, des iris au bord d'un ruisseau, ô mon Dieu, se dit le visiteur, comme les gens doivent être heureux de vivre ici, loin des autoroutes et des gaz d'échappement, des banlieues et des murs graffités…

À l'extérieur du hameau, en s'en retournant vers la mer, le visiteur passe devant une maison qui a un je-ne-sais-quoi de plus et pour laquelle il a le coup de cœur. C'est un pennti qu'on a agrandi dans le passé en respectant les nombres d'or inscrits dans les gènes des anciens ; la façade est en granit jointoyé d'ocre jaune, les volets sont peints en bleu celtique et aux fenêtres il y a des rideaux bonne femme en picot ; soit, mais tout cela n'a rien d'original. Alors, pourquoi cette émotion ? Est-ce le mur en pierre sèche, purement symbolique puisqu'il n'est même pas haut d'un mètre ? Constellé de nombrils-de-Vénus, il longe le chemin et délimite le jardinet de devant, où prospèrent

1. Petits chemins.

des arums. Ah vraiment, le visiteur s'interroge… C'est plus qu'un coup de cœur : un coup au cœur.

Enfin, il devine… De cette maison il entend la respiration et sent sur son visage l'haleine iodée. De ce cocon vont éclore des révélations, le visiteur n'en doute pas, qui croit à l'ésotérisme des lieux.

À l'appel de son âme de poète, un personnage s'incarne sous ses yeux : derrière le mur du jardinet, assise au soleil sur un banc, une très vieille dame, le dos bien droit, brode un napperon.

— Bonjour ! lance le visiteur.

La vieille dame lève les yeux de son ouvrage et sourit béatement.

— Quelle belle journée, poursuit le visiteur. Vous êtes bien, là, à broder…

— Oh je ne vais plus bien loin sur un napperon ! Celui-là n'avance pas beaucoup, mais comme on dit, ça passe le temps. Vous venez de Kerbiquet ?

— Euh…

— De Lost-ar-C'hoat, peut-être ?

— Euh, oui, ment le visiteur.

— Il fait beau là-bas aussi ?

— Comme ici.

— Entrez donc, je vais vous faire du café frais.

Le visiteur connaît les dialogues obligés.

— C'est que je ne voudrais pas déranger…

— Puisque vous avez fait tout ce chemin pour venir de Lost-ar-C'hoat, vous n'allez quand même pas refuser un bol de café frais !

Le visiteur franchit le portillon du jardinet et, par politesse, se penche sur l'ouvrage de la vieille dame, motifs floraux, ajoncs et pâquerettes, à moitié achevé. Elle plante son aiguille par en dessous, la reprend à l'endroit, paupières baissées, front plissé, en soignant son point. Le visiteur s'aperçoit qu'il n'y a pas de fil à son aiguille. Elle crie :

— Le café a fini de passer ?

Personne ne répond.

— Entrez, mais entrez donc ! La porte est ouverte !

C'est vrai, sous la marquise en verre, la porte est ouverte. Pour autant, la vieille dame ne se lève pas.

— Ici, c'est la maison du bon Dieu, la porte est toujours ouverte et vous trouverez toujours quelqu'un pour vous servir un bol de café frais. Entrez, je vous dis !

Le visiteur ne voudrait pas chagriner la vieille dame, il entre.

Venant du plein soleil, il lui faut un moment pour accommoder à l'intérieur de la salle à manger – à droite, on entrevoit une cuisine moderne, aménagée dans ce qui fut sans doute un appentis ou une étable. À cause de l'étroitesse des fenêtres et des brise-bise en picot, la salle est sombre, et assombrie encore par la présence massive de deux armoires bretonnes noires comme de l'ébène à force d'avoir été cirées.

Entre les armoires se trouve un vaisselier sur les étagères duquel luisent d'éclats cuivrés plusieurs dizaines d'objets surprenants : des étuis d'obus de tous calibres, du plus petit au plus énorme (le visiteur, qui n'a aucune culture balistique, songe à la Grosse Bertha, lointaines notions d'histoire obligent), et tous sont travaillés, soit simplement gravés de mots et de dates (par exemple, le visiteur déchiffre : *Souvenir d'Odessa, 1919*), soit, pour les plus gros, véritablement ouvragés comme de la fine dentelle, parfois sur les deux tiers de leur hauteur. Tous ces obus ont été astiqués il y a peu de temps. Une légère odeur d'ammoniaque se mélange à celle de la cire des armoires.

Aux murs sont accrochées de nombreuses photos, dans un méli-mélo de cadres verticaux et horizontaux. Verticaux : des photos de mariage, et sur toutes le marié porte l'uniforme de la marine nationale ; horizontaux, le pendant de ces uniformes : des portraits de navires de guerre avec dans un angle la photo d'identité du marin qui y a été embarqué, en bâchis des quartiers-maîtres ou en casquette des officiers mariniers.

Une longue lignée de marins de la Royale, se dit le visiteur.

Il ne serait pas convenable de violer plus longtemps l'intimité d'une vieille dame qui a perdu la mémoire. Le visiteur ressort, l'esprit embrumé comme à la sortie d'un musée, quand le cerveau peine à absorber un excès de sensations, d'autant que s'y ajoute ici, en présence de tant de souvenirs, le vertige nihiliste de l'inanité d'une vie.

La vieille dame a repris son jeu de mime. Elle brode dans le vide.

— Merci pour le café ! dit le visiteur.

— Oh de rien, c'était de bon cœur.

— À la prochaine !

— Donnez le bonjour à Marie-Louise Le Goffic, là-bas à Kerbiquet.

— Je n'y manquerai pas.

La vieille dame fronce les sourcils.

— Vous êtes un des fils de la maison ?

— Un des frères, galèje le visiteur.

— Ah ? Lequel ?

— Léon ! répond le visiteur, à cause de la chanson, Léon, roi de Bayonne, roi de Bayonne, Léon roi des couillons, réminiscence absurde suscitée par un dialogue absurde.

— Léon ? Léon est mort noyé pendant la guerre ! Oh je crois que vous essayez de me jouer un tour.

— Ben, c'est que… Des fois j'ai des trous de mémoire.

— Peuh ! Je savais bien ! Et moi, vous savez qui je suis, au moins ?

— Malheureusement, j'ai oublié.

La vieille dame toise le visiteur, tire sur son aiguille, achève son point inexistant, casse entre ses dents le fil imaginaire et pose son napperon sur ses genoux.

— Quand même, depuis le temps qu'on se connaît, vous devriez savoir qui je suis…

Le regard de la vieille dame s'égare, elle ne voit plus le visiteur. Lui, il a une vision. Il l'imagine, minuscule grain de sable parmi des milliards de grains de sable, à l'intérieur d'un gigantesque sablier formé par deux dunes superposées, s'évanouissant à jamais. Il craint qu'elle ne disparaisse avant de lui avoir dit qui elle est. Il s'en irait désappointé.

Par bonheur, la vieille dame s'échappe du sablier, pour dire au visiteur :

— Mes sœurs sont parties, Germaine et Yvonne de leur belle mort, et la Marie-Morgane dans un accident de voiture.

— Ah, je suis désolé…

— Moi je vais sur mes quatre-vingt-seize ans, et peut-être que je vivrai cent ans, comme le tonton Dona.

— Je vous le souhaite.

— Vous ne savez toujours pas qui je suis ?

La vieille dame redresse le menton et défie à l'avance le visiteur de la contredire. Elle le fusille du regard et lui affirme, comme si c'était un fait universellement connu :

— Je suis Joséphine, la dernière des sœurs Gwenan !

REMERCIEMENTS

Tous mes remerciements et mes amitiés à Yann M. pour ses recherches de détails signifiants.

À l'association ARKAE d'Ergué-Gabéric, pour la chanson de Jos ar Saoz.

Composé par Nord Compo à Villeneuve-d'Ascq

POCKET - 12, avenue d'Italie - 75627 Paris Cedex 13

Dépôt légal : octobre 2012

Achevé d'imprimer en France par EPAC Technologies

N° d'édition: 4550414317318

Dépôt légal: octobre 2012